# Der Mumienschrein

ELIZABETH PETERS

# DER MUMIENSCHREIN

ROMAN

Aus dem Amerikanischen
von Monika Koch

WELTBILD

Die amerikanische Originalausgabe erschien
unter dem Titel *The Mummy Case*

Genehmigte Lizenzausgabe für Verlagsgruppe
Weltbild GmbH, Steinerne Furt, 86167 Augsburg

Veröffentlicht 1998 im Econ Ullstein List Taschenbuch Verlag, München

Übersetzung: Monika Koch
Umschlaggestaltung: Studio Höpfner-Thoma, München
Umschlagmotiv: AKG, Berlin
Gesamtherstellung: Oldenbourg Taschenbuch GmbH,
Hürderstraße 4, 85551 Kirchheim
Printed in Germany
ISBN 3-8289-7002-8

2005 2004 2003 2002

Die letzte Jahreszahl gibt
die aktuelle Lizenzausgabe an.

# 1. Kapitel

Ursprünglich hatte ich nicht die Absicht gehabt, jemals zu heiraten, denn nach meiner Überzeugung hatte eine Frau, die im neunzehnten Jahrhundert geboren worden war, bereits so viele Nachteile in Kauf zu nehmen, daß niemand ernsthaft erwarten konnte, daß sie diesen noch freiwillig weitere hinzufügte. Natürlich habe ich mich wie alle Frauen in romantischen Träumereien gelegentlich mit dem anderen Geschlecht beschäftigt, doch gleichzeitig war mir klar, daß ich nie einen mir ebenbürtigen Mann finden würde. Der Gedanke, über eine andere Person bestimmen zu sollen oder gar möglicherweise von einem anderen Menschen bevormundet zu werden, widerstrebte mir zutiefst. In meinen Augen konnte eine Ehe nur zwischen absolut gleichberechtigten Partnern geschlossen werden.

Als ich Radcliffe Emerson begegnete, war ich schon nicht mehr die Jüngste und hatte mich in meinem Junggesellenleben zufriedenstellend eingerichtet. Ich erinnere mich noch lebhaft an den wenig romantischen Augenblick, als mir Emerson in der düsteren Halle des Bollaq-Museums zum erstenmal gegenüberstand. Sein schwarzer Bart zitterte, seine blauen Augen funkelten, und er hatte seine Hände drohend zu Fäusten geballt, während er mit seiner dunklen Stimme wilde Beschimpfungen ausstieß, weil ich einige der Altertümer abgewischt hatte. Noch während ich seine Kritik höflich zurückwies, wußte mein Herz, daß sich unsere Schicksalswege miteinander vereinigt hatten.

Ich hatte gute Gründe, mir Emersons Heiratsangebot nicht lange zu überlegen. Erstens war er Ägyptologe, und mein erster Besuch im Reich der Pharaonen hatte meine Begeisterung für diese alte Kultur geweckt und beflügelt. Außerdem imponierte mir Emersons wacher Geist und seine scharfe Zunge, die ihm bei seinen ergebenen ägyptischen Arbeitern den Beinamen ›Vater der Flüche‹ eingetragen hatte. Emerson schien mir wirklich der einzig ebenbürtige Partner zu sein, aber trotzdem waren alle diese Gründe nicht die entscheidenden. Wenn es irgend geht, vermeide ich billige Klischees, aber in diesem Fall muß ich darauf zurückgreifen: Emerson riß mich einfach vom Stuhl! Ich kann und werde mich in diesen Aufzeichnungen strikt an die Wahrheit halten, denn ich habe sichergestellt, daß sie, zumindest zu meinen Lebzeiten, nicht veröffentlicht werden. Falls meine Erben später der Meinung sein sollten, der wissenschaftlichen Welt einige Hintergrundinformationen schuldig zu sein, so können sie tun, was ihnen beliebt. Bis dahin jedoch werden nur meine Augen diese Zeilen zu Gesicht bekommen.

Sie, verehrter Leser, werden jetzt natürlich fragen, weshalb ich mich dann an Sie wende. Die Antwort ist sehr einfach: Für mich als Autor ist es wesentlich inspirierender, mich an ein Publikum zu wenden, als Selbstgespräche zu führen. Nachdem ich nun auch diesen Punkt geklärt habe, möchte ich wieder zu meinen Aufzeichnungen zurückkehren.

Wenn ich sage, daß Emerson mich vom Stuhl gerissen hat, dann muß ich, um bei der Wahrheit zu bleiben, hinzufügen, daß es im umgekehrten Fall genauso gewesen ist. Am Schönheitsideal gemessen, bin ich nicht eigentlich hübsch zu nennen, doch zu meinem Glück hat Emerson auch in dieser

Beziehung einen sehr ausgeprägten, ausgefallenen Geschmack. Mein dunkler, aber etwas blasser Teint ist in seinen Augen honigfarben, und mein dickes nachtschwarzes Haar, das sich weder durch Kämme noch Spangen bändigen läßt, verführt ihn immer wieder zum Streicheln. Aber die Bemerkungen, die er über meine schlanke, an gewissen Stellen jedoch wohlgerundete Figur gemacht hat, möchte ich nicht einmal an dieser Stelle wiedergeben.

Emerson dagegen ist in jeder Beziehung ein gutaussehender Mann. Er ist fast zwei Meter groß und hat sich dank seiner harten Arbeit an der frischen Luft eine jugendlich straffe Figur erhalten. Die Haut seiner muskulösen Arme und des faltigen Gesichts ist von der ägyptischen Sonne gebräunt und bildet einen lebhaften Gegensatz zu seinen strahlendblauen Augen. Nachdem er sich auf meine dringenden Bitten hin den Bart abgenommen hatte, kam ein hübsches Grübchen an seinem Kinn zum Vorschein, das mir mindestens so gut gefällt wie seine pechschwarzen, dichten Haare, die im Sonnenlicht einen rötlichen Schimmer bekommen.

Doch jetzt genug davon. Es genügt, wenn ich sage, daß die ersten Jahre unserer Ehe genau meinen Erwartungen entsprachen. Die Wintermonate verbrachten wir in Ägypten, wo wir tagsüber Grabungen leiteten und uns nachts oft in die herrliche Abgeschiedenheit eines leeren Grabes zurückzogen. Während des Sommers lebten wir in England bei Emersons Bruder Walter, der ein angesehener Sprachwissenschaftler war und außerdem der Ehemann meiner Freundin Evelyn. Alles war perfekt mit Ausnahme einer Kleinigkeit. Bis heute ist mir unklar, wie ich, die ich normalerweise praktisch veranlagt bin und vorausschauend plane, übersehen konnte, daß das eheliche Leben zuweilen Folgen hat. Ich spreche, wie wohl jedem klar ist, von einer Schwangerschaft.

Als sich die ersten Zeichen des neuen Zustandes bemerkbar machten, war ich nicht sonderlich beunruhigt, denn nach meinen Berechnungen würde das Kind nicht vor dem Sommer zur Welt kommen, so daß ich die Grabungsarbeiten dieser Saison abschließen und nach der Geburt im Herbst wieder nach Ägypten zurückkehren konnte. Alles verlief, wie ich es vorausberechnet hatte. Wir tauften den kleinen Jungen auf den Namen Walter und überließen ihn der Obhut von Onkel und Tante, als wir im Oktober wieder nach Ägypten zurückkehrten.

Was dann folgte, war nicht allein die Schuld des Kindes. Ich hatte nicht ahnen können, daß das erste Wiedersehen im darauffolgenden Frühling so fatale Folgen für Emerson haben würde. Er verfiel in die Babysprache und weigerte sich standhaft, auch nur eine einzige Sekunde von seinem Sohn getrennt zu sein. Und Ramses, wie der kleine Kerl mittlerweile genannt wurde, machte seinem Spitznamen alle Ehre: Er äußerte sehr gebieterische Wünsche und legte ein starkes Durchsetzungsvermögen an den Tag, ebenso herrisch, wie der mächtigste der ägyptischen Pharaonen gewesen sein mußte. Außerdem war es ausgesprochen frühreif. Diese Vermutung wurde von einer Dame meiner Bekanntschaft geäußert, der der damals vierjährige Ramses eine weitreichende Lektion im Ausgraben eines Komposthaufens erteilt hatte – ihres eigenen natürlich, wobei anzumerken ist, daß ihr Gärtner wirklich sehr untüchtig war. Als ich widersprach, weil ich das Adjektiv unpassend fand, glaubte sie, ich sei beleidigt. Aber meiner Meinung nach hätte sie ›katastrophal frühreif‹ sagen sollen.

Abgesehen von der hingebungsvollen Liebe zu seinem Sohn litt Emerson beträchtlich unter dem trostlosen Klima in England. Ich meine, nicht so sehr unter den meteorologischen Bedingungen als vielmehr unter der Eintönigkeit des akademischen Lebens, zu dem er verdammt war, nachdem er sich entschlossen hatte, seine Grabungen in Ägypten aufzugeben. Einerseits wollte er nicht ohne Ramses dorthin zurückkehren, andererseits aber fürchtete er für die Gesundheit des Kindes, würde er es dieser Gefahr aussetzen. Nur der Appell einer verzweifelten Frau brachte es fertig, ihn von seinem Sohn zu trennen, und als ich sah, wie Emerson aufblühte, als er sich wieder seinen antiken Schätzen zuwandte, beschloß ich, daß er sich in Zukunft nie wieder familiären Zwängen würde unterordnen müssen.

Wir beschlossen, Ramses im darauffolgenden Winter mit nach Ägypten zu nehmen, aber eine Reihe von Ereignissen setzte uns in die Lage, dieses Glück noch ein wenig aufschieben zu können. Meine beste Freundin und Schwägerin Evelyn hatte ohne erkennbare Schwierigkeiten vier Kinder in die Welt gesetzt, bevor sie nacheinander zwei Fehlgeburten erlitt, was eine ausgeprägte Depression zur Folge hatte. Aus mir unerklärlichen Gründen fand sie großen Gefallen an der Gesellschaft unseres Sohnes und brach in Tränen aus, als wir von unseren Reiseplänen sprachen. Sie und Walter baten uns inständig, den kleinen Kerl ihrer Obhut zu überlassen, weil seine Streiche Evelyn von ihrem Kummer ablenken würden. Obwohl ich wußte, daß sie ihre gesamten Kräfte würde aufbieten müssen, um die Zerstörungswut und den Forscherdrang des Knaben in vertretbaren Grenzen zu halten, willigten wir schließlich ein, wobei Emerson mehr zögerte als ich.

Als wir im Frühling aus Ägypten zurückkehrten, hatte sich Ramses so ausgezeichnet in Chalfont eingelebt, daß ich kein Bedürfnis verspürte, die Situation zu ändern. Es konnte natürlich nicht bis in alle Ewigkeit so weitergehen, aber solange es Evelyn guttat, hatte ich keine Einwände. Die Dinge würden sich ganz von selbst entwickeln.

Und genau das taten sie dann auch. An einem Juninachmittag saß ich in der Bibliothek und versuchte Ordnung in Emersons Aufzeichnungen zu bringen, bevor er am Abend mit neuen Ergebnissen aus London zurückkommen würde. Normalerweise gab es für mich nichts Aufregenderes als ein Felsengrab der achtzehnten Dynastie, aber an diesem Tag ertappte ich mich immer wieder dabei, daß ich untätig in den Garten hinausstarrte und dunklen Gedanken nachhing, obwohl sich vor meinen Augen eine sonnendurchflutete Blütenpracht ausbreitete, in der kein Ramses seine unübersehbaren Spuren hinterlassen hatte. Während ich ein wenig wehmütig an die Zeit zurückdachte, als der Kleine laufen gelernt hatte, klopfte es plötzlich an der Tür.

Unsere Bediensteten klopften immer nur einmal. Falls Emerson und ich gerade ungestört bleiben wollten, antworteten wir nicht, und der Butler entfernte sich wieder.

»Herein«, rief ich.

»Ein Telegramm, Madam«, sagte Wilkins, während er, mit einem Silbertablett in der Hand, etwas schwankend auf mich zuging. Wilkins erfreute sich bester Gesundheit, aber er hat die Angewohnheit, immer ein wenig angegriffen zu wirken, damit man ihn nicht allzusehr strapaziert. »Hoffentlich keine schlechte Nachricht«, fügte er mit zitternder Stimme hinzu.

Ich überflog das Telegramm. »Nein, im Gegenteil«, sagte ich. »Wir werden morgen nach Chalfont fahren, Wilkins. Bitte bereiten Sie alles Nötige vor.«

»Ja, Madam. Verzeihung, Madam ...«

»Was gibt es, Wilkins?«

»Wird Master Ramses mit Ihnen zurückkommen?«

»Möglicherweise.«

Sekundenlang zeigten Wilkins' Gesichtszüge den Anflug einer Gemütsbewegung, der jedoch sofort wieder verschwunden war. Schließlich wußte Wilkins, was sich gehörte.

»Das ist alles, Wilkins«, sagte ich mitfühlend.

»Ja, Madam. Danke, Madam.« Er ging auf etwas gewundenen Wegen zur Tür.

Nach einem wehmütigen Blick auf den unberührten Garten vertiefte ich mich wieder in meine Arbeit und sah erst auf, als Emerson den Raum betrat. Statt mich, wie üblich, liebevoll in den Arm zu nehmen, murmelte er nur eine kurze Begrüßung, warf mir einige Papiere in den Schoß und ließ sich seufzend an seinem Schreibtisch nieder, der direkt neben meinem stand.

Jede normale Ehefrau hätte wahrscheinlich eine Szene gemacht, aber ich betrachtete mir die Aufzeichnungen und bemerkte ruhig: »Demnach stimmt deine Datierung der Keramik mit der von Petrie überein, nicht wahr? Das spart uns viel Zeit...«

»Nicht genug«, brummte Emerson, während sein Federhalter wie wild über das Papier fuhr. »Wir sind hoffnungslos im Rückstand, Peabody. Von heute an werden wir Tag und Nacht arbeiten. Keine Spaziergänge im Garten, keine gesellschaftlichen Verpflichtungen mehr, bevor das Manuskript nicht fertig ist!«

Ich zögerte begreiflicherweise, ihm mitzuteilen, daß uns wahrscheinlich eine weit größere Ablenkung bevorstand als jede gesellschaftliche Verpflichtung. Außerdem vermutete ich, daß etwas geschehen war, was diese überstürzte Arbeitswut hervorgerufen hatte, denn jeder normale Archäologe hält sich für schnell, wenn er die Ergebnisse seiner Arbeit innerhalb von zehn Jahren veröffentlicht. Es war nicht weiter schwer, richtig zu raten.

»Hast du heute Mr. Petrie getroffen?« fragte ich.

»Mmh«, brummte Emerson und schrieb weiter.

»Arbeitet er auch an einem Manuskript?«

Wütend feuerte Emerson seinen Federhalter quer durch

den Raum und funkelte mich an. »Er ist bereits fertig! Das Manuskript geht noch diese Woche in Druck. Kannst du dir das vorstellen?«

Der junge erfolgreiche Ausgräber war für Emerson ein rotes Tuch. Dabei hatten die beiden viele gemeinsame Eigenschaften – die gründliche, methodische Arbeitsweise, die Verachtung für die Kollegen, die weniger exakt arbeiteten, und sogar die Gewohnheit, diese Verachtung ungeniert publik zu machen. Eigentlich hätten diese Gemeinsamkeiten sie zu Freunden machen müssen, aber das Gegenteil war der Fall. Der Ehrgeiz, Grabungsergebnisse spätestens nach einem Jahr zu veröffentlichen, hatte zu einem grotesken Wettlauf geführt, der nicht nur unnötig und wenig produktiv war, sondern auch, wenigstens in Petries Fall, zu einigen schluderigen Ergebnissen geführt hatte.

»In so kurzer Zeit kann er doch keine gute Arbeit geleistet haben«, sagte ich in der Hoffnung, meinen gequälten Ehemann ein wenig aufzumuntern. »Was zählt denn mehr, die Schnelligkeit oder die Qualität?«

Mein Beruhigungsversuch war fehlgeschlagen. »Natürlich ist beides wichtig«, fauchte Emerson. »Wo zum Teufel ist der verdammte Federhalter? Ich darf keine Sekunde verlieren.«

»Den hast du an die Wand geworfen, und ich bezweifle, daß wir die Tinte jemals wieder von dieser Büste werden entfernen können. Sokrates sieht aus, als hätte er die Masern!«

»Dein Humor, oder was du dafür hältst, ist fehl am Platz, meine liebe Peabody. Ich finde die Lage überhaupt nicht witzig.«

Ich sah von weiteren Aufmunterungsversuchen ab und teilte ihm die Neuigkeit lieber gleich unverblümt mit. »Ich habe heute nachmittag ein Telegramm von Evelyn erhalten. Wir müssen unverzüglich nach Chalfont fahren.«

Emerson wurde aschfahl, und ich bereute sofort, daß ich

ihn nicht vorbereitet hatte. Emerson liebte seine Familie über alles. »Alles in Ordnung«, fügte ich schnell hinzu. »Es sind gute Nachrichten. Hör zu!« Ich nahm das Telegramm und las vor: »Wunderbare Neuigkeiten. Kommt und teilt unsere Freude. Wir haben euch schon so lange nicht mehr gesehen.«

Emerson schnappte nach Luft, und dann legte er los. »Amelia! Du bist wirklich die taktloseste Frau, die ich kenne!« schimpfte er. »Welcher Teufel hat dir das eingeflüstert? Du hast es doch mit Absicht getan!«

Ich versuchte, ihm die Ungerechtigkeit einer solchen Unterstellung vor Augen zu führen, und es folgte eine hübsche, erfrischende Diskussion, bevor Emerson wieder besänftigt war. »Hm?« meinte er schließlich. »Gute Nachrichten? Vielleicht eine Ehrendoktorwürde für Walter? Oder ein Lehrauftrag?«

»Typisch Mann!« sagte ich lächelnd. »Ich tippe eher darauf, daß Evelyn wieder ein Kind erwartet.«

»Aber das ist doch lächerlich, Peabody! Natürlich habe ich nichts dagegen, wenn mein Bruder und seine Frau Kinder in die Welt setzen, aber diese Tatsache als ›wunderbare Neuigkeit‹ zu bezeichnen ...«

»In diesem Fall stimmen unsere Ansichten überein, Emerson, aber wir haben das Telegramm ja auch nicht geschickt. Du kennst doch Evelyns Liebe zu Kindern!«

»Stimmt!« Emerson überlegte eine Weile und sah mich dann strahlend an. »Weißt du, was das bedeutet, Peabody? Wenn Evelyn ihre Depression überwunden hat, braucht sie Ramses nicht mehr, und wir können den kleinen Kerl nach Hause holen!«

»Ich bin zum selben Ergebnis gekommen.«

Emerson sprang auf, zog mich vom Stuhl hoch und wirbelte mit mir durchs Zimmer. »Du hast ja keine Ahnung, wie ich seine Stimme vermißt habe! Und das Tapsen der kleinen

Füße! Ich freue mich darauf, ihm wieder aus der *Geschichte des alten Ägypten* vorlesen zu können und seine Ausgrabungsergebnisse aus dem Rosengarten bewundern zu dürfen ... Ich habe mich nicht beschwert, Peabody, das ist nicht meine Art, aber ich habe Sehnsucht nach Ramses. In diesem Jahr nehmen wir ihn mit nach Ägypten, nicht wahr? Freust du dich auch so sehr, Peabody?«

»Gib mir einen Kuß, Emerson«, hauchte ich matt.

Wir hatten wenig Kontakt zu unseren Nachbarn, weil sie großenteils sehr langweilig waren und Emerson für einen exotischen Außenseiter hielten. Außerdem war mir nachbarschaftlicher Klatsch verhaßt. Unsere Bediensteten wußten ohnehin mehr über uns und unser Leben, als mir manchmal lieb war, weil Emerson sich in ihrer Gegenwart keinerlei Beschränkung auferlegte und alles laut hinausposaunte. Sicher hatten alle seinen Freudenausbruch mit angehört oder wenigstens erzählt bekommen. Als ich nach oben ging, um mich zum Abendessen umzuziehen, war Rose bereits über alles informiert.

Rose war unser Hausmädchen, aber da ich keine Zofe beschäftigte, half sie mir manchmal bei der Toilette. Heute hatte ich sie zwar nicht gerufen, aber sie erwartete mich bereits, um mich zu fragen, welche Vorbereitungen sie für die Reise nach Chalfont treffen sollte. »Soll ich während Ihrer Abwesenheit das Zimmer von Master Ramses in Ordnung bringen?« fragte sie dann.

»Das Zimmer ist in Ordnung«, antwortete ich. »Außerdem lohnt es sich nicht, etwas in Ordnung zu bringen, was man fünf Minuten nach seiner Ankunft ohnehin nicht mehr wiedererkennt.«

»Dann wird Master Ramses also wieder nach Hause kommen?« fragte Rose lächelnd.

Roses Begeisterung für das kleine Ungeheuer war mir unerklärlich, denn sie hatte die Hauptlast zu tragen. Sie hatte sicher schon tonnenweise Erde und Schmutz von Teppichen und Läufern entfernt. Kurz angebunden, erwiderte ich, daß wir selbst noch nicht wüßten, ob Ramses nach Hause käme. Ich würde ihr jedenfalls rechtzeitig Bescheid geben, falls ihre Dienste gebraucht würden.

Ramses hatte kein Kindermädchen. Zu Anfang, als wir in dieses Haus zogen, hatten wir eine Nanny eingestellt, aber sie hielt es nur eine Woche aus. In den nächsten Jahren wechselten die Damen mit so atemberaubender Geschwindigkeit, daß Emerson sich beklagte, weil er nie Zeit hatte, sich ein Gesicht einzuprägen. Im zarten Alter von drei Jahren erklärte uns Ramses, daß er keine Nanny mehr bräuchte, und Emerson stimmte ihm zu. Ich hätte ihn lieber unter der Aufsicht einer resoluten Person – vielleicht einer Gefängnisaufseherin – gewußt, aber es war fast unmöglich, noch irgend jemanden für diese Stellung zu begeistern. Der Klatsch hatte sich wahrscheinlich herumgesprochen.

Als wir das Speisezimmer betraten, sah ich auf den ersten Blick, daß die bevorstehende Rückkehr unseres Sohnes bereits eine akzeptierte Tatsache war. Wilkins machte ein gottergebenes Gesicht, und der Diener John lächelte. Er war Ramses ebenso treu ergeben wie Rose.

Ich habe es bereits seit langer Zeit aufgegeben, Emerson korrektes Benehmen vor den Bediensteten beizubringen. Immer wieder und wieder spricht er vor ihnen über die persönlichsten Dinge und scheut auch nicht davor zurück, gelegentlich Wilkins um seine Meinung zu bitten. Dieser jedoch ist zu höflich und zieht sich mit einem diplomatischen ›Ich weiß wirklich nicht, Sir‹ aus der Affäre. John dagegen ist sehr unbefangen, denn dies ist seine erste Anstellung.

An diesem Abend jedoch war Emerson ungewöhnlich

zurückhaltend. Er machte nur hin und wieder eine Bemerkung über die Rosen und das Wetter, während er seine Suppe aß. Aber kaum war John verschwunden, um den nächsten Gang zu holen, fragte er ganz beiläufig: »Wir müssen uns allmählich Gedanken über die nächste Grabungssaison machen, Peabody. Wirst du das Mädchen mitnehmen?«

Bisher hatte keiner von uns jemanden aus der Dienerschaft mitgenommen, und die Vorstellung, wie Rose in ihrem adretten, schwarzen Kleid und dem Häubchen in ein Zelt kriecht oder ein Feldbett in einem leeren Grab aufstellt, hatte für mich etwas Befremdliches. Ich antwortete Emerson in entsprechender Weise.

»Nun gut«, sagte er. »Du kannst tun, was du für richtig hältst. Ich für meinen Teil hätte diesmal gern einen Kammerdiener dabei. John...«, und damit wandte er sich dem jungen Mann zu, der gerade mit dem Roastbeef hereingekommen war, »würden Sie gern in diesem Jahr mit uns nach Ägypten fahren?«

Wilkins rettete die Platte, bevor allzuviel Soße auf den Teppich getropft war. John war völlig außer sich. »Wie, Sir? Ich, Sir? Oh, Sir, ich würde sehr gern mitkommen. Meinen Sie diese Frage ernst, Sir?«

»Aber natürlich! Sonst hätte ich nicht gefragt!« schimpfte Emerson.

»Bist du sicher, daß du weißt, was du sagst?« fragte ich.

»Aber, aber, Mrs. Emerson ... *pas devant les domestiques!*« Emerson grinste mich herausfordernd an.

Natürlich überhörte ich die Bemerkung, denn schließlich hatte Emerson die Diskussion eröffnet, und ich mußte die Sache auf der Stelle klären.

»Wenn du nicht einmal in England einen Kammerdiener hast, frage ich mich wirklich, was er dir in Luxor nützen soll?«

»Ich dachte ...«, begann Emerson.

Aber John unterbrach ihn. »Oh, bitte, Sir! Madam! Ich werde mich nützlich machen, die Gräber sauberhalten, die Stiefel putzen ... Ich kann mir denken, daß sie bei dem vielen Sand immer sehr staubig werden ... «

»Gut, gut«, sagte Emerson zufrieden. »Damit wäre diese Frage also erledigt. Was ist los, Wilkins? Weshalb servieren Sie nicht? Ich bin völlig ausgehungert!«

Wilkins stand nur stumm da und zuckte mit keiner Wimper. »Stellen Sie die Platte auf den Tisch, John«, sagte ich schließlich resigniert. »Für heute wollen wir es genug sein lassen.«

»Ja, Madam. Vielen Dank, Madam. O Madam ... «

»Es ist in Ordnung, John.«

Obwohl John riesengroß ist, ist er immer noch ein Kind. Jede Gemütsregung ist deutlich auf seinem Gesicht abzulesen. Zuerst war er bleich vor Aufregung gewesen, aber mittlerweile blühte gesunde rosafarbene Freude auf seinen Wangen, während er seinen unglücklichen Vorgesetzten hinausführte.

Emerson rückte dem Fleisch mit Messer und Gabel zuleibe und vermied es sorgfältig, in meine Richtung zu blicken. Der selbstzufriedene Zug um den Mund störte mich sehr.

»Wenn du glaubst, daß die Angelegenheit geregelt ist, dann täuscht du dich«, sagte ich. »Wirklich, Emerson, eigentlich müßtest du dich schämen! Wirst du es denn nie lernen? Dein unkorrektes Benehmen hat den armen Wilkins schockiert und in John Hoffnungen geweckt, die nicht erfüllt werden können.«

»Ich will verdammt sein, wenn ich mich bei Wilkins entschuldige«, brummte Emerson. »In wessen Haus lebe ich eigentlich? Wenn ich nicht einmal in meinem eigenen Haus ... «

»Er wird es überstehen, denn er kennt dich mittlerweile. Im Augenblick denke ich eigentlich eher an John. Er wird sehr enttäuscht sein ... «

»Manchmal wundere ich mich über dich, Amelia«, sagte Emerson. »Hast du wirklich geglaubt, ich will John als Kammerdiener mitnehmen? Ich hatte eigentlich an eine ganz andere Aufgabe gedacht.«

»Ramses?«

»Genau. Ich liebe mein Kind, aber ich kenne auch seinen Charakter genau. Ich kann mich unmöglich auf meine Arbeit konzentrieren, wenn ich mir um Ramses Sorgen machen muß.«

»Ich hatte vor, in Kairo eine Kinderfrau zu engagieren ... «

»Eine Frau!« Emerson legte sein Messer weg und stützte beide Ellenbogen auf den Tisch. »Die Ägypter verwöhnen ihre eigenen Kinder sträflich, und die, die für die Engländer arbeiten, sind verdorben. Ihnen hat man eingetrichtert, daß Engländer bessere Menschen sind. Mich schüttelt es, und mein Blut beginnt zu kochen, wenn ich solche ... «

»Du kommst vom Thema ab«, ermahnte ich ihn. »Dann suchen wir eben einen jungen Mann.«

»Einen wie John. Denke doch einmal nach, Amelia! Selbst wenn wir in Kairo einen geeigneten jungen Mann finden würden – unser Problem beginnt doch schon auf der Reise!«

»Oh!«

»Ich werde ja jetzt schon nervös, wenn ich mir vorstelle, daß Ramses allein überall auf dem Schiff herumklettert oder vielleicht sogar über Bord fällt! Ich kann den leeren Rettungsring auf der Meeresoberfläche schon förmlich sehen ... «

»Ist das nicht ein wenig übertrieben, mein Lieber?«

»Vielleicht«, meinte Emerson und sah mich mit dem Blick an, den ich nur zu gut kannte. »Außerdem mußt du daran denken, daß Ramses unsere Kabine teilen muß, wenn er keine Begleitperson hat. Und falls ich richtig informiert bin, dauert die Fahrt zwei lange Wochen. Verstehst du mich, verdammt noch mal?«

»Diese Runde geht an dich, Emerson. Ich muß zugeben, daß ich diese Seite des Problems nicht bedacht habe.«

»Wirklich nicht?« Emersons Blick wurde immer eindringlicher. »Dann muß ich dich wohl ein wenig daran erinnern, oder?«

Und später am Abend löste er sein Versprechen auf sehr überzeugende Weise ein.

Wir erreichten Chalfont am Nachmittag und wurden von Evelyn begrüßt. Das strahlende Lächeln auf ihrem Gesicht bestätigte meine Vermutungen, und ich umarmte sie herzlich. »Ich freue mich so für dich, Evelyn!« flüsterte ich.

Emerson war weniger taktvoll. »Amelia hat mir gesagt, daß es wieder einmal soweit ist, Evelyn. Ich hatte gehofft, daß ihr Schluß gemacht hättet und uns endlich einmal in Ägypten besuchen würdet ...«

Lachend fiel ihm Walter ins Wort. »Mein lieber Radcliffe, eigentlich solltest du ja wissen, daß Evelyn nicht ganz allein dafür verantwortlich ist! Aber Spaß beiseite, komm und sieh dir meine neueste Erwerbung an.«

»Etwa den demotischen Papyrus?« Für Altertümer ließ Emerson fast alles im Stich. Sofort ließ er Evelyn los und folgte seinem Bruder.

Evelyn lächelte mir zu. Sie war noch immer so hübsch wie damals, als ich sie kennengelernt hatte, und auch ihre Figur hatte sich im Lauf der Jahre kaum verändert. Aber trotz ihres strahlenden Lächelns konnte ich eine leichte Besorgnis nicht unterdrücken. »Ist diesmal wirklich alles in Ordnung?«

Sie legte den Arm um meine Taille und zog mich weiter.

»Ja, alles ist in bester Ordnung. Ich habe die gefährliche Zeit ausgezeichnet überstanden...«

Evelyn ist seltsamerweise sehr schüchtern, wenn sie über einen so normalen Zustand wie eine Schwangerschaft reden soll. Mir dagegen ist solche Zurückhaltung fremd, und deshalb sagte ich sehr direkt: »Ja, die ersten drei Monate sind die gefährlichsten. Demnach wirst du das Baby im Dezember oder Januar bekommen. Übrigens, da wir gerade über Kinder sprechen...«

»Aber natürlich! Du wirst Ramses sehen wollen.«

Sie sprach sehr zögernd und sah mir nicht in die Augen.

»Ist etwas passiert?« fragte ich ganz ruhig.

»Nein, selbstverständlich nicht. Nur ... Also, die Wahrheit ist, daß wir ihn im Augenblick nicht finden können.«

Bevor ich noch weitere Fragen stellen konnte, stürmte Emerson in die Halle, wo wir uns befanden. »Er ist verschwunden!« schrie er. »Peabody! Ramses ist verschwunden! Er ist schon seit dem Frühstück fort. Verdammt, weshalb steht ihr alle noch herum? Wir müssen ihn suchen!«

Ich packte eine der Marmorsäulen, um nicht augenblicklich von Emersons Griff aus der Halle gerissen zu werden. »Beruhige dich, Emerson! Man sucht ihn sicher bereits. Außerdem könntest du dich verlaufen, und dann müßten wir auch noch dich suchen. Du weißt doch, wie Ramses ist: Wenn er fertig ist, wird er schon zurückkommen.«

Genausogut hätte ich gegen eine Wand reden können. Emerson ließ mich los und stürmte aus der Tür.

»Ihr braucht euch wirklich nicht aufzuregen«, bekräftigte Evelyn. »Wie du ganz richtig bemerkt hast, ist dieses Verhalten typisch für Ramses.«

»Ra-a-amses!« Emersons Stimme war nicht umsonst berühmt für ihre Tragweite. »Papa ist hier, Ramses... Wo bist du? Ram-ses...«

»Ich könnte eine Tasse Tee vertragen«, sagte ich zu Evelyn, weil ich nach der langen Zufahrt durstig war. Wenn ich eine Aufmunterung gebraucht hätte, hätte ich um Whisky mit Soda gebeten.

Wenige Minuten später kam Emerson zurück, wobei er Ramses wie ein Wickelkind auf den Armen trug. Das zu Herzen gehende Bild ließ mich allerdings kalt, denn Ramses war wie üblich von oben bis unten völlig mit Schmutz bedeckt, und Emersons Anzug hatte gerade eine umständliche Reinigungsprozedur überstanden.

Die gestreifte Katze, die wir von unserer vorletzten Expedition aus Ägypten mitgebracht hatten, kam langsam hinterdrein. Sie war die ständige Begleiterin unseres Sohnes, aber leider waren ihre guten Eigenschaften ihm kein Vorbild. Während sie sich auf dem Teppich niederließ, um sich ausgiebig zu reinigen, befreite sich Ramses aus den Armen seines Vaters und stürzte auf mich zu, ohne sich auch nur die Füße abzutreten.

Nachdem der nach Hund, Kuhstall und Schokolade riechende, kleine klebrige Kerl deutliche Spuren auf meinem Kostümrock hinterlassen hatte, trat er einen Schritt zurück und begrüßte mich. »Guten Tag, Mama!«

Ramses hat ein ganz entzückendes Lächeln. Sonst ist er nicht gerade hübsch. Besonders seine Nase ist sehr groß und verspricht, dem Vorbild seines Namensvetters unter den ägyptischen Pharaonen recht ähnlich zu werden. Auch sein Kinn ist sehr ausgeprägt, und ich muß zugeben, daß mich der Anblick des gleichen Grübchens jedesmal außer Fassung bringt. Ich erwiderte sein Lächeln. »Wo hast du denn gesteckt, du Schlingel?«

»Ich habe Tiere freigelaffen. Auf Fallen«, antwortete Ramses. »Ich dachte, ihr würdet erft fpäter kommen.«

»Was ist los?« fragte ich und runzelte die Stirn. »Du lispelst ja wieder!«

»Das ist kein Lispeln«, verteidigte Evelyn den kleinen Schurken, der sich dem Teetisch zugewandt hatte und eifrig Sandwiches verzehrte. »Er hat seine ›s‹ immer einwandfrei gesprochen!«

»Du kannst es nennen, wie du willst«, sagte ich. »Er macht es jedenfalls absichtlich, um mich zu ärgern.«

Ramses hatte sich an die Knie seines Vaters gelehnt und betrachtete mich mit einem seltsam langen Blick, während er sich ein Kressesandwich im ganzen in den Mund stopfte. Die Ankunft des atemlosen, keuchenden Walter verhinderte eine Fortsetzung der Diskussion.

»Da bist du ja, du kleiner Gauner!« sagte er erlöst. »Wo warst du denn? Du wußtest doch, daß deine Eltern kommen!«

»Ja, daf fon ...« Ramses sah mich an. Langsam und deutlich wiederholte er den Satz: »Ja, daf fon. Aber ich dachte, daf der Zug fpäter kommen würde. Du muft Anzeige gegen Will Baker eftatten, Onkel Walter! Er ftellt wieder Fallen auf. Ich habe heute viele Tiere befreit.«

»Tatsächlich? Wird gemacht!« sagte Walter.

»Guter Gott!« stöhnte ich. Früher hatte Walter Ramses einmal verhauen, weil er Seiten aus einem Buch gerissen hatte, aber jetzt war auch er ein willenloses Werkzeug in den Händen dieses kleinen Diktators geworden!

»Deine Ausdrucksweise, Amelia!« zischte Emerson. »Denke daran, daß junge unschuldige Ohren dir zuhören.«

Nachdem Ramses sich zum Waschen und Umziehen begeben hatte, kehrte das braunhäutige Ungeheuer mit dem dunklen Wuschelkopf schon bald in Begleitung seiner drei blonden Vettern, die sich wie vollendete Gentlemen benahmen, zu uns zurück. Der neunjährige Radcliffe sah ein wenig angegriffen aus, aber die jüngeren Zwillinge Johnny und Willy schienen die Strapazen, die unser Sohn ihnen sicher verursacht hatte, besser überstanden zu haben. Nachdem sie uns artig begrüßt hatten, trat Ramses mit einem blondgelockten vierjährigen Engelchen auf mich zu, dessen kugelrunde Augen etwas gequält schauten, weil Ramses sie fest im Genick gepackt hielt. Er schubste sie in meine Richtung und sagte: »Und das ist ›Melia‹, Mama.«

Ich gab ihr einen Kuß, doch als ich sie neben mich auf das Sofa heben wollte, sagte die Kleine: »Danke, Tante, aber ich mag lieber neben Ramses sitzen.« Ich seufzte nur, als ich den Blick bemerkte, mit dem sie meinen Sohn fixierte – wie eine kleine Maus, die vor einer Schlange sitzt.

Während sich Evelyn rührend um das Wohl der lieben Kleinen kümmerte, wandte ich meine Aufmerksamkeit dem Gespräch zwischen den Männern zu.

»Dann werdet ihr also nicht nach Theben zurückgehen?« fragte Walter gerade.

»Verdammt! Das sollte doch eine Überraschung für Amelia werden!« zischelte Emerson leise.

»Ich liebe keine Überraschungen«, sagte ich. »Am wenigsten, wenn sie auch noch unsere Arbeit betreffen.«

»Diese wirst du mögen, meine liebe Peabody. Rate, wo wir in diesem Winter graben werden!«

Die liebevolle Anrede ließ die heftige Erwiderung, die mir auf der Zunge lag, ungesagt. Ich weiß nicht, wann wir begonnen haben, uns auf die zärtlichste Weise mit unseren Nachnamen anzusprechen, jedenfalls aber war es mittlerweile eine beglückende Gewohnheit geworden.

Sanfter gestimmt, sagte ich: »Mein lieber Emerson, ich habe keine Ahnung, wo ich beginnen soll. Ich möchte an unendlich vielen Plätzen graben.«

»Aber du hast doch einen ganz großen Wunsch! Sozusagen eine bisher unbefriedigt gebliebene Sehnsucht, die Krönung deiner archäologischen Karriere?«

»O Emerson!« Ich klatschte in die Hände, ohne daran zu denken, daß ich immer noch mein Tomatensandwich hielt. Während ich die traurigen Reste mit einem Taschentuch abwischte, fragte ich: »Pyramiden! Hast du das gemeint? Hast du eine Pyramide für uns?«

»Nicht nur eine, sondern fünf!« antwortete Emerson, und seine blauen Augen leuchteten. »Dahschûr, Peabody! Das Pyramidenfeld von Dahschûr, dort werden wir graben. Freut dich das?«

»Du willst sagen, daß du hoffst, dort graben zu können«, stellte ich richtig, während meine erste Begeisterung wich. »Hast du eine Genehmigung bekommen?«

»Du weißt, daß ich niemals im voraus bei der Ägyptischen Antikenverwaltung um Genehmigungen bitte, weil die lieben Kollegen oft genug davon Wind bekommen und dann ihrerseits Anträge stellen. Ich mag keine Namen nennen, aber du kannst dir sicher denken, wen ich dabei im Auge habe.«

Ich ließ die kleine Anspielung auf Mr. Petrie außer acht und sagte: »Aber Emerson, du weißt doch, daß de Morgan im letzten Frühjahr in Dahschûr gegraben hat. Als Direktor der Ägyptischen Antikenverwaltung kann er sich sein Wunschgebiet aussuchen. Glaubst du, daß er dir sein Projekt abtreten wird?«

»Soweit ich weiß, ist de Morgan vernünftiger als sein Vorgänger«, meinte Walter, der Friedensstifter.

»Ja, Grebaut war ein Idiot«, pflichtete Emerson bei. »*Mir* hat er allerdings nie etwas getan.«

»Er hatte doch Angst vor dir«, warf ich ein, »nachdem du ihm gedroht hast, ihn umzubringen!«

»Ich kann mir nicht erklären, woher du immer wieder solche Informationen beziehst«, sagte Emerson mild. »Ich bin doch ein friedlicher Mensch! Mir vorzustellen, daß ich den Generaldirektor der Ägyptischen Antikenverwaltung mit roher Gewalt bedrohe, nein, meine Liebe, ich weiß wirklich nicht ...«

»Laßt es gut sein«, appellierte Walter zwinkernd. »Wir wollen hoffen, daß es in diesem Jahr keinerlei Komplikationen gibt. Wenigstens nicht gleich einen Mord!«

»Ich hoffe«, sagte Emerson. »Diese Ablenkungen stören den Ablauf der Arbeit. Amelia ist zwar aus unerfindlichen Gründen der Meinung, daß sie Talent zum Detektiv hat, aber ...«

»Ich verdanke ihrem Spürsinn viel«, sagte meine liebe Evelyn. »Du solltest nicht so über Amelia reden, Radcliffe, denn ich war damals Zeuge ihrer Fähigkeiten.«

»Und beim nächsten Mal hat es doch sogar dich selbst betroffen, Radcliffe. Du warst doch der Leiter der Expedition, wo immer wieder Personen verschwanden oder von alten Flüchen verfolgt wurden.«

»Das hat sie mir eingebrockt«, brummte Emerson und sah mich an.

»Ich weiß gar nicht, worüber du dich beschwerst«, entgegnete ich. »Es war eine spannende Geschichte, und außerdem haben wir einige interessante Sachen im Tal der Könige entdeckt.«

»Aber ihr habt euch in der Zufreibung def Grafef geirrt«, ließ Ramses sich vernehmen. »Ich glaube aber, daf man daf Grab def Tutanchamun noch finden wird.«

Walter wußte, daß Emerson Kritik an seiner Arbeit von niemandem – auch nicht von seinem Sohn – akzeptierte, und beeilte sich, das Thema zu wechseln. »Sag, Radcliffe, hast du irgend etwas über die Herkunft der illegalen Antiquitäten gehört, die plötzlich überall auftauchen? Teilweise sind sehr schöne Stücke dabei, auch Schmuck. Hältst du es für möglich, daß die Grabräuber in Theben ein weiteres Mumienversteck gefunden haben?«

»Dein Onkel spricht von der Höhle in Deir-el-Bahri«, erklärte Emerson seinem Sohn. »Sie enthielt viele Mumien, die die Priester dort versteckt hatten, nachdem die ursprünglichen Gräber ausgeraubt worden waren.«

»Danke, Papa, aber ich bin mit den Einzelheiten vertraut. Die Höhle wurde von Grabräubern auf Gurneh in der Nähe von Theben gefunden. Fie haben einzelne Ftücke verkauft, die dem damaligen Direktor der Antikenverwaltung die Möglichkeit gaben, die Fpur zurückzuverfolgen und die Lage der Höhle in Erfahrung zu bringen ... «

»Es reicht, Ramses«, sagte ich.

»Hmm«, brummte Emerson. »Um auf deine Frage zurückzukommen, Walter – natürlich ist das möglich, aber soviel ich weiß, stammen die Stücke aus völlig verschiedenen Perioden, so daß die Vermutung naheliegt, daß eine größere Bande dahintersteckt, die an verschiedenen Plätzen aktiv ist. Diese Vandalen! Wenn ich einen von ihnen in die Finger kriege! Ich schwöre ... «

»Gerade hast du noch geschworen, daß du nicht Detektiv spielen willst«, sagte Walter lächelnd. »Keine Morde für Amelia und keine Räuber für dich! Nur eine simple Grabungsexpedition! Und vergiß nicht, nach Papyri zu suchen – nach demotischen Papyri, bitte. Ich brauche noch einige, sonst wird mein Lexikon nie fertig.«

»Und ich«, sagte Ramses, während er das letzte Sandwich an die Katze verfütterte, »ich werde tote Menfen ausgraben, weil man auf den menflichen Überreften auf die Abftammung der alten Ägypter fliefen kann. Eine Unterfuchung über die Technik der Mumifizierung wäre auch fehr intereffant.«

Emerson beugte sich mit zärtlichem Lächeln zu seinem Sohn hinunter und strich ihm über die Haare. »In Ordnung, Ramses. Papa wird viele tote Leute für dich finden.«

# 2. Kapitel

Die Überfahrt von Brindisi nach Alexandria verlief ohne größere Zwischenfälle. John erfüllte seine Pflicht vorbildlich – nur ein einziges Mal gelang es Ramses, seinen Aufseher in der Kabine einzuschließen und sich ungestört den Maschinenraum anzusehen. Ansonsten ließ der Diener kein Auge von seinem Schützling und kümmerte sich auch gewissenhaft um die Katze Bastet. Ramses hatte nicht darauf bestanden, das Tier mitzunehmen, denn für ihn war es schlicht selbstverständlich gewesen, nachdem frühere Trennungen beiden Teilen nicht gut bekommen waren.

John mitzunehmen war wirklich eine von Emersons besten Ideen gewesen, und in meiner gewohnt herzlichen Art wollte ich diese Tatsache meinem Ehemann auch mitteilen.

»John mitzunehmen«, sagte ich, »war mit Sicherheit nicht eine deiner schlechtesten Ideen, Emerson.«

Am nächsten Morgen sollten wir in Alexandria einlaufen, und wir verbrachten den Abend in trauter Zweisamkeit auf der schmalen Koje unserer Kabine. John und Ramses bewohnten die Nachbarkabine. Da das Bullauge fest verschraubt war und sich der Schlüssel zur Tür in Emersons Tasche befand, konnte ich mich beruhigt zurücklehnen und die Umarmung meines Mannes genießen. Seine muskulösen Arme umschlangen mich fest, während er schläfrig »Siehst du!« murmelte.

Diese Erwiderung sollte meiner Meinung nach niemals verwendet werden, aber an einem so betäubenden Abend voll milder Luft und sanftem Mondlicht und noch dazu in den Armen meines zärtlichen Ehemannes war ich äußerst mild gestimmt und nicht zu kritischen Äußerungen aufgelegt.

»Er ist nicht einmal seekrank geworden«, fuhr ich fort. »Und sein Arabisch macht erstaunliche Fortschritte. Außerdem versorgt er auch die Katze Bastet gewissenhaft.«

Emersons Antwort hatte nicht das geringste mit meinem Satz zu tun und brachte mich aus dem Konzept. Aber auch seine eindeutigen Gesten, die keiner Worte mehr bedurften, konnten nicht verhindern, daß ich es noch einmal versuchte. »Ich fürchte, ich muß zugeben, daß ich den jungen Mann unterschätzt habe. Vielleicht wird er uns sogar recht nützlich sein ... «

»Ich begreife nicht ganz, wie du in einer solchen Situation immer noch über andere Sachen reden kannst!« sagte Emerson.

Und ein weiteres Mal mußte ich einräumen, daß Emerson im Recht war. Im Augenblick war wirklich nicht der geeignete Zeitpunkt für derartige Erörterungen.

Ganz so widerstandsfähig war John allerdings doch nicht. Am nächsten Morgen schniefte er ein wenig, und als wir in Kairo ankamen, hatte er eine ausgewachsene Erklärung mit allen scheußlichen Begleiterscheinungen.

»Verrückt!« sagte ich, während ich ihm Bettruhe verordnete und ihm die erforderlichen Medikamente einflößte. »Verrückt! Sie haben sich nicht an meine Anordnungen gehalten! Sie sollten die Leibbinde aus Flanell immer tragen, um sich vor Erkältungen zu schützen! Wo ist sie denn? Weshalb tragen Sie sie nicht?«

John errötete, aber er konnte nicht antworten, weil ich ihm gerade die Nase zuhielt, um ihm einen Teelöffel voll Medizin einzuflößen. »Wo ist Ihre Leibbinde, John?«

John schluckte, und seine Augen wanderten zu Ramses, der am Fußende des Bettes stand und die Szene beobachtete. Als ich ihn ansah, sagte er wie aus der Pistole geschossen: »Ich bin daran fuld, Mama! Ich brauchte den Ftoff, um eine Leine für Baftet herzustellen.«

Das fragliche Tier saß am Fußende und betrachtete das herabhängende Moskitonetz mit einem Ausdruck in den Augen, der meine schlimmsten Befürchtungen weckte. Ich hatte bereits anerkennend vermerkt, daß Bastet mit einer geflochtenen Leine ausgerüstet worden war. Ich hatte nicht daran gedacht, weil das Tier Ramses wie ein Hund folgte, aber in einer fremden Umgebung war die Leine eine äußerst vernünftige Vorsichtsmaßnahme.

Nachdem ich die Katze ermahnt hatte, das Netz in Ruhe zu lassen, wandte ich mich an meinen Sohn: »Weshalb hast du nicht deine eigene Leibbinde genommen?«

»Weil du daf fofort gemerkt hätteft.«

»Wozu sollen diese Dinger überhaupt nützlich sein«, fragte Emerson, der unruhig durch die Räume lief. »Ich trage nie eine und bin trotzdem am Leben. Komm jetzt, Amelia! Der junge Mann wird sicher schnell gesund, wenn du ihn endlich in Ruhe läßt! Er hat doch nur eine einfache Erkältung. Wir haben viel zu tun, und ich brauche deine Hilfe.«

Einer so freundlichen Aufforderung mußte ich wohl oder übel gehorchen. Wir zogen uns in unser Zimmer zurück und nahmen Ramses und selbstverständlich auch Bastet mit. Als ich mich dem Koffer zuwenden wollte, der unsere Bücher und Notizen enthielt, nahm Emerson meinen Arm und zog mich zum Fenster.

Unsere Zimmer lagen im dritten Stock des Hotels. Von

dem kleinen, mit einem schmiedeeisernen Geländer versehenen Balkon hatte man einen herrlichen Blick über den Esbekija-Park, wo die Mimosenbäume in voller Blüte standen. Aber meine Augen wanderten weiter über die Dächer, die Kuppeln und Minarette.

Emerson seufzte aus tiefstem Herzen und zog Ramses an seine andere Seite. Ich spürte, wie stolz und glücklich er war, daß er seinem Sohn zeigen konnte, was für ihn das wirkliche Leben war. Doch noch bevor der Augenblick allzu feierlich werden konnte, jagte Ramses uns einen gehörigen Schrecken ein, als er blitzschnell auf das Geländer kletterte, um besser sehen zu können. Doch als er zu schwanken begann, hatte Emerson ihn schon fest im Griff.

»Das war unvorsichtig, mein Sohn«, sagte er ganz ruhig. »Laß dich von mir festhalten.«

Voller Verachtung für so viel menschliche Unzulänglichkeit nahm Bastet den Platz unseres Sohnes ein, während wir gebannt das vielfältige Leben auf der Straße unter uns beobachteten, zusahen, wie die Händler und Eselsvermieter die Fremden, die im Hotel aus und ein gingen, förmlich belagerten, mit lautstarken Angeboten sich gegenseitig übertönten und um die Gunst der Fremden feilschten. Ramses war von dem Anblick fasziniert, und das kleine Lächeln in seinen Mundwinkeln bedeutete, daß er sehr konzentriert beobachtete und Gefallen daran fand.

Zum Abendessen waren wir mit einem alten Beduinenfreund, dem Scheich Mohammed Bahsoor, verabredet. Wir hatten beschlossen, Ramses mitzunehmen, weil wir ihn unmöglich dem geschwächten John überlassen konnten, aber meine Befürchtungen in bezug auf sein Benehmen wurden angenehm enttäuscht. Der alte Mann begrüßte Ramses mit der ausgesuchten Höflichkeit dieses Wüstenvolkes, und mein Sohn saß musterhaft still und redete fast überhaupt nicht.

Ich war die einzige Frau in der Runde, obwohl der Scheich im allgemeinen nur mit Männern speiste. »Mit Frauen kann man sich nicht über ernste Probleme unterhalten«, pflegte er zu behaupten. Ich muß nicht betonen, daß ich mich sehr geehrt fühlte, daß er mich offenbar von dieser Verleumdung ausnahm, und ich glaubte sogar, daß ihm mein leidenschaftliches Plädoyer für das weibliche Geschlecht, das ich bei solcher Gelegenheit hielt, imponiert hat.

Das Treffen hatte fast internationalen Charakter. Außer einigen Ägyptern war auch Mr. Naville, ein Archäologe aus der Schweiz, eingeladen, außerdem Mr. Insinger, ein Holländer, und Mr. Navilles junger, begabter Assistent namens Howard Carter. Ein Gast fiel gänzlich aus dem Rahmen. Er war mittelgroß, wirkte aber größer, weil alles an ihm unglaublich schmal war. Dafür prangten Diamanten an seinem Hemd und seinen Manschetten, und quer über die Brust lief das scharlachrote Band irgendeines ausländischen Ordens. Sein kurzes Haar war, ebenso wie sein Schnurrbart, ekelerregend pomadisiert, und vor seinem rechten Auge klemmte ein Monokel, das das Gesicht zu einer schiefen Grimasse verzerrte.

Als Emerson ihn erblickte, brummte er, war aber zu höflich, um vor dem Scheich eine Szene zu machen. Als sein Gastgeber ihm ›Prinz Kalenischeff‹ vorstellte, zwang sich mein Mann zu einem höflichen Lächeln und sagte nur: »Ich kenne den – hm – den Herrn bereits.«

Ich hatte ihn zwar noch nicht getroffen, aber schon viel vn ihm gehört. Als er sich über meine Hand beugte und sie länger als nötig festhielt, fielen mir Emersons kritische Bemerkungen wieder ein. »Er hat zusammen mit Amelineau in Abydos gearbeitet, aber frage mich nicht, welches Chaos sie dort angerichtet haben. Er bezeichnet sich zwar als Archäologen, aber wenn das stimmt, bin ich die Kaiserin von China!« Da Emerson alle Kollegen sehr kritisch beurteilte, habe ich ihn damals nicht ganz ernst genommen, aber ich muß zugeben, daß diese dunklen, etwas dreist blickenden Augen und das aalglatte Lächeln des Prinzen keinen guten Eindruck auf mich machten.

Der größte Teil der Unterhaltung beschäftigte sich mit archäologischen Problemen und dabei besonders mit dem geplanten Nildamm bei Philae, der mit den ursprünglich festgesetzten Ausmaßen die Tempel aus ptolemäischer Zeit unter Wasser gesetzt hätte. Nach Emersons Meinung konnte man das getrost riskieren, denn er hielt die Tempel nicht unbedingt für erhaltenswert, auch wenn sie noch ihre ursprüngliche Bemalung aufwiesen. Nach einigem Hin und Her unterschrieb er aber trotzdem den Appell, den Damm niedriger zu bauen und damit die Tempel zu schonen.

Als Mr. Naville Emerson in aller Unschuld fragte, wo er in diesem Jahr zu graben beabsichtigte, lag plötzlich so etwas wie Spannung in der Luft. Emerson brummte unwillig und verweigerte jede Auskunft über seine Pläne. Sicher wäre alles im Sand verlaufen, wenn sich nicht Prinz Kalenischeff zu Wort gemeldet hätte. »Die vielversprechendsten Plätze sind mittlerweile sicher vergeben. Sie sollten nicht immer so lange warten, Professor!«

Emerson hätte sicher eine unfreundliche Antwort gegeben, wenn ich ihm nicht einen Bissen Lammfleisch in den Mund geschoben hätte. Wir aßen nach arabischer Sitte, was bedeutete, daß wir im Schneidersitz auf dem Boden um einen niedrigen Tisch saßen und mit den Fingern aßen. Ramses saß aufrecht wie eine kleine Statue, antwortete höflich, wenn das Wort an ihn gerichtet wurde, und aß so anständig, wie es unter diesen Umständen möglich war. Als wir uns verabschiedeten, verbeugte er sich formvollendet vor unserem Gastgeber und bedankte sich in fließendem Arabisch, was den alten Herrn veranlaßte, unseren Sohn hingerissen an sich zu drücken und ihn zu einem Ehrenmitglied seines Stammes zu erklären.

Als wir endlich in der Kutsche saßen, lehnte Emerson sich zurück und strich sich seufzend über seinen Magen. »Die arabische Gastfreundschaft ist wirklich überwältigend. Ich habe zuviel gegessen, Amelia. Ich werde heute nacht kein Auge zutun!«

Wenn ich daran dachte, daß allein der Hauptgang aus einem gebratenen Schaf bestanden hatte, das mit Hühnern gefüllt worden war, in denen wiederum Wachteln steckten, dann konnte ich ihm nur beipflichten. Aber es wäre natürlich eine unverzeihliche Sünde gewesen, auch nur einen Gang zurückzuweisen. Ich unterdrückte eine entsprechende Bemerkung und wandte mich statt dessen an Ramses. »Du hast dich ausgezeichnet benommen. Mama war stolz auf dich!«

»Ich habe meine Fprachkenntniffe geteftet«, sagte Ramses. »Und ich bin froh, daß ich trotz Onkel Walterf akademifem Unterricht faft jedef Wort verftanden habe.«

»Wirklich?«

»Ja, Onkel Walter hat mir fehr viel beigebracht. Allef, waf mir jetzt noch fehlt, ift der praktife Unterricht in der Umgangffprache.«

Als wir im Hotel ankamen, begrüßte Ramses als erstes die Katze, und Emerson öffnete die Fensterläden, die wir vorsichtshalber geschlossen hatten. Zu meiner Freude stellte ich fest, daß das Tier meine Ermahnung beherzigt und das Moskitonetz verschont hatte. In unserer Abwesenheit hatte man das Kinderbett aus dem angrenzenden Zimmer neben unser Bett geschoben.

Ich überließ es Emerson, Ramses zu versorgen, und ging nach nebenan, um nach unserem Patienten zu sehen, dem es zwar besser ging und der sich auch sofort wieder an die Arbeit machen wollte, was ich allerdings energisch verhinderte. Ich gab ihm seine Medizin, kontrollierte, ob er die neue Leibbinde trug, und wünschte ihm dann eine gute Nacht.

Als ich in unser Zimmer zurückkehrte, lagen Ramses, Emerson und die Katze schlafend auf unserem Bett. Emerson schnarchte sogar, obwohl er doch befürchtet hatte, kein Auge zutun zu können. Vorsichtig hob ich Ramses hoch und legte ihn in sein Bett, drapierte das Moskitonetz und erlaubte der Katze, sich auf dem Fußende des Bettes niederzulassen. Das feine Netz ließ die ausgeprägten Gesichtszüge meines Sohnes viel weicher erscheinen, und er sah aus wie ein kleiner semitischer Heiliger, dem ein Löwe zu Füßen lag.

Der Ausdruck der Unschuld, der diesem Bild angehaftet hatte, mußte meine Sinne eingeschläfert haben, denn ich kam erst wieder zu mir, als die Sonne längst aufgegangen war. Ramses und die Katze waren verschwunden.

Emerson schnarchte immer noch ungerührt. Ich kleidete mich rasch an, nicht weil ich befürchtete, daß Ramses etwas zugestoßen sein könnte, sondern weil ich die Angelegenheit ohne meinen Ehemann erledigen wollte. Ich erinnerte mich, daß Ramses gestern etwas von praktischem Unterricht gesagt hatte, und konnte mir denken, wo ich ihn finden würde.

Obwohl es noch früh am Morgen war, war die Straße vor dem Hotel bereits voller Menschen, und ich hatte einige Mühe, Ramses ausfindig zu machen, weil er in seinem weißen Nachthemd, das mittlerweile nicht mehr ganz so weiß war, und seinen dunklen Locken den kleinen Eseltreibern zum Verwechseln ähnlich sah. Bevor ich noch rufen konnte, sah ich, wie einer der größeren Knaben Ramses mit einem Schwall von Schimpfworten bedachte, weil er ihm im Weg gestanden hatte. Meine Überraschung war vollständig, als ich meinen kleinen Nachkommen Dinge erwidern hörte, die selbst ich nur teilweise verstehen konnte.

Ich war nicht der einzige Zuschauer, denn mittlerweile hatten sich noch einige andere Frühaufsteher auf der Hotelterrasse versammelt. Am liebsten hätte ich verschwiegen, daß mich verwandtschaftliche Bande mit diesem kleinen Dreckspatz verbanden, aber als ich erkannte, daß der größere Junge, der mit der Mißgeburt aus einer Verbindung zwischen Engländer und Kamel verglichen worden war, Anstalten machte, auf Ramses loszugehen, beschloß ich einzugreifen.

»Ramses!« rief ich laut.

Jeder, der sich in Hörweite befand, wandte sich um und starrte mich an. Wahrscheinlich haben sich alle gefragt, wie eine englische Lady dazu kam, in aller Frühe den Namen eines Pharaos laut über die Terrasse von Shepheard's Hotel zu rufen.

Während Ramses hinter einem kleinen Esel hervorkam, trat ihm sein Widersacher mit erhobenen Fäusten entgegen, doch im selben Augenblick sprang eine wild fauchende Bastet den ägyptischen Knaben an, der das Gleichgewicht verlor und in einer großeren Staubwolke zu Boden ging. Noch bevor sich der Staub gesetzt hatte, erreichten Ramses und Bastet unbehelligt die Terrasse, und wir zogen uns schweigend ins Hotel zurück.

Emerson frühstückte gerade genüßlich, als wir ins Zimmer traten. »Guten Morgen, meine Lieben«, rief er uns entgegen. »Was habt ihr denn so früh am Morgen gemacht?«

Bastet ließ sich nieder und begann, ihr Fell zu reinigen. Das veranlaßte mich, Ramses seinem Vater in die Arme zu schubsen mit dem klaren Befehl: »Wasche ihn, bitte!«

Als sie hinausgingen, hörte ich, wie Ramses erklärte: »Ich wollte unbedingt aufprobieren, wie gut meine Umgangffprache ift, Papa!«

»Wunderbar, mein Junge. Ganz ausgezeichnet!« hörte ich Emerson antworten.

Nach dem Frühstück wandten wir uns unseren Pflichten zu. Emerson wollte de Morgan wegen der Grabungsgenehmigung für Dahschûr aufsuchen, und ich hatte dringende Besorgungen zu erledigen, außerdem mußte ich Ramses beaufsichtigen – und die Katze, denn Ramses wollte keinen Schritt ohne sie tun. Ich hatte nachgegeben, weil ich ohnehin eine richtige Lederleine für Bastet besorgen wollte.

Bis zum Eingang des Basars ließen wir uns von einer Kalesche bringen, doch in dem Gewimmel der engen Gassen konnte man nur zu Fuß weiterkommen. Auf meinen Vorschlag hin nahm Ramses die Katze auf die Schulter, was ohnehin ihre Lieblingsposition war. Unser erster Weg führte uns in das Viertel der Lederhandwerker, wo wir zwei Leinen für die Katze erstanden. Die eine war einfach und sehr solide gearbeitet, die andere dagegen leuchtend rot und mit Skarabäen und imitierten Türkisen besetzt. Ich war etwas erstaunt über den schlechten Geschmack, den Ramses bei diesem Einkauf bewies, aber ich hielt die Angelegenheit nicht für so wichtig, als daß wir darüber hätten diskutieren müssen.

Anschließend erledigte ich meine Einkäufe – Medikamente, Werkzeuge, Seile und unzählige andere Ausrüstungsgegenstände, was ziemlich viel Zeit in Anspruch nahm, denn ohne ausgiebiges Feilschen, einen Kaffee und den Austausch von Höflichkeiten ging es in keinem Laden ab. Der Vormittag war schon fast vorbei, aber da ich noch eine Sache erledigen mußte, fragte ich Ramses, ob er Hunger hätte. Doch ich hätte mir die Frage sparen können, denn ich sah gerade noch, wie er sich ein von Honig triefendes Stück Gebäck in den Mund schob. Der Honig war auf Jacke und Hose getropft, was den zahlreichen Fliegen nicht entgangen war.

»Woher hast du das?« fragte ich.

»Von ihm«, sagte Ramses und deutete auf einen Händler, der ein großes Blech dieser Köstlichkeiten auf dem Kopf balancierte und mir, von Fliegen umschwirrt, ein zahnloses Lächeln schenkte und respektvoll grüßte.

»Habe ich dir nicht gesagt, daß du nichts essen sollst, bevor ich es dir ausdrücklich erlaube?« fragte ich.

»Nein«, meinte Ramses.

»Oh! Dann tue ich es hiermit.«

»Ist in Ordnung«, meinte Ramses und wischte sich die klebrigen Finger an seiner Hose ab, was den Fliegen nur recht war.

Hintereinander gingen wir durch eine schmale Gasse und erreichten einen kleinen Platz mit einem öffentlichen Brunnen, um den einige Frauen in schwarzen, langen Gewändern versammelt waren. Der Anblick von Ramses mit der Katze an der roten Leine amüsierte sie. Sie kicherten und deuteten, und einige hoben sogar den Schleier, um besser sehen zu können.

»Wohin gehen wir eigentlich?« fragte Ramses.

»Zu einem Antiquitätenhändler. Ich habe doch Onkel Walter versprochen, mich nach seinen Papyri umzuschauen.«

Das war das Stichwort für Ramses. »Papa fagt, daf alle Händler ganz aufgekochte Flitzohren ...«

»Ich kenne die Meinung deines Vaters, und ich möchte dich bitten, sie nicht vor dem Mann zu erwähnen, den wir aufsuchen werden. Antworte nur, wenn du etwas gefragt wirst, bleibe im Laden und paß auf die Katze auf!«

»Ja, Mama«, sagte Ramses.

Der Khân Khalîlî Basar war noch überlaufener und enger. Mühsam suchten wir uns unseren Weg zwischen den eng nebeneinanderliegenden Läden und den zahlreichen Kunden, die ihre Geschäfte oft auf der Steinbank direkt vor dem Laden tätigten. Der Laden von Abd el Atti lag am Rand des Basars. Der kleine Geschäftsraum war gewissermaßen ein Vorwand, denn die wirklich interessanten Kunden wurden in einen großen Raum im hinteren Teil des Hauses geführt, wo der alte Gauner seine wirklichen Schätze aufbewahrte.

Seit den Tagen von Monsieur Mariette wird der Antiquitätenhandel streng kontrolliert – Grabungsgenehmigungen werden nur an Fachleute vergeben, und die Antikenverwaltung behält sich vor, die bedeutendsten Stücke für das Ägyptische Museum auszuwählen. Die unbedeutenderen kann der Ausgräber behalten. Alles könnte in bester Ordnung sein, wenn das Gesetz eingehalten würde. Aber da es unmöglich ist, jeden Quadratmeter des Landes zu bewachen, finden immer wieder und überall illegale Grabungen statt, bei denen nicht nur wertvolle Gegenstände entwendet, sondern auch wertvolle archäologische Fakten vernichtet werden. Die Fellachen haben einen ausgezeichneten Spürsinn für derartige Fundstätten, wie die Höhlen mit den vielen Mumien deutlich gezeigt hat. Aber es sind nicht nur die Ägypter selbst, die sich an derartigen Geschäften bereichern. Auch Wallis Budge vom Britischen Museum hat die Tafeln von Amarna, den Ani Papyrus und verschiedene andere Kunstgegenstände aus dem Land schmuggeln lassen.

Manche Händler arbeiteten ausschließlich mit legalen Mitteln, andere dagegen hatten keinerlei Hemmungen. Abd el Attis Ruf lag irgendwo in der gesunden Mitte. Er war sicher kein Engel, aber auch lange nicht so übel wie andere und somit genau der richtige Mann für diese Angelegenheit.

Die Steinbank vor dem Laden war leer. Ich blickte hinein

und sah auf den ersten Blick nur gestapelte Waren, die von einer trüben Lampe beleuchtet wurden. Der verbleibende Raum wurde fast völlig von Abd el Atti ausgefüllt, der ziemlich klein und genauso breit war. Früher mußte er einmal ein hübscher Mann mit schönen braunen Augen gewesen sein, aber so, wie ich ihn jetzt von hinten sah, ähnelte er in seinem lachsrosa Gewand und dem grünen Turban eher einem orangefarbenen Ballon, der von einem Kohlkopf gekrönt wurde.

Sein gewaltiger Körper verdeckte den anderen Mann fast völlig, der halb hinter dem Vorhang im Durchgang zum hinteren Teil des Ladens stand. Ich konnte nur sein Gesicht sehen – eine dunkle, fast nubische Hautfarbe und schlaffe Gesichtszüge. Als er mich erblickte, wurden die Lippen unter seinem schwarzen Schnurrbart ganz schmal, und er schnarrte einen kurzen Befehl, von dem ich nur einige Worte verstehen konnte.

Abd el Atti fuhr so schnell herum, wie ich es ihm bei seiner Leibesfülle niemals zugetraut hätte. Ihm standen Schweißperlen auf der Stirn, als er sagte: »Es ist Sitt Hakim, die Frau von Emerson. Ihre Anwesenheit ehrt mein Haus, Sitt.«

Da ich mich kannte und Abd el Atti wußte, wer ich war, mußte ich annehmen, daß die Mitteilung für den anderen Mann bestimmt war, doch dieser verschwand plötzlich und unhörbar, daß es eigentlich nur eine Warnung gewesen sein konnte.

Abd el Atti verbeugte sich oder versuchte es doch wenigstens, während er mich in vollendetem Arabisch begrüßte: »Willkommen, verehrte Damen! Wer kann dieser junge Mann anders sein als der Sohn des großen Emerson! Intelligente Augen hat er, und hübsch ist er auch!«

Abd el Atti mußte schrecklich verwirrt sein, denn aus Furcht vor bösen Einflüssen würde es keinem Araber einfallen, die Vorzüge eines Kindes zu preisen.

»Kommen Sie«, fuhr er fort, »wir wollen uns draußen auf die Bank setzen und einen Kaffee trinken, bevor Sie mir sagen, womit ich Ihnen helfen kann.«

Während wir uns auf der Bank niederließen und er in die Hände klatschte, um einen Diener herbeizurufen, blieb Ramses allein im Laden zurück, wo er, mit den Händen auf dem Rücken, umherging und alle Gegenstände eingehend betrachtete. Ich machte mir keine allzu großen Sorgen, daß er etwas beschädigen könnte, denn es waren ohnehin mehr Nachbildungen als wirklich wertvolle Dinge vorhanden.

Abd el Atti und ich schlürften Kaffee und tauschten noch einige Höflichkeiten. »Ich hoffe, die Bemerkung dieses schändlichen Bettlers hat Sie nicht verletzt«, sagte Abd el Atti unvermittelt. »Er wollte mir einige alte Stücke verkaufen, aber ich hielt sie für gestohlen. Wie Sie und der verehrte Mr. Emerson wissen, handle ich nicht mit unehrenhaften Leuten.«

Ich nickte zustimmend und wußte, daß er log, und er wußte, daß ich es wußte. Abd el Atti lächelte, aber ich kannte den alten Gauner zu gut. Ich wußte, daß er nicht aus Höflichkeit gefragt hatte, sondern wissen wollte, wieviel ich von ihrer Unterhaltung verstanden hatte.

In manchen Geschäftszweigen, besonders natürlich in den illegalen, werden manchmal Geheimsprachen benutzt, so daß sich die Mitglieder unterhalten können, ohne von jedermann verstanden zu werden. Abd el Atti und sein Besucher hatten sich der *siim issaagha* genannten Sprache bedient, die unter den Gold- und Silberschmieden Kairos gebräuchlich ist. Sie basiert auf der althebräischen Sprache, die ich von meinem Vater gelernt hatte. Doch die beiden Männer hatten so leise und schnell gesprochen, daß ich nur wenige Worte verstanden hatte. Abd el Atti hatte gesagt: »Der Meister wird uns fressen, falls ...«, und dann hatte ihn der andere Mann gewarnt, daß er Zuhörer bekommen hätte.

Ich hatte nicht die Absicht, mit meinem Wissen anzugeben, und schwieg, was Abd el Atti sichtlich nervös machte, so daß er schneller auf den Grund meines Besuches zu sprechen kam, als üblich gewesen wäre.

»Ich komme im Auftrag von Mr. Emersons Bruder«, erklärte ich. »Er studiert die altägyptische Sprache, und ich habe versprochen, ihm Papyri mitzubringen.«

Abd el Atti rührte sich nicht, aber das harmlose Wort ›Papyrus‹ hatte seine Augen aufleuchten lassen. War es möglich, daß man ein Versteck entdeckt hatte? Ich sah mich schon als Entdeckerin eines Händlerrings, die Verdächtige hinter Gitter bringt und körbeweise Papyris nach Hause schleppt.

Abd el Atti räusperte sich. »Es tut mir aufrichtig leid, daß ich Ihnen gerade damit nicht dienen kann. Ich habe keine Papyri.«

Nun gut. Etwas anderes hatte ich auch nicht erwartet. Abd el Atti hatte nie das, was man suchte, und meistens auch allen Grund, solchen Besitz zu verneinen. Irgendwann würde sein Geschäftssinn seine Vorsicht besiegen, denn schließlich mußte er seine Ware an jemanden verkaufen. Also weshalb nicht an mich? Ich bot ihm an, mir als Mittelsmann beim Kauf zu dienen, aber auch das half nicht. Abd el Atti bot mir alle möglichen Dinge an, nur keine Papyri.

Schließlich sagte ich: »Es ist schade, mein Freund, daß ich nun einen anderen Händler aufsuchen muß, denn ich hätte lieber bei Ihnen gekauft.« Damit erhob ich mich.

Aber auch dieser letzte Versuch brachte keinerlei Erfolg. Abd el Atti machte ein schmerzliches Gesicht, aber er blieb standhaft und schüttelte den Kopf. »Ich bedauere ausdrücklich, verehrte Sitt, aber ich habe keine Papyri.«

Sein gewichtiger Körper füllte den Eingang zum Laden völlig aus, doch plötzlich erschien ein dünnes Ärmchen über seiner Schulter, und ich hörte Ramses mit piepsiger Stimme fragen: »Mama, darf ich etwaf fagen?«

Abd el Atti stürzte sich auf das, was Ramses in der Hand hielt, aber ein gezielter Sprung von Bastet ließ den Angriff ins Leere laufen. Statt dessen stieß der Mann einen schrillen Schrei aus und fuchtelte mit seinen beringten Fingern in der Luft herum, so daß Ramses an ihm vorbeischlüpfen konnte, während Bastet sich bereits unschuldig auf der Bank niedergelassen hatte.

Ich nahm Ramses das Bruchstück eines Papyrus, das er immer noch in der Hand hielt, ab und fragte ihn auf englisch: »Wo hast du das gefunden?«

»Im Raum hinter dem Vorhang«, sagte Ramses. Er deutete auf Bastet. »Ich fuchte nach der Katze, denn du haft doch gefagt, daf ich auf fie aufpaffen foll.«

Abd el Atti starrte meinen Sohn und die große Katze an, als hätte er Geister gesehen, und machte rasch ein kleines Zeichen zur Abwehr des bösen Blicks. »Ich kenne es nicht«, sagte er schließlich. »Ich habe es noch nie gesehen.«

Das Bruchstück war etwa zehn mal zwanzig Zentimeter groß und eindeutig von einem größeren Papyrus abgebrochen worden. Das Material war im Lauf der Jahre braun geworden, aber die Schrift war klar und deutlich zu sehen.

»Das ist aber kein demotischer Papyrus«, sagte ich. »Es handelt sich eindeutig um griechische Buchstaben.«

»Das habe ich doch gesagt«, beeilte sich Abd el Atti zu sagen, »Sie haben doch nach ägyptischen Papyri gefragt? Mit diesem Stück können Sie nichts anfangen.«

»Ich halte den Papyruf für koptif«, ließ sich Ramses vernehmen. »Und das Koptife ift die letzte Form der ägyptifen Fprache!«

»Ich glaube, du hast recht«, sagte ich, während ich mir das Fragment noch einmal ansah. »Ich werde es kaufen, wenn Sie nichts Besseres haben. Wieviel soll es kosten?«

Der Händler machte eine vage Handbewegung. »Ich verlange gar nichts, aber ich warne Sie, Sitt … «

»Ist das eine Drohung, Abd el Atti?«

»Allah bewahre mich!« stieß der Händler energisch hervor, doch dann warf er wieder einen nervösen Blick auf die Katze, dann auf mich und schließlich hinter mich, wo er ganz sicher den Schatten von Emerson erblickte, den die Ägypter den Vater der Flüche nennen. Abd el Atti schluckte. »Ich wollte Ihnen nicht drohen, sondern Sie warnen. Geben Sie es mir zurück! Dann wird Ihnen nichts geschehen, so wahr ich Abd el Atti heiße!«

Diese Art des Vorgehens beeindruckte mich in keiner Weise, sondern erregte nur meine Neugier. Sorgfältig verstaute ich das Fragment in meiner Handtasche. »Ich danke Ihnen für die Warnung, mein Freund. Und jetzt hören Sie mir gut zu! Falls der Besitz dieses Stückes für mich gefährlich wird, wird es auch für Sie gefährlich! Ich fürchte, Sie stecken in gewaltigen Schwierigkeiten. Brauchen Sie Hilfe? Sagen Sie mir die Wahrheit! Emerson und ich werden Ihnen beistehen! Großes englisches Ehrenwort!«

Abd el Atti zögerte. In diesem Augenblick stellte sich Bastet auf die Hinterbeine und lehnte sich an ihren jungen Herrn, weil sie wieder auf die Schulter klettern wollte. Es war zwar purer Zufall, aber dennoch hätte die Katze keinen geeigneteren Moment wählen können, um Abd el Attis ängstliche Seele zu erschrecken.

»Es ist Allahs Wille«, flüsterte er. »Kommen Sie heute nacht, wenn der Muezzin um Mitternacht ruft.«

Da wir jetzt ohnehin nichts mehr erfahren würden, verabschiedeten wir uns und gingen. Als ich zurückblickte, sah ich, daß sich der Mann auf der Bank niedergelassen hatte und vor sich auf den Boden starrte.

»Der Mann hat gelogen, nicht wahr?« fragte Ramses, während wir uns zwischen den Menschen hindurchzwängten.

»Ja, mein Sohn, ich fürchte, daß du recht hast.«

Als wir im Hotel ankamen und ich darauf brannte, meinem Mann von der Möglichkeit zu erzählen, daß ich unter Umständen einem Grabräuberring auf der Spur war, fehlte von Emerson noch jedes Lebenszeichen. Ich beunruhigte mich in keiner Weise, sondern sah nach meinem Patienten, der friedlich schlummerte. Danach bestellte ich mehrere Kannen heißes Wasser und ließ für Ramses eine Badewanne herrichten. Während er hinter einem Wandschirm in der Wanne plätscherte und später sogar summte, lag ich auf meinem Bett und versuchte, mich von dem anstrengenden Vormittag zu erholen, was mir aber kaum gelingen wollte, weil Ramses schrecklich unmusikalisch und der Gesang reichlich quälend für mich war.

Nachdem er endlich sein Bad beendet hatte und beinahe fertig angekleidet war, hörten wir plötzlich einen Laut wie leises Donnergrollen in weiter Ferne. Das Geräusch wurde lauter und lauter, je näher es unserer Tür kam. Ich sah Ramses an, und er sah mich an. Die Katze erhob sich von ihrem Platz und verschwand würdevoll, aber blitzartig unter dem Bett. Sekunden später bebte die Tür, bevor sie aufsprang und schwungvoll gegen die Wand krachte.

Mit zornrotem Kopf stand Emerson da, und die Adern an seinem Hals waren dick geschwollen. Er rang nach Worten, doch es kam nur ein dumpfer Ton, der sich langsam bis zum Gebrüll steigerte und schließlich in einen Schwall von unflätigen Flüchen überging. Ramses lauschte voller Begeisterung dieser angewandten ›Umgangssprache‹.

Erst ein Blick auf seinen hingebungsvoll zuhörenden Sohn

konnte Emerson bremsen. Er verstummte, betrat das Zimmer und versetzte der Tür einen gewaltigen Tritt, so daß sie ins Schloß krachte und der Putz leise rieselte. Emerson atmete so tief, daß ich fürchtete, er würde zerspringen. »Hm!« sagte er. »Hallo, Amelia! Ramses! Hattet ihr einen erfolgreichen Vormittag?«

»Sag lieber, was du auf dem Herzen hast!« rief ich. »Nur vielleicht ein klein wenig leiser, wenn es möglich ist.«

»Es ist absolut nicht möglich«, schrie Emerson und versetzte einem unschuldigen Schemel einen Tritt, daß er quer durch das Zimmer flog. »Dieser Mistkerl von de Morgan … dieser … dieser … «

»Er hat dir die Genehmigung für Dahschûr nicht gegeben.«

Bastet machte einen vorsichtigen Versuch, unter dem Bett hervorzukommen, zog sich aber augenblicklich wieder zurück.

»Er will in diesem Jahr selbst dort arbeiten«, sagte Emerson mit erstickender Stimme. »Er hatte die Frechheit, mir zu sagen, daß ich zu spät um die Genehmigung nachgesucht hätte.«

Meine Lippen bewegten sich, doch noch bevor ich ein Wort sagen konnte, schrie Emerson mich an: »Wenn du jetzt ›siehst du!‹ sagst, Peabody, dann trete ich das Bett kurz und klein. Ich schwöre es dir!«

»Wenn dir das hilft, dann tue es, Emerson. Deine Unterstellung schmerzt mich sehr, denn ich habe in all den Jahren diese Redewendung niemals gebraucht … «

»Den Teufel hast du«, schimpfte Emerson.

»Den Teufel haft du«, echote Ramses. »Erinnerft du dich an die Zugfahrt von Alexandria und an den Tag vorher, alf Papa … «

»Ramses!« wandte Emerson sich an seinen aufsässigen

Nachkommen. »Du sollst nicht mit Mama in diesem Ton sprechen. Entschuldige dich auf der Stelle!«

»Ich entfuldige mich«, sagte Ramses. »Aber ich verftehe nicht, waf an diefer Redewendung fo flimm fein foll. Im Gegenteil, ef gibt nur wenige, die in ähnlich effektvoller Weife gebraucht ... «

»Genug, mein Sohn!«

»Ja, Papa.«

Die Stille nach dem Sturm konnte nicht stiller gewesen sein. Emerson setzte sich auf das Bett und rieb sich die Augenbrauen. Sein Gesicht hatte wieder die normale Färbung, und endlich lächelte er sogar. »Habt ihr mit dem Mittagessen auf mich gewartet? Das war sehr lieb von euch. Los, laßt uns hinuntergehen.«

»Wir müssen aber noch darüber reden, Emerson.«

»Natürlich, Amelia. Das können wir auch beim Essen.«

»Aber nicht, wenn du dich wieder so aufführst. Das Shepheard's ist ein anständiges Hotel, in dem man nicht herumschreit und mit Geschirr wirft.«

»Meine Liebe, ich frage mich wieder einmal, wie du überhaupt auf solche Ideen kommst!« Emerson war beleidigt. »Ich verliere doch niemals die Beherrschung und bin ein überaus friedlicher Zeitgenosse. Ah, Bastet ist auch da. Sieh an, welch hübsches Halsband sie hat! Aber was macht das arme Tier denn unter dem Bett?«

Bastet lehnte die Einladung zum Mittagessen ab, und so machten wir drei uns auf den Weg. Ich fühlte, wie schrecklich enttäuscht Emerson war, denn mir ging es nicht anders. Wenn er nur auf mich gehört hätte! Aber daran durfte ich ihn keinesfalls erinnern. Nachdem wir unsere Plätze eingenommen und bestellt hatten, sagte ich: »Vielleicht kann ich noch einmal mit Mr. de Morgan sprechen ... Schließlich ist er Franzose, und sein Charme ... «

»Ist nur zu gut bekannt, liebe Amelia«, brummte Emerson. »Du wirst nicht hingehen! Meinst du, ich habe vergessen, wie er sich benommen hat, als wir ihn zuletzt trafen?«

Sein unverzeihliches Verhalten hatte darin bestanden, mir die Hand zu küssen und mir ein paar wunderschöne Komplimente zu machen.

»Waf hat er denn getan?« fragte Ramses interessiert.

»Das ist doch nicht so wichtig«, sagte Emerson. »Es genügt, daß er Franzose ist. Franzosen ist weder in bezug auf Frauen noch auf Antiquitäten zu trauen!«

»Nun gut«, sagte ich, ohne auf das Thema einzugehen, »wenn du es nicht möchtest, werde ich selbstverständlich nicht hingehen. Aber was tun wir jetzt? Hat er dir einen anderen Platz genehmigt?«

Emersons Wangen färbten sich drohend. »Bitte, nimm dich zusammen«, flehte ich. »Atme tief und ruhig, Emerson! So schlimm kann es gar nicht sein!«

»Doch, Peabody, sogar schlimmer! Kannst du dir vorstellen, wie er mit seinem affektierten Grinsen sagt: ›Sie wünschen also eine Pyramide! Nun gut, Sie sollen sie haben. Was halten Sie von Mazghunah?‹«

»Mazghunah?« wiederholte ich. »Emerson, ich fürchte, ich kenne diesen Namen überhaupt nicht. Wo liegt es?«

Dieses Eingeständnis meiner Unwissenheit schien Emerson ein wenig zu besänftigen, denn er hatte nur äußerst selten Gelegenheit, mir eine Lektion in Ägyptologie zu erteilen. Mazghunah lag nur wenige Kilometer südlich von Dahschûr. Diese beiden Orte und Gizeh und Sakkâra waren die Totenstädte von Memphis. Alle lagen nicht allzuweit von Kairo entfernt, und alle wiesen Pyramidengräber auf. In Mazghunah war von beiden Pyramiden allerdings nicht mehr als ein Kalksteinhaufen in der Wüste übrig. Bisher hatte niemand sich die Mühe gemacht, dort zu graben, weil es offenbar nicht mehr viel zu erforschen gab.

»Außerdem gibt es noch einige ältere Friedhöfe«, sagte Emerson. Aber er sagte das Wort ›ältere‹ mit einer so traurigen Betonung, als wäre es eine Beleidigung. Für Emerson war nur von Interesse, was älter war als 1500 v. Chr., und diese Friedhöfe stammten wahrscheinlich aus der römischen Epoche oder aus der Ptolemäerzeit, bedeuteten also nur Zeitverschwendung für ihn.

Obwohl ich auch sehr niedergeschlagen war, sah ich doch noch eine positive Seite. »Vieleicht finden wir Papyri«, sagte ich fröhlich. »Erinnerst du dich an die Papyri, die Mr. Petrie in Hawara gefunden hat?«

Zu spät fiel mir ein, daß dieser Name ein rotes Tuch für Emerson war. Er stach wütend mit der Gabel auf seinen Fisch ein, als ob er Mr. Petrie vor sich auf dem Teller hätte.

»Er hat mich angelogen«, brummte Emerson, »denn sein Manuskript war noch lange nicht fertig. Wußtest du das, Amelia?«

Natürlich wußte ich es, denn er hatte es mir mindestens fünfzehnmal erzählt. Er brütete eine Weile vor sich hin und sagte schließlich: »Das hat de Morgan mit Absicht getan, Peabody! Er hat Spaß daran, mich ganz in der Nähe zu wissen, wo ich täglich Nachricht von seinen bedeutenden Entdeckungen erhalte, während ich selbst mich mit römischen Mumien herumschlagen muß.«

»Dann lehne Mazghunah doch ab und verlange ein anderes Gebiet.«

Emerson dachte längere Zeit nach und sah zunehmend zufriedener aus. Schließlich kräuselte sogar ein Lächeln seine hübsch geformten Lippen. Ich war ganz sicher, daß er etwas im Schilde führte.

Schließlich sprach Emerson. »Ich werde Mazghunah annehmen und hoffe, daß du nichts dagegen hast, Peabody.

Vor einigen Jahren bin ich einmal dort gewesen, kann also mit Sicherheit sagen, daß es sich bei den Resten eindeutig um Pyramiden handelt. Der Oberbau ist völlig verschwunden, aber es gibt sicher Gänge und Kammern unter der Erde. Etwas Besseres können wir nicht bekommen, denn Firth hat Sakkâra, und in Gizeh kann man wegen der vielen Fremden kaum arbeiten.«

»Ich habe nichts dagegen, Emerson, denn ›wo du hingehst, da werde auch ich ...‹ Ich hoffe nur, daß du nicht irgendwelche Anschläge auf de Morgan planst?«

»Wie kommst du nur auf solche Ideen, meine Liebe?« fragte Emerson. »Im Gegenteil, ich werde dem Herrn selbstverständlich meine fachliche Hilfe anbieten und mein großes Wissen, falls sich die Gelegenheit dazu bieten sollte. Ich bin entschlossen, ihm auch die andere Wange hinzuhalten ... «

Er brach ab, als er meinen skeptischen Blick bemerkte, und dann brach er in ohrenbetäubendes Gelächter aus, daß Geschirr und Gläser erzitterten. Ich konnte diesem ansteckenden Gelächter nicht lange widerstehen. Ramses beobachtete uns mit mildem Lächeln wie ein abgeklärter Philosoph. Später, als wir bereits wieder in unserem Zimmer waren, entdeckte ich, daß mein Sohn die günstige Gelegenheit ausgenützt hatte, um seinen Fisch unter seinem Hemd zu verstekken. Bastet war von dem Geschenk sehr angetan.

# 3. Kapitel

Natürlich war ich tief enttäuscht, aber ich bemühte mich, meine Gefühle vor Emerson zu verbergen. Eigentlich war klar, daß de Morgan wieder in Dahschûr würde arbeiten wollen, nachdem er bereits im letzten Jahr dort begonnen hatte. Vielleicht hätte man mit äußerst taktvollem Vorgehen etwas erreichen können, aber genau das war nicht Emersons Stärke. Wahrscheinlich hatte er einfach verlangt, Dahschûr zugewiesen zu bekommen.

De Morgan hatte sicher nachdenklich seinen üppigen Schnurrbart gestreichelt. »*Mais, mon cher collègue, c'est impossible. Ich* werde in diesem Jahr in Dahschûr arbeiten.«

Daraufhin hatte Emerson sicher wütend auf den Tisch geschlagen, bevor er einsehen mußte, daß es keine andere Möglichkeit gab.

Ich durchwühlte alle Fachbücher nach Angaben über Mazghunah, konnte aber kaum etwas finden. Falls es dort wirklich Pyramiden gab, war diese Tatsache jedoch weitgehend unbekannt. Ich traute de Morgan glatt zu, daß er die Pyramiden nur erfunden hatte, um Emerson zu verhöhnen, und ich war froh, daß Emerson sie mit eigenen Augen gesehen haben wollte.

Seit ich mich bei meiner ersten Ägyptenreise in die geheimnisvollen Kammern und Gänge verliebt hatte, träumte ich davon, eines Tages ein solches Gebilde zu erforschen, aber während all der Jahre hatten wir immer andere Pläne.

»Wie wäre es denn mit Abusir, Emerson?« fragte ich. »Diese Pyramiden sind zwar auch nicht mehr die schönsten, aber sie existieren wenigstens noch.«

»Wir werden in Mazghunah arbeiten«, sagte Emerson und streckte sein ohnehin vorspringendes Kinn herausfordernd nach vorn, so daß ich mich beherrschen mußte, nicht draufzuhauen.

»Und die Überreste in Zawaiet et'Aryân?« fragte ich beharrlich. »Maspero hat doch vor zehn Jahren vergeblich nach dem Eingang gesucht. Vielleicht hätten wir ja mehr Glück.«

Emerson war in großer Versuchung, denn er hätte Maspero nur gar zu gern eins ausgewischt, aber schließlich schüttelte er den Kopf. »Nein, Amelia, wir werden in Mazghunah arbeiten, weil ich gute Gründe dafür habe.«

»Ich kann mir schon denken welche, Emerson, aber ich finde es nicht gut. Falls du beabsichtigst ... «

Er kam auf mich zu, nahm mich in die Arme und verschloß mir den Mund mit einem Kuß. »Ich möchte es dir recht machen, Peabody«, sagte er. »Ich habe dir eine Pyramide versprochen, und du sollst sie haben. Aber bis dahin können wir ja vielleicht ... «

Ich deutete nur wortlos auf die Tür, hinter der Ramses John eine weitere Arabischlektion erteilte. Deutlich war das Stimmengemurmel zu hören.

Nach einem finsteren Blick auf die Tür stöhnte Emerson: »Wird diese Qual denn niemals ein Ende nehmen?«

»Morgen kann John ganz bestimmt wieder arbeiten«, sagte ich.

»Weshalb nicht schon heute abend?« fragte Emerson mit vielsagendem Grinsen.

»Weil ... Ach, du Schreck! Das habe ich ja völlig vergessen!« rief ich. »Wir haben heute abend eine Verabredung, Emerson.«

»Nicht schon wieder!« stöhnte er. »Du hast mir versprochen, daß du dich nie wieder ... Um was geht es denn jetzt?«

Ich erzählte, was sich am Vormittag ereignet hatte, und erhob jedesmal meine Stimme, wenn er mich unterbrechen wollte. Zum Schluß zog ich das Papyrusfragment aus meiner Tasche. »Ganz offensichtlich hat Abd el Atti gelogen, als er behauptete, er hätte keine Papyri«, sagte ich. »Dieses Stück ist koptisch, nicht wahr?«

Emerson nahm es in Augenschein. »Genau. Aber Walter interessiert die koptische Sprache nicht, die gehört ja in die christliche Zeit.«

»Das ist mir klar, aber dieses Fragment beweist ... «

»Du hättest gar nicht zu diesem fetten Gangster gehen sollen! Du weißt doch, was ich von ihm halte.«

»Aber nur bei diesen Händlern bekommt man vielleicht das, was Walter sucht ... «

»Aber koptische sucht er doch gar nicht ... «

»Wo ein Fragment ist, ist auch ein Papyrus. Ich ... «

»Ich wiederhole, daß ... «

»Ich glaube, daß ... «

»Du ... «

»Du ... «

Zu diesem Zeitpunkt waren wir bereits bei einer beträchtlichen Lautstärke angekommen. Während Emerson aufgeregt hin und her lief, hörte ich, wie die Stimme unseres Sohnes wieder mit dem arabischen Singsang begann. Schließlich hatte Emerson sich wieder beruhigt, so daß ich weitersprechen konnte. »Ich habe Abd el Atti gesagt, daß wir heute nacht in seinen Laden kommen.«

»Das sagtest du bereits, aber du hast mir immer noch nicht

erklärt, weshalb ich meinen Abend damit verbringen soll, diesen Gauner zu besuchen. Ich wüßte nämlich einen viel angenehmeren Zeitvertreib.«

Er blickte mich vielsagend an, aber ich widerstand der Versuchung. »Er hat vor irgend etwas Angst, Emerson. Ich glaube, daß er in einen illegalen Antiquitätenhandel verstrickt ist.«

»Natürlich ist er das, Peabody! Das sind doch alle.«

»Ich denke aber an die augenblickliche ›Schwemme‹, über die du mit Walter gesprochen hast. Du warst auch der Meinung, daß es sich um einen größeren Ring mit einem klugen Kopf handeln müßte!«

»Ich habe lediglich eine Vermutung geäußert ...«

»Ja, aber Abd el Atti hat von einem ›Meister‹ gesprochen ...«

»Sehr schön, aber das beweist noch gar nichts.« Emerson klang nicht mehr ganz so ablehnend. Offenbar hatten meine Argumente ihre Wirkung nicht verfehlt. »Bist du sicher, daß du ihn richtig verstanden hast? Ich kann mir nicht denken, daß er sich vor dir in dieser Form geäußert haben soll.«

»Er hatte mich noch nicht gesehen – sag mal, Emerson, hast du mir überhaupt zugehört? Ich habe dir doch auch erzählt, daß sie die *siim issaagha*-Sprache benützt haben.«

»Nun gut«, räumte Emerson ein, »ich will gern glauben, daß Abd el Atti in einen etwas obskuren Handel verwickelt ist, aber alle anderen Vermutungen können genausogut Hirngespinste sein. Du hast sehr viel Fantasie, Peabody. Nur, bitte verschone deinen armen Mann damit.«

»Aber stell dir nur einmal vor, ich hätte recht? Wäre es dir nicht eine kleine Unbequemlichkeit wert, wenn du damit einen illegalen Händlerring sprengen und die Antiquitäten schützen könntest?« fragte ich ganz sanft.

»Hm«, machte Emerson.

Ich war mir sicher, daß Emerson zustimmen würde, und wollte nicht länger davon reden, weil Ramses mit der Ankündigung ins Zimmer trat, daß die Unterrichtsstunde beendet wäre. Ich wollte nicht, daß er etwas von unseren Plänen erfuhr, weil sein Vater imstande wäre, ihn mitzunehmen. Als ich das Papyrusfragment in meiner Tasche verschwinden lassen wollte, bat Ramses mich, einen Blick darauf werfen zu dürfen.

»Ich weiß zwar nicht, was du damit anfangen willst«, sagte ich. »Dein Onkel hat dir neben den Hieroglyphen doch nicht auch noch die koptische Sprache beigebracht, oder?«

»Die kann Onkel Walter gar nicht«, sagte Ramses leichthin. »Ich möchte gern aufprobieren, wieviel ich verftehe, denn wie du weift, ift daf Koptife eine altägyptife Fprache, die man mit griechifen Buchftaben freibt.«

Ich bedeutete ihm, sich zu verziehen, denn für den heutigen Tag hatte ich genug Vorlesungen über Ägyptologie gehört, und gelegentlich ging mir mein kluger Sohn gehörig auf die Nerven. Ramses setzte sich an den Tisch, und er und Bastet vertieften sich gemeinsam in das Manuskript.

Kurze Zeit später erbebte die Tür zum Nebenzimmer einige Male – das war Johns Art anzuklopfen. Als er, auf mein Rufen hin, eintrat, brach Emerson in brüllendes Gelächter aus, was John sehr verwunderte. Er hatte sich eine Kammerdieneruniform mitgebracht und uns zu Ehren angelegt, aber er sah in den Kniehosen und dem mit Goldknöpfen besetzten Frack wirklich sehr komisch aus. »Es tut mir sehr leid, daß ich in den letzten Tagen meinem Dienst nicht nachkommen konnte«, sagte er. »Aber jetzt bin ich wieder gesund und möchte mich ausdrücklich für die gute Pflege bedanken.«

»Das ist schon in Ordnung, John«, sagte Emerson. »Geht es Ihnen wirklich wieder gut?«

»Bestimmt, Sir.«

»Im Augenblick gibt es nichts zu tun, John«, sagte ich.

»Wollen Sie sich nicht ein bißchen in der Stadt oder im Hotel umsehen? Sie haben bisher ja nur im Bett gelegen.«

»Ich gehe mit ihm«, sagte Ramses und schob seinen Stuhl zurück.

»Ich weiß nicht so recht ...«, meinte ich.

»Was wird aus deiner Arbeit, mein Sohn?« fragte Emerson, aber auch dieser Versuch mißlang. Ramses war schon fast an der Tür. »Ef fieht fo auf, alf ob daf Manufkript einer Perfon namens Didymuf Thomaf gehört hat«, sagte er kühl. »Im Augenblick kann ich nicht mehr feftftellen. Ich brauche zuerft ein koptifef Wörterbuch.«

»Bleibt im Hotel«, sagte ich noch schnell. »Oder wenigstens auf der Terrasse. Sprich nicht mit den Eseltreibern und wiederhole nicht, was du von ihnen gelernt hast. Bleibe bei John, passe auf Bastet auf und lasse sie keine Mäuse, Ratten oder Damenröcke jagen!«

Als ich Luft holte, hielt Ramses die Predigt für beendet und entschlüpfte mit einem Engelslächeln.

»Rasch!« rief ich John zu. »Lassen Sie ihn nicht aus den Augen.« Ich wandte mich an Emerson. »Habe ich an alles gedacht?«

»Wahrscheinlich hast du doch etwas vergessen«, murmelte er und nahm mich in die Arme.

»Man kann die Tür aber nicht abschließen«, sagte ich. »Wahrscheinlich werden sie bald wiederkommen.«

»Dann müssen wir die Zeit nützen ...«

Ich hatte nicht daran gedacht, Ramses das Erklettern der Palmen zu verbieten. Er war über meinen Tadel sehr empört, denn er hatte doch nur sehen wollen, wie diese Datteln aussehen, von denen er immer gehört hatte. Er hatte auch keine einzige gegessen und kramte mühsam einige Exemplare aus seiner Hemdtasche.

Ich überließ ihn Johns Fürsorge und legte Emersons Abendanzug zurecht.

»Ich kann mich erinnern, mich geweigert zu haben, diese Sachen zu tragen, nicht wahr, liebe Amelia? Welche Folter steht mir jetzt bevor?«

»Ich habe einige Leute eingeladen, mit uns zu Abend zu essen«, sagte ich, während ich meinen Morgenmantel ablegte. »Hilfst du mir bitte in mein Kleid?«

Emerson half mir, es über den Kopf zu streifen, und widmete sich dann hingebungsvoll den vielen kleinen Knöpfen. »Wen denn? Petrie? Nein, der nimmt keine Einladungen an ... vernünftiger Mann! Naville? Carter? Nein ...« Er fummelte an meinem Rückgrat und blickte über meine Schulter. »Nicht de Morgan! Peabody! Das tust du mir nicht an, oder?«

»Traust du mir das zu?« De Morgan hatte sich höflich entschuldigt, er war bereits eingeladen. »Nein, aber ich habe erfahren, daß die *Istar* und die *Sieben Hathors* im Hafen liegen.«

»Oh. Also Sayce und Wilberforce«, sagte Emerson, und ich spürte seinen Atem in meinem Nacken. »Was findest du nur an ihnen? Der eine ist ein dilettantischer Kirchenmann und der andere ein abtrünniger Politiker ...«

»Beide sind ausgezeichnete Gelehrte. Reverend Sayce soll den neuen Lehrstuhl für Assyriologie in Oxford erhalten.«

»Es sind und bleiben Dilettanten«, wiederholte Emerson. »Sie segeln mit ihren Dahabijes den Nil hinauf und hinunter, statt wie anständige Leute zu arbeiten.«

Emerson und ich seufzten fast gleichzeitig, worauf er wieder seine Arbeit unterbrach und mich über die Schulter im Spiegel ansah. »Vermißt du dein Schiff, Peabody? Falls es dir Freude ...«

»Nein, nein, mein lieber Emerson. Es hat mir sehr gut

gefallen, das gebe ich ja gern zu, aber ich möchte nichts mehr gegen unsere gemeinsame Arbeit eintauschen!«

Nach einigen weiteren Anstrengungen war Emerson endlich fertig. Ich drehte mich um und bat um seine Meinung.

»Ich mag dieses Kleid, und die rote Farbe steht dir ausgezeichnet, Peabody!«

Ich drehte mich zum Spiegel und betrachtete mich. »Nicht zu auffällig für eine ältere Frau wie mich? Nein? Also gut, ich vertraue deinem Urteil, Emerson.« Dann legte ich mir noch die goldene Kette um, an der ein Skarabäus von Thutmosis III. hing – ein Geschenk, das mir Emerson vor einigen Jahren gemacht hatte.

Als John und Ramses erschienen, war auch Emerson fast fertig. Er sah in seinem Abendanzug aufregend gut aus, was Ramses auch sofort zu einem begeisterten Kommentar veranlaßte.

»Du fiehft wirklich toll auf, Papa!« sagte er bewundernd. »Ich möchte allerdingf keinen folchen Anzug haben, der ift zu empfindlich.«

Wir bestellten das Abendessen für John und Ramses in unser Zimmer und gingen nach unten, um unsere Gäste zu begrüßen. Das Essen war nicht gerade ein rauschender Erfolg, denn Emerson war nicht recht in Stimmung. Für Mr. Wilberforce empfand er wenigstens eine Art von Respekt, in dem auch immer ein wenig Neid mitschwang. Aber Reverend Sayce weckte seine niedrigen Instinkte. Man konnte sich keinen größeren Gegensatz vorstellen als zwischen dem breitschultrigen, großen Emerson und dem schmalen, mausgesichtigen Reverend mit der randlosen Brille in seinem langen, schwarzen Gewand.

Wilberforce trug den Spitznamen ›Vater des Bartes‹ und war eher ein ruhiger, etwas phlegmatischer Mensch. Emerson hatte es bereits vor einiger Zeit aufgegeben, ihn herauszufordern, weil er nicht reagierte und sich höchstens über den gewaltigen, weißen Bart strich. Beide begrüßten uns mit der üblichen Höflichkeit und gaben ihrem Bedauern Ausdruck, daß sie nicht die Freude haben würden, unseren Sohn Ramses kennenzulernen.

»Wie immer, sind Sie ja bestens informiert«, stellte ich fest. »Wir sind erst gestern angekommen!«

»Die Gemeinde der Ägyptologen ist nur klein«, meinte Wilberforce lächelnd, »und es ist ganz natürlich, daß man füreinander Interesse zeigt.«

»So?« brummte Emerson, der sich offenbar vorgenommen hatte, schlechte Laune zu haben. »Das Privatleben meiner Kollegen interessiert mich nicht, und die wissenschaftliche Arbeit ist manchmal auch nicht der Rede wert.«

Um Emersons Entgegnung die Spitze zu nehmen, erkundigte ich mich nach Mrs. Wilberforce, die ich natürlich ebenfalls eingeladen hatte, die aber – wie immer – abgesagt hatte. Sie mußte wirklich sehr leidend sein, die Ärmste. Aber mein Versuch, die Woge zu glätten, war nicht sehr erfolgreich.

Reverend Sayce nahm den Fehdehandschuh auf. »Da Sie die wissenschaftliche Arbeit erwähnen, möchte ich Sie fragen, wo Sie in diesem Jahr arbeiten werden, Professor? Unser Freund de Morgan verspricht sich gute Ergebnisse in Dahschûr.«

Als ich sah, wie sich Emersons Miene verfinsterte, versetzte ich ihm einen gezielten Tritt gegen das Schienbein. Noch bevor er sich von seinem Schmerz erholt hatte, sagte ich: »In Mazghunah. Wir werden die Pyramiden erforschen.«

»Pyramiden?« Wilberforce war zu höflich, um einer Dame zu widersprechen, aber er sah sehr ratlos aus. »Ich kenne diesen Ort zwar nicht, aber ich glaubte, alle bekannten Pyramiden zu kennen.«

»Es handelt sich um noch unbekannte Pyramiden«, erklärte ich.

Als wir uns später bei einem Glas Brandy in der Halle niedergelassen hatten, zog ich das Papyrusfragment aus der Tasche und reichte es dem Reverend.

»Ich habe dieses Stück heute von einem Antiquitätenhändler erhalten. Als Mann der Kirche können Sie vielleicht etwas mehr damit anfangen, als es mir bisher gelungen ist.«

Die tiefliegenden Augen des kleinen Mannes leuchteten auf, und er rückte seine Brille zurecht, um besser lesen zu können. »Ich bin zwar keine Autorität...«, sagte er, während er sich intensiv mit dem Text beschäftigte.

Mr. Wilberforce sagte lächelnd: »Sie erstaunen mich wirklich, Mrs. Emerson. Ich dachte immer, Sie und Ihr Mann würden nicht von diesen Händlern kaufen.«

»Ich lehne es ab«, meinte Emerson hochnäsig, »aber meine Frau ist leider nicht immer so konsequent.«

»Wir suchen Papyri für meinen Schwager«, erklärte ich.

»Ach ja, für Professor Emerson, den jüngeren. Er ist ein sehr begabter Mann. Aber Sie werden es nicht leicht haben, denn jeder ist heutzutage auf der Suche nach Papyri.«

»Sie auch?« fragte ich.

»Natürlich.« Der Amerikaner zwinkerte mir zu. »Aber im Gegensatz zu anderen werde ich anständig bezahlen, falls Sie einige finden sollten.«

Der letzte Teil des Satzes wäre mir fast engangen, denn meine Aufmerksamkeit wurde von einem Paar gefesselt, das soeben die Halle betreten hatte. Der junge Mann, der sich gerade seiner Begleiterin zuwandte, hatte das klassische Profil einer griechischen Statue. Er trug sein blondes, glänzendes Haar ziemlich lang und aus dem Gesicht gekämmt. Offenbar war er noch nicht allzu lange in Ägypten, denn seine Haut war von durchscheinender Blässe und erinnerte mich an Alabaster. Erst als er herzlich lachte, belebte sich die marmorne Glätte.

Die Dame in seiner Begleitung ... war keine Dame. Ihr Kleid aus dunkellila Satin war ein wenig ordinär, zu weit ausgeschnitten und überall mit Schleifchen, Spitzen und Federn besetzt. Außerdem war die Dame mit Schmuck geradezu behängt und hatte viel zuviel Schminke auf dem Gesicht. Neben der geradezu klassischen Statue wirkte sie wie eine lächerliche Karnevalsfigur.

Emerson berührte meinen Arm. »Amelia! Wohin schaust du denn? Mr. Wilberforce hat dir eine Frage gestellt.«

»Verzeihung!« sagte ich. »Ich gestehe, daß ich diesen gutaussehenden jungen Mann angestarrt habe.«

»Wie alle anderen Damen ebenfalls«, sagte Mr. Wilberforce. »Er hat ein bemerkenswertes Gesicht, nicht wahr? Als ich ihn das erste Mal sah, hat er mich an einen der jungen Reiter auf dem Parthenonfries erinnert.«

Während das Paar auf uns zuging, entdeckte ich voller Entsetzen den Kragen eines Priesters. »Ein Priester!« rief ich überrascht.

»Das erklärt seinen Erfolg bei den Frauen«, meinte Emerson grinsend. »Ist er ein Kollege von Ihnen, Sayce?«

Der Reverend sah auf und runzelte die Stirn. »Nein«, sagte er kurz angebunden.

»Er ist Amerikaner«, erklärte Wilberforce. »Ein Mitglied einer dieser zahlreichen Sekten, die sich in unserem Land tummeln. Ich glaube, sie nennen sich ›Brüder des Heiligen Jerusalem‹.«

»Und die ... die Dame?« fragte ich.

»Ich wüßte gern, weshalb du dich für solche Leute interessierst«, brummte Emerson. »Ein scheinheiliger Priester und eine dumme Modepuppe! Ich bin froh, daß ich nichts mit ihnen zu tun habe!«

Eigentlich hatte ich meine Frage an Mr. Wilberforce gerichtet, weil er offenbar in der Lage war, meine Neugier zu befriedigen. »Sie ist die Baronin von Hohensteinbauergrunewald. Eine bayerische Familie, die sogar mit den Wittelsbachern verwandt sein soll – zumindest aber ebenso reich.«

»Ha!« triumphierte Emerson. »Der junge Mann ist ein Mitgiftjäger! Ein scheinheiliger Mitgiftjäger!«

»Ach, Emerson!« sagte ich. »Sind die beiden verlobt? Sie scheint sehr vertraut mit dem jungen Mann zu sein.«

»Ich glaube nicht«, sagte Wilberforce lächelnd. »Die Baronin ist Witwe und außerdem um einiges älter ... Ich fürchte, Sie tun dem jungen Mann unrecht, Emerson. Jeder, der ihn kennt, spricht voller Hochachtung von ihm.«

»Ich will ihn weder kennen noch über ihn reden«, verkündete Emerson abschließend. »Sagen Sie, Sayce, können Sie Mrs. Emersons Papyrusstück entziffern?«

»Der Text ist schwierig«, sagte Sayce langsam. »Aber die Eigennamen kann ich lesen ... das sind griechische ... «

»Didymus Thomas«, sagte ich.

»Ich gratuliere Ihnen zu Ihrer Sachkenntnis, Mrs. Emerson. Ich bin sicher, Sie haben auch diese Ligatur bemerkt, die eine Abkürzung für den Namen Jesus ist?«

Ich lächelte höflich, und Emerson schnaubte verächtlich: »Also ein biblischer Text! Diese verdammten Kopten haben entweder die Bibel abgeschrieben oder aber langweilige Lügen über die Heiligen verbreitet. Wer war Didymus Thomas?«

»Der Apostel, nimmt man an«, sagte der Reverend.

»Der ungläubige Thomas?« fragte Emerson. »Das war der einzige mit einem Funken Verstand, den mochte ich schon immer.«

Sayce runzelte die Stirn. »Wenn Sie darüber nur scherzen können, Professor, dann legen Sie sicher keinen Wert auf dieses Stück Papyrus«, sagte er ärgerlich.

Rasch nahm Emerson es ihm aus der Hand. »Ganz im

Gegenteil, mein lieber Sayce, ich will es als Andenken an meinen liebsten Apostel behalten. Sie sind imstande und nehmen mir mein Eigentum weg!«

Mr. Wilberforce mahnte zum Aufbruch, aber Emerson war noch nicht fertig. Er ärgerte Reverend Sayce, indem er die geschichtliche Wahrheit der Bibel in Frage stellte und die missionarischen Aktivitäten der christlichen Kirche verurteilte. »Mit welchem Recht versuchen die Christen Moslems zu ihren Überzeugungen zu bekehren? Jede Religion ist doch gleichwertig ... «

Schließlich machte Wilberforce ernst, packte den Reverend und wollte ihn mit sich fortziehen, aber Sayce drehte sich noch einmal um, um einen letzten Satz loszuwerden: »Ich wünsche Ihnen viel Glück mit Ihren Pyramiden, Professor. Ich bin ganz sicher, daß Ihnen Ihre Nachbarn in Mazghunah gefallen werden!«

»Was hat er wohl damit gemeint?« fragte Emerson, während die beiden davongingen.

»Ich nehme an, daß wir das zur gegebenen Zeit erfahren werden«, sagte ich. Wenn ich nur geahnt hätte, unter welch scheußlichen Umständen ich mich wieder an diese Worte erinnern würde, wäre mir manch kalter Schauer über den Rücken gelaufen.

Nachdem wir nach Ramses gesehen und ihn schlafend vorgefunden hatten, wollte Emerson es sich schon bequem machen.

»Hast du unsere Verabredung vergessen?« fragte ich.

»Ich hatte gehofft, daß du nicht mehr daran denken würdest«, sagte Emerson. »Abd el Atti erwartet uns nicht, Amelia. Er hat dich nur loswerden wollen.«

»Unsinn, Emerson. Sobald der Muezzin um Mitternacht ruft ... «

»Das wird er nicht, und du solltest das eigentlich wissen,

Amelia! Es gibt kein Mitternachtsgebet. Sonnenaufgang, Mittag, Nachmittag, Sonnenuntergang und Einbruch der Dunkelheit sind die Gebetszeiten.«

Natürlich hatte er recht. Ich wunderte mich, daß es mir nicht eingefallen war. »Aber ich habe ihn doch schon nachts rufen hören.«

»Ja, es gibt Ausnahmen, aber die lassen sich nicht vorhersagen. Verlaß dich darauf, Amelia. Der alte Gauner wird nicht in seinem Laden sein.«

»Aber wir können nicht völlig sicher sein!«

Emerson stampfte mit dem Fuß. »Verdammt, Amelia! Du bist die eigensinnigste Frau, die ich kenne. Wir wollen einen Kompromiß schließen, falls das Wort in deinem Sprachschatz vorkommt.«

Ich verschränkte die Arme. »Gut, mach einen Vorschlag.«

»Wir werden uns noch ungefähr eine Stunde lang auf die Terrasse setzen. Falls wir den Gebetsruf hören, werden wir zum Basar gehen, falls wir aber bis zwölf Uhr nichts gehört haben, gehen wir auf der Stelle ins Bett.«

»Das nenne ich einen wirklich vernünftigen Vorschlag, Emerson«, sagte ich. »Angenommen!«

Ich glaube, es gibt Schlimmeres, als sich auf der Terrasse des Shepheard's Hotel die Zeit zu vertreiben. Wir schlürften unseren Kaffee und beobachteten die Vorübergehenden, die sich in der lauen Nachtluft vom anstrengenden Tag erholten. Die Sterne schienen zum Greifen nah im Laub der Bäume zu hängen. Emerson schenkte mir einen der betäubend duftenden Blumensträuße, die von Händlern angeboten wurden, und drückte immer wieder meine Hand.

Es war eine sehr verführerische Atmosphäre, doch bevor ich mein Vorhaben vergessen konnte, hörten wir klar und deutlich die Stimme des Muezzins.

Ich schoß in die Höhe. »Ich wußte es! Los, Emerson, laß uns gehen!«

»Verflucht!« meinte Emerson. »Na warte! Wenn ich den fetten Gauner in die Finger kriege, wird es ihm noch leid tun, daß er diesen Vorschlag gemacht hat.«

Wir hatten uns nach dem Abendessen umgezogen, aber aus ganz verschiedenen Gründen. Emerson war froh, endlich aus seinem Abendanzug herauszukommen, und ich hatte ganz fest damit gerechnet, daß wir noch in den Basar gehen mußten. Bis heute behauptet Emerson, daß der Gebetsruf in dieser Nacht reiner Zufall war. Ich bin ganz anderer Ansicht, und aus gutem Grund, wie die folgenden Ereignisse zeigen werden.

Wir gingen zu Fuß, weil es weniger auffällig war. Emerson schlug ein rasches Tempo an, um die Sache schneller hinter sich zu bringen. Ich folgte ihm voller Unruhe, was uns im Khân Kalîlî erwarten würde. Abd el Atti mochte ein Gauner sein, aber mir war er trotzdem in gewisser Weise sympathisch.

Als wir von der großen Geschäftsstraße Muski in die engeren Gassen des Basars abbogen, wurde es dunkel um uns, denn die schmalen Häuser verbreiterten sich in den oberen Stockwerken, so daß sie mit ihrem Gegenüber fast zusammenstießen und kein Mondlicht durchließen. Fast alle Fensterläden waren geschlossen, und nur ab und zu fiel schwacher Lichtschein auf die Gasse, so daß wir uns leidlich orientieren konnten und nicht pausenlos über Abfallhaufen und durch Pfützen stolperten. Es stank unerträglich, und immer wieder huschten Ratten über unseren Weg.

Der Gegensatz zwischen dem geschäftigen Leben während des Tages und dieser absoluten Stille in der Nacht war sehr bedrückend. Ich war froh, daß Emerson bei mir war. Er war wirklich ein bemerkenswerter Mann, der mich als gleichberechtigt akzeptierte und gar nicht erst versucht hatte, mich zu Hause zu lassen.

Die Gassen waren so eng, daß wir nicht nebeneinander gehen konnten, und ich konnte Emersons Umriß mehr ahnen als sehen.

»Bereust du, daß du mitgekommen bist?« fragte seine vertraute Stimme plötzlich leise in der Dunkelheit. Ich fühlte seine ausgestreckte Hand und tätschelte sie beruhigend.

»Nein, überhaupt nicht, mein lieber Emerson. Ich finde die Situation sehr spannend und aufregend, aber ich muß allerdings zugeben, daß ich ohne deine Gegenwart ein leises Zittern nicht verhindern könnte.«

»Wir sind gleich da«, sagte Emerson. »Falls alles falscher Alarm war, wirst du es dein Leben lang von mir hören, Peabody!«

Wie alle anderen Läden war auch Abd el Attis Geschäft dunkel und verlassen. »Na, was habe ich dir gesagt?« meinte Emerson.

»Wir müssen hintenherum gehen«, sagte ich.

»Glaubst du, daß wir in einem englischen Dorf sind, wo es kleine Seitenwege und Hintereingänge gibt, Peabody?«

»Sei doch nicht so schwerfällig, Emerson! Es ist doch klar, daß es einen zweiten Eingang geben muß, denn einige von Abd el Attis Kunden legen sicher keinen Wert darauf, das Geschäft durch die Vordertür betreten und verlassen zu müssen.«

Emerson brummte nur und zog mich an der Hand ein Stück die Gasse entlang bis zu einer Mauer. Erst bei genauem Hinsehen entdeckte ich den schmalen, rabenschwarzen Durchgang, in den sich Emerson nur seitwärts zwängen konnte. Ich tastete mich hinter ihm her, während meine Schultern auf beiden Seiten an Mauern entlangstreiften.

»Hier ist es«, sagte Emerson Sekunden später.

»Wo?« fragte ich. »Ich sehe überhaupt nichts.«

Er nahm meine Hand und führte sie, bis ich Holz unter den Fingern spürte. »Es gibt keinen Türklopfer«, stellte ich tastend fest.

»Und auch keine Klingel«, meinte Emerson sarkastisch. Er klopfte leise.

Als keine Antwort kam, holte er, der noch nie zu den Geduldigen gehört hatte, aus und schlug mit der Faust gegen die Tür.

Lautlos öffnete sich die Tür, allerdings nur einen sehr schmalen Spalt breit. Drinnen war es fast so dunkel wie draußen, und es herrschte absolute Stille.

»Zum Teufel!« flüsterte Emerson, und ich teilte seine Empfindungen. Unwillkürlich hielten wir beide den Atem an, denn diese lautlose Bewegung der Tür hatte etwas Unheimliches. Entweder war sie geöffnet worden und derjenige verbarg sich jetzt dahinter, oder, und das schien mir bei weitem wahrscheinlicher, die Tür war nur angelehnt gewesen. Doch wer ließ nachts seine Hintertür unverschlossen?

»Geh einen Schritt zurück«, befahl Emerson und schob mich weg, während er ausholte und mit aller Kraft gegen die Tür trat. Falls er einen versteckten Eindringling durch den Schwung der Tür an die Wand drücken und damit außer Gefecht setzen wollte, mußte er einen Fehlversuch konstatieren, denn die Tür war offenbar sehr schwer und öffnete sich nur zur Hälfte. Fluchend umklammerte Emerson seinen schmerzenden Fuß.

Neugierig trat ich neben ihn und spähte in den Raum, der nur von einer einzigen, winzigen Öllampe erhellt wurde. Abd el Atti war ja nicht gerade für seine Ordnungsliebe bekannt, aber ich erkannte auf den ersten Blick, daß dieses irrsinnige Durcheinander nicht auf natürliche Weise entstanden war. Gegenstände waren wahllos umgestoßen worden, ein ganzes

Regal war abgeräumt, und überall lagen Glas- und Keramikscherben. Und dazwischen wertvolle Gegenstände wie Skarabäen, Uschebtis, Papyrusfragmente, kleine Schiffe aus Stein, Reliefstücke und sogar eine bandagierte Mumie, die hinter einer Holzkiste herausragte.

Emerson fluchte noch einmal herzhaft und machte einen Schritt nach vorn, doch ich packte ihn noch rechtzeitig. »Sei vorsichtig, Emerson! Ich bin mir sicher, daß hier ein Kampf stattgefunden hat.«

»Entweder das, oder Abd el Atti hat eine Beschlagnahmungsaktion über sich ergehen lassen müssen.«

»Dann wäre er aber doch da«, wandte ich ein.

»Das stimmt«, meinte Emerson und rieb sich nachdenklich sein Kinn. »Deine Annahme ist wahrscheinlicher.«

Er wollte meine Hand abschütteln, doch ich ließ nicht lokker. »Vielleicht ist noch jemand irgendwo versteckt!«

»Dann wäre er schön dumm«, sagte Emerson. »Er hatte die ganze Zeit über reichlich Gelegenheit, durch die Vordertür zu verschwinden, während wir hier stehen und diskutieren. Wo könnte er sich auch verstecken? Der einzige Platz...« Vorsichtig blickte Emerson hinter die Tür. »Nein, hier ist niemand. Komm herein und schließe die Tür hinter dir!«

Ich tat, wie er gesagt hatte, und fühlte mich hinter der schweren Tür gleich viel sicherer, aber ich wurde trotzdem die Befürchtung nicht los, daß in diesem dunklen Raum etwas Schreckliches auf uns lauerte.

»Vielleicht war Abd el Atti überhaupt nicht da«, sagte ich. »Es können sich auch zwei Diebe gegenseitig in die Quere gekommen sein ... «

Emerson fuhr fort, sich sein Kinn zu reiben. »Welches Durcheinander! Es ist unmöglich festzustellen, ob etwas gestohlen wurde. Sieh nur, Amelia! Dieses bemalte Bruchstück eines Reliefs habe ich erst vor zwei Jahren in einem der Gräber in El Bersheh gesehen! Dieser alte Gauner hat also auch nicht mehr Hemmungen als die anderen, die Gräber seiner Vorfahren zu plündern!«

»Emerson«, mahnte ich, »eigentlich ist jetzt nicht die Zeit, nach Antiquitäten zu ...«

»Und hier!« Emerson stürzte sich auf einen Gegenstand, der fast völlig von Scherben bedeckt war. »Ein Mumienporträt! Enkaustik auf Holz ...«

Es gibt nur eine Sache, die Emerson von seiner Leidenschaft für Antiquitäten ablenken kann, aber für derlei Dinge war hier wohl nicht der richtige Ort. Also überließ ich ihn seiner Beschäftigung und bewegte mich vorsichtig auf den Vorhang zu, der den vorderen Teil des Geschäfts von diesem Raum abtrennte. Ich mußte eine Vorahnung gehabt haben, daß mich etwas Entsetzliches dahinter erwartete, denn ich hatte mich bereits auf einiges vorbereitet. Doch als ich den Vorhang beiseite zog, traf mich die Wirklichkeit bis ins Mark. Ich erstarrte, und meine Stimme versagte mir den Dienst.

Zuerst sah ich nur eine gewaltige, dunkle Masse, die den kleinen Raum fast völlig ausfüllte, dann bewegte sich die Masse, schaukelte sanft, und meine Augen erkannten einen goldenen Schimmer und ein rotes Leuchten. Nach und nach entdeckten sie Einzelheiten – eine Hand, verschiedene Ringe ... Ein Gesicht, das weder menschlich aussah noch Ähnlichkeit mit irgend jemandem aufwies. Dick und schwarz quoll die Zunge aus dem Mund, und die Augen waren blutunterlaufen ...

Ein Entsetzensschrei entfuhr meinen Lippen. Augenblicklich war Emerson neben mir, und seine Hände umschlossen meine Schultern. »Komm weg von hier, Peabody! Schau nicht hin!«

Aber ich hatte bereits hingesehen, und ich wußte, daß mich dieser Anblick bis in meine Träume verfolgen würde: Abd el Atti, der am Deckenbalken seines Geschäfts hing und wie ein überdimensionales, geflügeltes Nachtgespenst leise hin und her schaukelte.

# 4. Kapitel

Ich räusperte mich. »Ich habe mich schon wieder gefaßt, Emerson. Es tut mir leid, dich so erschreckt zu haben.«

»Du brauchst dich nicht zu entschuldigen, Peabody. Der Anblick war ganz entsetzlich!«

»Sollen wir die Schnur nicht abschneiden?«

»Das schaffen wir nicht, außerdem ist es auch unnötig. Es ist kein Funken Leben mehr in ihm. Diese Pflicht werden wir den Behörden überlassen«, entschied Emerson. »Du willst doch hoffentlich nicht wieder Medizinmann spielen, meine liebe Peabody?«

»Mein lieber Emerson, ich habe nie behauptet, daß ich Tote zum Leben erwecken kann. Bevor wir aber die Polizei verständigen, möchte ich mich gern noch genauer umsehen.«

Da ich nicht täglich mit Leichen zu tun hatte, kostete es mich einige Überwindung, die schlaffe Hand zu berühren. Sie war noch warm, aber es war trotzdem unmöglich, auf eine bestimmte Todeszeit zu schließen, weil die Luft unerträglich warm und stickig war. Ich war aber sicher, daß er noch nicht allzu lange tot sein konnte. Ich entzündete einige Streichhölzer und untersuchte den Boden.

»Was zum Teufel tust du da?« fragte Emerson. »Laß uns so schnell wie möglich ins Hotel zurückkehren, um zu telefonieren. Hier wird uns um diese Zeit niemand öffnen.«

»Du hast recht«, sagte ich. Ich hatte gesehen, was ich wollte, und folgte Emerson in den großen Raum. Nachdem der Vorhang zwischen uns und dem Schrecken war, fühlte ich mich merklich wohler.

»Suchst du nach Beweisen?« fragte Emerson ironisch, während ich mir das Durcheinander auf dem Boden näher ansah. Das Mumienporträt war verschwunden, doch ich tat, als hätte ich es nicht bemerkt. Schließlich war es ohnehin gestohlen und konnte nirgends besser aufgehoben sein als bei meinem Mann.

»Ich weiß eigentlich nicht, wonach ich suche«, sagte ich. »Ich fürchte, es ist hoffnungslos, denn in diesem Scherbenhaufen hat sich nicht einmal ein Fußabdruck erhalten. Schau! Ist das nicht vielleicht ein Blutfleck?«

»Der arme Kerl ist erstickt, Peabody!« rief Emerson.

»Aber ich glaube ganz sicher, daß es Blut ist ...«

»Wahrscheinlich ist es Farbe.«

»Blut von dem Dieb, der ...«

»Von welchem Dieb?«

»Der sich bei dem Kampf mit Abd el Atti verletzt hat«, vollendete ich endlich meinen Satz, nachdem ich mehrfach unterbrochen worden war. »Ich nehme an, daß er sich an einer Scherbe verletzt hat, als er mit Abd el Atti kämpfte.«

Emerson packte energisch meine Hand. »Jetzt ist es aber genug, Peabody. Falls du nicht gutwillig mitgehst, werde ich dich wie einen Sack auf den Rücken nehmen ...«

»Dazu ist der Durchgang viel zu schmal«, sagte ich. »Noch eine Minute, Emerson!«

Ich konnte gerade noch ein Stück packen, bevor er mich hochzog. »Schau! Noch ein Papyrusfragment.« Doch er zog mich nur wortlos mit sich fort.

Bis wir die Muski erreicht hatten, sprach keiner von uns. Es war mittlerweile beträchtlich spät geworden, und außer uns war niemand mehr unterwegs. Ich atmete tief und sagte schließlich: »Warte eine Sekunde, Emerson, ich kann nicht so schnell gehen. Ich bin schrecklich müde.«

»Das glaube ich gern, besonders nach solch einer Nacht!« Er ging langsamer, bot mir seinen Arm, und ich hatte keine Skrupel, mich anzulehnen. Weil Emerson diese Geste liebte, wurde er gleich viel sanfter. »Ich glaube jetzt, daß du recht hattest, Peabody. Der alte Gauner hatte tatsächlich etwas auf dem Herzen. Nur schade, daß er sich umgebracht hat, bevor er mit uns gesprochen hatte.«

»Was sagst du da?« rief ich. »Abd el Atti hat sich doch nicht umgebracht. Er ist getötet worden!«

»Amelia! Das ist doch eine bloße Vermutung! Ich dachte mir, daß du wieder wilde Kombinationen anstellen würdest, aber du kannst doch nicht ...«

»Mein lieber Emerson, mache dich nicht lächerlich! Du hast den Tatort gesehen, nicht wahr? Hast du irgendwo in der Nähe des Toten einen Tisch oder einen Stuhl oder Schemel gesehen, auf dem Abd el Atti gestanden hat, während er sich die Schlinge um den Hals gelegt hat?«

»Verdammt!« sagte Emerson nur.

»Zweifellos wurde der arme Kerl ermordet – heimtückisch getötet, nachdem er uns um Hilfe gebeten hatte.«

»Verschone mich mit solchem Unsinn!« sagte Emerson wütend. »Falls Abd el Atti ermordet wurde, dann bestimmt von einem seiner Kumpane. Mit uns hat das nichts zu tun, das ist nur ein zufälliges Zusammentreffen – oder das Ergebnis, wenn man seine Nase in die Angelegenheit anderer Leute steckt. Wir werden die Polizei benachrichtigen, wie es unsere Pflicht ist, aber mehr werden wir nicht tun. Ich habe genug andere Dinge im Kopf und möchte mich endlich meinen Aufgaben widmen ...«

Ich ließ ihn brummeln. Mit der Zeit würde er den wahren

Zusammenhang erkennen. Also, weshalb sollte ich jetzt meine Kraft vergeuden?

Nach einigen Stunden Schlaf fühlte ich mich wie neugeboren. Als ich die Augen aufschlug, schien die Sonne schon hell. Noch bevor ich den Tee trank, der uns gebracht worden war, öffnete ich die Tür zum Nebenzimmer. Es war leer, doch mitten auf dem Tisch lag ein Zettel. Demnach hatten John und Ramses uns nicht wecken wollen und waren auf eigene Faust in die Stadt gegangen. »Machen Sie sich keine Sorgen, Sir und Madam«, hatte John geschrieben. »Ich werde Master Ramses nicht aus den Augen lassen.«

Emerson war keineswegs beruhigt. »Du siehst, was daraus wird, wenn man sich auf nächtliche Abenteuer einläßt«, brummte er. »Wir haben verschlafen, und unser armer Sohn irrt schutzlos durch die riesige Stadt!«

»Ich mache mir ebenfalls Sorgen«, sagte ich. »Wenn ich mir vorstelle, was Ramses in wenigen Stunden anrichten kann, dann fürchte ich, werden einige Schadenersatzforderungen auf uns zukommen.«

Auch wenn Emerson sich weigerte, noch einmal über die Ereignisse des gestrigen Abends zu sprechen, rechnete ich trotzdem mit einigen Befragungen durch die Behörden. Und ich sollte recht behalten. Noch bevor wir unser Frühstück beendet hatten, erschien ein weißgekleideter Diener, verbeugte sich tief und bat uns, in das Büro des Geschäftsführers zu kommen.

Emerson warf seine Serviette auf den Tisch. »Siehst du! Nichts als Verzögerungen und Schwierigkeiten! Alles deine Schuld, Amelia! Komm, damit wir es wenigstens bald hinter uns haben!«

Mr. Baehler war der Manager des Shepheard's Hotel – ein großer, gutaussehender Schweizer, der immer überaus höflich war und uns auch jetzt mit einem Lächeln begrüßte. Doch mein Gruß erstarb mir auf den Lippen, als ich statt offizieller Polizeibeamten nur einen Polizisten und meinen kleinen, unglaublich schmutzigen Sohn erblickte.

Emerson stürzte an Mr. Baehler vorbei, ohne dessen ausgestreckte Hand zu beachten, und riß seinen Sohn in seine Arme. »Ramses, mein Liebling! Wo kommst du denn her! Bist du verletzt?«

Doch Ramses konnte kein Wort erwidern, weil Emerson ihn so fest an seine Brust drückte. Dabei blickte er den Polizisten wütend an. »Was haben Sie ihm getan?«

»Bitte, Emerson! Beherrsche dich! Du solltest dich lieber bedanken, daß er den Jungen nach Hause begleitet hat.«

Der Polizist sah mich dankbar an. Er trug eine tadellose Uniform und sprach ein ausgezeichnetes Englisch – alles Zeichen für die Veränderungen, die die Briten diesem Land beschert haben. »Vielen Dank, Madam«, sagte er salutierend. »Dem jungen Mann ist kein Leid geschehen.«

»Das sehe ich. Ich hatte eigentlich angenommen, daß Sie gekommen sind, um uns einige Fragen wegen des Mordes zu stellen.«

»Deshalb bin ich gekommen, Madam«, war die respektvolle Antwort. »Wir haben den jungen Mann im Geschäft des Toten gefunden.«

Ich sank auf den Stuhl, den Mr. Baehler mir hingeschoben hatte. Atemlos meldete sich Ramses zu Wort: »Mama, ich würde ef vorziehen, mit dir allein zu fprechen ... «

»Schweig!«

»Aber die Katze Baftet, Mama ... «

»Bitte, sei jetzt still!«

Alle schwiegen, und Mr. Baehler sah etwas ratlos in die Runde, während sich meine Augen ganz langsam John zuwandten, der sich so weit wie möglich in den Hintergrund zurückgezogen hatte. Als ich ihn ansah, begann er zu stottern: »Ich ... ich wußte ... ich wußte nicht, wo wir waren ... erst, als ... «

»Nehmen Sie sich zusammen!« sagte ich.

»Aber daf ftimmt, Mama«, piepste Ramses. »Ef war nicht Johnf Fuld! Er dachte wirklich, daf wir unf nur den Bafar anfauen.«

Dann sprachen alle gleichzeitig. Mr. Baehler schlug vor, die Familienangelegenheiten vielleicht nicht gerade in seinem Büro zu besprechen; der Polizist drängte, weil er noch andere Pflichten hatte, John versuchte, sich zu rechtfertigen, und Ramses verteidigte ihn. Schließlich beendete ich das Durcheinander, indem ich aufstand.

»Inspektor, ich nehme an, daß Ramses jetzt gehen kann?«

»Selbstverständlich«, sagte der Mann aufatmend.

»John, bringen Sie Ramses nach oben, und waschen Sie ihn. Und rühren Sie sich nicht von der Stelle, bis wir kommen!« Dann setzte ich mich wieder und sagte: »So, und jetzt zum Wesentlichen!«

Das wenige war schnell gesagt, aber aus den Blicken, die während meines Vortrags zwischen Emerson und dem Polizisten gewechselt wurden, und aus Emersons häufigen Unterbrechungen schloß ich, daß meiner Meinung keinerlei Gewicht beigemessen wurde. »Eine Streitigkeit unter Dieben«, lautete die Zusammenfassung des Polizisten. »Vielen Dank für Ihre Mitarbeit, Professor und Mrs. Emerson!«

»Wenn Sie den Verdächtigen verhaftet haben, komme ich gern und identifiziere ihn«, bot ich an.

Der Polizist sah mich fragend an. »Den Verdächtigen?«

»Den Mann, den ich gestern mit Abd el Atti habe sprechen sehen. Ich habe Ihnen doch seine Beschreibung gegeben. Haben Sie sie notiert?«

»Oh! Selbstverständlich, Madam!«

»Die Beschreibung trifft mindestens auf die Hälfte der

männlichen Bevölkerung Kairos zu«, sagte Emerson verächtlich. »Das, was Sie am dringendsten benötigen, Inspektor, ist ein Fachmann, der die Kunstgegenstände sichtet und identifiziert. Sie sind zum größten Teil gestohlen und gehören eigentlich der Ägyptischen Antikenverwaltung. Aber in diesem verstaubten Schuppen gibt es ja niemanden, der weiß, wie man mit Antiquitäten umzugehen hat!«

»Bitte, meine Freunde!« meldete sich Mr. Baehler. »Verzeihen Sie, aber ... «

»Selbstverständlich«, sagte ich. »Emerson, Mr. Baehler hat viel zu tun, und wir können seine Zeit wirklich nicht länger in Anspruch nehmen. Wir wollen an einem anderen Ort weitersprechen.«

Doch der Inspektor lehnte ab, und er wies sogar Emersons Angebot, die Kunstschätze zu katalogisieren, zurück. Emerson wäre ihm nachgelaufen, um ihn doch noch zu überzeugen, wenn ich ihn nicht festgehalten hätte.

»So kannst du unmöglich auf die Straße gehen, Emerson«, sagte ich und wies auf die Flecken, die sein entzückender Sohn auf seinem Anzug hinterlassen hatte. »Laß uns nach oben gehen und mit Ramses sprechen!«

Wie befohlen, saßen die beiden auf der Bettkante und erwarteten ihren Schuldspruch. Das frisch gewaschene Gesicht meines Sohnes sah allerdings nicht sehr schuldbewußt drein. »Mama, die Katze Baftet ...«, begann er sofort.

»Wo ist die Katze?« fragte ich.

Ramses wurde ganz rot vor Aufregung. »Daf verfuche ich dir doch die ganze Zeit zu erklären, Mama! Wir haben fie verloren, alf der Polizift mich grob angefaft hat, gröber alf nötig ... «

»Hast du ›grob‹ gesagt?« sagte Emerson und wurde so rot wie sein Sohn. »Verflucht! Ich hätte ihm doch eine verpassen sollen! Bleibt hier! Ich werde ... «

»Immer mit der Ruhe, Emerson!« Ich packte ihn und stemmte mich mit aller Macht gegen die Tür. Während ich ihn aufzuhalten versuchte, meinte Ramses beiläufig: »Ich hätte ihn ja nicht gegen daf Fienbein getreten, wenn er ein wenig höflicher gewefen wäre!«

Emerson gab seinen Widerstand auf. »Hm«, machte er nur.

»Damit ist das Thema wohl erledigt«, sagte ich. »Über die Katze mußt du dir keine Gedanken machen, Ramses. Die findet allein nach Hause. Schließlich stammt sie ja aus Ägypten.«

»Ich glaube, daf ef reichlich übertrieben ift, wenn manche Leute behaupten, daf Tiere über weite Entfernungen zurückfinden.«

»Mich würde viel mehr interessieren, was du in Abd el Attis Geschäft verloren hattest?« fragte ich.

Ramses erklärte, daß er sich einige Gegenstände, die er bei unserem Besuch im hinteren Zimmer gesehen hätte, noch einmal näher anschauen wollte. Ich fand die Erklärung nicht befriedigend, und schließlich stellte sich heraus, daß er gehört hatte, wie ich das Treffen mit Abd el Atti ausgemacht hatte. »Ich wollte mit dir gehen«, sagte er, »aber leider konnte ich nicht wach bleiben. Und du haft mich nicht geweckt!«

»Ich hatte auch nicht die Absicht, dich mitzunehmen.«

»Daf habe ich befürchtet«, sagte Ramses.

»Welche Gegenstände haben dich denn interessiert?« fragte sein Vater.

»Das ist doch jetzt unwichtig«, mischte ich mich ein. »Der halbe Tag ist schon vorbei, und wir reden immer noch!«

Emerson schoß mir einen Blick zu. »Und wessen Schuld ist es, daß wir einen halben Tag vergeudet haben?« Er sprach leise, denn wir vermeiden es normalerweise, Meinungsverschiedenheiten vor Ramses auszutragen. Eine geschlossene

Front ist lebensnotwendig. Schließlich sagte er nur: »Ich hatte gehofft, gegen Ende der Woche endlich abreisen zu können ... «

»Wir können schon morgen fahren, wenn wir uns sofort an die Arbeit machen«, sagte ich. »Was müssen wir noch erledigen?«

Es war wirklich nicht mehr viel. Ich erklärte mich bereit, die Fahrkarten zu besorgen und unsere Ausrüstung verpakken und abholen zu lassen. Emerson mußte nach Aziyeh, einem kleinen Dorf in der Nähe von Kairo, fahren und mit den Arbeitern, die wir immer von dort holten, die nötigen Einzelheiten für ihre Fahrt nach Mazghunah besprechen.

»Nimm ihn mit!« sagte ich und deutete auf Ramses.

»Natürlich«, sagte Emerson. »Das hatte ich ohnehin vor. Was ist mit John?«

John war aufgesprungen, als wir den Raum betreten hatten, und hatte seitdem regungslos dagestanden. Sein Gesichtsausdruck ähnelte dem eines Hundes, der genau weiß, daß er sich schlecht benommen hat.

»Madam«, begann er, »ich möchte ... «

»Das Thema ist erledigt«, unterbrach ich ihn. »Ich mache Ihnen keinen Vorwurf, John, aber ich werde in Zukunft den Aktionsradius jeweils genau festlegen.«

»Ja, Madam!« John strahlte. »Darf ich Master Ramses und den Professor begleiten, Madam?«

»Nein, ich brauche Sie. Ist es dir recht, Emerson?«

Ihm war es recht, und so widmeten wir uns nach einem hastigen Mittagessen den jeweiligen Pflichten. Ich war in kurzer Zeit fertig, denn ich hatte noch nie Schwierigkeiten, die Menschen dazu zu bringen, meine Anordnungen auszuführen. Alle Europäer, die sich über die mangelnde Effektivität beklagen und denen immer alles zu langsam geht, sind in meinen Augen nur unfähig, klare Forderungen zu stellen.

Emerson ließ sich auch mit Wonne von den nebensächlichsten Dingen ablenken, und ich war sicher, daß er frühestens in drei Stunden zurück sein würde. Ein Schwatz mit unserem Vormann Abdullah dauerte seine Zeit, und sicher würde Ramses mit unsäglich süßen Leckereien und den neuesten arabischen Vokabeln vollgestopft werden.

John half mir und folgte mir ergeben. Selbst als ich dem Fahrer der Kalesche Anweisung gab, uns beim Eingang des Khân Kalîlî abzusetzen, verzog er keine Miene. Erst als wir ausgestiegen waren und durch das Tor gingen, fragte er: »Gehen wir zu ... zu diesem Geschäft, Madam?«

»Genau.«

»Aber Madam ... «

»Falls Sie Professor Emerson versprochen haben, mich davon abzuhalten, waren Sie sehr unvorsichtig. Abgesehen davon, war es nicht recht von ihm, so etwas von Ihnen zu verlangen.« Als John stöhnte, ließ ich mich zu einer Erklärung hinreißen, was ich normalerweise ablehne. »Denken Sie an die Katze, John! Das mindeste, was wir tun können, ist nach ihr zu suchen. Es würde dem Jungen das Herz brechen, wenn er sie zurücklassen müßte.«

Die Gasse vor Abd el Attis Geschäft bot einen völlig anderen Anblick als in der vergangenen Nacht. Menschen und einige Esel drängten sich, und jeder versuchte, über den Kopf des anderen zu sehen, um sich nichts entgehen zu lassen. An ein Durchkommen war nicht zu denken, und ich mußte einige arabische Höflichkeiten und meinen Sonnenschirm einsetzen, um mir eine Gasse zu bahnen.

Abd el Attis Geschäft war der Mittelpunkt des Interesses. Ich hatte erwartet, einen verschlossenen Laden vorzufinden, aber als ich sah, was vorging, verstand ich, weshalb die Menschen ihren Spaß hatten. Einige Arbeiter in ihren blau-weiß gestreiften Gewändern brachten Warenbündel aus dem

Geschäft und verstauten sie auf Mauleseln, doch sofort erschienen andere und brachten die Dinge wieder zurück. Es sah sehr merkwürdig aus, doch schließlich entdeckte ich des Rätsels Lösung. Im Laden standen sich zwei Menschen gegenüber und schrien sich aus Leibeskräften an. Der Mann trug einen korrekten europäischen Anzug und die Frau das traditionelle schwarze Gewand. Vor Aufregung war ihr der Schleier vom Gesicht gerutscht, und ich konnte erkennen, daß sie runzelig und alt war wie eine Hexe in einem deutschen Märchen. Sie schrie die Arbeiter an und verwünschte ihren Gegner.

Die Situation verlangte geradezu nach dem Eingreifen einer vernünftigen Person, also zögerte ich nicht lange, benutzte meinen Sonnenschirm ein weiteres Mal und bahnte mir einen Weg bis zum Laden. Die alte Frau hielt mitten im Satz inne, als sie mich erblickte, die Arbeiter starrten mich erwartungsvoll an, und der Mann im Anzug drehte sich zu mir um.

»Was geht hier vor?« fragte ich. »Dieses Geschäft gehört Abd el Atti. Wer sind die Leute, die sein Eigentum stehlen?«

Obwohl ich Arabisch gesprochen hatte, antwortete der Mann mir, wohl wegen meiner europäischen Kleidung, in perfektem Englisch. »Ich bin kein Dieb, Madam, sondern der Sohn von Abd el Atti. Darf ich wissen, wer Sie sind?«

Die Frage war in einer herablassenden Art gestellt, die allerdings sofort verschwand, als ich meinen Namen nannte. Die alte Frau brach in schrilles Gelächter aus. »Die Frau vom ›Vater der Flüche‹«, rief sie. »Man nennt sie auch Sitt Hakim. Ich habe schon viel von Ihnen gehört, Sitt. Nicht wahr, Sie werden nicht zulassen, daß man eine alte Frau ausraubt?«

»Sind Sie die Frau von Abd el Atti?« fragte ich ungläubig... Diese alte Vettel sollte die Frau von Abd el Atti sein, der reich genug war, um sich einen ganzen Harem junger Frauen zu leisten.

»Seine Hauptfrau«, sagte die Hexe und bückte sich, um eine Handvoll Staub zusammenzukratzen und mit einem traurigen Seufzer sich selbst über den Kopf zu streuen.

»Ihre Mutter?« fragte ich den Mann.

»Das möge Allah verhüten«, war die Antwort. »Aber ich bin der älteste Sohn, Madam. Ich besitze einen Laden an der Muski und möchte die Sachen meines Vaters dorthin bringen. Ich würde mich freuen, wenn Sie mich dort aufsuchen würden ...«

»Ja, ja«, sagte ich, während ich seine Visitenkarte nahm, »aber darum geht es im Augenblick nicht. Sie können die Dinge jetzt noch nicht mitnehmen. Wissen Sie nicht, daß man den Tatort unberührt lassen muß, bis die Polizei das Verbrechen aufgeklärt hat?«

»Das Verbrechen?« Ein zynisches Grinsen veränderte das Gesicht des Mannes. Seine Augen verengten sich, und seine Lippen wurden schmal. »Mein Vater macht seinen Frieden mit Allah. Er hatte die falschen Freunde, Madam. Ich wußte, daß ihn irgendeiner früher oder später beseitigen würde.«

»Und das bezeichnen Sie nicht als Verbrechen?«

Der Mann rollte die Augen und zuckte nur die Schultern.

»Jedenfalls können Sie nichts aus dem Laden entfernen! Bringen Sie alles wieder an seinen Platz, und verschließen Sie die Tür!«

Die alte Hexe brach wieder in schrilles Gelächter aus und begann einen grotesken Tanz. »Ich wußte, daß Sie eine alte Frau nicht im Stich lassen, Sitt. Die Weisheit des Propheten hat aus Ihnen gesprochen. Nehmen Sie die Segenswünsche einer alten Frau entgegen: Viele Söhne sollen Sie haben, viele Söhne ...«

Der Gedanke war nicht gerade mitreißend, und ich mußte

blaß geworden sein, denn der Mann schöpfte Mut und sagte frech: »Sie haben kein Recht, mir etwas zu befehlen, Madam. Sie sind nicht die Polizei.«

»Sprechen Sie bitte nicht in diesem Ton mit meiner Lady!« mischte John sich ein. »Madam, soll ich ihm einen Schlag auf die Nase verpassen?«

Unser Publikum jubelte, soweit es Englisch verstand. Offenbar war der Sohn des alten Abd el Atti in dieser Gegend nicht sehr beliebt.

»Selbstverständlich nicht«, sagte ich. »Sie sollten nicht alle schlechten Angewohnheiten Ihres Herrn übernehmen, John! Ich bin sicher, daß Mr. ...« Ich blickte auf die Karte, die ich in der Hand hielt, »... daß Mr. Aslimi vernünftig sein wird.«

Mr. Aslimi hatte keine andere Wahl, als nachzugeben. Die Arbeiter zogen unverrichteterdinge ab und schimpften, weil ihnen der Lohn entgangen war, und die Menge zerstreute sich nach und nach. Ich verabschiedete die alte Frau, bevor sie noch weitere gute Wünsche loswerden konnte, und sie entfernte sich staksend wie eine schwarze Krähe.

»Wenn Sie mir helfen, Mr. Aslimi, werde ich mich dafür einsetzen, daß Ihrem Wunsch so schnell wie möglich entsprochen wird.«

»Wie kann ich Ihnen helfen?« fragte Mr. Aslimi vorsichtig.

»Indem Sie mir meine Fragen beantworten. Was wissen Sie über die Geschäfte Ihres Vaters?«

Natürlich schwor er, nichts über irgendwelche illegalen Geschäfte zu wissen. Ich hatte es erwartet, aber trotzdem sagte mir mein Gefühl – und das trog mich nur selten –, daß er wahrscheinlich wirklich nichts mit einer Grabräuberbande zu tun hatte. Vielleicht sogar zu seinem Bedauern. Er wußte auch nichts über Abd el Attis Besucher, den ich ihm beschrieb; aber in diesem Fall wußte ich, daß er log. Selbst wenn er den Namen des Mannes wirklich nicht kannte, wußte er doch ziemlich genau, von wem die Rede war.

Anschließend bat ich, mich noch ein wenig im Geschäft umsehen zu dürfen. Ich entdeckte allerlei gestohlene Kunstwerke in verschlossenen Schubladen, doch dieses Problem interessierte mich nur am Rande; aber ich registrierte Mr. Aslimis Erleichterung, als ich schweigend über diese Dinge hinwegging. Ich fand nichts, was mir einen Hinweis auf Abd el Attis Mörder gegeben hätte, aber es war mir auch nicht klar, nach was ich überhaupt suchte.

Auch von Bastet gab es keine Spur, und als Mr. Aslimi auf meine Frage nur die Schultern zuckte, war ich überzeugt, daß er in diesem Fall bei der Wahrheit geblieben war. Wir verabschiedeten uns mit gegenseitigen Höflichkeiten, die natürlich gelogen waren. Ich war mir ziemlich sicher, daß er es nicht wagen würde, das Geschäft wieder zu öffnen, und ich versprach ihm, mich für die rasche Erledigung seines Anliegens einzusetzen.

Während John und ich uns durch die belebten Gassen drängten, hielten wir Ausschau nach dem goldbraunen Tier, konnten es aber nirgendwo entdecken. Auch auf meine zahlreichen Rufe erhielt ich keine Antwort, sondern erntete nur äußerst verwunderte Blicke der Vorübergehenden. »Das ist der Name einer alten Göttin«, hörte ich einen Mann seinem Begleiter erklären. »Diese Frau und ihr Mann sind große Zauberer – ich glaube, sie hat diesen Aslimi verflucht!«

An der Muski bestiegen wir wieder eine Kalesche. John saß sehr unruhig ganz vorne auf seinem Sitz. »Madam?«

»Ja, John?«

»Ich werde dem Master nichts davon erzählen, wenn Sie es nicht möchten.«

»Von sich aus müssen Sie ja nicht die Sprache darauf bringen, John, aber wenn Ihnen eine klare Frage gestellt wird, sollten Sie die Wahrheit sagen.«

»Wirklich?«

»Selbstverständlich. Wir haben nach der Katze gesucht, aber unglücklicherweise haben wir sie nicht gefunden.«

Doch das erste, was ich sah, als ich mein Zimmer betrat, war Bastet, die zusammengerollt auf dem Fußende meines Bettes schlief. Wie ich vorausgesagt hatte, hatte das kluge Tier seinen Weg von allein gefunden.

Die Sonne ging gerade unter und vergoldete die Kuppeln und Minarette der Stadt, als meine beiden Männer heimkehrten, und zwar genau in dem Zustand, den ich vorausgesehen hatte. Als Ramses sich in meine Arme stürzte, dankte ich im stillen meiner Klugheit, die mich dazu bewogen hatte, mein ältestes Hauskleid anzuziehen. Doch meine Vorsicht war unnötig gewesen, denn im letzten Augenblick änderte er die Richtung und stürzte sich auf die Katze.

»Wo haft du fie gefunden, Mama?«

Sein Vertrauen schmeichelte mir, doch ich beschloß, bei der Wahrheit zu bleiben. »Ich habe sie nicht gefunden, Ramses, obwohl ich nach ihr gesucht habe. Sie hat allein zurückgefunden.«

»Jetzt bin ich erleichtert«, sagte Emerson matt. »Ramses hat sich pausenlos Gedanken gemacht. Jetzt läßt du sie aber nicht mehr von der Leine, nicht wahr, mein Sohn?«

»Und laß sie lieber los, solange du noch nicht gebadet bist. Ich habe eine ganze Stunde gebraucht, um sie zu säubern.«

Doch Ramses hörte nicht auf mich, sondern drückte Bastet fest an seine Brust und verschwand mit ihr im Nebenzimmer.

Emerson sah müde aus und gab es auch zu, als ich ihn fragte. Ramses hatte ihn den Nachmittag über in Atem gehalten.

Als er sich hinter den Wandschirm zurückzog, um sich frisch zu machen, bestellte ich uns Whisky und Soda.

Während wir unsere Drinks genossen, besprachen wir die Ergebnisse des heutigen Tages und waren eigentlich recht zufrieden. Alles war bereit, so daß wir morgen in aller Frühe abreisen konnten. Ich hatte den restlichen Nachmittag damit verbracht, unsere persönlichen Dinge zu packen und zu versiegeln, oder vielmehr hatte ich das Hotelpersonal bei dieser Arbeit beaufsichtigt. Wir hatten also einen freien Abend vor uns, an dem wir noch ein letztes Mal die Annehmlichkeiten der Zivilisation genießen konnten. Obwohl ich unser primitives Leben in der Wüste liebte, schätzte ich trotzdem ein Glas Wein, gepflegtes Essen, ein heißes Bad und ein weiches Bett und genoß diese Dinge, solange sie sich boten.

Wir nahmen Ramses mit zum Essen, obwohl er sich nur zögernd von Bastet trennte. »Irgend jemand hat fie verletzt«, sagte er und sah mich vorwurfsvoll an. »Fie hat einen Kratzer auf dem Rücken.«

»Ich habe ihn gesehen und versorgt, Ramses. Ein Wunder, daß sie nicht noch mehr Narben von diesem Abenteuer davongetragen hat. Hoffentlich ist sie wenigstens nicht ...«

»Hoffentlich ift fie wenigftenf nicht waf, Mama?«

»Ist nicht so wichtig, mein Sohn.« Ich starrte die Katze an, und sie starrte mit ihren rätselhaften goldenen Augen zurück. Im Augenblick wirkte sie nicht sonderlich liebeskrank ... Nur die Zeit konnte Gewißheit bringen.

An diesem Abend hatte Emerson keinerlei Einwände, sondern genoß es geradezu, seinen Sohn mit väterlichem Stolz allen Bekannten und sogar auch einigen Unbekannten vorzustellen. Alles in allem war es ein sehr gelungener Abend, und als wir es uns später auf unserem Bett bequem machten, taten wir das in dem Bewußtsein, einen äußerst erfolgreichen Tag hinter uns gebracht zu haben, und freuten uns nur noch auf die bevorstehende Arbeit.

Als ich vor der Morgendämmerung erwachte, war der Mond bereits untergegangen, und das Sternenlicht erleuchtete unser Zimmer nur sehr spärlich. Da ich während der Nacht niemals wach wurde, war ich sofort beunruhigt, und es dauerte nicht lange, bis ich herausgefunden hatte, was mich aufgeweckt hatte – ein leises, stetiges Geräusch, das aus der Ecke kam, wo unsere Koffer und Kästen gestapelt waren.

Ich verhielt mich ruhig und versuchte, meine Augen an die Dunkelheit zu gewöhnen. Zwischen Emersons ruhigen Atemzügen hörte ich eindeutig, daß sich jemand in der Ecke an unserem Gepäck zu schaffen machte. Ich hatte keinerlei Angst, sondern überlegte nur fieberhaft, wie ich den Dieb am besten überraschen könnte. Unsere Zimmertür ließ sich nicht abschließen, und ich hatte darauf vertraut, daß die Anwesenheit eines Dieners auf jedem Flur potentielle Diebe abhalten würde. Ohnehin würden es nur wenige überhaupt wagen, einen Ort wie das Shepheard's Hotel zu betreten. Irgendwie war ich überzeugt, daß dieser nächtliche Besuch mit meinem Interesse für Abd el Attis Mörder in Zusammenhang stand. Daraus folgte die äußerst aufregende Tatsache, daß nämlich die Lösung des Falles hier in meinem Zimmer zu suchen war! Es kam mir nicht in den Sinn, Emerson zu wekken, denn er gab immer entsetzliche Geräusche von sich und hätte den Dieb unweigerlich verscheucht.

Das größte Hindernis war das Moskitonetz, das sorgfältig unter die Matratze gesteckt worden war. Vorsichtig zog ich es Zentimeter für Zentimeter heraus, während der Eindringling ungerührt arbeitete.

Nach einiger Zeit hatte ich es geschafft, das Netz an einer Stelle herauszuziehen. Jetzt hing alles von meiner Schnelligkeit ab. Mein Sonnenschirm stand am gewohnten Platz neben dem Kopfende des Bettes, und der Dieb arbeitete in der Ecke, die am weitesten von der Tür entfernt war. Mit einem Ruck sprang ich aus dem Bett, doch irgendwo mußte ich mich verheddert haben, denn plötzlich gab der Haken nach, an dem das Netz an der Decke aufgehängt war. Während ich versuchte, mich aus dem Gewirr zu befreien, hörte ich zwischen Emersons Flüchen, wie jemand leise durch das Zimmer lief. Dann öffnete sich die Tür und schloß sich wieder.

»Verflucht!« rief ich unbeherrscht.

»Verflucht!« rief Emerson. »Zum Teufel!« Und dann folgten noch einige andere Herzlichkeiten.

Wir kämpften eine Weile mehr gegen- als miteinander, und als John und Ramses endlich aufgewacht und herübergelaufen waren, konnten sie uns als Mumienpakete bewundern, die sich völlig in dem Netz verknotet hatten und kein Glied mehr rühren konnten. Als ich Johns Schlafmütze erblickte, brach ich in hysterisches Gelächter aus.

Emerson war plötzlich sehr still, weil er einen Teil des Netzes eingeatmet hatte und fast keine Luft mehr bekam. Ich faßte mich schließlich und bat John, die Lampe lieber hinzustellen und uns zu befreien. Bastet war hinter ihnen hereingekommen und beroch neugierig das ganze Zimmer, wobei sich ihr alle Haare sträubten.

Ramses hatte die Situation mit einem Blick erfaßt, war wieder in sein Zimmer gelaufen und kehrte mit einem länglichen, glitzernden Ding zurück. Als ich erkannte, was es war, schrie ich laut.

»Nein, Ramses! Laß es sofort fallen!«

Wenn ich diesen Ton anschlage, gehorcht Ramses aufs Wort. Augenblicklich ließ er das etwa zwanzig Zentimeter lange und offensichtlich scharf geschliffene Messer fallen. »Ich hatte die Abficht, euch zu befreien!« sagte er.

»Ich habe ja nichts gegen deine Absicht einzuwenden, sondern höchstens gegen die Methode!« sagte ich keuchend, nachdem ich endlich befreit war. Rasch entfernte ich Emersons Knebel und beobachtete fasziniert, wie sein rot angelaufenes Gesicht wieder eine normale Färbung annahm. Nachdem ich ihn beruhigt hatte, beschlagnahmte ich als erstes das Messer – ein Geschenk von Abdullah, wie ich bei dieser Gelegenheit erfuhr – und schickte Ramses, John und die Katze unverzüglich wieder ins Bett. Dann erst hatte ich Zeit, mich dem Verbrechen zuzuwenden.

Den Dieb zu verfolgen war unsinnig, denn er hatte Zeit genug gehabt, um die ganze Stadt zu durchqueren. Als ich die Bescherund näher in Augenschein nahm, sah ich sofort, daß ein Könner am Werk gewesen war, der mit einem Minimum an Lärm alles ausgeräumt und durchsucht hatte. Nur die zugenagelten Kisten hatte er gezwungenermaßen verschont. Alle unsere Habseligkeiten lagen auf einem großen Haufen, und ein Tintenfaß hatte den Verschluß eingebüßt und meinen besten Rock verdorben.

Nachdem Emerson sich wieder völlig erholt hatte, setzte er sich auf und sah mir eine Weile verständnislos zu. »Amelia, kannst du mir erklären, warum du auf allen vieren durchs Zimmer kriechst?« fragte er schließlich.

»Ich suche Beweise. Was denn sonst?«

»Aha! Vielleicht eine Visitenkarte oder ein Stück Stoff vom Gewand, das die halbe Bevölkerung Ägyptens trägt, oder vielleicht auch nur eine Haarlocke ... «

»Dieser Sarkasmus steht dir nicht, Emerson«, sagte ich, während ich weiter nach Spuren suchte. »Aha!« rief ich schließlich triumphierend.

»Eine Fotografie des Diebes, vielleicht sogar mit Frau und Kindern? Oder ein Brief mit seiner Adresse – obwohl die meisten Menschen weder lesen noch schreiben können!« Emerson konnte sich manchmal richtig für sein Thema erwärmen.

»Ein Fußabdruck!« sagte ich.

»Ein Fußabdruck«, wiederholte Emerson. »Etwa Nagelstiefel von ungewöhnlicher Machart, die nur ein einziger Schuhmacher in Kairo herstellt ... «

»Genau«, sagte ich. »Jedenfalls ein Stiefelabdruck. Allerdings glaube ich nicht, daß er einzigartig ist.«

»Was?« Emerson sprang aus dem Bett. »Wirklich ein Stiefelabdruck?«

»Hier! Ein deutlicher Abdruck. Er muß in die verschüttete Tinte getreten sein. Ich kann dir gar nicht sagen, wie froh ich darüber bin, obwohl ich mir nicht erklären kann, wie das Tintenglas in meine Tasche gekommen ist. Vielleicht hat Ramses es hineingetan.«

Auf allen vieren inspizierte Emerson den Abdruck. »Es gibt eigentlich keinen Grund, weshalb ein gewöhnlicher Dieb keine Stiefel getragen haben soll. In europäischer Kleidung – vielleicht war er ja Europäer – war es bestimmt leichter, das Hotel zu betreten ...« Seine Stimme klang unsicher.

»Ein gewöhnlicher Dieb hätte sich niemals in dieses Hotel gewagt, Emerson. Auch nicht, wenn der Etagendiener schläft, was ja meistens der Fall ist.«

Emerson setzte sich auf seine Fersen. »Ich weiß, was du denkst«, schimpfte er. »Du willst unbedingt eine Verbindung zu Abd el Attis Tod herstellen.«

»Es wäre ein viel größerer Zufall, falls die beiden Ereignisse nicht in Zusammenhang stehen sollten.«

»Es hat schon komischere Zufälle gegeben. Was sollte er hier schon gesucht haben?«

»Vielleicht das Mumienporträt«, gab ich zu bedenken.

Emerson blickte betreten. »Ich hatte vor, es dem Museum zu übergeben, Amelia.«

»Natürlich.«

»Es ist eine sehr hübsche Arbeit, aber nicht besonders wertvoll.« Er rieb sich das Kinn. »Hast duu ... hast du irgend etwas aus dem Geschäft gerettet?«

»Nur ein Stück Papyrus, das offenbar vom selben Manuskript stammt wie das, das ich von Abd el Atti erhalten habe.«

»Alles zusammen ist diesen Aufwand nicht wert«, sagte Emerson und setzte sich. Als er nackt, mit auf der Hand gestütztem Kopf, auf dem Bett saß und nachdachte, erinnerte er mich lebhaft an Rodins wunderbare Plastik.

»Vielleicht ist der Papyrus, von dem die Fragmente stammen, wertvoller, als wir annehmen«, meinte er schließlich. »Sayce war beeindruckt – auch wenn er versucht hat, diese Tatsache zu verbergen –, dieser gerissene Kerl. Wir besitzen den Papyrus nicht, oder etwa doch?«

»Emerson, du tust mir unrecht. Wann habe ich jemals etwas Wichtiges vor dir verborgen?«

»Nun, gelegentlich. Aber in diesem Fall will ich dir glauben. Du stimmst also zu, wenn ich sage, daß wir nichts besitzen, was den Besuch eines Abgesandten dieses großen Unbekannten begründet erscheinen ließe?«

»Soviel ich weiß, ja. Allerdings ...«

Emerson erhob sich zu seiner vollen Größe und verkündete majestätisch: »Dann war der Einbrecher ein ganz gewöhnlicher Dieb! Und damit wollen wir die Sache auf sich beruhen lassen. Komm ins Bett, Amelia!«

# 5. Kapitel

Mazghunah.

Man konnte den Namen betrachten, wie man wollte. Es fehlte ihm einfach der geheimnisvolle Klang, der Namen wie Gizeh, Sakkâra oder auch Dahschûr eigen war. Mazghunah war nur eine gesichtslose Anhäufung einiger Silben und sonst gar nichts.

Aber es besaß immerhin eine Bahnstation, wo wir bereits erwartet wurden. Auf dem Bahnsteig hatten sich einige Leute versammelt, und hoch über allen Köpfen erblickte ich das vertraute Gesicht unseres Abdullah, der fast genauso groß wie Emerson war. Sein Haar wurde von Jahr zu Jahr weißer, bis es endlich die Farbe seines blendendweißen Gewandes angenommen haben würde. Trotz seiner weißen Haare steckte er aber noch voller Energie und Tatkraft. Als er uns erblickte, verzog sich sein ernstes Gesicht zu einem breiten Grinsen.

Nachdem unser Gepäck auf die Esel verladen worden war, die Abdullah ausgesucht hatte, bestiegen wir unsere Reittiere. »Los, Peabody!« rief Emerson. »Vorwärts!«

Mit glänzenden Augen trieb er seinen Esel zu schnellerer Gangart. Für einen großen Mann ist es so gut wie unmöglich, auf diesen Biestern eine gute Figur zu machen, aber ich mußte trotzdem nicht lachen, als ich Emerson mit hochgezogenen

Knien davonreiten sah, denn seine Begeisterung war mitreißend. Er war in seinem Element und glücklich, wie nur ein Mann glücklich sein kann, der seinen Lebenstraum verwirklicht hat. Daran konnte auch die jüngste Enttäuschung über de Morgans Entscheidung nichts ändern.

Die Überschwemmung ging langsam zurück, aber auf einigen Feldern stand immer noch Wasser. Wir folgten den Gräben eines altertümlichen Bewässerungssystems bis zu der Stelle, wo die fruchtbare Erde, wie mit dem Messer abgetrennt, plötzlich endete und die Wüste begann. Vor uns lag die eintönige Gegend, die während des Winters unsere Heimat sein sollte.

Nie werde ich die Enttäuschung vergessen, die ich empfand, als ich das Gelände von Mazghunah zum erstenmal sah. Von den niedrigen Anhöhen, wo das fruchtbare Land endete, bis zum Horizont erstreckte sich eine flache Sandebene. Im Norden konnte man die Pyramiden von Dahschûr erkennen, besonders die Knickpyramide war aufgrund ihrer unterschiedlichen Neigungswinkel klar auszumachen. Der Kontrast zwischen diesen Monumenten und der Trostlosigkeit unserer Anlage konnte nicht größer und schmerzlicher sein. Emerson hatte angehalten, und als ich neben ihm war, sah ich, daß seine Augen die entfernten Silhouetten fixierten.

»Dieses Ungeheuer!« preßte er zwischen seinen zusammengebissenen Zähnen hervor. »Ich werde mich rächen! Und der Tag ist nicht mehr weit, das spüre ich.«

»Emerson«, sagte ich und legte ihm beruhigend die Hand auf seinen Arm.

Er wandte sich mir zu und sagte mit künstlicher Fröhlichkeit: »Ja, mein Liebling. Dies ist ein zauberhaftes Fleckchen Erde, nicht wahr?«

»Zauberhaft«, murmelte ich.

»Ich glaube, ich sollte gleich einmal nach Norden reiten

und unseren Nachbarn begrüßen. Kümmerst du dich um das Lager, Peabody?«

»Das Lager?« fragte ich. »Wo? Wie?«

Wenn man diesen Teil Ägyptens als Wüste bezeichnet, weckt man meistens falsche Vorstellungen, weil jeder sich gewaltige Sanddünen vorstellt. Dieser Teil der Wüste ist jedoch flach, aber keineswegs eben, sondern mit Gräben, Löchern und Mulden durchsetzt und über und über mit Schutt und Trümmern bedeckt. Mein geübtes Auge erkannte sofort, daß es sich um ein Gräberfeld handelte, das allerdings bereits in alter Zeit gründlich beraubt worden war. Die umherliegenden Scherben waren Überreste der Dinge, die man den Toten mitgegeben hatte, und gelegentlich fanden sich auch Überreste der Toten selbst.

Ramses stieg von seinem Esel und betrachtete die Trümmer genauer. Er hob ein Stück auf, das wie ein Ast aussah, und zeigte es mir. »Ein Oberschenkelknochen«, rief er mit zitternder Stimme.

John stieß einen Schrei des Entsetzens aus und wollte Ramses den Knochen abnehmen, doch ich hatte Verständnis für die Begeisterung meines Sohnes und sagte mild: »Lassen Sie ihn nur, John. Hier werden Sie ihn nicht vom Graben abhalten können.«

»Mit diesem Abfall müssen wir uns nun beschäftigen«, sagte Emerson. »Leg ihn wieder hin, Ramses. Du kennst doch die eherne Regel des Archäologen? Nimm nichts weg, bevor du nicht Lage und Fundumstände registriert hast.«

Ramses erhob sich gehorsam. Der warme Wüstenwind verwuschelte seine Locken, und seine Augen leuchteten fiebrig wie die eines Pilgers, der endlich das Gelobte Land entdeckt hat.

Nachdem Ramses den Knochen wieder hingelegt hatte, ritten wir in nordwestlicher Richtung weiter, bis wir an eine kleine Erhebung gelangten, die größtenteils aus felsigem Gestein bestand. Dort trafen wir unsere Arbeiter, die bereits am Tag vorher hergekommen waren, um einen geeigneten Lagerplatz zu suchen. Abdullah eingerechnet, waren es zehn Leute, die alle schon mit uns gearbeitet hatten und die die ungelernten Arbeiter beaufsichtigen sollten, die wir hier am Ort anwerben wollten. Ich erwiderte ihre lautstarke Begrüßung und stellte fest, daß das Lager aus zwei Zelten und einer Feuerstelle bestand. Auf meine Frage erhielt ich nur die Antwort: »Aber hier gibt es doch keinen anderen Platz!«

Bisher hatten wir meistens in einem leeren Grab Quartier genommen, denn diese Anlagen waren äußerst geräumig und recht komfortabel. Aber offensichtlich gab es hier weit und breit nichts Ähnliches.

Während ich den kleinen Hügel erklomm und über die Steine kletterte, war ich wieder einmal froh darüber, daß ich mutig genug gewesen war, während der Arbeit die obligatorische Damenkleidung abzuschaffen. Ich verzichtete auf die üblichen Röcke, sondern trug lieber eine Hemdbluse mit langen Ärmeln und einem weichen Kragen und dazu eine weichfallende Pumphose, die bis zu den Knien reichte, und darunter hochschäftige Stiefel. Die Uniform, wie ich meine Arbeitskleidung nannte, wurde durch einen breiten Ledergürtel vervollständigt, an dem ich verschiedene Werkzeuge, Jagdmesser, Pistole, Maßband, Streichhölzer, kleine Kerzen, Papier, Bleistift, Schneiderkreide, Wasserflasche und einen Kompaß befestigt hatte. Emerson nannte mich immer wieder einen Kettensträfling, wenn ich rasselnd durch die Gegend lief, und er haßte es, wenn sich ihm die Werkzeuge in die Rippen bohrten, sobald er mich in den Arm nahm. Ich jedoch war von der Notwendigkeit jedes einzelnen Gegenstandes überzeugt. Wie recht ich damit hatte, wird der kluge Leser bald erfahren.

Abdullah war mir gefolgt. Er machte ein trauriges Gesicht, weil er wußte, daß ich nicht zufrieden war. In der Entfernung von etwa einer Meile konnte man den Rand des Fruchtlandes, einige Palmen und die Dächer eines Dorfes ausmachen, aber zu unseren Füßen erblickte ich Mauerreste, die mich weit mehr interessierten.

»Was ist das dort unten, Abdullah?« fragte ich.

»Es ist ein Gebäude, Sitt«, antwortete er verwundert, als ob er die Mauern zum erstenmal sähe.

»Ist es bewohnt?«

»Ich glaube nicht, Sitt.«

»Wem gehört es, Abdullah?«

Abdullah antwortete mit dem typisch arabischen Schulterzucken, doch als ich Anstalten machte, hinunterzusteigen, sagte er rasch: »Das ist kein guter Platz, Sitt.«

»Es gibt Wände und sogar noch Teile eines Dachs! Für mich ist es gut genug.«

»Aber ...«

»Abdullah! Reden Sie nicht um den Brei herum! Sagen Sie mir lieber, was es mit diesem Gebäude auf sich hat.«

»Dort wohnen böse Geister«, antwortete Abdullah.

»Aha! Nun, darüber brauchen Sie sich keine Sorgen machen. Emerson wird sie vertreiben.«

Ich rief den anderen zu, mir zu folgen. Je näher wir dem Gebäude kamen, desto zufriedener wurde ich, aber auch ein wenig verwirrt, denn die Anlage war für ein normales Haus viel zu groß. Rundum erstreckte sich die kahle Wüstenfläche ohne Baum oder Strauch.

Die Mauern waren aus verschiedenen Materialien errichtet worden. Einige bestanden aus Lehmziegeln, aber andere aus Steinblöcken, die so groß wie Koffer waren. »Die haben sie von den Pyramiden gestohlen«, grummelte Emerson, während er durch eine Maueröffnung kroch. Es ist wohl unnötig zu betonen, daß ich ihm auf dem Fuße folgte.

Wir standen in dem früheren Hof, der an drei Seiten von Gebäuden umgeben gewesen war und an der vierten eine dicke Mauer aufgewiesen hatte, die jedoch im Lauf der Zeit, ebenso wie die Gebäude der Südseite, eingestürzt war. Von den übrigen Gebäuden stand noch erstaunlich viel, auch wenn den meisten Räumen ein Dach fehlte. An einer Stelle lief sogar ein Vordach entlang, das von einigen Pfeilern gestützt wurde.

Emerson schnippte mit den Fingern. »Ich hab's. Das war einmal ein Kloster, Peabody! Hier waren die Zellen der Mönche, und die Ruine dort drüben war die Kirche.«

»Sehr seltsam«, meinte ich.

»Nein, überhaupt nicht«, sagte Emerson. »In Ägypten gibt es zahlreiche verlassene Klosteranlagen. Hier gab es schon im zweiten nachchristlichen Jahrhundert die ersten Mönchsgemeinschaften. Das nächstgelegene Dorf Dronkeh ist zum Beispiel eine koptische Gründung.«

»Das hast du mir nie erzählt, Emerson.«

»Du hast mich nie danach gefragt, Peabody.«

Während wir die Räume näher in Augenschein nahmen, fühlten wir uns etwas beunruhigt, obwohl die Sonne von einem strahlendblauen Himmel schien und alles sehr friedlich war. Abdullah hielt sich immer dicht bei Emerson, und seine Augen blickten unruhig hin und her.

Emerson rieb sich sein Kinn. »Vielleicht gab es plötzlich kein Wasser mehr. Dieses Gemäuer ist wahrscheinlich so etwa tausend Jahre alt – Zeit genug für einen Strom, sein Bett zu verändern. Außerdem scheinen mir manche Zerstörungen absichtlich zu sein.«

»Du meinst, es hat Kämpfe gegeben? Zwischen Christen und Moslems?«

»Zwischen verschiedenen Gruppen. Seltsam, daß ausgerechnet die Religionen die grausamsten Kämpfe verursacht haben. Hier in Ägypten haben die Kopten die alten Götter ausgerottet und deren Anhänger verfolgt, bevor sie dann später durch die Moslems ein ähnliches Schicksal erlitten.«

»Uns soll das nicht weiter stören«, sagte ich. »Die Hauptsache ist, daß wir eine Unterkunft haben. Diesmal haben wir sogar genügend Lagerraum.«

»Es gibt aber kein Wasser.«

»Das kann vom Dorf gebracht werden.« Ich zückte meinen Bleistift und stellte eine Liste auf. »Dachreparatur, Ausbesserung der Wände, neue Türen und Fenster ... «

Abdullah räusperte sich. »Die Geister ... «

»Selbstverständlich«, sagte ich und machte eine weitere Notiz.

»Geister?« fragte Emerson. »Peabody, zum Teufel ... «

Ich nahm ihn beiseite und klärte ihn auf. »Ich bin ja gern bereit, jede Zeremonie durchzuführen, aber wir sollten zuerst in das Dorf gehen und die Formalitäten regeln.«

Mit dieser vernünftigen Antwort war ich mehr als einverstanden. »Es dürfte wohl nicht schwierig sein, eine Erlaubnis zu erhalten. Wenn der Platz so lange unbewohnt war, ist es den Leuten wahrscheinlich gleichgültig, ob wir hier sind oder nicht.«

»Ich hoffe nur, daß der Priester keine Angst vor Geistern hat«, meinte Emerson. »Für Abdullah werde ich mir etwas ausdenken, aber ein Exorzismus pro Tag muß genügen!«

Sobald wir in Sichtweite des Dorfes waren, kamen die Menschen neugierig aus ihren Häusern. Einige bettelten, andere grüßten nur, aber einige betonten: »Ich bin ein Christ, Sir!«

»Dafür will er wohl ein extra Bakschisch«, bemerkte Emerson. »Bah!«

Die Häuser standen alle dicht gedrängt um den Brunnen, und die Kirche war nicht viel größer als das nächstgelegene Haus. »Das Pfarrhaus«, sagte Emerson und deutete darauf, »und das scheint der Pfarrer zu sein.«

Er stand unter der Tür seines Hauses – ein großer, muskulöser Mann, der den dunkelblauen Turban der ägyptischen Christen trug. Früher diente er dazu, die Minderheit kenntlich zu machen, aber heutzutage tragen ihn die Menschen aus Stolz.

Statt näher zu kommen, um uns zu begrüßen, verschränkte der Priester nur die Arme und erwartete wie ein König unsere Huldigung. Er hatte eine gute Figur, aber von seinem Gesicht war nur sehr wenig zu sehen, weil sein riesiger schwarzer Bart, der von den Ohren bis zur Taille reichte, alles bedeckte. An den Augenbrauen konnte man seine Stimmung recht gut ablesen. Augenblicklich stand das priesterliche Barometer auf Sturm.

Beim Erscheinen des Priesters hatten sich die anderen Bewohner unauffällig verdrückt. Nur einige Männer mit indigoblauen Turbanen hatten sich zu ihrem Meister gesellt und blickten ebenso finster.

»Die Diakone«, bemerkte Emerson und grinste.

Doch dann grüßte er in seinem unglaublich fehlerlosen Arabisch, und ich fügte noch einige höfliche Bemerkungen hinzu. Nach einer endlos langen Pause teilten sich die Lippen und entließen ein kurzes *»Sabakhum bil-kheir* – guten Morgen!«

In jedem moslemischen Haushalt, den ich besucht hatte, wären wir sofort aufgefordert worden, das Haus zu betreten. Ich vermißte diese Geste bei unserem Mitbruder, wenn ich das einmal so sagen darf. Statt dessen fragte er nur nach unseren Wünschen.

Dieses Verhalten ärgerte Abdullah, der den kleinen Fehler

hatte, nicht frei von Vorurteilen gegenüber seinen christlichen Landsleuten zu sein. Seit wir das Dorf betreten hatten, hatte er schon immer geschnuppert, als ob er etwas Ekliges röche. »Ihr unreinen Schweinefleischesser! Ist das eine Art, mit Emerson, dem berühmten ›Vater der Flüche‹, und seiner Hauptfrau, der Lady Doktor, umzugehen? Sie haben euer schmutziges Dorf mit ihrer Anwesenheit beehrt! Kommen Sie, Emerson, wir haben es nicht nötig, die Hilfe dieser niederen Kreaturen zu erbitten.«

Einer der ›Diakone‹ trat zu dem Priester und flüsterte ihm etwas ins Ohr, worauf der Turban zustimmend nickte. »›Der Vater der Flüche‹«, wiederholte er und dann langsam und deutlich: »Ich kenne Sie. Ich kenne Ihren Namen.«

Mir rann ein Schauer über den Rücken. Der Satz, den der Priester benutzt hatte, war eine Beschwörungsformel der alten Priester. Den Namen eines Mannes oder Gottes zu kennen bedeutete, Macht über ihn zu besitzen.

Abdullah war noch nicht besänftigt. »Seinen Namen kennen! Wer kennt denn seinen Namen nicht? Vom Katarakt bis zum Delta ...«

»Genug«, unterbrach ihn Emerson, der sich nur mühsam beherrschen konnte, aber ein Lachen hätte den Priester beleidigt und Abdullah gekränkt. »Sie kennen meinen Namen, Vater? Das freut mich, aber ich kenne Ihren nicht.«

»Vater Girgis, Priester der Kirche Sitt Miriam in Dronkeh. Sind Sie wirklich Emerson, der Knochen ausgräbt? Sind Sie kein Mann der Kirche?«

Jetzt war es an mir, ein Grinsen zu unterdrücken, doch Emerson zog es vor, den zweiten Teil der Frage zu überhören. »Ja, ich bin genau der Emerson. Ich will hier eine Ausgrabung durchführen und möchte gern einige Männer des Dorfes als Arbeiter anwerben. Falls sie nicht für mich arbeiten wollen, werde ich woanders fragen.«

Während unserer Unterhaltung waren die Leute nacheinander wieder erschienen und hatten sich auf dem kleinen Platz versammelt. Als sie hörten, daß wir Arbeit anzubieten hatten, erhob sich ein allgemeines Gemurmel, denn alle Fellachen, Moslems wie Kopten, sind bitterarm.

»Warten Sie«, sagte der Priester, als Emerson sich schon abwenden wollte. »Wenn Sie deshalb gekommen sind, wollen wir miteinander reden.«

So erhielten wir also doch noch eine Einladung ins ›Pfarrhaus‹, wie Emerson es getauft hatte. Innen war es wie jedes arabische Haus, nur ein wenig größer und ein wenig sauberer. Ein langes Sofa, das mit billigem Chintz bezogen war, war das einzige Möbelstück in dem großen Besuchsraum, und gegenüber hing als einziger Wandschmuck ein scheußliches, lebensechtes Kruzifix, das aus allen Wunden rote Farbe blutete.

Auf Vorschlag des Priesters nahm noch ein kleiner, walnußbrauner Mann an unserer Unterredung teil, der uns als Scheich *el beled* vorgestellt wurde und so etwas wie den Bürgermeister des Dorfes darstellte. Er spielte offenbar nur eine untergeordnete Rolle, denn er bejahte alles, was der Priester sagte. Nachdem die Frage der Arbeiter besprochen war, erwähnte Emerson, daß wir in dem aufgegebenen Kloster wohnen wollten. Der Bürgermeister wurde leichenblaß. »Das ist ganz unmöglich.«

»Wir werden die Kirche nicht benutzen«, versicherte Emerson. »Nur die ehemaligen Zellen und Vorratsräume.«

»Aber ... jeder meidet diesen Platz«, beharrte der Bürgermeister. »Dort gibt es böse Geister! Der Ort ist verflucht ... «

»Verflucht?« fragte Emerson ungläubig. »Das Haus frommer Mönche?«

Der Bürgermeister rollte mit den Augen. »Vor langer Zeit wurden die Brüder grausam ermordet. Oh, ›Vater der Flüche‹! Ihre Geister irren immer noch durch die Räume und sinnen auf Rache.«

»Wir fürchten uns nicht vor Teufeln oder rachsüchtigen Geistern«, versicherte Emerson mutig. »Da Sie keine anderen Einwände haben, werden Sie gestatten, daß wir das Haus sofort beziehen.«

Der Bürgermeister schüttelte nur den Kopf, aber er protestierte nicht mehr. Der Priester hatte der Unterhaltung mit ironischem Lächeln zugehört und meinte abschließend: »Das Haus gehört Ihnen, ›Vater der Flüche‹; mögen die unruhigen Geister es Ihnen lohnen!«

Unzufrieden stapfte Abdullah hinter uns durch das Dorf. Ich konnte seine Stimmung als kühlen Hauch in meinem Nacken fühlen. »Wir gehen in die falsche Richtung«, sagte ich. »Wir sind von der anderen Seite gekommen.«

»Ich möchte mir gern noch das übrige Dorf ansehen«, sagte Emerson. »Irgend etwas geht hier vor, Amelia. Es wundert mich, daß du die unterschwellige Stimmung nicht bemerkt hast.«

»Die war ja kaum zu verbergen«, sagte ich. »Der Priester steht offenbar jedem Fremden feindlich gegenüber. Ich hoffe, er versucht nicht, unsere Autorität zu untergraben.«

»Ich kann ihn nicht ernst nehmen«, sagte Emerson, während er über einen schlafenden Hund hinwegstieg, der ihn prompt anknurrte. »Guter Hund, braver Kerl!« sagte er. »Aber trotzdem frage ich mich, weshalb dieser Mensch sich so benimmt. Ich habe ja immer Schwierigkeiten mit diesen Leuten, verdammt! Sie wirken so schrecklich abergläubisch. Aber dieser Priester war unverschämt, bevor er wußte, wer wir waren. Ich überlege ...« Seine Stimme erstarb, und er schaute nur noch.

Halb hinter einer Gruppe Palmen verborgen, lagen einige

Häuser, die im Gegensatz zu den ärmlichen Hütten des Dorfes gepflegt aussahen und gerade frisch gestrichen worden waren. Drei Gebäude waren ein wenig kleiner und enthielten wahrscheinlich die üblichen zwei oder drei Zimmer, während das vierte gerade renoviert worden war. Dieses Haus war größer und verfügte über einen kleinen Kirchturm auf dem Dach. Über der Eingangstür stand in goldenen Buchstaben ›Kapelle des Heiligen Jerusalem‹.

Während wir dastanden und starrten, öffnete sich die Tür eines der kleineren Gebäude und entließ eine größere Horde johlender Jungen, die froh waren, der Schule entronnen zu sein. Kaum hatten sie uns erspäht, als sie uns auch schon umringten und um Bakschisch bettelten.

»Guter Gott!« sagte ich schwach, während sich ein kleines Kerlchen an mein Hosenbein klammerte.

Emerson schlug die Hände zusammen. »Nein!« schrie er leidenschaftlich. »Es darf nicht wahr sein! Nach all den grausamen Schicksalsschlägen nun auch noch dies! Missionare! Amelia!«

»Nur Mut«, mahnte ich, während das Kerlchen immer noch an meinem Hosenbein zerrte. »Nur Mut, Emerson! Es könnte schlimmer sein!«

Einige Augenblicke später kamen wieder Kinder aus dem Haus, aber diesmal waren es Mädchen, und es ging wesentlich ruhiger und gesitteter zu. Hinter ihnen erschien eine hohe Gestalt im Türrahmen, die ins Sonnenlicht blinzelte. Dabei leuchteten die blonden Haare wie ein silbriger Heiligenschein. In diesem Augenblick sah er uns, und ein unaussprechlich süßes Lächeln erschien auf seinem Gesicht. Er hob grüßend die Hand. Oder segnend.

Emerson brach auf einem Steinblock zusammen und krümmte sich. »Es ist schlimmer!« sagte er mit Grabesstimme.

»Ihr sollt nicht betteln, Kinder!« sagte der junge Mann, während er auf uns zuging. Er sprach Arabisch, allerdings etwas langsam und einfallslos, aber seine Aussprache war perfekt. »Hört auf, Kinder! Es ist nicht gottgefällig. Geht nach Hause zu euren Eltern!«

Die kleinen Ungeheuer verschwanden, und ihr Lehrer wandte uns seine Aufmerksamkeit zu. Je näher er kam, desto umwerfender war er. Seine Haare glänzten, seine Zähne leuchteten, und sein Gesicht war die pure Freundlichkeit. Emerson starrte ihn wortlos an, so daß ich mich verpflichtet fühlte, unsere Anwesenheit zu erklären. »Ich fürchte, wir müssen uns entschuldigen, daß wir hier so einfach hereingekommen sind. Darf ich mich vorstellen. Ich bin Amelia Peabody Emerson – Mrs. Radcliffe Emerson – und er ... «

›Dieser Holzklotz‹ wäre in diesem Augenblick die passende Beschreibung für Emerson gewesen, aber der junge Mann ließ mich nicht aussprechen. »Sie müssen sich nicht vorstellen, Mrs. Emerson. Sie und Ihr Mann sind ja in Kairo jedermann bekannt. Es ist mir eine Ehre, Sie zu begrüßen. Ich habe erst gestern erfahren, daß Sie hierherkommen.«

Emersons Starre fiel schlagartig von ihm ab. »Wer hat Ihnen das gesagt?« fragte er.

»Mr. de Morgan«, antwortete der junge Mann harmlos. »Sie wissen sicher, daß er Direktor der Ägyptischen Antikenverwaltung hier in Dahschûr ist. Das ist ganz in der ... «

»Ich weiß, wo Dahschûr liegt, junger Mann«, unterbrach ihn Emerson. »Aber ich kenne Sie nicht. Wer zum Teufel sind Sie?«

»Emerson!« rief ich. »Wie sprichst du denn mit einem Priester!«

»Bitte, entschuldigen Sie sich nicht!« sagte der junge Mann. »Es war unhöflich, meinen Namen nicht eher zu nennen. Ich bin David Cabot von den Cabots aus Boston.«

Für ihn schien diese Bemerkung einige Bedeutung zu haben, mir jedoch sagte sie rein gar nichts. Emerson fuhr fort, den jungen Cabot von den Cabots aus Boston anzustarren.

»Ich vergesse meine Manieren«, meldete sich der letztere zu Wort. »Ich lasse Sie hier in der Sonne stehen! Wollen Sie nicht hereinkommen und meine Familie kennenlernen?«

Da er unverheiratet war, dachte ich, er spräche von seinen Eltern, doch als ich ihn danach fragte, lachte er und schüttelte den Kopf. »Ich spreche von meiner geistlichen Familie. Mein Vater vor Gott ist der Reverend Ezekiel Jones, der auch das Oberhaupt dieser kleinen Missionsstation ist. Seine Schwester arbeitet ebenfalls im Weinberg Gottes. Es ist Zeit für das Mittagessen. Wollen Sie nicht unser bescheidenes Mahl teilen?«

Ich lehnte höflich ab, weil die anderen bereits auf uns warteten, und wir verabschiedeten uns. Noch bevor wir außer Hörweite waren, bemerkte Emerson: »Du warst aber mehr als höflich, Amelia!«

»Wie du das sagst! Als ob ich etwas verbrochen hätte! Dabei war ich nur so höflich, um deine Unfreundlichkeit auszugleichen.«

»Unfreundlich? Ich?«

»Ja, du, und sehr sogar.«

»Also ich nenne es unfreundlich, wenn man einfach andere Leute zu bekehren versucht! Welche Unverschämtheit. Mr. Cabot und sein ›Vater vor Gott‹ sollen es nur nicht wagen, ihre Tricks an *mir* auszuprobieren!«

»Ich glaube, nicht einmal Mr. Cabot würde das versuchen!« sagte ich und nahm seinen Arm. »Beeil dich ein bißchen, Emerson. Wir waren ziemlich lange weg. Ich bin gespannt, was Ramses wieder alles angestellt hat!«

Aber diesmal war ausnahmsweise nichts vorgefallen. Wir

fanden unseren Sohn, als er neben der Klostermauer bereits einige Scherben ausgegraben hatte. Sofort erhellte sich Emersons Miene, und ich hoffte, daß damit der Ärger über die Anwesenheit der Missionare verflogen war.

Kurze Zeit später trafen die ersten Männer aus dem Dorf ein. Offenbar war der Priester bereit, seine Versprechungen einzuhalten. Er hatte uns Zimmerleute, Ziegelhersteller und Maurer geschickt, die als erstes der großen Geisteraustreibung beiwohnen mußten. Emerson gab es zwar nicht zu, aber er genoß Auftritte vor großem Publikum und lieferte an diesem Tag wirklich eine unübertreffliche Schau, indem er singend und rezitierend durch alle Räume lief. Seine Zuhörer fühlten sich anschließend befreit und gingen mit solchem Eifer an die Arbeit, daß ich mir berechtigte Hoffnungen machen konnte, bis zum Abend die wichtigsten Dinge unter Dach und Fach zu haben.

Die Männer von Aziyeh hielten sich abseits, denn abgesehen von den beruflichen und religiösen Unterschieden zu Abdullahs Männern, wurden Menschen in dieser Gegend aus nicht weit entfernten Orten bereits als Fremde angesehen. Ich wußte, daß wir trotz der Verschiedenartigkeit der Männer kaum Schwierigkeiten bekommen würden, denn Abdullah war ein ausgezeichneter Vorarbeiter, und unter seinen Männern waren nicht weniger als vier seiner Söhne. Der älteste war der bereits ergraute Freisal und der jüngste der vierzehn Jahre alte Selim. Offenbar war er der Liebling seines Vaters, hatte gute Manieren und ein ansteckendes, übermütiges Lachen. Obwohl er für ägyptische Verhältnisse bereits erwachsen war und bald eine Frau heiraten würde, schloß er doch sofort Freundschaft mit Ramses.

Nachdem ich den jungen Mann einige Zeit beobachtet hatte und mir nichts Nachteiliges aufgefallen war, beschloß ich, ihn ganz offiziell zum Begleiter unseres Sohnes zu machen. John war mit dieser Rolle etwas überfordert, denn er war zu kleinlich und hinderte Ramses beispielsweise am Graben, weshalb wir ja eigentlich gekommen waren. Er würde sicher an anderer Stelle nützlicher sein, denn er hatte erstaunlich rasch Arabisch gelernt und bewegte sich unter den Leuten ohne die geringsten Vorurteile. Während ich den Sand im ehemaligen Refektorium, das wir zum Wohnraum ernannt hatten, zusammenfegte, hörte ich, wie John draußen mit den Arbeitern redete und sie sich köstlich über seine Fehler amüsierten.

Als ich später aus dem Haus trat, um nach dem Fortgang der Dachdeckerarbeiten zu schauen, bemerkte ich eine kleine Gruppe, die sich unserer Unterkunft näherte. Vorneweg ritten zwei Männer auf Eseln. Der erste war ohne Zweifel Mr. Cabot. Der andere trug das gleiche schwarze Gewand und dazu einen Strohhut. Erst als die Gruppe näher gekommen war, erkannte ich, daß die dritte Person eine Frau war, die, wie ich sofort mitleidig feststellte, ein dunkelblaues, hochgeschlossenes Kleid mit langen Ärmeln trug und deren Haar unter einer ultramodischen Haube versteckt war, daß man weder ihre Haarfarbe noch ihr Alter schätzen konnte. Der Rock ihres Kleides war so weit, daß der Esel darunter fast völlig verschwunden war und nur noch Kopf und Schwanz hervorsahen.

Mr. Cabot stieg als erster ab. »Hier sind wir«, rief er.

»Das sehe ich«, antwortete ich und dankte Gott, daß ich Emerson und Ramses fortgeschickt hatte, um den Grabungsplatz in Augenschein zu nehmen.

»Ich habe die große Ehre«, fuhr Mr. Cabot fort, »Ihnen meinen verehrten Mentor, Reverend Ezekiel Jones, vorzustellen.«

Es war mir rätselhaft, weshalb Mr. Cabot in so unterwürfigem Ton sprach, denn an diesem mittelgroßen, dicklichen

Mann, der seine groben Gesichtszüge besser hinter einem Rauschebart hätte verstecken sollen, war absolut nichts Erhebendes. Er stieg ungeschickt von seinem Esel.

»Guten Tag, Madam«, sagte er, und ich war überrascht, wie volltönend und melodisch seine Stimme klang. Der Akzent des Cellos war allerdings eindeutig amerikanisch. »Ich dachte, Sie könnten Hilfe gebrauchen. Dies ist meine Schwester Charity.«

Nachdem die Frau abgestiegen war, packte ihr Bruder sie an der Schulter und schob sie zu mir hin, wie man eine Ware anbietet. »Sie kann hart arbeiten«, sagte er. »Sagen Sie ihr, was sie tun soll!«

Entrüstet über dieses Benehmen, reichte ich der jungen Dame die Hand. »Guten Tag, Miß Jones!«

»Wir benutzen keine förmlichen Anreden«, sagte ihr Bruder. »Bruder David vergißt es immer wieder. Aber nein, mein Freund, ich weiß, daß es der Respekt ist ... «

»Er gebietet es«, sagte ›Bruder David‹ ernst.

»Aber ich verdiene keinen Respekt, Bruder. Ich bin ebenso ein Sünder wie alle. Vielleicht bin ich dem Himmel einige Schritte näher, aber ich bin trotzdem ein Sünder.«

Das selbstzufriedene Lächeln, das diese Worte begleitete, machte mich wütend, aber der junge Mann bewunderte ihn unverdrossen. ›Schwester Charity‹ hatte die Arme verschränkt und hielt den Kopf gesenkt.

Während ich noch schwankte, ob ich die Besucher hereinbitten sollte, übernahm Bruder Ezekiel die Initiative. Er ging einfach hinein. Ich folgte ihm und sah, daß er den bequemsten Sessel in Besitz genommen hatte.

»Sie haben gute Arbeit geleistet«, sagte er überrascht. »Nur das heidnische Bild sollten Sie noch übermalen ... «

»Heidnisch?« wiederholte ich erstaunt. »Es ist christlich, Sir! Zwei Heilige, wenn ich mich nicht irre.«

»Sie sollen keine heidnischen Bilder dulden«, predigte Bruder Ezekiel mit hohler Stimme.

»Es tut mir leid, daß ich Ihnen keine Erfrischung anbieten kann«, sagte ich. »Wie Sie sehen, sind wir noch nicht fertig eingerichtet.«

Emerson hätte diese Unfreudlichkeit nicht würdiger vorbringen können, denn im tragbaren Ofen brannte ein munteres Feuer, und das Wasser kochte beinahe. Doch ich begriff umgehend, daß man Ezekiel nicht mit Unfreundlichkeit erschüttern konnte. »Ich lehne Genußmittel in jeder Form ab«, bemerkte er kühl, »aber gegen eine Tasse Tee habe ich keinerlei Einwände. Ihr Engländer könnt ja ohne ihn nicht auskommen, nicht wahr? Setzen Sie sich, Madam. Charity wird sich um den Tee kümmern. Los, Mädchen, wo sind deine Manieren? Nimm deine Haube ab, und mach dich an die Arbeit.«

Nachdem sie die Ofenröhre von Haube abgenommen hatte, kam ein sehr blasses, schüchternes und auf altmodische Weise hübsches Mädchengesicht zum Vorschein. Ihre dunklen, sanften Augen unter den langen, gebogenen Wimpern lächelten mit einer Süße, daß einem schwindlig werden konnte. Ihr langes braunes Haar war lieblos zu einem Knoten zusammengesteckt, aber einige Strähnen hatten sich selbständig gemacht, und ihre Locken umrahnten ihre rundlichen Wangen.

Ich erwiderte ihr Lächeln, bevor ich mich merklich unfreundlich an ihren Bruder wandte. »Unser Diener wird den Tee zubereiten«, sagte ich. »John?«

Ich wußte, daß er zugehört hatte, denn die Tür zum Hof war nur angelehnt. Sie öffnete sich sofort, und John trat ein. Als ich ihn so dastehen sah, mit aufgerollten Ärmeln, so daß man seine kräftigen Muskeln sehen konnte, großgewachsen und auf meine Befehle wartend, war ich sehr stolz auf ihn.

Doch meine Anordnungen erhielten keine Erwiderung, denn John war jede Äußerung in der Kehle steckengeblieben, als er das Mädchen bemerkt hatte.

Ihr war seine Reaktion nicht entgangen, und ein leichtes Erröten färbte ihre Wangen, und sie senkte die Augen. Das wiederum beeindruckte John zutiefst. Wie er es fertigbrachte, den Tee zuzubereiten und ohne Zwischenfall zu servieren, war mir ein Rätsel, denn er ließ die ganze Zeit über das Mädchen nicht aus den Augen.

Eigentlich hatte ich erwartet, daß Bruder Ezekiel die Szene mit Ablehnung betrachten würde, doch er beobachtete die beiden nur und sprach kaum ein Wort. Bruder David dagegen demonstrierte seine gute Erziehung, indem er sehr huldvoll einige der Schwierigkeiten beschrieb, die er und sein Kollege mit der örtlichen Bevölkerung gehabt hatten.

Ich dachte schon, ich müßte John an den Schultern aus dem Zimmer schieben, nachdem er den Tee serviert hatte, aber meine dritte Aufforderung fand endlich Gehör, und er stolperte hinaus. Wieder blieb die Tür einen Spalt offen.

Kurz darauf erhob sich Mr. Jones. »Wir werden jetzt zurückreiten«, kündigte er an. »Ich werde Charity bei Sonnenuntergang abholen.«

»Nein, nein, nehmen Sie sie nur wieder mit«, widersprach ich. »Ich weiß Ihr Angebot zu schätzen, aber ich möchte es nicht annehmen. Meine Leute kommen gut zurecht.« Bevor er etwas erwidern konnte, fuhr ich lauter fort: »Falls ich Hilfe brauche, werde ich jemanden einstellen, aber ganz sicher werde ich diese junge Dame nicht zu meiner Putzfrau machen!«

Ezekiels Gesicht wurde puterrot, doch David kam ihm zuvor. »Meine liebe Mrs. Emerson, Ihre Absicht ehrt Sie, aber Sie haben uns nicht richtig verstanden. Jede ehrliche Arbeit ist keine Schande. Ich würde selbst die Ärmel aufrollen, und ich weiß, daß Charity genauso denkt.«

»Aber ja, selbstverständlich«, hauchte die junge Dame, und der Blick, den sie David schenkte, sprach mehr als Worte.

»Nein«, sagte ich.

»Nein?« wiederholte Ezekiel.

»Nein.«

Wenn ich einen bestimmten Ton anschlage und entsprechend dreinschaue, muß ein Mann schon sehr mutig sein, um mir zu widersprechen. Bruder Ezekiel war kein mutiger Mann.

»Dann werden wir uns jetzt verabschieden«, sagte Bruder David mit einer höflichen Verbeugung. »Ich hoffe, daß Sie unser Angebot nicht mißverstanden haben.«

»Überhaupt nicht, nur abgelehnt habe ich es. Mit Dank, selbstverständlich.«

»Hm«, sagte Bruder Ezekiel. »Also gut, wenn Sie es so wollen. Auf Wiedersehen bis zum Sonntag in der Kirche!«

Da er keine Frage gestellt hatte, antwortete ich nicht. »Ich erwarte auch Ihr Personal«, sagte Ezekiel mit bedeutungsvollem Blick auf die angelehnte Tür. »Für uns gibt es keine gesellschaftlichen Unterschiede. Alle sind Geschöpfe des Herrn. Der junge Mann ist uns herzlich willkommen.«

Ich nahm Bruder Ezekiel am Arm und begleitete ihn aus dem Haus. Während ich ihnen nachblickte, schaffte sich meine Stimmung Luft, indem ich einmal kräftig aufstampfte, was in diesem Teil der Welt allerdings wenig Erfolg bringt, denn der Sand dämpft jedes Geräusch. Dieser falsche Heilige wollte doch nur Johns Interesse für Charity zu seinen Gunsten ausnutzen und einen Konvertiten gewinnen! Ich war in großer Versuchung, Emerson herbeizuwünschen, damit er diesen Menschen beim Kragen gepackt und aus dem Haus geworfen hätte.

Als ich später meinem Mann davon berichtete, saßen wir im Freien und genossen das Schauspiel des Sonnenuntergangs. Ramses grub in einiger Entfernung und hatte bereits eine beträchtliche Sammlung von Knochen und Tonscherben angelegt. Die Katze lag neben ihm, und von Zeit zu Zeit zitterten ihre Barthaare, wenn der Duft nach gebratenen Hühnern aus der Küche herüberwehte.

Zu meinem Ärger war Emersons Mitgefühl spärlich. »Geschieht dir recht, Amelia. Ich habe dir gesagt, daß du viel zu freundlich zu dem jungen Mann warst!«

»Unsinn. Wenn du den Reverend Jones kennengelernt hättest, hättest du selbst gesehen, daß ihn weder Nettigkeit noch Unfreundlichkeit irgendwie beeindrucken.«

»Dann hättest du ihn mit deiner Pistole aus dem Haus weisen sollen«, meinte Emerson kühl.

»Du verstehst die Situation nicht richtig, Emerson. Ich sehe Verwicklungen auf uns zukommen. Das Mädchen hängt gläubig an den Lippen des jungen David, und John – unser John – hat sich in sie verliebt. Eine klassische Dreiecksgeschichte.«

»Nicht ganz«, sagte Emerson mit typisch männlichem, zweideutigem Grinsen. »Außer der junge Mann verliebt sich jetzt in ... «

»Emerson!«

Schuldbewußt blickte Emerson auf seinen Sohn. »... in jemand anderen«, sagte er dann. »Du solltest deine Fantasie ein wenig zügeln, liebe Amelia. Kaum habe ich dich von Abd el Attis Mordfall getrennt, machst du dir hier Gedanken um mögliche Liebesaffären! Du bildest dir das alles nur ein!«

Ramses blickte von seinen Grabungsarbeiten auf und meinte: »John fitzt in feinem Zimmer und lieft in der Bibel!«

Leider hatte Ramses recht. John verbrachte den größten Teil seiner freien Zeit mit dieser niederdrückenden Beschäftigung, und in den verbleibenden Stunden lungerte er im Dorf herum, um gelegentlich einen Blick auf seine Liebste zu erhaschen. An seinem Gesichtsausdruck konnten wir ablesen, ob er Erfolg gehabt hatte oder nicht. Entweder grinste er leicht idiotisch, oder er schlich umher wie ein geprügelter Hund.

Am Morgen nach dem Besuch der Missionare vervollständigten wir unseren bisher nur spärlichen Überblick über den Grabungsplatz. Insgesamt war er vier Meilen lang und erstreckte sich von Bernascht bis zu einem Punkt etwa eine halbe Meile südlich der Knickpyramide von Dahschûr. Wir registrierten einen ausgedehnten Friedhof aus römischer Zeit, der jedoch gründlich beraubt worden war, und zwei Trümmerfelder, die aus weißem Kalkstein bestanden. Beide lagen etwa drei Meilen südlich der Knickpyramide und einige hundert Meter voneinander entfernt. Die Überreste der Pyramide von Mazghunah, wie Emerson erläuterte.

Ungläubig fragte ich: »Pyramiden?«

»Pyramiden«, bekräftigte Emerson mit Blick auf die in einiger Entfernung aufragenden Prachtexemplare.

Nach dem Mittagessen verkündete Emerson seine Absicht, Mr. de Morgan einen Höflichkeitsbesuch abzustatten. »Mit unserer Arbeit können wir ohnehin erst in ein oder zwei Tagen beginnen«, sagte er. »Außerdem muß Ramses Dahschûr sehen, nachdem ihm schon Gizeh und Sakkâra entgangen sind. Wir sind ja so schnell aus Kairo abgereist, daß der arme Kerl noch nicht einmal im Museum war!«

»Für Besichtigungen ist am Ende der Saison noch ausreichend Zeit«, sagte ich und faltete meine Serviette.

»Aber die Höflichkeit gebietet es, unseren Nachbarn zu begrüßen, Peabody!«

»Ohne Zweifel, aber so kenne ich dich gar nicht. Nun

gut«, fügte ich schnell hinzu. »Wenn du möchtest, werden wir selbstverständlich hingehen.«

Wir nahmen Selim mit und überließen John und Abdullah die Oberaufsicht über die Arbeiten. Obwohl ich normalerweise zu den gleichmütigen Naturen zähle, konnte ich es doch nicht verhindern, daß meine Enttäuschung immer heftiger wurde, je näher ich den vollkommenen Objekten meiner Träume kam. Wie gerne hätte ich dort gearbeitet und ihre Geheimnisse erforscht!

Die beiden großen Pyramiden von Dahschûr stammen aus derselben Epoche wie die in Gizeh und sind auch ebenso groß. Sie sind aus Kalkstein erbaut worden, und die schneeweiße, blendende Oberfläche verändert sich mit dem Tageslicht – ein tiefes Gold bei Sonnenuntergang und ein durchscheinend geisterhaftes Weiß im Mondlicht. Im Augenblick standen sie grellweiß vor dem tiefblauen Himmel.

Ganz in der Nähe gibt es noch drei weitere Pyramiden, die allerdings viel später und weniger kunstvoll errichtet worden sind. Sie bestehen aus Lehmziegeln, die man anschließend mit Kalkstein verkleidet hat. Nachdem die Steine von späteren Bauherren oder auch von den Bauern entfernt worden sind, sind die Ziegelbauten schnell verfallen. Trotzdem bot die südlichste dieser drei Pyramiden noch einen gewaltigen Anblick und schien von unserem Blickwinkel aus fast größer als ihre steinernen Nachbarn zu sein. Da die Lehmziegel stumpf und dunkel wirken im Gegensatz zu dem blendendweißen Kalkstein, nennt man sie auch die ›Schwarze Pyramide‹.

»Sie sieht wirklich nicht aus wie eine Pyramide, nicht wahr, Emerson?« fragte ich.

Auch Emersons Stimmung war nicht die beste. »Du weißt sehr gut, daß es sich um eine Pyramide handelt, Peabody! Diese Scherze kannst du dir sparen.«

Er hatte recht. Ich kannte die einzelnen Bauwerke von Dahschûr besser als die Zimmer meines Hauses. Emerson hatte meine Enttäuschung sehr wohl bemerkt, und es tat ihm leid, daß er die Situation nicht ändern konnte. Ich fühlte mich schuldig.

Als wir uns der ›Schwarzen Pyramide‹ näherten, sahen wir, daß auf der östlichen Seite gearbeitet wurde. Von de Morgan entdeckten wir allerdings keine Spur. Erst Emersons Rufen schreckte ihn aus seinem Mittagsschlaf.

De Morgan war ein Mann in den Dreißigern und früher Ingenieur im Bergbau gewesen, bevor er Direktor der Antikensammlung geworden war. Dieser Posten wurde traditionsgemäß regelmäßig mit einem Franzosen besetzt. Er sah sehr gut aus, hatte ein angenehmes Gesicht und einen üppigen Schnurrbart. Obwohl er gerade erst aus dem Schlaf geweckt worden war, trat er in perfekter Kleidung aus seinem Zelt, worauf Emersons Lippen sich spöttisch kräuselten. Hochgerollte Ärmel und ein offener Hemdkragen schienen ihm bei der Arbeit angebrachter.

Ich entschuldigte mich für die Störung. »Aber nein, Madam«, sagte er gähnend. »Ich hatte gerade ausgeschlafen.«

»Es wird auch höchste Zeit«, sagte mein Mann. »Wenn Sie diesen Landesbräuchen zu sehr huldigen, wird Ihre Arbeit darunter leiden. Außerdem werden Sie die Grabkammer nicht entdecken, wenn Sie so planlos graben statt nach der Öffnung zu suchen ... «

Mit gezwungenem Lachen unterbrach ihn de Morgan. »*Mon vieux* – ich möchte mich nicht über die Arbeit unterhalten, bevor ich nicht Ihre charmante Frau begrüßt habe. Dies ist wohl der junge Emerson. Wie geht es dir, mein Freund?«

»Gut, danke«, antwortete Ramses. »Darf ich mir die Pyramide anfehen?«

»Schon ein richtiger Archäologe«, lobte de Morgan. »*Mais certainement, mon petit.*«

Ich winkte Selim, der sich respektvoll im Hintergrund gehalten hatte, Ramses zu folgen. De Morgan bot uns Stühle und einen Drink an. Gerade als wir saßen, trat ein weiterer Mann gähnend aus einem der Zelte.

»Beim Herrgott!« sagte Emerson überrascht. »Das ist der Gauner Kalenischeff! Was tut er denn hier?«

De Morgan runzelte indigniert die Brauen. »Er hat mir seine Dienste angeboten, und ich kann immer eine zusätzliche Hand gebrauchen.«

»Er versteht doch weniger von Archäologie als mein Sohn«, bemerkte Emerson.

»Ich würde mich freuen, die Ansichten Ihres Sohnes kennenzulernen«, sagte de Morgan höflich, aber sichtlich verärgert. »Ah, Euer Hoheit! Kennen Sie Mr. und Mrs. Emerson bereits?«

Kalenischeff schüttelte Emerson die Hand und küßte meine, bat um Verzeihung für sein Aussehen, erkundigte sich nach Ramses, machte eine Bemerkung über die Hitze und hoffte, daß uns Mazghunah zusagte. Keiner von uns hatte Lust, die letzte Bemerkung aufzugreifen, und so klemmte Kalenischeff sein Monokel vor ein Auge und betrachtete mich. »Wie dem auch sei, Sie verschönern jeden Ort, Madam. Welch aparte Arbeitskleidung Sie tragen!« sagte er.

»Ich bin nicht hergekommen, um mich über Kleidung zu unterhalten, brummte Emerson, während er den Russen finster musterte, der gerade meine Stiefel betrachtete.

»Natürlich nicht«, meinte Kalenischeff verbindlich. »Falls wir Ihnen helfen können ... «

In dieser Art verlief die gesamte Unterhaltung. Sobald Emerson ein Thema anschnitt, sprach de Morgan vom Wetter, und Kalenischeff machte ausweichende Bemerkungen.

Meine Empörung wuchs, bis ich es nicht mehr ertragen konnte, zuzusehen, wie mein Mann beleidigt wurde. Ich kann sehr deutlich und laut werden.

»Ich würde mich gern mit Ihnen über den illegalen Antiquitätenhandel unterhalten«, sagte ich energisch, so daß Kalenischeffs Monokel herunterfiel und de Morgan das Wort im Hals steckenblieb. Die Diener wurden aufmerksam, und einer von ihnen ließ sogar ein Glas fallen. Nachdem ich derart auf mich aufmerksam gemacht hatte, milderte ich meinen Ton. »Als Direktor der Antikensammlung sind Sie sicher bestens über die Lage informiert. Welche Schritte haben Sie unternommen, um diesem Treiben Einhalt zu gebieten und die Verantwortlichen hinter Gitter zu bringen?«

De Morgan räusperte sich. »Die üblichen Schritte, Madam.«

»Das genügt mir nicht«, sagte ich und erhöhte meine Lautstärke wieder um ein oder zwei Einheiten. »Sie haben keine dumme Touristin vor sich. Sie sprechen mit *mir*, und ich weiß mehr, als Sie denken. Ich bin zum Beispiel informiert, daß der Handel in der letzten Zeit ganz ungewöhnlich zugenommen hat und daß ein großer Unbekannter seine Finger im Spiel hat ... «

»Zum Teufel!« rief Kalenischeff und verlor sein Monokel zum zweitenmal. »Oh, Verzeihung ... Mrs. Emerson ... «

»Sie scheinen überrascht!« sagte ich. »War Ihnen diese Tatsache neu, Euer Hoheit?«

»Es hat schon immer illegale Grabungen gegeben. Aber ein großer Unbekannter ...« Er zuckte die Schultern.

»Seine Hoheit hat recht«, sagte de Morgan. »Möglicherweise hat sich der Handel in der letzten Zeit leicht verstärkt, aber das Gerde von einem großen Unbekannten ist barer Unsinn! Es gibt keinerlei Hinweis, daß eine Bande am Werk wäre.«

Jede seiner Äußerungen bestätigte mir, daß er für sein Amt höchst ungeeignet war. Kalenischeff schien etwas zu verbergen, und ich wollte gerade mit weiteren Fragen in ihn dringen, als plötzlich ein schriller Entsetzensschrei erscholl, so daß wir alle aufsprangen und in die Richtung liefen, aus der er gekommen war.

Selim lag flach auf dem Boden, fuchtelte mit den Armen und stieß schrille Schreie aus. Die Staubwolke, die ihn umgab, war so dicht, daß wir nah herankommen mußten, um uns einen Überblick zu verschaffen. Die Umgebung der Pyramide bestand aus unzähligen Hohlräumen und Vertiefungen, die ein sicheres Zeichen für unter dem Sand verborgene Anlagen waren. Aus einer dieser Vertiefungen ragte ein steifer Arm. Selim grub wie wild, und es gehörte nicht viel dazu, um zu folgern, daß der Arm zu Ramses gehörte und dieser offenbar unter dem Sand begraben war.

Emerson schrie vor Schreck, schleuderte Selim beiseite und verlor keine Zeit mit Graben, sondern packte den Arm und zog einmal kräftig daran. Wie eine Forelle aus dem Wasser, so tauchte Ramses aus dem Sand empor.

Ich stützte mich auf meinen Sonnenschirm, während Emerson seinen Sohn von den gröbsten Unreinheiten säuberte, wobei ihm die anderen widerstrebend und zögernd halfen. Schließlich reichte ich Emerson meine Wasserflasche und ein sauberes Taschentuch.

»Wasch ihm das Gesicht, Emerson. Ich sehe, daß er vernünftig genug war, Augen und Mund geschlossen zu halten, so daß sich der Schaden in Grenzen hält.«

Und genauso war es. Emerson beschloß, mit Ramses nach Hause zu reiten, und ich stimmte zu, denn diese Unterbrechung hatte mein fein gesponnenes Netz zerrissen, und ich sah keine Möglichkeit mehr, irgendwo anzuknüpfen. De Morgan hielt uns nicht zurück.

Nachdem wir uns verabschiedet hatten, zupfte mich Selim am Ärmel. »Sitt, ich habe versagt! Strafen Sie mich!«

»Aber nein, mein Junge«, erwiderte ich. »Niemand kann Ramses davor bewahren, in Schwierigkeiten zu kommen. Du bist dazu da, um im richtigen Moment einzugreifen oder Hilfe zu holen, und genau das hast du doch getan. Ohne dich wäre er vielleicht erstickt!«

Selims Gesicht hellte sich auf, und er küßte mir dankbar die Hand.

Emerson, der mit Ramses ein Stück vorausgeritten war und meine Worte gehört hatte, wartete auf uns. »Du hast recht, Peabody. Ich habe Ramses ermahnt, ein wenig vorsichtiger zu sein, und damit wollen wir das Thema beenden.«

»Hm«, machte ich nur.

»Alles ist gut, wenn es nur gut endet«, beharrte Emerson. »Übrigens wüßte ich gern, weshalb du de Morgan nach den Antiquitätenhändlern gefragt hast? Hast du nicht gemerkt, daß der Mann genauso unfähig ist wie sein Vorgänger?«

»Ich wollte gerade Kalenischeff nach dem Mord an Abd el Atti fragen, als Ramses uns unterbrochen hat.«

»Unterbrochen? Unterbrochen! So kann man es auch bezeichnen!«

»Kalenischeff ist sehr undurchsichtig. Hast du seine Reaktion bemerkt, als ich den großen Unbekannten erwähnte?«

»Wenn ich ein Monokel getragen hätte ... «

»Ich kann mir nicht vorstellen, daß du jemals ein solch seltsames Ding tragen würdest, Emerson!«

»Wenn ich ein Monokel getragen hätte«, wiederholte Emerson geduldig, »dann wäre es mir vermutlich genauso heruntergefallen, wenn ich mir solchen Unsinn anhören muß! Laß es doch endlich, Amelia! Das liegt alles hinter uns!«

Wenn Emerson diesem Problem mehr Aufmerksamkeit geschenkt hätte, wäre er sicher genau wie ich zu dem Schluß gekommen, daß die räumliche Entfernung von Kairo höchstens aufschiebende Wirkung hatte, denn ein Dieb, der sich nicht scheut, in das Shepheard's Hotel einzudringen, würde nicht so rasch aufgeben. Da er nicht gefunden hatte, wonach er gesucht hatte, mußte es jedem vernünftigen Menschen klar sein, daß wir ein weiteres Mal von ihm hören würden. Ich hatte nicht die Absicht, Emerson gegenüber noch ein Wort zu verlieren, denn er hätte mich ohnehin nur ausgelacht.

Am nächsten Tag sollten die Arbeiten endlich beginnen. Emerson hatte entschieden, mit dem Friedhof zu beginnen, aber ich habe etwas gegen Märtyrer. »Du kannst doch jetzt schon ziemlich sicher sagen, aus welcher Zeit der Friedhof stammt, Emerson. Sollen wir nicht lieber an den Pyramiden arbeiten? Du könntest einen Unterbau entdecken, vielleicht sogar eine Grabkammer ... «

»Nein, Amelia! Ich habe dieses Gebiet übernommen, und ich werde es ausgraben, und zwar so gründlich und vorbildlich, daß es zu einem Lehrstück der Archäologie werden wird. Ich lasse mir nicht nachsagen, daß ein Emerson sich vor einer Aufgabe gedrückt hätte!«

Er drehte sich um und ging mit hocherhobenem Kopf davon. Er wirkte so großartig und überzeugend, daß ich nicht das Herz hatte, ihn auf die Hindernisse auf seinem Weg hinzuweisen. Wer so große Ziele vor Augen hat, kann sich unmöglich mit Kleinigkeiten aufhalten. Und so kam es, daß er über einen Scherbenhaufen seines Sohnes stolperte und der Länge nach hinfiel.

Ramses verzog sich diskret hinter meine Hosenbeine, bis Emerson, nach einem vernichtenden Blick in unsere Richtung, aufgestanden und davongehinkt war.

»Waf macht Papa?« fragte er dann.

»Er wird jetzt die Arbeiter anwerben. Schau, da kommen sie schon.«

Einige Männer hatten sich um den Tisch versammelt, an dem sich Emerson niedergelassen hatte. John hatte neben ihm Platz genommen, denn wir hatten ihn dazu ausersehen, die Namenslisten zu führen, wo die jeweiligen Arbeitsstunden eingetragen wurden und ebenso die Sonderprämien, wenn ein besonders wertvoller Gegenstand gefunden wurde. Nach und nach kamen immer mehr aus der Richtung des Dorfes – ernste Männer in dunklen Gewändern und blauen Turbanen, aber auch einige fröhliche Kinder, von denen wir ebenfalls einige einstellen mußten, um die zahlreichen Körbe mit Schutt abzutransportieren.

Ramses betrachtete die Szene einige Zeit und entschied dann: »Ich glaube, daf wird ziemlich langweilig. Ich werde dir helfen, Mama!«

»Das ist sehr nett von dir, Ramses, aber möchtest du nicht vielleicht zuerst deine Ausgrabung beenden?«

Ramses warf nur einen kurzen Blick auf seine Scherben. »Ich bin damit fertig. Die Arbeit ift zufriedenftellend verlaufen, obwohl ich keinerlei Erfahrungen mit Grabungfarbeiten hatte. Jetzt werde ich mich wahrfeinlich ...«

»Um Himmels willen, Ramses, halte mir keine Vorlesung! Ich möchte wissen, wann du dir diese schlechte Angewohnheit zugelegt hast. Merke dir, mein Sohn: In der Kürze liegt die Würze, und nicht nur in Witzen, sondern auch in der Literatur und im Umgang miteinander. Nimm dir ein Beispiel an mir ...«

Ich wurde plötzlich unterbrochen. Aber nicht von Ramses, der mir aufmerksam zugehört hatte, sondern von Bastet, die sich mit Geheul bemerkbar machte und mich in den Stiefel biß.

Diesen privaten Aufzeichnungen kann ich ja anvertrauen, daß ich einen Fehler machte, indem ich Ramses unterbrach, als er von seinen Zukunftsplänen berichten wollte.

Den Vormittag über war ich mit der Einrichtung des Hauses beschäftigt, so daß ich erst nach dem Mittagessen Zeit fand, den Grabungsplatz anzuschauen. Meine Stimmung hob sich beträchtlich, als ich das gewohnte Bild sah – etwa fünfzig Männer hackten, gruben und sangen, während die Kinder die Körbe wegschleppten. Ich ging den ersten Graben entlang und hoffte, daß plötzlich ein aufregender Fund gemacht würde. Aber es geschah nichts dergleichen. Als ich am Ende des Grabens angekommen war, machte ich trotzdem noch eine Entdeckung. Wenn viele Fremde behaupten, daß alle Ägypter gleich aussehen, so mag das an den gleichförmigen Gewändern, den Turbanen und auch an der ähnlichen Barttracht liegen. Ich hingegen ließ mich davon nicht ablenken und konnte die verschiedenen Gesichter recht gut unterscheiden. Kaum hatte ich ihn gesehen, da durchfuhr mich die Erkenntnis.

Rasch lief ich zu Emerson zurück, der gerade mit Sauermiene den ersten Fund des Tages – eine tönerne Öllampe – begutachtete. »Er ist hier«, rief ich. »Er arbeitet im Abschnitt vierundzwanzig. Komm mit, Emerson!«

»Wer ist hier, Amelia?«

Ich legte eine effektvolle Pause ein. »Der Mann, der mit Abd el Atti gesprochen hat.«

Emerson warf die Lampe auf den Boden. »Von wem zum Teufel sprichst du?«

»Du mußt dich doch noch erinnern, Emerson! Ich habe ihn dir beschrieben. Er sprach mit Abd el Atti, doch als er mich sah ...«

»Bist du verrückt geworden?« bellte Emerson.

Ich packte ihn am Arm. »Komm rasch, Emerson!«

Unterwegs erklärte ich ihm noch einmal alles. »Er ist ein übel aussehender Typ, Emerson. Sein Gesicht werde ich wohl nie im Leben vergessen. Wenn du mich fragst, weshalb er uns bis hierher gefolgt ist, dann kannst du nur zu dem Schluß kommen, daß er Böses im Schilde führt.«

»Wo ist denn dieser Gauner?« fragte Emerson mit nachsichtiger Freundlichkeit.

»Dort«, sagte ich und deutete auf den Mann.

»He, Sie!« rief Emerson.

Der Mann richtete sich auf, und seine Augen spiegelten eine gespielte Überraschung. »Sprechen Sie mit mir, Efendi?«

»Ja, mit Ihnen. Wie heißen Sie?«

»Hamid, Efendi.«

»A ja, ich erinnere mich. Sie kommen nicht aus dem Dorf.«

»Nein, aus Manawat. Wir haben dort erfahren, daß es hier Arbeit gibt.«

Der Mann antwortete ohne zu zögern und ließ Emerson nicht eine Sekunde aus den Augen, was ich sehr verdächtig fand.

»Geh langsam!« ermahnte ich Emerson leise. »Wenn er sich angegriffen fühlt, geht er vielleicht mit seinem Pickel auf dich los.«

»Bah!« machte Emerson nur. »Waren Sie in der letzten Zeit in Kairo, Hamid?«

»In Kairo? Dort bin ich noch nie gewesen, Efendi.«

»Kennen Sie den Antiquitätenhändler Abd el Atti?«

»Nein, Efendi.«

Emerson bedeutete ihm, daß er wieder an seine Arbeit zurückkehren sollte, und zog mich beiseite. »Also! Glaubst du mir jetzt, daß du dir alles nur einbildest, Amelia?«

»Natürlich mußte er alles abstreiten. Deine Befragung war nicht korrekt, Emerson. Aber das macht nichts. Ich hatte nicht erwartet, diesem Mann ein Geständnis abzuringen, sondern ich wollte lediglich deine Aufmerksamkeit auf ihn lenken.«

»Tu mir einen Gefallen«, bat Emerson, »und lenke meine Aufmerksamkeit auf nichts und niemanden mehr, außer es oder er ist bereits seit mehr als tausend Jahren tot. Meine Arbeit ist schwer genug, und ich kann derartige Ablenkungen nicht gebrauchen.« Mit diesen Worten entfernte er sich brummelnd.

Um ehrlich zu sein, tat es mir bereits leid, so voreilig gewesen zu sein. Vielleicht wäre es besser gewesen, den Mann im Glauben zu lassen, daß seine Verkleidung in Form eines blauen Turbans nicht durchschaut worden war. Aber jetzt war der Schaden nicht mehr zu beheben. Doch mich tröstete der Gedanke, daß Hamid jetzt vielleicht gezwungen war, rascher zu handeln, als er ursprünglich beabsichtigt hatte.

Während ich meine Arbeit verrichtete, blickte ich immer wieder sehnsuchtsvoll in nördlicher Richtung, wo sich die Pyramiden von Dahschûr klar gegen den blauen Himmel abzeichneten. So ähnlich mußte sich Eva gefühlt haben, als sie auf das für immer verlorene Paradies zurückblickte. Als ich wieder einmal hinsah, erkannte ich einen Reiter, der auf einem arabischen Hengst durch die Wüste galoppierte. Er bot ein majestätisches Bild und hatte wenige Minuten später unser Camp erreicht. Geschickt zügelte er das Pferd, doch der großartige Gesamteindruck war verdorben, als ich erkannte, wen de Morgan vor sich auf den Sattel gesetzt hatte. Es handelte sich um meinen Sohn, sonnenverbrannt, voller Sand und grinsend.

Vorsichtig reichte de Morgan Ramses zu mir herunter, doch ich ließ ihn augenblicklich zu Boden fallen und rieb meine Hände ab. »Wo haben Sie ihn gefunden?« fragte ich.

»Auf halbem Weg zwischen meinem Camp und Ihrem. Im Niemandsland sozusagen. Als ich ihn fragte, wohin er wollte, meinte er, er hätte die Absicht gehabt, mich zu besuchen. *C'est un enfant formidable!* Ein wirklicher Sohn meines verehrten Kollegen! Ein Knabe aus echtem englischen Holz!«

Emerson kam gerade noch zurecht, um die letzte Bemerkung mitzuhören, doch der Blick, mit dem er de Morgan bedachte, hätte jeden anderen Menschen eingeschüchtert. Aber de Morgan zwirbelte nur seinen Schnurrbart und beglückwünschte Emerson zur Intelligenz, dem Mut und dem ausgezeichneten Französisch seines Sohnes.

»Hm! Ja, ja, zweifellos«, brummte Emerson. »Ramses, was fällt dir ein, einfach so herumzuspazieren?«

»Ich bin nicht herumfpaziert! Ich wufte immer genau, wo ich mich befand. Ich muf allerdingf zugeben, daf ich die Entfernung unterfätzt habe. Ich benötige unbedingt ein Pferd wie diefef, Papa!«

De Morgan lachte. »Ein Hengst wie Mazeppa ist schwer zu bändigen«, sagte er, während er die Mähne des Pferdes streichelte. »Aber ein kleineres Tier – doch, doch, das erscheint mir vernünftig.«

»Ich möchte nicht, daß Sie die Wünsche meines Sohnes auch noch unterstützen«, sagte ich und sah Ramses böse an. »Ramses, wo ist Selim?«

»Er hat mich natürlich begleitet«, antwortete Ramses. »Aber Mr. de Morgan wollte ihn nicht auf dem Pferd mitnehmen.«

De Morgan gab nicht so rasch auf. »Was soll Ihrem Jungen denn schon passieren? Er muß doch nur dem Fruchtland folgen, um den richtigen Weg zu finden. Ein kleines Pferd – vielleicht ein Pony? Der junge Mann ist mir jederzeit willkommen. Wir können ihm sicher auch interessantere – viel interessantere Dinge zeigen.«

Emerson ließ bedrohliche Laute hören, aber er beherrschte

sich. »Haben Sie Ihre Grabkammer schon entdeckt?« fragte er.

»Wir haben gerade erst begonnen, danach zu suchen«, erklärte de Morgan hoheitsvoll. »Aber da die Kammer üblicherweise mitten unter der Pyramide liegt, dürfte es nur eine Frage der Zeit sein. Ich habe das Gefühl, daß wir in diesem Jahr große Entdeckungen machen werden. Wie steht es denn bei Ihnen?«

»Wie Sie haben auch wir gerade erst begonnen«, sagte ich, bevor Emerson den Mund aufmachen konnte. »Möchten Sie nicht hereinkommen und eine Tasse Tee mit uns trinken?«

De Morgan lehnte höflich ab und betonte, daß er bereits eine Verabredung zum Abendessen hätte. »Wie Sie ja wissen, ist Dahschûr ein sehr bekannter Ort. Augenblicklich ist die Dahabije der Gräfin von Westmoreland angekommen. Ich diniere heute abend bei ihr.«

Dieser Pfeil prallte an Emerson ab, denn weder imponierten ihm Titel und Auszeichnungen, noch schätzte er Gesellschaften. Aber die anderen Bemerkungen hatten ihr Ziel nicht verfehlt. De Morgan wünschte uns Glück und wiederholte seine Einladung an Ramses. »Du wirst also kommen, nicht wahr, um zu lernen, wie man eine richtige Grabung leitet, *mon petit?*«

Ramses sah voller Ehrfurcht zu dem eleganten Reiter auf. »Ja, daf mache ich fehr gern.«

Mit einer angedeuteten Verbeugung in meine Richtung und einem spöttischen Grinsen zu Emerson verabschiedete sich de Morgan, gab seinem Hengst die Sporen und ritt der untergehenden Sonne entgegen, was allerdings nicht die richtige Richtung war.

»Typisch Franzose!« knurrte Emerson verächtlich. »Die tun alles für eine großartige Geste!«

# 6. Kapitel

Letzten Endes bekam Ramses seinen Willen. Da unser Grabungsfeld sehr weitläufig war und auch ziemlich abseits lag, beschlossen wir, uns für eine längere Zeit Esel zu leihen, für die auch gleich ein Stall in der Nähe der Kirche errichtet wurde. Kaum waren die lieben Tierchen eingetroffen, unterzog ich sie einer größeren Reinigungsprozedur, was ziemlich mühsam war, da das Wasser aus dem Dorf herbeigeschafft werden mußte.

Ramses beteiligte sich mit Feuereifer, der jedoch merklich abkühlte, nachdem ihm eines der Tiere fast den Finger abgebissen hätte, als er versuchte, ihm die ekelhaften Zähne zu putzen. Doch als wir fertig waren, bat er um einen der Esel.

»Selbstverständlich, mein Junge«, stimmte sein naiver Vater zu.

»Wohin möchtest du denn reiten?« fragte die wesentlich mißtrauischere Mutter.

»Nach Dahschûr, um Mr. de Morgan zu besuchen«, sagte Ramses.

Emersons Gesicht zog sich merklich in die Länge. Die tiefe Bewunderung seines Sohnes für diesen gelackten Franzosen hatte ihn sehr geschmerzt. »Mir wäre es lieber, wenn du nicht hinreiten würdest, Ramses. Jedenfalls nicht allein. Wir werden ein anderes Mal zusammen hinüberreiten.«

Ramses ließ ds Thema sofort fallen, klatschte in die Hände und hob seine bittenden Augen zu dem Gesicht seines verwirrten Vaters empor. »Darf ich dann wenigftenf eine ganz kleine Grabung machen? Eine ganz, ganz kleine? Bitte, Papa!«

Ich kann nicht genau wiedergeben, welche Vermutungen mir durch den Kopf schossen, während ich Ramses in Babymanier bitten hörte, doch bevor ich noch irgend etwas einwenden konnte, sagte Emerson strahlend: »Aber klar, mein Sohn. Welch glänzende Idee! Du wirst sehr viel dabei lernen.«

»Kann ich mir einen oder vielleicht auch zwei Männer mitnehmen, die mir helfen können, Papa?«

»Ich wollte es dir gerade anbieten, mein Sohn. Laß mich überlegen, wen ich – außer Selim natürlich – entbehren kann.«

Arm in Arm gingen sie davon, und ich überlegte, was Ramses wohl im Schilde führen mochte. Aber auch meine kühnste Fantasie war nicht imstande, mir eine Antwort auf diese Frage zu geben.

Der Friedhof stammte tatsächlich aus römischer Zeit. Wir fanden zahlreiche in den Stein gehauene Gräber, die jedoch bereits damals gründlich beraubt worden waren. Nur gelegentlich wurden unsere Anstrengungen mit dem belohnt, was die Grabräuber übriggelassen hatten. Doch Emerson registrierte Fundstück für Fundstück aufs sorgfältigste, und ich verstaute sie in Lagerräumen. In einigen intakten Gräbern fanden wir Holzsärge oder einfachere aus einer Art Pappmaché, die allerdings nicht allzugut erhalten waren. Drei dieser Särge öffneten wir, doch Emerson mußte Ramses sehr energisch verbieten, die Mumien auszuwickeln. Darauf waren wir nun wirklich nicht eingerichtet. Zwei dieser

Mumien wiesen noch die Porträtbilder auf, die in späterer Zeit die früher gebräuchlichen Masken ersetzt hatten. Die Wachsschicht auf dem Holzuntergrund war noch recht gut erhalten, und ich konservierte sie mit einer dünnen Schicht Bienenwachs, bevor ich die Bilder sorgfältig in Kartons verpackte, wie ich es bereits mit dem weitaus bedeutenderen Bild gemacht hatte, das Emerson in Abd el Attis Geschäft ›gefunden‹ hatte.

Am Sonntag erschien John im vollen Ornat seiner Uniform. Sogar die Knöpfe hatte er geputzt. Respektvoll bat er um die Erlaubnis, den Gottesdienst besuchen zu dürfen.

»Aber hier gibt es doch keinen von Ihrer Kirche, John«, sagte ich, doch dieser Einwand verfing nicht. John sah mich bittend an wie ein braver Hund, so daß ich schließlich nachgab. »Also gut.«

»Ich will auch gehen«, sagte Ramses. »Ich möchte die junge Dame fehen, in die John ... «

»Es genügt, Ramses!«

»Auferdem möchte ich gern den koptifen Gottefdienft miterleben«, fuhr Ramses fort. »Einige Rituale follen noch fo fein wie ... «

»Ich weiß. Die Idee ist gut, Ramses. Wir werden alle zusammen gehen.«

Emerson blickte von seinen Notizen auf. »An mich habt ihr dabei hoffentlich nicht gedacht, oder?«

»Nicht, wenn du nicht willst, aber Ramses meinte, daß der koptische Gottesdienst ... «

»Ach was, Amelia, ich glaube dir kein Wort. Du bist doch auch nur neugierig und möchtest John mit seiner Freundin ... «

»Es reicht, Emerson«, sagte ich, worauf mir John einen dankbaren Blick zuwarf. Emersons Bemerkung hatte ihn über und über erröten lassen.

Als wir das Dorf erreichten, hatte der Gottesdienst in der koptischen Kirche offenbar bereits begonnen, denn von draußen konnte man Stimmengemurmel vernehmen. Vom Gelände der amerikanischen Missionsstation klang das fordernde, schrille Läuten einer kleinen Glocke an unser Ohr.

»Ich werde den koptischen Gottesdienst besuchen«, sagte ich. »Ramses, möchtest du mich begleiten oder John?«

Zu meiner Überraschung entschied Ramses sich für John. Ich hätte nicht erwartet, daß gewöhnliche Gelüste seine wissenschaftlichen Interessen würden stören können. Ich verabredete mit den beiden, daß wir uns am Brunnen treffen wollten, und sah sie zur Kapelle hinübergehen.

Das Innere der koptischen Kirche der Sitt Miriam war mit verblichenen Bildern der Maria und vieler Heiliger geschmückt. Es gab keinerlei Stühle oder Kirchenbänke, sondern die Gläubigen wanderten umher und unterhielten sich auch, ohne dem Priester, der am Altar betete, allzuviel Beachtung zu schenken. Die Gemeinde bestand aus etwa zwanzig bis dreißig Männern, von denen ich einige wiedererkannte, aber das Gesicht, das ich insgeheim zu sehen erwartet hatte, war nicht darunter. Es hätte mich auch gewundert, wenn Hamid ein regelmäßiger Kirchgänger gewesen wäre.

Ich stellte mich in den hinteren Teil der Kirche neben das Geländer, mit dem der Bezirk der Frauen abgetrennt worden war, aber ich betrat ihn nicht. Als ich eingetreten war, war die Unterhaltung einige Sekunden lang verstummt, und das Auge des Priesters hatte mich verfolgt, ohne daß er allerdings seinen Gesang unterbrochen hätte. Ich verstand nur äußerst wenig, denn dieser Teil des Gottesdienstes wurde in der alten koptischen Sprache gehalten. Ich hatte allerdings das Gefühl, daß weder Priester noch Zuhörer mehr verstanden als ich.

Danach sprach der Priester einen Psalm auf arabisch und wandte sich schließlich mit einem Weihrauchgefäß zu der

Gemeinde um. Langsam ging er von einem zum anderen und spendete den Segen, indem er die Hand auflegte und kräftig Weihrauch verbreitete. Schließlich kam er auch zu mir, obwohl ich ganz hinten stand, und legte mir schwer die Hand auf den Kopf. Er segnete mich im Namen der Dreieinigkeit und noch einiger anderer Heiliger, worauf ich ihm dankte und mit einem Zucken des gewaltigen Bartes belohnt wurde, was ich für ein Lächeln hielt. Nachdem der Priester zu seinem Altar zurückgekehrt war, erachtete ich meinen Besuch für beendet und war froh, dem raucherfüllten Raum den Rücken kehren zu können, weil ich jeden Augenblick einen Niesanfall befürchten mußte.

Die Sonne stand schon hoch am Himmel, und ich sog mit tiefen Zügen die frische Luft in meine Lungen. Dann nahm ich den Hut ab, oder vielmehr das, was die schwere priesterliche Pranke von dem ehemals zarten, mit Schleiern und Blüten verzierten Nichts übriggelassen hatte. Mein ganzer Stolz sah mehr als traurig aus, aber zu meiner Genugtuung entdeckte ich zwei Blutflecken, wo meine Hutnadeln die segnende Hand verletzt hatten.

Da mein Schauen und Trauern nichts an der Situation ändern konnten, setzte ich die Überreste meines Huts wieder auf und sah mich um, doch außer ein paar Hühnern und Hunden war weit und breit niemand zu sehen. Also machte ich mich auf den Weg zur amerikanischen Mission.

Die Tür der Kapelle war offen, aber ich hörte nicht die sanfte Orgelmusik, die ich erwartet hatte, sondern einen etwas bunten Chor, der mit ungeübten Stimmen eine Hymne sang. Ich konnte keine Worte verstehen, aber die schrille Stimme meines Sohnes war nicht zu überhören. Da es noch eine Weile dauern konnte, ließ ich mich auf demselben Felsen nieder, auf dem Emerson vor einigen Tagen gesessen hatte, und wartete.

Die Sonne stieg höher, und der Schweiß lief mir über den Rücken, aber das Singen wollte noch immer kein Ende nehmen. Endlich verstummte der Chor, und ich hörte Bruder Ezekiel klar und laut, wie er für die Erleuchteten betete und für die vielen, die noch immer auf falschen Wegen umherirrten. Schließlich war auch das Gebet zu Ende, und die Gemeinde verließ die Kapelle.

Offenbar waren die Missionare recht erfolgreich, denn ihre Anhänger waren zahlreicher als die des Priesters. Die meisten der Bekehrten trugen noch ihren dunkelblauen koptischen Turban, was bewies, daß die Christen kaum Moslems zu ihrem Glauben bekehren konnten. Die koptische Kirche beobachtete die Missionierungsversuche der Christen wegen des Erfolges allerdings mit einigem Mißtrauen, und es hatte auch hier und da schon gewalttätige Zusammenstöße gegeben, wie Emerson mir berichtet hatte. »Nur ein Christ ist in der Lage, einen Glaubensbruder zu verfolgen«, hatte er verächtlich hinzugefügt.

Unter den Gläubigen mit blauem Turban war das Gesicht, das ich gesucht hatte. Hamid gehörte also zu den Bekehrten! Als er mich erkannte, besaß er die Frechheit, mich zu grüßen. Schließlich kam auch John, der sehr erhitzt aussah, und stürzte auf mich zu. »Der Gottesdienst hat sehr lang gedauert, Madam.«

»Das habe ich bemerkt. Wo ist Ramses?«

»Gerade war er noch da«, sagte er vage. »Madam, sie haben mich eingeladen, mit ihnen zu Mittag zu essen. Bitte, darf ich bleiben?«

Ich wollte gerade ablehnen, aber ich vergaß meine Rede, als ich die Gruppe erblickte, die geradewegs auf mich zukam. Bruder David, der wieder wie ein junger Heiliger aussah, führte eine Dame am Arm, nun, dieselbe Dame, mit der ich ihn schon in Shepheard's Hotel gesehen hatte! An diesem

Morgen trug sie ein Gewand aus tiefvioletter Seide, aus dessen Jackenausschnitt ein gewaltiger Chiffonschar hervorquoll. Auf dem passenden Hut tummelten sich nicht nur Federn und Blumen, sondern auch einige ausgestopfte Vögelchen.

Der Dritte im Bunde war Ramses, den die Dame an der Hand führte. Er sah so unschuldig drein, wie nur Ramses es konnte, wenn er gerade bestimmte Pläne ausheckte. Außerdem war er von oben bis unten staubig. Ich glaube, Ramses ist der einzige Mensch, den ich kenne, der sich auch noch während eines frommen Kirchgangs schmutzig macht!

Als die Gruppe bei meinem Stein angekommen war, sprachen alle drei auf einmal. Ramses begrüßte mich, Bruder David beklagte, daß ich dem Gottesdienst nicht beigewohnt hätte, und die komische Dame schrillte in den höchsten Tönen. Sie sprach ein sehr mit deutschem Akzept durchsetztes Englisch. »Welche Überraschung! Sie sind die berühmte Frau Emerson, nicht?«

»Darf ich Ihnen die Baronin von Hohensteinbauergrunewald vorstellen?« fragte Bruder David höflich. »Sie ist ... «

»Eine große Verehrerin der berühmten Frau Emerson!« schrie die Baronin, während sie meine Hand nahm und drückte. »Und natürlich auch Ihres verehrten Gatten, nicht? Welch ein entzückendes, liebes Kind! Ich bestehe darauf, daß Sie mich besuchen. Meine Dahabije liegt in Dahschûr, wo ich mir gerade die Pyramiden ansehe. Ich unterhalte die berühmten Archäologen und sammle Antiquitäten. Ich möchte Sie und Professor Doktor Emerson für heute abend zum Diner einladen. Einverstanden?«

»Vielen Dank, Baronin«, sagte ich, »aber ich fürchte ... «

»Haben Sie schon eine andere Verabredung?« Die kleinen schmutzig braunen Augen der Baronin zwinkerten, und sie schubste mich vertraulich. »Nein, natürlich haben Sie keine andere Verabredung. Was könnten Sie in dieser einsamen Gegend auch tun? Sie werden also kommen, nicht? Ein Abendessen für berühmte Archäologen! Bruder David wird auch kommen.« Der junge Mann nickte lächelnd, und die Baronin fuhr fort: »Ich bleibe nur drei Tage in Dahschûr, weil ich noch andere Orte längs des Flusses besichtigen will. Sie müssen also heute kommen. Außerdem möchte ich dem berühmten Professor Emerson gern meine Sammlung zeigen. Ich besitze Mumien, Skarabäen, Papyri ...«

»Papyri?« rief ich elektrisiert.

»Ja, eine ganze Menge. Werden Sie kommen? Ich werde den kleinen Ramses schon jetzt mitnehmen, denn er möchte gern meine Dahabije besichtigen. Heute abend können Sie ihn dann wieder mitnehmen. Gut?«

Ich blickte Ramses fragend an. Er klatschte in die Hände. »Ach, bitte, Mama! Darf ich die Dame begleiten?«

»Du bist so schmutzig ...« begann ich.

Die Baronin winkte ab. »So ein kleiner Junge muß schmutzig sein, nicht? Ich werde gut auf ihn achtgeben, denn ich bin auch eine Mutter.« Sie verwuschelte die Locken meines Sohnes, was dieser jedoch absolut nicht leiden konnte, doch ich wartete vergeblich auf seinen Protest, was mein Mißtrauen nur noch verstärkte.

Bevor ich noch weitere Einwände machen konnte, brach die Baronin auf und flüsterte noch verschwörerisch: »Oje, da kommt der Pfarrer! Er redet soviel. Ich gehe lieber, denn ich wollte ohnehin nur Bruder David sehen, weil er so schön ist. Der Pfarrer gefällt mir nicht. Komm, Bübchen, wir laufen davon!« Sie setzte ihr Vorhaben augenblicklich in die Tat um und zog Ramses mit sich fort.

Bruder Ezekiel hatte gerade die Kapelle verlassen, und hinter ihm war Charity in züchtiger Haltung herausgetreten. Sobald John seine Herzallerliebste erspäht hatte, schoß er, wie von der Biene gestochen, auf mich zu. »Madam«, flehte er inständig, »bitte, darf ich ...?«

»Selbstverständlich«, sagte ich.

Die Baronin war mit Sicherheit eine der fürchterlichsten Frauen, die ich kannte, aber in bezug auf Bruder Ezekiel stimmte ich mit ihrer Meinung überein. Ich wollte ebenfalls auf dem schnellsten Weg vor ihm flüchten und hatte ihm deshalb John zum Fraß vorgeworfen. Doch John war ein williger Märtyrer.

Da die Baronin im Besitz von Papyri war, war der Besuch bestimmt zu vertreten, auch wenn Emerson nicht besonders begeistert sein würde. Ich hatte John den Missionaren und meinen Sohn dieser Baronin überlassen und noch dazu meinem Mann zu einer seiner geliebten Abendgesellschaften verholfen, aber es gab trotzdem noch einen mildernden Umstand für mich. Wir würden an diesem Nachmittag allein im Haus sein, und ich hatte keinen Zweifel, daß ich Emerson dazu bringen konnte, seinen Pflichten nachzukommen.

Emerson war schnell überzeugt. Er weigerte sich standhaft, seinen Abendanzug zu tragen, und ich bestand nicht länger darauf, nachdem ich festgestellt hatte, daß ich in meinem Samtgewand unmöglich auf einem Esel reiten konnte. Also zog ich meine besten türkischen Hosen an. Selim und Daoud begleiteten uns.

Bastet war nicht sehr begeistert gewesen, als sie gemerkt hatte, daß Ramses nicht mit zurückgekommen war. Wir hatten sie in einem der Lagerräume eingesperrt, um sie am Kirchgang zu hindern. Als ich sie befreite, maunzte sie laut und schoß an mir vorbei aus dem Haus. Bis zu unserem Aufbruch war sie nicht wieder erschienen. Auch John war noch nicht aufgetaucht.

»Wir müssen irgend etwas unternehmen, Amelia«, sagte

Emerson, während wir nach Norden ritten. »Ich möchte nicht, daß John ein ›Bruder des Heiligen Jerusalem‹ wird! Eigentlich hatte ich ihm mehr Intelligenz zugetraut!«

»Er hat sich doch nicht bekehren lassen, du Dummer«, sagte ich zärtlich. »Er liebt, und, wie du weißt, nützt Intelligenz in diesem Zustand herzlich wenig!«

Statt auf meine freundliche Bemerkung zu antworten, brummte Emerson nur.

Ich liebte diese Abende in der Wüste, wenn ein kühler Luftzug die Hitze des Tages vertrieben hat und sich über uns der Himmel wie eine dunkelblaue Porzellanschüssel wölbt, während nur noch ganz im Westen ein wenig Helligkeit die Linien der Pyramiden nachzeichnet, daß sie aussehen wie Treppen in himmlische Höhen.

Wir ritten im Schatten am Fuß der ›Schwarzen Pyramide‹ entlang auf den Fluß zu. Der Boden war mit Kalksteinbrokken übersät, und wir kamen an der Stelle vorbei, wo de Morgan in der letzten Saison die Umfassungsmauer und die Ruinen des Totentempels der Pyramide ausgegraben hatte, doch es war nur wenig mehr als einige Säulen von seinem Werk übriggeblieben. Noch einige Jahre, und die Wüste würde wieder alle Spuren vernichtet haben, so wie sie bereits die Monumente der Unsterblichkeit verschluckt hatte. Der Grabungsplatz war verlassen, denn de Morgan wohnte in dem nahe gelegenen Dorf Menyat Dahschûr.

Wir folgten dem langen Schatten der Pyramide hinunter zum Fluß. Mehrere Dahabijes schaukelten auf dem Wasser, doch es war nicht besonders schwer, das Kajütboot der Baronin zu entdecken, denn am Heck wehte unübersehbar die deutsche Flagge. Auf einem frisch gemalten Bild stand der Name des Schiffes: *Cleopatra*. Es hätte mich gewundert, wenn die Baronin einen anderen Namen gewählt hätte.

Mich überkamen wehmütige Erinnerungen, als ich meinen

Fuß auf die Decksplanken des Schiffes setzte, denn mit diesen Hausbooten den Nil zu befahren war weit aufregender als alles, was Mr. Cook mit seinen großen Dampfern anzubieten hatte.

Der große Salon nahm den gesamten vorderen Teil des Schiffes ein, und aus der langen Fensterreihe hatte man einen großartigen Ausblick. Der Dolmetscher der Baronin stieß die Tür auf, meldete unsere Ankunft, und wir betraten einen vom Licht der untergehenden Sonne durchglühten, luxuriös eingerichteten Raum. Ein gewaltiges Sofa mit unzähligen Kissen nahm die Breitseite ein und diente augenblicklich unserer Gastgeberin als Ruhelager. Ihr schwarzes Haar war mit goldenen Ketten umflochten, und zahlreiche Armreifen klimperten leise, als sie uns die Hand zur Begrüßung reichte. Ihr schneeweißes Gewand war aus feinstem Chiffon, und um den Hals trug sie einen schweren Kragen aus purem Gold, der mit Türkisen und Karneolen besetzt und ohne Zweifel ein antikes Stück war. Die etwas theatralische Aufmachung sollte sicher an die große ägyptische Königin erinnern.

Von Emerson, der hinter mir gegangen war, kamen seltsame Erstickungslaute. Als ich mich umdrehte, sah ich, daß nicht unsere Gastgeberin das Ziel seines Interesses war, sondern ein glänzender Mumiensarg, der, achtlos gegen das Klavier gelehnt, in der Ecke stand. Ein Tisch war mit zahlreichen Skarabäen, Uschebtis und kleinen Schiffsnachbildungen aus Ton oder Stein übersät, und auf einem anderen lagen verschiedene Papyrusrollen.

Die Baronin begann plötzlich, mit den Armen zu rudern, und es dauerte einige Augenblicke, bis ich begriff, daß sie versuchte, von dem weichen Sofa hochzukommen. Schließlich hatte sie es geschafft und strömte uns entgegen. Da Emerson ihre Hand nicht wahrnahm, packte sie die seine und schüttelte sie so heftig, bis sich seine Augen ihr zugewandt hatten.

Mit zusammengekniffenen Brauen betrachtete er den Kragen. »Madam, ist Ihnen klar, daß Sie einen unermeßlichen Schatz um Ihren Hals tragen?« fragte er finster.

Die Baronin rollte die Augen und legte ihre beringten Hände darauf. »Ach, dieses Monstrum! Entfernen Sie es bitte von meinem hilflosen Körper!«

»Nein«, sagte Emerson. »Ein falscher Handgriff, und ich würde es beschädigen.«

Die Baronin brach in hemmungsloses Lachen aus und sprach so schnell und falsch, daß man nichts verstehen konnte.

»Um Himmels willen, Madam! Sprechen Sie doch Deutsch!« rief Emerson.

»Ja, gern. Jeder hat mich davor gewarnt, daß der große Professor Emerson mich wegen meiner Antiquitäten auszanken würde. Herr de Morgan ist nicht so unfreundlich wie Sie!«

Sie begann, uns die übrigen Gäste vorzustellen. Wenn sie die Absicht gehabt hätte, Emerson zu ärgern, hätte sie keine bessere Zusammensetzung finden können – de Morgan, Kalenischeff, Bruder David und drei der verdammten Touristen, wie Emerson zu sagen pflegte, die von den anderen Dahabijes herübergekommen waren. Der einzige Satz, der mir von ihnen in Erinnerung geblieben ist, stammte von einer Lady. »Die Ruinen sehen so schrecklich heruntergekommen aus. Weshalb findet sich denn niemand, der sie ein bißchen herrichtet?«

Während sich die Gäste unterhielten, fragte ich die Baronin nach der einen Person, die vorzufinden ich eigentlich erwartet hatte. »Wo ist Ramses?«

»In einem der Gästezimmer eingesperrt«, war die lakonische Antwort. »Aber regen Sie sich nicht auf, Frau Emerson. Er widmet sich dort einem Papyrus. Ich mußte ihn einsperren, weil er bereits einmal von Bord gefallen ist und von einem Löwen gebissen ... «

»Von einem Löwen?« Emerson fuhr herum, ohne der Isis-Statue aus Granit, die er gerade betrachtet hatte, auch nur noch einen einzigen Blick zu gönnen.

»Ich habe ein Löwenbaby«, erklärte die Baronin. »Ich habe das süße kleine Kerlchen von einem Händler in Kairo gekauft.«

»Ah!« sagte ich, denn ich konnte mir den Rest schon denken. »Ramses hat ohne Zweifel versucht, das arme Tier zu befreien, oder? Hat er Erfolg gehabt?«

»Glücklicherweise haben wir es wieder einfangen können«, sagte die Baronin.

Das hörte ich gar nicht gern, denn Ramses würde es zweifellos noch einmal versuchen. Die Baronin hatte einige Mühe, meinen aufgeregten Mann zu beruhigen. Der Biß war nur sehr leicht gewesen, und sie hatte ihn desinfiziert und behandelt, und dem jungen Mann fehlte es an nichts. Schweigend kamen wir überein, ihn dort zu lassen, wo er sich befand, bis es Zeit zum Nachhausegehen wäre. Emerson widersprach nicht, denn er war von anderen Dingen abgelenkt.

Die anderen Dinge waren zweifellos die zahlreichen Antiquitäten, die sich unerlaubt im Besitz der Baronin befanden. Während der Unterhaltung und auch während des Essens konnte Emerson sich noch beherrschen, doch dann brach seine Empörung aus ihm heraus. Er lief im Salon auf und ab und hielt ein leidenschaftliches Plädoyer, während die Baronin nur lächelte und mit den Augen rollte.

»Wenn nur die Touristen aufhören würden, bei diesen Händlern zu kaufen, dann würden sie bald aufhören, Gräber und andere Stätten zu berauben! Sehen Sie!« rief er und deutete dabei auf den Mumiensarg. »Wie viele wissenschaftliche

Erkenntnisse hat der Mensch wohl verhindert, der diesen Sarg aus dem Grab geraubt hat?«

Die Baronin lächelte mir verschwörerisch zu. »Ihr Professor ist wirklich großartig! Welche Leidenschaft! Ich gratuliere Ihnen, meine Liebe.«

»Ich fürchte, ich muß meine Vorbehalte denen des Professors anfügen.« Der Satz kam so unerwartet, daß sogar Emerson verstummte und sich dem Sprecher zuwandte. Ruhig und sanft sprach David weiter. »Es ist eine verdammenswerte Gewohnheit, mit menschlichen Überresten wie mit einer Ware umzugehen.«

»Aber dieser Mensch war ein Heide«, meinte Kalenischeff und grinste zynisch. »Ich dachte, Sie befassen sich nur mit christlichen Angelegenheiten.«

»Heiden oder Christen! Wir alle sind Kinder Gottes«, bekam er zur Antwort, wobei alle Damen außer mir tiefe Seufzer hören ließen. »Wenn ich aber annehmen müßte, daß es sich bei der Leiche um einen christlichen Bruder handelt, vielleicht auch nur um einen irregeleiteten, so müßte ich noch viel energischer protestieren. Ich könnte nicht gestatten, daß ...«

»Ich dachte, es handelte sich um einen Christen«, ließ sich die Baronin vernehmen. »Jedenfalls gab mir das der Händler zu verstehen.«

Ein allgemeiner Aufschrei erhob sich, doch die Baronin zuckte nur die Schultern. »Ich kann keinen Unterschied sehen. Sie sind doch alle gleich – vertrocknete Hüllen einer unsterblichen Seele.«

David blickte verwirrt in die Runde, denn er verstand nicht genug Deutsch, um folgen zu können. Schließlich glättete de Morgan die Wogen. »Ich fürchte, der Händler hat Ihnen Unsinn erzählt, Verehrteste.«

»Woher wollen Sie das so genau wissen?« fragte die Baronin.

De Morgan wollte schon antworten, doch Emerson kam ihm zuvor. »Anhand des Stils und der Verzierung des Sarges. Die Hieroglyphen nennen uns den Namen eines Mannes: Thermoutharin. Er glaubte an die alten Gottheiten, denn die vergoldeten Reliefszenen zeigen Anubis, Isis, Osiris und Thoth bei der Einbalsamierung des Toten.«

»Der Sarg stammt aus ptolemäischer Zeit«, ergänzte de Morgan.

»Nein, nein«, widersprach Emerson. »Ich datiere ihn später. Erstes oder zweites Jahrhundert nach Christus.«

De Morgan stieg der Ärger über Emersons barschen Einwurf ins Gesicht, aber er beherrschte sich. Dagegen bombardierte der junge David meinen Mann mit gezielten Fragen und ließ sich alle Einzelheiten der Darstellungen erklären. Mich überraschte sein großes Interesse, aber ich konnte nichts Schlimmes dabei finden – damals noch nicht.

Nach einiger Zeit langweilte sich die Baronin, weil sie nicht mehr im Mittelpunkt der Unterhaltung stand. »Ich habe eine Idee!« rief sie und klatschte in die Hände. »Um das Thema zu beenden, möchte ich Ihnen, Professor Emerson, den Sarg zum Geschenk machen, da er Sie so sehr interessiert. Aber nur, falls Bruder David ihn nicht mitnehmen will, um ihn zu beerdigen.«

»Nein, nein«, sagte David. »Der Professor hat mich überzeugt, daß der Tote ein Heide war.«

»Danke, ich möchte ebenfalls ablehnen«, sagte Emerson, »denn ich habe genug von diesen verdammten ... Geben Sie den Sarg dem Museum, Baronin.«

»Wenn ich Ihnen damit einen Gefallen tue, werde ich es mir überlegen«, sgte die Baronin zwinkernd.

Ich hätte ihr natürlich sagen können, daß Emerson für derartige Flirtversuche nicht die geeignete Adresse war, doch ich schwieg. Als die Baronin die Gäste einlud, an Deck zu gehen und den niedlichen Löwen zu bewundern, lehnten Emerson und ich ab. Kaum hatten die anderen den Salon verlassen, wandte ich mich an meinen Mann. »Du hast dich wie ein Gentleman benommen, Emerson. Wenn du magst, können wir jederzeit gehen.«

»Eigentlich wollte ich ja gar nicht herkommen, Peabody. Es ist genau, wie ich vorausgesagt habe. Die Dame besitzt keine demotischen Papyri.«

»Ich weiß, aber vielleicht hat wenigstens dein Vortrag Eindruck auf die Touristen gemacht.«

»Sei nicht so naiv, Peabody! Komm, wir wollen gehen. Ich halte es keine Minute länger aus. Kannst du dir denken, wohin diese entsetzliche Frau unser armes Kind verstaut hat?«

Es war nicht weiter schwer, das herauszufinden, denn einer der Diener war als Wachposten vor der Kabinentür postiert. Er grüßte uns höflich und holte den Schlüssel aus seiner Tasche.

Mittlerweile war es dunkel geworden, aber der Raum war durch zwei Lampen ausreichend beleuchtet. Auf einem Tisch türmten sich Speisen und Getränke, während auf dem andern ein teilweise entrollter Papyrus lag. Von Ramses war keine Spur zu entdecken.

»Verdammt«, schrie Emerson. »Ich wette, sie hat nicht daran gedacht, das Bullauge zuzunageln!« Er zog den Vorhang beiseite und fuhr mit einem Schrei zurück. Wie eine ausgestopfte Jagdtrophäe hing der dünne Körper unseres Sohnes von der Wand. Vom Kopf war nichts zu sehen.

Bevor wir uns noch gefaßt hatten, hörten wir eine dumpfe Stimme. »Guten Abend, Mama, guten Abend, Papa! Würdet ihr mich bitte hereinziehen?«

Weil er die Taschen seines Anzugs mit Steinen vollgestopft hatte, war er leider steckengeblieben und hatte sich nicht mehr befreien können. »Ich habe mich verfätzt«, sagte Ramses atemlos, als Emerson ihn auf die Füße stellte. »Ich habe mich drauf verlaffen, daf ein Loch, durch daf Kopf und Fultern paffen, auch weit genug für den reftlichen Körper ift. Die Fteine hatte ich vergeffen. Fie find übrigenf intereffante Beifpiele ... «

»Was ist mit dem Papyrus?« unterbrach ich ihn.

Ramses musterte ihn mit einem verächtlichen Seitenblick. »Ein unbedeutendef Exemplar auf der zwanzigften Dynaftie, Mama. Die Dame befitzt keine demotifen Papyri.«

Die übrigen Gäste umstanden noch immer den Löwenkäfig, in dem der kleine Kerl fauchte und nach den Fingern krallte. Ich packte meinen Sohn fest am Arm, während wir unserer Gastgeberin dankten und uns verabschiedeten. Ich jedenfalls verabschiedete mich, während Emerson nur undeutlich brummelte.

Bruder David kündigte an, daß er mit uns zurückreiten wollte. »Ich muß bei Sonnenaufgang aufstehen«, sagte er. »Es hat mich sehr gefreut, aber mein Meister ruft mich.«

Die Baronin streckte ihm ihre Hand entgegen, und der junge Mann beugte sich respektvoll darüber. »Hm«, machte Emerson, während wir schon vorausgingen, »dieser Besuch wird wohl nicht nur erfreulich, sondern auch sehr lukrativ gewesen sein! Er würde nicht nach Hause reiten, wenn er nicht bekommen hätte, weswegen er gekommen war.«

»Wefwegen denn, Papa?« fragte Ramses interessiert.

»Geld natürlich! Spenden für die Kirche. Ich nehme an, daß es Bruder Davids Aufgabe ist, die reichen Damen zu verführen ... «

»Emerson, bitte!« rief ich.

»Nicht wörtlich, meine ich«, räumte Emerson ein. »Jedenfalls glaube ich es nicht.«

»Waf genau bedeutet diefef Wort?« fragte Ramses. »Daf Lexikon ift in diefem Punkt fehr ungenau.«

Emerson wechselte das Thema.

Nachdem wir unsere Esel bestiegen hatten, schlug Emerson ein forsches Tempo an, um dem heiligen Mann möglichst zu entgehen, doch Bruder David war nicht so leicht abzuschütteln. Bevor die beiden vor uns außer Hörweite waren, hörte ich David sagen: »Mein lieber Professor, ich bin gespannt, wie Sie mir erklären, daß ein Mann Ihrer Intelligenz und Ihrer Bildung so wenig für die wichtigen Fragen unseres Lebens ...«

Ramses und ich folgten in größerem Abstand.

»Wohin hat der Löwe dich gebissen?« fragte ich meinen Sohn, nachdem wir schon eine Weile schweigend geritten waren.

»Er hat mich überhaupt nicht gebiffen«, antwortete Ramses. »Ein Zahn hat meine Haut geritzt, alf ich ihn auf feinem Käfig heraufholte.«

»Das war nicht sehr klug, Ramses.«

»Warum nicht?«

»Ich meine, daß das Tier noch viel zu jung ist, um allein zurechtzukommen. Besonders in dieser Gegend, wo er keine Artgenossen findet.«

Ramses schwieg eine Weile, dann sagte er nachdenklich: »Ich muf geftehen, daf mir diefer Gedanke überhaupt nicht gekommen ift. Danke, Mama, daf du mich darauf aufmerkfam gemacht haft.«

Gern geschehen, mein Sohn.« Ich gratulierte mir zu dieser gelungenen Argumentation. Ramses haßte nichts mehr als direkte Verbote, aber dieser Gesichtspunkt hatte ihn nachdenklich gemacht, denn er hatte natürlich nicht gewollt, daß sich das Los des kleinen Löwen nur noch verschlimmerte.

Wie wahr ist doch das Wort, daß niemand so blind ist wie die, die nicht sehen wollen!

Während wir schweigend durch die Stille der Nacht ritten,

betrachtete ich meinen Sohn von der Seite, und wieder einmal erschrak ich beim Anblick seines kühnen Profils, das sich klar gegen den helleren Sandboden abzeichnete. Er ähnelte seinem Namensvetter wirklich in äußerst verblüffender Weise – jedenfalls seiner Mumie.

Als wir bei unserem Kloster ankamen, verabschiedete sich Bruder David und ritt weiter ins Dorf. Emerson war nicht gerade erbaut, als er das Haus in völliger Dunkelheit vorfand. Doch John war in seinem Zimmer und las in der Bibel, was Emerson zu den wüstesten Flüchen reizte.

Am nächsten Morgen entschuldigte John sich für seinen Fehler. »Ich weiß, ich hätte aufbleiben und auf Sie warten sollen, Madam, denn jeder Mann muß seine Pflicht tun, solange sie nicht mit seiner Pflicht gegenüber ...«

»Es ist in Ordnung, John«, sagte ich, als ich sah, wie sich Emersons Miene verfinsterte. »Sie sollen mir heute morgen beim Fotografieren helfen, also beeilen Sie sich mit dem Abräumen. Und du, Ramses – was zum Teufel ist denn in dich gefahren? Ich fürchte, dein Kinn hängt im Porridge. Bitte, mach dich sauber!«

Ramses gehorchte, doch bevor ich mit meinen Fragen fortfahren konnte, warf Emerson seine Serviette auf den Tisch, stand auf und gab dem Stuhl, der ihm im Weg stand, einen heftigen Fußtritt.

»Wir sind wieder spät dran«, verkündete er. »Das kommt davon, wenn man sich durch Gesellschaften aufhalten läßt! Los, komm, Peabody!«

So vielversprechend begann unser Arbeitstag. Emerson hatte die Männer zu einer Stelle beordert, wo er einen weiteren Friedhof vermutete. Er sollte recht behalten, aber die Bestattungen sahen völlig anders aus als die auf dem römischen Friedhof. Die Leichen waren mit roten und weißen Bändern kreuzweise eingewickelt, und wir fanden auch fast nur Grabbeigaben mit christlichen Symbolen. Offensichtlich handelte es sich um einen koptischen Friedhof – allerdings um einen sehr alten, und ich hoffte, daß diese Tatsache den Priester davon abhalten würde, gegen unsere Grabung Einspruch zu erheben. Emerson behandelte die menschlichen Überreste mit dem nötigen Respekt und war sogar bereit, sie wieder zu beerdigen, falls der Priester das verlangen sollte. Er hatte mir die Aufgabe übertragen, jedes Grab genauestens mit der Kamera zu dokumentieren, bevor der Inhalt entnommen und untersucht wurde.

Nachdem ich mit Johns Hilfe die schwere Kamera, das Stativ und die Platten zum Grabungsplatz geschleppt hatte, mußten wir uns noch einige Zeit gedulden, bis die Sonne hoch genug gestiegen war. »Hat Ihnen Ihr freier Tag gefallen, John?« fragte ich ihn.

»O ja, Madam. Abends gab es noch einen weiteren Gottesdienst. Schwester Charity hat unglaublich schön gesungen.«

»Hat das Essen geschmeckt?«

»Vorzüglich, Madam. Schwester Charity ist eine ausgezeichnete Köchin.«

Ich registrierte ein sicheres Anzeichen für Johns gegenwärtigen Gemütszustand – er hatte die Angewohnheit, keine Gelegenheit auszulassen, um den Namen des geliebten Wesens zu erwähnen. »Ich hoffe, Sie wollen sich nicht bekehren lassen, John. Professor Emerson würde das gar nicht gut gefallen.«

Der alte John wäre in eine Litanei von Protesten ausgebrochen, aber der neue John blickte nur sehr ernst. »Sie wissen, daß ich mein Leben für den Professor gäbe und auch für Sie, Madam, und erst recht für Master Ramses! Zuerst muß ich das Heilige Buch studieren, Madam, ganz gleich, wie lange es dauert.«

»Wie weit sind Sie denn gekommen?«

»Noch nicht sehr weit. Anfangs war es auch einfach, aber manchmal kommen schwierige Stellen.«

»Lassen Sie die doch einfach aus«, schlug ich vor.

»O nein, Madam. Das ist unmöglich.«

Ein Zuruf meines Mannes erinnerte mich wieder an meine Pflicht, und ich bedeutete John, daß wir beginnen wollten. Doch ich hatte die Platte noch nicht ganz in die Kamera geschoben, als ich feststellte, daß Emerson mich lediglich auf einen Reiter hatte aufmerksam machen wollen, der in vollem Galopp auf uns zukam. Sein blau-weiß gestreiftes Gewand bauschte sich im Wind. Direkt vor mir fiel er keuchend vom Esel, schnappte theatralisch nach Luft, als er mir einen Brief überreichte, und fiel dann bäuchlings in den Sand.

Da der Esel zweifellos die Hauptarbeit geleistet hatte, schenkte ich dem Mann keine Beachtung, sondern öffnete den Brief, während John sich voll christlicher Nächstenliebe über den Gefallenen beugte.

Der Schreiber war offenbar in ähnlicher Eile gewesen, denn die Notiz enthielt keinerlei Anrede oder Absender, aber diese Handschrift konnte nur von einer einzigen Person stammen. ›Kommen Sie sofort zu mir! Unglück und Zerstörung!‹ las ich.

Mit meinem Zeh stupste ich den Boten an, der scheinbar in erfrischenden Schlaf gesunken war. »Kommen Sie von der deutschen Dame?«

Der Mann rollte herum und setzte sich auf. Er nickte heftig. »Sie schickt nach Ihnen, Sitt Hakim und Emerson Efendi.«

»Was ist geschehen? Hat sich die Dame verletzt?«

Doch der Bote war nicht wesentlich gesprächiger als seine Botschaft. Während ich noch immer versuchte, Informationen aus ihm herauszubekommen, kam Emerson zu uns herüber. Ich gab ihm den Brief und erklärte die Situation. »Wir machen uns besser auf den Weg, Emerson!«

»Ich nicht«, verkündete er.

»Wahrscheinlich müssen wir nicht beide gehen«, lenkte ich ein. »Übernimm du das Fotografieren, während ich ... «

»Verdammt, Peabody!« schrie Emerson. »Willst du dieser unmöglichen Frau allen Ernstes gestatten, wieder alles durcheinanderzubringen?«

Es endete damit, daß wir doch beide hinüberritten, denn Emerson hatte nicht die Absicht, mich in einer solchen Situation noch einmal aus den Augen zu lassen. Aber ich vermute, daß er unsere Ausgrabung genauso langweilig fand wie ich und froh über die Abwechslung war.

Ganz nebenbei ist es die Pflicht eines Mannes und einer Frau, dem anderen zu folgen, oder?

Während wir durch die Wüste ritten, hob sich meine Stimmung wieder beträchtlich, denn ich liebte den Anblick der Pyramiden über alles. Die Dahabije der Baronin war die letzte, die noch am Anlegesteg lag. Wir wurden sofort in den Salon geführt, wo die Dame, diesmal in einem blaßrosa, mit Spitzen übersäten Hausgewand, auf dem Sofa ruhte. Neben ihr saß Mr. de Morgan und hielt ihre Hand, was nicht ganz korrekt ist, denn eigentlich wurde seine Hand von ihr gehalten.

»Ah, *mon cher collègue!*« rief er erleichtert. »Endlich sind Sie da!«

»Wir haben die Nachricht gerade erst erhalten«, sagte ich. »Was ist denn geschehen?«

»Mord, Einbruch!« schrie die Baronin und warf sich auf die Couch.

»Diebstahl!« sagte de Morgan ruhig. »Jemand ist in der letzten Nacht hier eingestiegen und hat einige der Antiquitäten gestohlen.«

Ich sah Emerson an, wie er mit wachsender Verachtung die Baronin und ihren Beschützer musterte. »Ist das alles?« fragte er. »Komm, Peabody, laß uns wieder an die Arbeit gehen!«

»Nein, nein, Sie müssen mir helfen!« rief die Baronin. »Ich habe Sie doch gerufen, weil Sie so große Detektive sind! Die berühmten Archäologen, die alles herausbekommen. Jemand will mich umbringen – Sie müssen mich beschützen.«

»Beruhigen Sie sich, Baronin! Beherrschen Sie sich!« sagte ich. »Weshalb wurde der Diebstahl denn nicht früher entdeckt? Es ist doch schon beinahe Mittag!«

»Vorher stehe ich selten auf«, erklärte die Baronin. »Meine Diener weckten mich, als sie den Raub entdeckt hatten. Sie sind entsetzlich faul, diese Leute, denn eigentlich hätten sie den Salon schon viel früher reinigen sollen.«

»Wenn die Herrin nicht aufpaßt, machen die Diener, was sie wollen«, sagte ich. »Schade, denn einige der Verdächtigen sind bereits über alle Berge!«

»Aber, aber«, meinte de Morgan tadelnd. »Sie beziehen sich doch hoffentlich nicht auf die Touristen, die hier angelegt hatten, oder? Diese Leute sind keine Diebe.«

Über eine so naive Ansicht konnte ich nur lächeln. »Das kann man nie wissen, nicht wahr? Aber zuerst wollen wir uns einmal genau umsehen!«

»Wir haben nichts verändert«, sagte die Baronin eifrig und rappelte sich hoch. »Ich habe angeordnet, daß nichts berührt wird.«

Man konnte auf den ersten Blick erkennen, wie die Diebe hereingekommen waren, denn ein Fenster stand weit offen, und die Kissen auf der Couch wiesen einige markante Vertiefungen auf. Doch trotz meiner Lupe konnte ich keinerlei Fußabdrücke erkennen. Der sandige Boden dieser Gegend machte einem das Leben schwer.

Ich wandte mich an meinen Mann. »Kannst du sagen, was fehlt? Ich habe die Gegenstände nicht so genau angesehen.«

»Das sieht man doch auf den ersten Blick!« meinte Emerson.

»Ja, der Mumiensarg fehlt, Emerson. Aber welche Gegenstände noch?«

»Ein Skarabäus aus Lapislazuli und eine Statuette der Isis, die den kleinen Horus nährt.«

»Ist das alles?«

»Ja, das ist alles«, sagte Emerson und fügte mitfühlend hinzu: »Es waren die schönsten Stücke der Sammlung.«

Weitere Nachforschungen ergaben keine neuen Tatsachen, also wandten wir uns der Befragung der Diener zu. Während ich die wütende Baronin besänftigte, befragte Emerson die Männer auf seine Art, doch wie erwartet, waren alle unschuldig, und als einer meinte, es könnten Geister im Spiel sein, waren die anderen sofort einverstanden.

De Morgan sah nach dem Stand der Sonne. »Ich muß an meine Arbeit zurückkehren, Baronin. Ich rate Ihnen, die Polizei zu rufen. Die wird schon mit Ihren Leuten fertig!«

Die Männer reagierten sehr verängstigt, denn sie wußten, was das bedeutete. Ich machte eine beruhigende Handbewegung und wandte mich an die Baronin. »Das verbiete ich Ihnen«, sagte ich energisch.

»Sie verbieten es?« De Morgan zog die Brauen hoch.

»Ich ebenfalls«, sagte Emerson. »Sie wissen so gut wie ich, daß hierzulande die beliebteste Verhörmethode die Stockschläge sind, die den Verdächtigen verabreicht werden, bis sie endlich gestehen. Aber vielleicht haben Franzosen mit ihrem antiquierten Code Napoléon darüber andere Ansichten.«

De Morgan warf die Arme empor. »Ich wasche meine Hände in Unschuld. Ich habe bereits einen halben Tag verloren. Machen Sie, was Sie wollen!«

»Genau das werden wir«, sagte Emerson. »Guten Tag, *Monsieur*!«

Nachdem Mr. de Morgan davongestapft war, wandte sich Emerson an die Baronin. »Ich hoffe, Sie haben verstanden, daß wir Ihnen nur helfen, wenn Sie die Polizei nicht rufen?«

Sie hatte offenbar nicht zugehört, denn sie starrte meinen Mann so unverwandt an, daß ich wieder einmal meinen unentbehrlichen Sonnenschirm einsetzen mußte, um sie aufzuwecken. »Was?« murmelte sie verwirrt. »Was soll ich denn mit der Polizei? Was fehlt denn schon? Nichts, das ich nicht leicht ersetzen könnte.«

»Das hört sich sehr vernünftig an«, sagte Emerson. »Sie müssen sich um nichts mehr kümmern. Falls Sie sich hinlegen möchten ...«

»Aber Sie verstehen mich nicht!« rief die Frau und zog ihn am Arm zu sich hin. »Die gestohlenen Dinge sind uninteressant. Aber was wird aus mir? Ich habe Angst um mein Leben, meinen Ruf ...«

»Ich glaube nicht, daß Sie sich deshalb Sorgen machen sollten«, sagte ich.

»Nicht wahr, Sie werden mich beschützen?« wiederholte die Baronin und strich meinem Mann bewundernd über seinen starken Bizeps, was ich normalerweise niemandem gestatte.

»Ich werde Sie beschützen, Baronin«, sagte ich energisch. »So halten wir es immer, wenn mein Mann und ich Untersuchungen leiten. Er untersucht, und ich beschütze die Damen.«

»Ja, das stimmt«, bestätigte Emerson, während er unbehaglich von einem Fuß auf den anderen trat.

Die Baronin lockerte ihren Griff, und Emerson entfernte sich fluchtartig. »Sie sind nicht in Gefahr«, sagte ich. »Außer Sie verfügen über Informationen, die Sie uns vorenthalten haben.«

»Nein«, sagte die Baronin und grinste mich wissend an. »Sie haben einen aufregenden Mann.«

»Wirklich?«

»Ja, aber ich verschwende keine Zeit mit aussichtslosen Fällen«, fuhr die Baronin fort. »Ich sehe, daß er eisern am Schürzenzipfel seiner Frau festhält. Ich werde Datschûr morgen verlassen.«

»Was ist denn mit Bruder David?« fragte ich anzüglich. »Hält er sich nicht auch am Schürzenzipfel einer Dame fest? Oder hat Miß Charity sein Herz erobert?«

»Dieses bleiche Kind!« Die Baronin war empört. »Nein, nein, sie betet ihn an, aber er reagiert unentschlossen, denn sie hat ihm nichts zu bieten. Machen Sie nicht den Fehler, Frau Emerson, diesen jungen Mann für einen Heiligen zu halten. Das ist er nur äußerlich. Sonst hat er einen wachen Sinn für günstige Gelegenheiten.« Ich war überrascht, daß sich die Baronin mit Menschen zumindest besser auskannte als mit der englischen Sprache. »Heute früh habe ich nach ihm geschickt«, fuhr sie fort. »Und ist er gekommen? Nein, natürlich nicht. Aber eine große Spende durfte ich der Kirche machen!«

Also hatte Emerson doch recht gehabt! »Sie tun Bruder David unrecht, Baronin«, sagte ich. »Sehen Sie, er kommt gerade.«

Sie drehte sich um. »Herrgott!« rief sie. »Er hat den häßlichen Pfarrer mitgebracht.«

»Ich glaube eher, daß es sich umgekehrt verhält.«

»Ich verschwinde«, sagte die Baronin. »Sagen Sie, daß ich niemanden empfangen kann.« Doch als sie einen Schritt vorwärts machen wollte, verhedderte sie sich im Saum ihres Gewandes und fiel auf die Couch. Noch bevor sie sich wieder erheben konnte, war Bruder Ezekiel an ihrer Seite, wühlte einige Augenblicke in den Spitzen und hielt schließlich ihre Hand in seinen behaarten Pranken.

»Liebe Schwester, wie glücklich bin ich, daß Sie nicht verletzt wurden! Ich danke Gott für Ihre wunderbare Rettung. Lieber Vater im Himmel…«

Ich hörte nicht länger zu, sondern wandte mich an Bruder David. »Guten Morgen, Bruder David! Ich bin froh, daß Sie gekommen sind. Jetzt kann ich die Baronin Ihrer Hilfe überlassen.«

»Natürlich können Sie das«, sagte er ernst, und seine blauen Augen strahlten. »Ich danke Ihnen, daß Sie sich gekümmert haben, Mrs. Emerson, aber Sie können uns jetzt beruhigt verlassen.«

Ich warf noch einen Blick auf die Baronin, die die Augen geschlossen hatte und die Predigt des Pfarrers geduldig über sich ergehen ließ. Oder war sie tatsächlich eingeschlafen? Das erschien mir angesichts der Lautstärke allerdings sehr unwahrscheinlich.

Als ich nach oben auf Deck kam, hörte ich gerade noch, wie Emerson die ihn umstehenden Diener und Besatzungsmitglieder ermahnte. »Ihr wißt, daß ich niemals lüge und alle ehrenhaften Männer beschütze. Denkt gut über alles nach, was ich gesagt habe!«

»Was hast du gesagt?« fragte ich, während wir davongingen und uns die Segenswünsche der Leute begleiteten.

»Das übliche, Peabody. Ich glaube nicht, daß einer der Männer direkt beteiligt war, aber sie müssen eigentlich etwas gesehen oder gehört haben. Ein Ding von den Ausmaßen eines Sarges verschwindet nicht, ohne daß irgend jemand aufmerksam wird.«

»Vielleicht wurden sie bestochen. Ich denke wieder an den großen Unbekannten, Emerson. Vielleicht erstreckt sich sein Netz ja so weit!«

»Peabody, ich warne dich! Dies ist ein ganz gewöhnlicher Diebstahl, der ganz bestimmt mit keinem anderen Verbrechen in Zusammenhang steht.«

»Wir werden ja sehen...«, sagte ich, doch er saß bereits auf seinem Esel und hatte meine letzte Bemerkung nicht mehr gehört.

Wir waren bereits weit draußen in der Wüste, als sich seine Miene wieder ein bißchen aufhellte, doch ich vermied eine erneute Diskussion, weil ich mir ziemlich sicher war, daß er früher oder später die Stichhaltigkeit meiner Überlegung erkennen würde. »Der Fall hat allerdings seine Merkwürdigkeiten«, überlegte Emerson nach einiger Zeit laut vor sich hin. »Ich verstehe nicht, weshalb sich Diebe mit einem so riesigen, aber doch so wertlosen Sarg abplagen. Die Leiche war ein einfacher Mann, so daß sie keinerlei Schmuck unter den Binden erwarten können.«

»Aber die beiden anderen Gegenstände?«

»Die machen alles nur noch komplizierter, Peabody! Die Statuette ist eine wunderbare Arbeit der späten achtzehnten Dynastie, wenn ich mich nicht sehr täusche. Sie und der Skarabäus waren mit Abstand die feinsten Stücke, so daß man schließen kann, daß die Diebe Gutes von Durchschnittlichem unterscheiden konnten. Aber alle anderen kleinen Gegenstände wären ebenfalls verkäuflich gewesen, doch statt dessen schleppen sie sich mit dem Sarg ab!«

»Du hast einen Gegenstand vergessen, der ebenfalls fehlt«, sagte ich. »Vielleicht ist es dir ja nicht aufgefallen ... «

»Wovon sprichst du, Peabody? Ich habe sonst nichts vermißt.«

»Doch, Emerson.«

»Nein, Peabody, bestimmt nicht.«

»Der kleine Löwe fehlt. Der Käfig war leer.«

Emerson ließ die Zügel los, worauf sein Esel stehenblieb. »Leer«, wiederholte er verständnislos.

»Die Tür war geschlossen und der Käfig beiseite geschoben. Ich habe es mir genau angesehen ... «

»O guter Gott!« Emerson sah mich an. »Peabody! Unser eigenes, unschuldiges Kind ... Du verdächtigst ihn doch nicht ... Ramses konnte den schweren Sarg mit Sicherheit nicht tragen! Außerdem hat er einen viel zu sicheren Geschmack! So ein Ding würde er nicht stehlen!«

»Ich habe vor langer Zeit aufgegeben, mir vorzustellen, was Ramses kann und was er nicht kann«, antwortete ich. »Dein zweites Argument halte ich für stichhaltig, aber die Absichten unseres Sohnes sind unklar und seine Fähigkeiten gelegentlich gigantisch. Weiß der Teufel, was das Kind im Schilde führt!«

»Deine Ausdrucksweise, Peabody!«

Ich nahm mich zusammen. »Danke, Emerson, daß du mich darauf aufmerksam gemacht hast.«

»Gern geschehen, meine liebe Peabody!« Er nahm die Zügel wieder in die Hand, und wir ritten weiter. Nach einer Weile fragte Emerson unsicher: »Kannst du dir denken, wo er ihn versteckt hat?«

»Wen? Den Sarg?«

»Nein, verflucht! Den kleinen Löwen.«

»Das werden wir bald wissen.«

»Aber du glaubst doch nicht, daß er in den anderen Diebstahl verwickelt ist, oder? Amelia?« Seine Stimme klang kläglich.

»Nein, natürlich nicht. Ich kenne den Dieb. Sobald ich mein Hühnchen mit Ramses gerupft habe, werde ich ihn in Gewahrsam bringen.«

# 7. Kapitel

Als wir in das Zimmer unseres Sohnes stürzten, saß er gerade auf dem Boden und neckte den kleinen Löwen mit einem kleinen Stück Fleisch, das nicht sehr vertrauenswürdig aussah. Er blickte uns vorwurfsvoll an und sagte: »Ihr habt nicht angeklopft, Mama und Papa! Dabei wift ihr, daf mir meine Privatfphäre fehr viel bedeutet!«

»Was hättest du denn gemacht, wenn wir angeklopft hätten?« wollte Emerson wissen.

»Ich hätte den Löwen unter dem Bett verfteckt.«

»Ich habe dir doch verboten ...«, begann ich, doch dann schwieg ich, denn ich dachte daran, daß ich ihm keineswegs verboten hatte, den kleinen Löwen der Baronin zu stehlen. »Ich habe dir doch verboten, allein draußen herumzulaufen«, schloß ich.

»Aber ich bin doch gar nicht allein draufen gewefen. Felim ift mitgekommen. Er hat auch den Löwen halten müffen, denn mein Efel wollte unf nicht.«

Ich überlegte kurz, und dann fiel mir auf, daß ich Selim heute nur von hinten gesehen hatte. Sicher war er über und über zerkratzt. Ich kniete mich nieder, um das Tier näher in Augenschein zu nehmen. Offenbar erfreute es sich bester Gesundheit, denn sein Fell war in gutem Zustand.

»Ich verfuche, ihm daf Jagen beizubringen«, sagte Ramses

und hielt ihm immer wieder das Stück Fleisch vor die Nase, doch der kleine Löwe schien satt zu sein. Statt das Fleisch zu fressen, leckte er meinen Finger.

»Was werdet ihr mit ihm machen?« fragte Emerson und setzte sich auf den Boden. Sogleich probierte der kleine Kerl seine Finger aus. »Er ist ja wirklich ein süßer Kerl!«

»Alle kleinen Tiere sind allerliebst!« sagte ich kühl, während das Löwenbaby es sich auf meinem Rock bequem machte. »Aber eines Tages wird dieses kleine Tier dich in zwei Bissen verspeisen, Ramses. Du solltest ihm ein wenig Milch besorgen.«

»Ja, Mama. Vielen Dank! Daran habe ich nicht gedacht.«

»Versuche keine Tricks, mein Sohn. Du weißt, ich mag diese Schmeicheleien nicht. Ich hatte dir ein wenig mehr Vernunft zugetraut. Du hast dieses hilflose Kerlchen in deine Obhut genommen ...«, ich stockte, weil diese hilflose Kerlchen genüßlich seine kleinen scharfen Zähne an meinem Bein ausprobiert hatte, doch als Emerson es mir abgenommen hatte, fuhr ich fort: »... obwohl du nicht in der Lage bist, es zu versorgen. Ich hoffe, du machst gar nicht erst den Versuch, deinen Vater oder mich dazu zu bewegen, das Löwenbaby mit nach Hause zu nehmen.«

»O nein, Mama!« sagte Ramses mit großen Augen. Emerson zog das Fleisch quer über den Boden und amüsierte sich, wenn sich der kleine Löwe darauf stürzte.

»Ich bin froh, daß du das einsiehst. Wir können unmöglich in jedem Jahr mit einem Tier zurückkommen. Die Katze Bastet ... Guter Gott, was wird aus ihr? Sie wird diesen Eindringling keine Sekunde dulden!«

»Fie mag den kleinen Kerl«, sagte Ramses.

Die Katze lag auf einem Schrankkoffer, den Ramses als Regal benutzte, hatte ihre Pfoten untergeschlagen und beobachtete voller Ruhe die Szene.

»Nun gut, Ramses«, sagte Emerson, während er aufstand. »Wir werden uns etwas einfallen lassen müssen.«

»Ich habe fon nachgedacht, Papa. Ich werde ihn Tante Evelyn und Onkel Walter fenken. Im Garten von Chalfont ift Platz genug für einen Zwinger, und nach den modernften ...«

»Das ist das Schlimmste, was dir einfallen konnte, Ramses!« rief ich entsetzt. »Betrachte dich als in dein Zimmer verbannt! Das heißt, vorher holst du noch Selim!«

Ramses flitzte aus dem Zimmer, und ich sank seufzend in einen Sessel. Zum ersten- und sicher nicht zum letztenmal kamen mir Zweifel, ob ich der Aufgabe gewachsen sein würde, die ich so leichtsinnig übernommen hatte. Ich hatte mich mit Dieben und Mördern herumgeschlagen, aber Ramses war vielleicht doch zuviel für mich.

Doch als ich mich den praktischen Notwendigkeiten zuwandte, schwanden meine Zweifel glücklicherweise sofort. Nachdem ich ein Wörtchen mit Selim gewechselt und seine zahlreichen Kratzer mit Jod bepinselt hatte, so daß er aussah wie ein echter Indianer, beauftragte ich einen der Männer, einen stabilen Käfig zu bauen. Ein zweiter mußte ein stabiles Holzgitter für das Fenster meines Sohnes anfertigen, und ein dritter hatte den Auftrag, im Dorf eine Milchziege zu beschaffen. Emerson protestierte nur schwach gegen meine eigenmächtige Unterbrechung seiner Arbeit, und er folgte mir und Ramses bereitwillig in den Wohnraum, wo wir uns mit ernsten Gesichtern auf zwei Stühlen niederließen, während Ramses auf einem Schemel Platz nahm.

Ich bekenne gern, daß ich wie erlöst war, als ich erfuhr, daß Ramses nichts von dem Diebstahl bei der Baronin wußte.

»Diefen feuflichen Mumienfarg würde ich niemalf nehmen«, rief er entsetzt. »Ich bin enttäuft, Mama, daf du mir fo wenig Gefmack zutrauft.«

Ich wechselte einen Blick mit Emerson und sagte lächelnd zu ihm: »Er ist nicht entrüstet, daß wir seine Ehrenhaftigkeit in Zweifel ziehen, sondern seine Intelligenz!«

»Ftehlen ift böfe, daf fteht fon in der Bibel«, sagte Ramses.

»Nimm meine Entschuldigung an, mein Sohn«, sagte Emerson. »Ich nehme an, daß du auch nicht stark genug gewesen wärst, solch eine schwere Last zu bewältigen. Nicht einmal mit Selims Hilfe.«

»Oh, daf wäre kein Hinderungfgrund gewefen, Papa. Ef gibt verfiedene Methoden für derartige Probleme.« Er sah so ernst drein, daß mir ein kalter Schauer über den Rücken lief.

Emerson wechselte rasch das Thema. »Hast du in der letzten Nacht auf der Dahabije irgendwelche verdächtigen Vorgänge beobachtet?«

Ramses hatte nichts bemerkt. Er selbst war kurz nach Mitternacht auf dem Boot gewesen, aber er meinte oder war sich sogar ziemlich sicher, daß der Einbruch zu diesem Zeitpunkt noch nicht stattgefunden hatte. Der Wächter hatte tief geschlafen und sogar geschnarcht. Nach weiteren Fragen räumte Ramses ein, daß leider eines der Besatzungsmitglieder aufgewacht wäre. »Ich hatte daf Pech, daf ich ihm auf die Hand getreten bin. Aber ein auf die Lippen gelegter Finger und eine Münze hatten ihn zum Fweigen gebracht.«

»Ich weiß, wer es war«, brummte Emerson. »Der Mann hat während meiner Befragung immerzu verstohlen gelacht. Verdammt, Ramses ...«

»Ich bin hungrig, Mama«, bemerkte Ramses. »Darf ich nachfauen, ob daf Mittageffen fertig ift?«

Ich stimmte zu, denn ich wollte gern mit Emerson allein sprechen. »Demnach hat der Einbruch wahrscheinlich nach Mitternacht stattgefunden«, begann ich.

»Sehr logisch, meine liebe Peabody. Ich weiß allerdings nicht, wozu diese Erkenntnis wichtig sein soll.«

»Das habe ich doch auch nicht gesagt, oder?«

Emerson lehnte sich zurück und schlug die Beine übereinander. »Ich nehme an, daß du dir Hamid als Täter ausgesucht hast?«

»Spricht denn nicht vieles gegen ihn, Emerson? Hamid war in der Nähe, als Abd el Atti getötet wurde ... Gut, gut, ich weiß, daß er an diesem Abend nicht im Geschäft war, aber er war bestimmt in Kairo. Außerdem machte er dunkle Geschäfte mit Abd el Atti. Einige Tage später taucht er dann hier auf und sucht unter einem Vorwand Arbeit – und dann wird die Baronin bestohlen.«

»Schwach«, meinte Emerson. »Sehr schwach, Peabody. Da ich dich kenne, wundert es mich, daß du deinen Verdächtigen noch nicht hinter Schloß und Riegel gebracht hast.«

»Ich hatte Zeit, meinen ersten, impulsiven Entschluß zu überdenken, Emerson. Was würde ich damit erreichen? Da ich keinerlei konkreten Beweis für seine Beteiligung habe, wird er natürlich alles abstreiten. Besser ist vermutlich, wenn ich ihn gewähren lasse und ihn schärfstens im Auge behalte. Früher oder später wird er sich verraten.«

»Im Auge behalten, Peabody? Ihm nachspionieren, meinst du doch sicher? Wenn du glaubst, daß ich meine Nächte damit verbringe, hinter einer Palme Hamit beim Schnarchen zuzuhören, dann irrst du dich gewaltig!«

»Da liegt die Schwierigkeit, Emerson. Du brauchst deinen Schlaf und ich auch.«

»Schlaf«, meinte Emerson, »ist nicht die einzige nächtliche Beschäftigung, um die ich keineswegs gebracht werden möchte.«

»Wir könnten uns vielleicht abwechseln«, überlegte ich. »In einem langen Gewand und einem Turban hält man mich vielleicht sogar für einen Mann ...«

»Für die Aktivität, die ich im Sinn habe, müssen wir beide anwesend sein, meine liebe Peabody.«

»Mein lieber Emerson ... «

»Meine süße Peabody ... «

In diesem Augenblick kam Ramses mit einem herrlich duftenden, liebevoll angerichteten Brathuhn zurück, und es kostete mich große Anstrengung und zahlreiche schlagkräftige Argumente, um ihn davon zu überzeugen, daß der Braten für uns bestimmt war und nicht für den Löwen.

Emersons Einwände gegen eine Überwachung von Hamid hatten, trotz ihrer Anzüglichkeit, Erfolg. Ich dachte über Alternativen nach und kam sofort auf John. Als wir nach dem Mittagessen wieder zur Ausgrabung zurückgekehrt waren, stellte ich mit Zufriedenheit fest, daß er offenbar alle meine Anweisungen in bezug auf die Aufnahmen gewissenhaft befolgt hatte. Natürlich mußte ich sie erst entwickeln, um absolut sicher zu sein. Ich machte noch einige Aufnahmen, bevor die Arbeiter mit dem Ausräumen begannen. Während die Überreste aus den Gräbern zum Haus gebracht wurden, dankte ich wieder einmal dem Glück, das mich diesen Platz hatte finden lassen. Endlich hatten wir einmal genügend Raum, um die Dinge methodisch zu ordnen – Keramik in einen Raum, römische Mumien in dem nächsten und so fort.

Hamid war heute besonders träge. Falls er heute nacht mitgeholfen hatte, diesen schweren Sarg zu transportieren, dann war es nur natürlich, daß er heute müde war. Ich überlegte, wo sie einen so großen Gegenstand versteckt haben konnten, denn Hamid war fremd in dieser Gegend und besaß kein eigenes Haus. Aber überall in der Wüste gab es Hohlräume oder Vertiefungen, die sich eigneten. Oder vielleicht hatten sie das sperrige Ding gleich auf ein Schiff geladen. Diese vielen Fragen waren im Grunde viel unwichtiger als die eine: Weshalb hatten sie diesen Sarg überhaupt gestohlen?

Nach einiger Zeit faßte ich meinen Entschluß. »John«, sagte ich, »ich habe eine Aufgabe für Sie, die allerdings größte Verschwiegenheit und Klugheit erfordert.«

Der junge Mann richtete sich zur vollen Größe auf. »Ich stehe Ihnen jederzeit zur Verfügung, Madam!«

»Danke, John. Ich wußte, ich kann mich auf Sie verlassen. Ich verdächtige einen unserer Arbeiter, ein Verbrecher zu sein, und möchte ihn beobachten. Ich möchte, daß Sie meine Augen sind. Finden Sie heraus, wo er wohnt, und falls er in der Nacht das Haus verläßt, dann folgen Sie ihm! Sie bleiben im Hintergrund, beobachten nur und berichten mir. Können Sie das tun?«

John kratzte sich am Kopf. »Ja, Madam, ich werde es jedenfalls versuchen. Aber es gibt einige Schwierigkeiten.«

»Welche?«

»Wird er mich denn nicht sehen, wenn er aus dem Haus kommt?«

»Aber John! Sie müssen sich selbstverständlich verstekken.«

»Wo, Madam?«

»Wo? Nun ... irgendwo wird es schon einen Baum oder ein Haus oder eine kleine Mauer geben. Sie müssen sich ein bißchen Mühe geben, John!«

»Ja, Madam«, sagte John zweifelnd.

»Welche Schwierigkeiten gibt es sonst noch?«

»Wenn mich jemand sieht und fragt, was ich da mache, was soll ich dann sagen?«

»Wenn Sie sich gut verstecken, wird niemand Sie entdekken. Guter Gott, John, haben Sie denn keine Fantasie?«

»Ich fürchte, nein, Madam. Aber ich werde es versuchen. Wer von den Männern ist es denn?«

Ich wollte auf den Mann deuten, doch dann besann ich mich. »Dieser, der dritte vom Ende der Reihe ... verdammt, der zweite! Er wechselt dauernd den Platz.«

»Sie meinen doch nicht etwa Bruder Hamid, Madam?«

»Bruder Hamid? Doch, John, genau den meine ich. Dann ist er also tatsächlich Protestant geworden?«

»Ja, Madam. Ich weiß, wo er wohnt, denn er schläft im Vorratshaus hinter der Mission. Ich glaube allerdings, daß Sie sich irren, wenn Sie ihn für einen Verbrecher halten, Madam. Bruder Ezekiel hat ihn sehr gern, und Bruder Ezekiel mag keine Verbrecher, Madam.«

»Aber Bruder Ezekiel kann sich genauso irren wie jeder andere Mensch«, sagte ich. »Die Frommen fallen vielleicht noch viel eher auf die Machenschaften der Ungläubigen herein.«

John sah mich etwas verständnislos an. »Ich verstehe zwar nicht alles, was Sie gesagt haben, Madam, aber ich glaube, Sie meinen, daß Bruder Ezekiel zu vertrauensselig ist.«

»Das ist eine Eigenschaft der Heiligen, John«, sagte ich. »Märtyrertum ist oft die Folge von zu großer Einfältigkeit.«

Ich kann nicht sagen, ob John mich wirklich verstanden hatte, aber er schien überzeugt zu sein. Außerdem hatte er bestimmt inzwischen überlegt, daß ihm dieser Auftrag die Gelegenheit verschaffen würde, Charity öfter nahe zu sein. Er straffte seine Schultern und sagte: »Ich werde tun, was Sie sagen, Madam. Meinen Sie, ich sollte mich verkleiden?«

»Das ist eine ausgezeichnete Idee, John! Ich werde einige Sachen von Abdullah ausleihen. Er ist ungefähr gleich groß.«

John ging zu Emerson, um ihm zu helfen, doch ich blieb stehen und ließ Hamid nicht aus den Augen.

Kurze Zeit später kam Abdullah zu mir. »Was tut der Mann, daß Sie ihn so genau beobachten, Sitt?« fragte er.

»Welcher Mann? Sie müssen sich irren. Ich beobachte niemanden.«

»Oh«, sagte der höfliche Abdullah verlegen und rieb sich das Kinn. »Dann habe ich mich geirrt. Ich dachte, Sie würden den Fremden – den Mann aus Manawat – beobachten.«

»Nein, überhaupt nicht ... Wissen Sie Näheres über ihn, Abdullah?«

Die Antwort kam ohne Zögern. »Er hat bisher nicht mit seinen Händen gearbeitet, Sitt Hakim. Seine Hände sind voller Blasen und Wunden.«

»Verträgt er sich mit den anderen Arbeitern?«

»Er hat keine Freunde. Die Leute aus dem Dorf, die dem Priester treu ergeben sind, verachten die amerikanischen Missionare und ihre bekehrten Protestanten. Aber auch von denen hält er sich fern. Soll ich ihn entlassen, Sitt? Es gibt noch viele andere, die Arbeit suchen.«

»Nein, das ist nicht nötig, Abdullah, aber behalten Sie ihn ein wenig im Auge.« Ich sprach leiser. »Ich habe Grund zu glauben, daß Hamid ein Verbrecher ist, vielleicht sogar ein Mörder.«

»O Sitt!« Abdullah klatschte in die Hände. »Nicht schon wieder, Sitt! Wir sind doch zum Arbeiten hier!«

»Was meinen Sie, Abdullah?«

»Ich habe Schwierigkeiten befürchtet«, murmelte er und fuhr sich mit zittriger Hand über die Augen. »Ein Dorf voller Ungläubiger, die Allah hassen, und der Fluch, der auf unserem Haus liegt ...«

»Den haben wir doch besiegt, Abdullah!«

»Nein, Sitt. Die ruhelosen Seelen der Toten sind immer noch hier. Daoud hat in der letzten Nacht einen von ihnen gesehen!«

Ich hatte etwas Ähnliches erwartet, jedenfalls war ich nicht überrascht. Nach Emersons Meinung sind die meisten Männer abergläubisch, aber die Ägypter übertreffen alle noch um ein vielfaches. Ist es denn ein Wunder, wenn die Nachkommen der Pharaonen noch die Gegenwart der vielen Götter fühlen, die in diesem Land dreitausend Jahre lang verehrt wurden? Dazu kommen dann noch die Heiligen des Islam und des Christentums – eine fantastisch große Auswahl an Dämonen und Geistern!

Bevor ich mit Abdullah darüber reden konnte, rief Emerson: »Peabody! O Peabody! Komm bitte hierher!«

»Ich werde später mit Ihnen sprechen, Abdullah«, sagte ich. »Lassen Sie sich nur keine Angst machen, mein Freund! Sie wissen doch, daß der ›Vater der Flüche‹ noch immer ein Gegenmittel gefunden hat!«

»Hm«, war alles, was Abdullah dazu sagte.

Inzwischen hatten wir unseren Grabungsplatz wieder verlegt, weil wir, wie Emerson sich ausdrückte, genug modrige christliche Knochen gesammelt hatten. Im Augenblick legten wir Gräber quer durch das Gelände an, um uns einen größeren Überblick zu verschaffen. Leute, die nichts von unserem Beruf verstehen, halten uns für willkürlich herumstochernde Schatzsucher, aber ihnen fehlt eben der nötige Einblick.

Emerson stand auf einer kleinen Anhöhe und blickte auf der anderen Seite hinunter. John stand neben ihm. »Ah, Peabody«, sagte Emerson und streckte mir seine Hand herunter. »Schau dir das an!«

Nachdem er mich hochgezogen hatte, erblickte ich unten eine sorgfältig gewickelte Mumie, die noch zur Hälfte unter dem Sand verborgen war. Den oberen Teil hatten die Männer bereits freigelegt. Anhand der Bandagierung war die Mumie klar als römisch oder ptolemäisch zu erkennen.

»Ach, mein Schatz«, sagte ich mitfühlend. »Noch so ein verdammter römischer Friedhof!«

»Genau das glaube ich nicht, denn wir befinden uns immer noch am Rand des christlichen Friedhofs. Gerade haben wir zwei entsprechende Gräber gefunden.«

John räusperte sich. »Sir, darüber wollte ich schon mit Ihnen sprechen. Diese armen Menschen sind Christen ... «

»Jetzt doch nicht, John«, sagte Emerson ungeduldig. »Also, Peabody?«

»Seltsam«, sagte ich. »Normalerweise besitzt eine so sorgfältig gewickelte Mumie einen Sarg oder Sarkophag.«

»Genau, meine liebe Peabody!«

»Habt ihr sie so gefunden?«

»Wie du siehst«, sagte Emerson, »haben wir sie noch nicht berührt. Sie liegt nur etwa zwei Fuß unter der Oberfläche.«

»Soll ich eine Aufnahme machen, Emerson?«

Emerson rieb sich sein Kinn. »Ich glaube nicht, daß es nötig ist, Peabody. Ich werde mir genaue Notizen machen. Vielleicht finden wir bei der weiteren Grabung des Rätsels Lösung.«

»Sir!« meldete sich John. »Diese Menschen sind Christen ... «

»Halte den Mund, John, und gib mir lieber den Pinsel!«

»Es ist Zeit für den Tee, Emerson«, sagte ich. »Kommst du?«

»Bah«, sagte Emerson.

Ich deutete seine Bemerkung als Zustimmung und ging zurück ins Haus. Ramses war nicht in seinem Zimmer, aber der kleine Löwe begrüßte mich, als ich die Tür öffnete. Aus den Überresten, die überall herumlagen, war unschwer zu erkennen, daß das liebe Tier die Hausschuhe und das Nachthemd unseres Sohnes in Einzelteile zerlegt hatte. Ich sperrte das Ungeheuer samt den Resten in seinen Käfig und ging in den Wohnraum, um Teewasser vorzubereiten. Wir hatten uns angewöhnt, den Tee im Freien zu trinken, und die vereinzelten Sandkörner auf Teller und in Tassen konnten unser Vergnügen an der frischen Luft nicht trüben.

Als Emerson sich neben mich an den Tisch setzte, brummte

er wie immer. »Wie oft habe ich jetzt schon versucht, dich von der Überflüssigkeit dieser Arbeitsunterbrechung zu überzeugen, meine liebe Amelia? In England habe ich ja nichts dagegen, aber hier unterbricht die Zeremonie immer ...« Er nahm die Tasse, die ich ihm reichte, stürzte den Inhalt in einem Zug hinunter und gab sie mir wieder zurück. »Petrie hat sich bestimmt von keinem Teeritual unterbrechen lassen, und ich werde es ebenfalls nicht tun. Ich schwöre, heute war es das letzte Mal!«

Diesen Satz hörte ich täglich, und während ich seine Tasse füllte, sagte ich, was ich täglich darauf antwortete, nämlich daß diese Pause die Effektivität beträchtlich erhöhte und der Tee für den nötigen Flüssigkeitsaustausch sorgen würde.

»Wo ist Ramses?« fragte Emerson.

»Er hat sich verspätet«, antwortete ich. »Wo er sich gerade aufhält, kann ich dir leider nicht sagen, weil du ja nicht willst, daß ich sein Tun überwache. Du verdirbst den Jungen, Emerson! Welcher Knabe in seinem Alter hat schon eine eigene archäologische Ausgrabung?«

»Er möchte uns doch überraschen, Peabody. Es wäre ganz grausam, ihm diesen Spaß zu verderben ... Ah! Hier ist er ja! Du siehst heute abend aber ordentlich aus, mein Sohn!«

Er sah nicht nur ordentlich aus, sondern war von Kopf bis Fuß perfekt gewaschen. In seinen feuchten Ringellocken schimmerten noch die Wassertropfen. Ich war so begeistert, daß er aus freien Stücken gebadet hatte, daß ich seine Verspätung ungerügt ließ und auch nichts gegen die Anwesenheit des Löwen einzuwenden hatte. Ramses befestigte die Leine an einem steinernen Pfeiler und machte sich heißhungrig über Brot und Butter her.

»Verdammt, ich glaube, wir werden schon wieder gestört!« schimpfte Emerson plötzlich und störte unser Familienidyll, und ich muß bekennen, daß ich ausnahmsweise derselben Meinung war. »Macht dieser Franzose eigentlich nur noch Besuche?«

Der Reiter auf dem herrlichen Pferd war tatsächlich niemand anderer als de Morgan. »Ramses«, begann ich.

»Ja, Mama, ich glaube auch, daf der Löwe lange genug an der frifen Luft war.« Es blieb gerade noch genug Zeit, den Löwen ins Zimmer zu scheuchen und die Tür zu schließen, bevor de Morgan sein Pferd zügelte und abstieg.

Nachdem wir uns begrüßt hatten, bekam er eine Tasse Tee und erkundigte sich eingehend nach dem Fortgang unserer Arbeit.

»Wir sind zufrieden«, antwortete ich. »Wir haben einen ausgezeichneten Überblick über das Gebiet und Friedhöfe aus römischer und christlicher Zeit entdeckt.«

»Mein Mitgefühl, lieber Freund«, rief de Morgan. »Na, vielleicht finden Sie ja auch noch etwas Interessanteres.«

»Ihr Mitgefühl ist überflüssig«, gab ich zurück. »Wir können uns nichts Schöneres vorstellen als römische Friedhöfe!«

»Dann werden Sie sich bestimmt auch über eine zusätzliche Mumie aus dieser Zeit freuen, nicht wahr?« De Morgan zwirbelte genüßlich seinen Schnurrbart.

»Was zum Teufel soll das heißen?« fragte Emerson.

»Es ist der Grund meines Besuches«, antwortete de Morgan geheimnisvoll lächelnd. »Der gestohlene Mumiensarg wurde inzwischen wiedergefunden. Die Diebe haben ihn, einige Meilen von meinem Lager entfernt, stehenlassen, wo er heute nachmittag entdeckt wurde.«

»Wie seltsam«, meinte ich.

»Aber nein«, sagte de Morgan gönnerhaft. »Ich glaube, die Erklärung ist ganz einfach. Die Diebe waren dumm. Sie haben den Fehler begangen, den Sarg zu stehlen, doch als sie erkannten, daß er praktisch wertlos und außerdem noch reichlich schwer war, haben sie ihn einfach stehenlassen.«

Emerson warf de Morgan einen sehr verächtlichen Blick zu, und ich sagte: »Die Baronin wird sich sicher gefreut haben, ihr Eigentum zurückzuerhalten.«

»Nein, sie will nichts mehr damit zu tun haben«, sagte de Morgan kopfschüttelnd. »Frauen sind immer so unlogisch... das soll natürlich nicht heißen, daß Sie, Madam... «

»Das hoffe ich doch sehr!«

»Sie wollte ihn absolut nicht wiederhaben und hat gesagt, ich soll ihn Ihnen bringen, weil er ihr nur Kummer und Sorgen bereitet hätte. Nun gut, meine Männer werden ihn später bringen«, schloß de Morgan.

»Das ist ja reizend«, zischte Emerson zwischen zusammengebissenen Zähnen.

»Mir müssen Sie nicht danken«, sagte de Morgan und tätschelte die feuchten Locken unseres Sohnes, der wie ein Hündchen zu seinen Füßen saß. »Und wie kommst du mit deinen Untersuchungen über Mumien voran, *mon petit*?«

»Die habe ich im Augenblick aufgegeben«, sagte Ramses, »denn ich habe keine genauen Inftrumente, um die exakten Meffungen durchzuführen, die nötig wären, um zu genauen wiffenfaftlichen ... «

De Morgan lachte herzlich. »Laß es gut sein, *petit chou*. Wenn du dich bei Papas Ausgrabungen langweilst, kannst du mich gern besuchen. Morgen beginne ich einen neuen Tunnel, der mich mit Sicherheit bis in die Grabkammer führen wird.«

Emerson war mit seiner Geduld am Ende. Als ich ihn ansah, murmelte er: »Verzeih, Amelia, aber ich muß ... ich muß...« Er sprang von seinem Stuhl auf und verschwand um die Hausecke.

»Ich werde mich jetzt empfehlen«, sagte de Morgan und stand auf. »Ich wollte Ihnen nur Bescheid geben, daß man das gestohlene Eigentum wiedergefunden hat, und die besten

Grüße der Baronin überbringen. Sie segelt bei Sonnenaufgang ab.«

»Wunderbar«, rief ich. »Das heißt, ich freue mich, daß sie sich so gut erholt hat, daß sie ihre Reise fortsetzen kann.«

»Ich wußte, daß Sie so empfinden würden«, sagte de Morgan lächelnd. »Wußten Sie, daß der kleine Löwe davongelaufen ist?«

»Ach, wirklich?«

Seit einigen Minuten waren bereits dumpfe Geräusche und gelegentliches leises Fauchen aus dem Haus zu hören gewesen. De Morgans Lächeln wurde immer breiter. »Ja, wahrscheinlich haben die Diebe aus Versehen den Käfig geöffnet. Nun, es ist wirklich nicht weiter wichtig.«

»Wirklich nicht«, sagte ich, als plötzlich ein lautes Maunzen erscholl und Krallen die Tür von innen bearbeiteten.

Nachdem de Morgan grinsend davongeritten war, suchte ich zuerst nach Emerson, der seine Wut immer noch mit Fußtritten gegen die Außenmauer unseres Hauses abreagierte. Nachdem ich ihn zum Grabungsplatz zurückgebracht hatte, verlief der restliche Nachmittag ungestört. Die Arbeit lenkte ihn ab, und er beruhigte sich allmählich. Nach dem Abendessen verfaßte er mit Hilfe seines Sohnes seinen Tagesbericht, während John und ich in der Dunkelkammer die Platten entwickelten, die wir am Tag belichtet hatten. Einige Aufnahmen waren hervorragend gelungen, andere dagegen reichlich unscharf, so daß ich John noch einmal erklären mußte, wie man solche Fehler vermied.

Danach kehrten wir in den Wohnraum zurück. Die Katze hatte sich auf Emersons Papierstapel niedergelassen, so daß er sie jedesmal, wenn er eine neue Seite auf den Stapel legen wollte, hochheben mußte. Der kleine Löwe lag unter dem Tisch und bearbeitete Emersons Schnürsenkel. Kurz nachdem ich eingetreten war, kam auch Ramses herein, der in der letzten Zeit dazu übergegangen war, seine Abende bei Abdullah und den Männern aus Aziyeh zu verbringen, um sein Arabisch zu vervollkommnen, wie er sagte. In Abdullahs Gesellschaft wußte ich ihn gut aufgehoben, und die Männer schienen ihn zu mögen. Jedenfalls hatte Abdullah das gesagt, aber was hätte er auch sonst sagen können?

»Zeit zum Schlafengehen, Ramses«, sagte ich.

»Ja, Mama.« Er löste die Leine des kleinen Löwen vom Tischbein und von den Beinen seines Vaters. »Ich gehe noch mit dem Löwen fpazieren und dann inf Bett.«

»Glaubst du wirklich, daß du den Löwen wie einen Hund erziehen kannst?« fragte ich amüsiert.

Ich will daf Experiment wagen, Mama. Foviel ich weif, ift ef bifher noch nicht verfucht worden.«

»Also gut. Sperre den Löwen in seinen Käfig, bevor du zu Bett gehst, und sieh zu, daß der Fensterladen fest geschlossen ist ...«

»Ja, Mama. Mama?«

»Ja, Ramses?«

Er stand da, mit der Leine in der Hand, und seine dunklen, ernsten Augen blickten mich an. »Ich möchte gern fagen, daf ich dir dankbar bin für deine Unterftützung in bezug auf den Löwen. Ich werde mich beftimmt erkenntlich zeigen.«

»Bitte nicht«, rief ich. »Ich freue mich, wenn du es mir sagst. Deine Dankbarkeit beweist du mir am besten, indem du tust, was du tun sollst, und ein lieber Junge bist.«

»Ja, Mama. Gute Nacht, Mama! Gute Nacht, John! Gute Nacht, Baftet, und gute Nacht, Papa!«

»Gute Nacht, mein liebster Sohn«, erwiderte Emerson. »Schlaf gut!«

Nachdem Ramses gegangen und John mit einem Tablett voller Scherben in einen Vorratsraum verschwunden war, legte Emerson seinen Federhalter hin und sah mich vorwurfsvoll an. »Weißt du eigentlich, welch großzügige und mannhafte Entschuldigung Ramses dir angeboten hat?«

»Für mich hat es sich nicht wie eine Entschuldigung angehört«, erwiderte ich. »Wenn Ramses anbietet, etwas für mich zu tun, wird mir ganz kalt vor Angst.«

Emerson wurde wütend. »Verdammt, Amelia! Ich verstehe dich nicht! Sonst bist du doch eine so hervorragende Mutter ...«

»Ich versuche es jedenfalls.«

»Du bist es, meine Liebe, du bist es wirklich! Sogar Ramses weiß das. Aber könntest du nicht ein klein wenig mehr ...«

»Mehr was, Emerson?«

»Vielleicht ein bißchen liebevoller sein? Du bist immer so hart zu dem Jungen.«

»Ich kann meine Gefühle eben nicht gut zeigen, Emerson.«

»Da habe ich allerdings ganz andere Erfahrungen gemacht«, sagte Emerson und sah mich bedeutungsvoll an.

»Das ist etwas völlig anderes. Natürlich mag ich Ramses gern, aber ich will keinesfalls eine Glucke sein, die blind ist für die Charakterzüge ihrer Kinder.«

In diesem Augenblick trat John ins Zimmer. »Madam«, rief er aufgeregt, »im Hof steht ein großer Mumiensarg. Was sollen wir damit unternehmen?«

»Das wird der Sarg der Baronin sein«, sagte ich. »Wahrscheinlich haben de Morgans Männer ihn einfach im Hof abgestellt und sind wieder verschwunden. Sehr seltsam! Was sollen wir mit ihm machen, Emerson?«

»Schmeiß dieses verdammte Ding doch weg!« knurrte Emerson und widmete sich wieder seinen Schreibarbeiten.

»Wir werden ihn zu den anderen stellen«, entschied ich. »Kommen Sie, John. Ich werde den Lagerraum aufschließen.«

Die glänzende Oberfläche des Sarges schimmerte im Licht

der Sterne. John packte das Monstrum und hob es hoch, als ob es nichts wiegen würde. Irgendwie fühlte ich mich an eine Zirkusnummer erinnert.

Im Lagerraum war es ziemlich eng, so daß wir erst einige Särge umräumen mußten, um Platz für den neuen zu schaffen. Wahrscheinlich wäre es praktischer gewesen, ihn einfach in einen anderen Raum zu bringen, aber ich liebe es nun einmal, Dinge gleicher Art auch zusammen zu lagern. Nachdem das Ding endlich verstaut war, fragte John: »Soll ich jetzt zu Bruder Hamid gehen, Madam?«

Ich gab ihm die Verkleidung, die ich besorgt hatte, aber selbst Abdullahs längstes Gewand reichte John nur bis zu den Waden. Die Stiefel darunter sahen ein wenig seltsam aus, doch als John anbot, sie auszuziehen, lehnte ich ab. Er war es nicht gewöhnt, ohne Schuhe zu laufen, und ein kleiner Schmerzensschrei hätte unter Umständen im entscheidenden Moment alles verdorben. Zum Schluß wickelte ich ihm noch den Turban um den Kopf, und dann trat ich einige Schritte zurück, um mein Werk zu begutachten.

Es war nicht sehr überzeugend ausgefallen, aber wir hatten unser Bestes gegeben. Ich schickte John los und kehrte zu Emerson zurück. Er wollte natürlich wissen, weshalb John so früh zu Bett gegangen wäre, doch ich konnte ihn ohne größere Schwierigkeiten vom Thema ablenken.

Ich hatte das Gefühl, noch nicht lange geschlafen zu haben – was ja auch den Tatsachen entsprach –, als mich plötzlich fürchterlich lautes Klopfen weckte. Glücklicherweise wurden diesmal meine Reaktionen nicht von einem Moskitonetz behindert, weil im Winter in der Wüste keine Gefahr besteht. Ich packte entschlossen meinen Sonnenschirm, und als ich wieder meinen Namen rufen hörte, riß ich die Tür auf.

Die erste Ahnung der Dämmerung färbte den Himmel hinter dem Hof, so daß ich an den äußeren Umrissen erkennen konnte, wer vor mir stand. Es war unverkennbar John, aber irgendwie sah er anders aus als gewöhnlich, und es dauerte geraume Zeit, bis ich begriffen hatte, daß er einen kleineren Körper in den Armen hielt.

»Was zum Teufel haben Sie da, John?« fragte ich. Offenbar war meine Überraschung so groß, daß ich sogar meine gute Erziehung vergaß.

»Schwester Charity, Madam«, antwortete John.

»Würden Sie ihn bitten, mich herunterzulassen?« bat das Mädchen mit ersterbender Stimme. »Ich bin nicht verletzt, aber Bruder John besteht darauf ... «

Hinter mir erwachte Emerson unter lautem Stöhnen und Fluchen. »Niemand rührt sich von der Stelle«, ordnete ich an. »Die Situation ist so verworren, daß ich mich lieber bei Licht damit befassen möchte.« Ein weiterer Fluch aus der Richtung unseres Ehebettes erinnerte mich an etwas, das ich fast übersehen hätte. »Bitte, Emerson, bleibe im Bett, es ist eine Dame anwesend.«

»Verflucht! Verflucht, Amelia ...«, rief Emerson.

»Beunruhige dich nicht, mein Liebling, ich habe die Situation völlig in der Hand!« sagte ich. »Einen Augenblick noch ... gleich brennt die Lampe ... So, nun wollen wir weitersehen!«

Mit einem kurzen Blick überzeugte ich mich davon, daß Emerson sich bis zum Hals in seine Decke gewickelt hatte. Erst dann wandte ich mich den anderen zu. John sah sehr mitgenommen aus. Sein Turban hatte sich gelöst, und das Gewand, das einmal weiß gewesen war, bestand fast nur noch aus Fetzen, auf denen Flecken prangten, die ich im ersten Augenblick für verkrustete Blutflecken hielt. Bei näherem Hinsehen entpuppten sie sich allerdings als Ruß- und Brandstellen. Auch sein Gesicht war rußverschmiert, aber sein zuversichtliches Lächeln und der Glanz seiner blauen Augen überzeugten mich rasch, daß ihm selbst offenbar nichts geschehen war.

Das Mädchen sah ebenfalls ein wenig mitgenommen aus, aber an ihr konnte ich keinerlei Spuren des Feuers entdecken. Ihr langes braunes Haar war aufgelöst, und ihre Wangen waren gerötet, weil sie die ganze Zeit gegen Johns starken Griff ankämpfte. Sie trug wieder eines der seltsamen, hochgeschlossenen Gewänder von unbestimmbarer Farbe. Auch dieses hatte enganliegende, lange Ärmel, so daß mir allein vom Hinsehen heiß wurde. Ein Nachthäubchen baumelte an seinen Bändern auf ihrem Rücken.

»Bitte, Madam! Sagen Sie ihm, daß er mich loslassen soll«, japste sie.

»Immer der Reihe nach«, sagte ich. »Also, John, jetzt berichten Sie erst einmal, was vorgefallen ist.«

»Es hat gebrannt, Madam.«

»Soviel sehe ich selbst, John. Wo hat es gebrannt?«

Wahrscheinlich ist es einfacher, wenn ich Johns Informationen, die ich ihm Satz für Satz entlocken mußte, in kurzen Worten wiedergebe. Er hatte sich hinter einigen Palmen neben der Kapelle versteckt, als er eine Flamme hinter dem Gebäude emporzüngeln sah. Seine Rufe hatten die Männer aufgeweckt, und gemeinsam war es ihnen gelungen, das Feuer zu löschen, bevor es großen Schaden hatte anrichten können. Die Leute im Dorf hatten sich nicht gerührt, obwohl sie die Hilferufe zweifellos gehört haben mußten. Es war klar, daß das Feuer von einem Haufen alter Äste und Palmwedel ausgegangen war, doch die Suche nach dem Brandstifter war ergebnislos verlaufen. Nachdem das Feuer gelöscht war, hatte John das Mädchen gepackt und hierhergebracht.

»Weshalb denn, zum Teufel?« rief Emerson.

»Um sie zu Mrs. Emerson zu bringen«, antwortete John mit staunend blickenden Augen.

»Natürlich!« brüllte Emerson. »Jeder bringt alles und jeden zu Mrs. Emerson! Löwen, Särge, junge Damen ... «

»Und mit gutem Grund«, sagte ich. »Hören Sie nicht auf Professor Emerson, meine liebe Miß Charity! Er würde Sie sicher mit der ihm eigenen Freundlichkeit willkommen heißen, wenn er nicht gerade ein wenig ... «

»Ich bitte dich, keine weiteren Erklärungen abzugeben, Amelia!« sagte Emerson voll kühler Verachtung. »Hm ... ich habe nichts gegen die Anwesenheit von Miß Charity einzuwenden, aber ich befürchte, daß diese Tatsache eine ganze Invasion nach sich ziehen wird! Wäre es zuviel verlangt, die junge Dame für einige Zeit zu entfernen, so daß ich mich anziehen kann? Ich möchte eifersüchtigen Brüdern und empörten Liebhabern nur ungern notdürftig bekleidet gegenüberstehen.«

Mein guter Emerson war schon fast wieder der alte, und ich stimmte seinem Wunsch mit Freuden zu. »Aber selbstverständlich werden wir deinen Wunsch respektieren. John, bringen Sie Miß Charity in Ihr Zimmer!«

Das Mädchen quietschte und verstärkte ihre Anstrengungen. »Wir haben leider keine große Auswahl. Es ist das einzige Zimmer, das wir Ihnen anbieten können. Warten Sie einen Augenblick. Sobald ich meine Hausschuhe gefunden habe, werde ich Sie begleiten. Verflucht, wo sind sie nur?«

»Madam!« rief John entsetzt.

»Ich hoffe, Sie werden mir verzeihen, John!« Ich kniete mich hin und blickte unter mein Bett. »Aha! Dachte ich es mir doch. Ramses muß den Löwen hereingelassen haben, obwohl ich es ihm strengstens verboten hatte.«

»Einen Löwen?« hauchte Charity. »Habe ich Sie richtig ... «

»Sehen Sie, wie er sie zugerichtet hat! Ich habe diesem ... Oh, ich fürchte, das Mädchen ist ohnmächtig geworden! John, bringen Sie sie hinüber! Ich komme gleich nach.«

Die folgende Stunde war eine einzige Verwirrung, aber ich liebe diese Augenblicke, in denen ich beweisen kann, was in mir steckt. Ramses war durch den Lärm wach geworden und folgte uns samt Bastet und dem kleinen Löwen. Weil er pausenlos Fragen stellte und die Katze hingebungsvoll mit den herunterhängenden Fetzen von Johns Gewand spielte, schickte ich alle drei wieder in ihr Zimmer zurück. Nachdem John seine kostbare Fracht auf seinem Feldbett abgeladen hatte, bat ich ihn, Ramses zu folgen und dort zu warten. Nur die Katze hatte es fertiggebracht, sich meinen Befehlen zu widersetzen, und beobachtete genauestens meine Wiederbelebungsversuche.

Sobald das Mädchen wieder bei Besinnung war, bat sie voller Entsetzen, dieses Zimmer verlassen zu dürfen. Offenbar war ihr der Gedanke, sich im Nachthemd im Raum eines Mannes aufzuhalten, zutiefst zuwider. Nachdem ich festgestellt hatte, daß ihr nichts fehlte, gab ich dem kindischen Wunsch nach und war nicht einmal überrascht, daß sie sich im Wohnraum sofort merklich beruhigte.

Obwohl sich die bevorstehende Invasion noch durch nichts angekündigt hatte, war mir mittlerweile klar, daß Emerson mit seiner Prophezeiung recht behalten würde. Ganz sicher würde Bruder Ezekiel kommen, um seine Schwester zu holen, und ganz sicher würde Bruder David ihn begleiten, aber bestimmt nicht, weil er Charitys Liebhaber war. Was diese Beziehung anging, so fehlte Emersons Vermutung das nötige Fingerspitzengefühl. Ich beschloß, die günstige Gelegenheit wahrzunehmen und erst einmal allein mit dem Mädchen zu reden.

»Sie dürfen John nicht böse sein, Miß Charity«, sagte ich.

»Sicher hat er voreilig gehandelt, aber er hatte bestimmt nur die allerbesten Absichten und war einzig um Ihre Sicherheit besorgt.«

»Das habe ich mittlerweile begriffen«, sagte das Mädchen und strich sich die widerspenstigen Locken aus dem Gesicht. »Nur ... es war ... es war so schrecklich – das Geschrei und das Feuer. Und dann ... einfach so gepackt zu werden! Noch nie ... er war der erste Mann, der mich so ...«

»Nun, dann haben Sie aber einiges verpaßt, meine liebe Charity! Das ist sicher nicht im Sinne der Natur, aber lassen wir das jetzt. Mögen Sie John denn ein wenig?«

»Er ist sehr freundlich«, sagte das Mädchen zögernd, »aber er ist so ... riesig!«

»Ist das denn nicht schön?« fragte ich, doch als ich sah, wie verständnislos das Mädchen mich ansah, fuhr ich fort: »Lassen Sie sich von mir als verheirateter Frau sagen, daß man die Kombination von physischer Stärke und moralischem Empfinden nur äußerst selten in einem Menschen vereinigt findet. Ich meine, Sie sollten ...«

»Taktvoll wie immer, meine liebe Amelia«, meinte Emerson, der gerade hereinkam.

»Da bist du ja, Emerson! Ich sagte gerade zu Miß Charity ...«

»Ich habe alles verstanden«, antwortete er, während er noch die letzten Hemdknöpfe schloß. »Willst du das arme Kind nicht lieber in Ruhe lassen und Tee machen?«

»Der Tee ist bereits fertig, aber ...«

»Bitte, Amelia! Gleich bricht die Invasion über uns herein, und wenn ich vorher keinen Tee bekomme, werde ich ...«

Das Mädchen hatte sich in seinem Stuhl ganz klein gemacht und ängstlich die Arme verschränkt, obwohl Emerson es bisher rücksichtsvoll vermieden hatte, in ihre Richtung zu schauen. Als plötzlich Bruder Ezekiels Stimme von draußen zu hören war, wurde sie noch kleiner und hätte sich bestimmt am liebsten unsichtbar gemacht.

Während Emerson seinen Tee hinunterstürzte, ging ich zur Tür, um nachzusehen, mit wem Bruder Ezekiel sprach. Es war Ramses. »Ich habe gesagt, daß du in deinem Zimmer bleiben sollst«, sagte ich.

»Du haft gefagt, daf ich in mein Zimmer gehen foll, aber nicht, daf ich dort bleiben foll! Alf ich diefe Perfon bemerkte, dachte ich, daf jemand ihn empfangen ... «

»Er redet gern, nicht wahr«, sagte Bruder Ezekiel mürrisch, während er von seinem Esel abstieg. Anschließend beäugte er Ramses kritisch. »Wußtest du nicht, daß man kleine Kinder zwar sehen, aber niemals hören darf?«

»Nein«, bekannte Ramses. »Daf heift, ich habe diefen Fatz fon manchmal gehört, aber ich halte nichtf davon ... «

»Es reicht, Ramses«, unterbrach ich ihn seufzend. »Bruder Ezekiel, treten Sie doch bitte ein! Ihre Schwester ist wohlbehalten und in Sicherheit.«

»Das behaupten Sie«, schnaubte Bruder Ezekiel und drängte sich ins Zimmer. »Jedenfalls ist sie hier. Charity, wo ist dein Federmesser?«

Das Mädchen stand auf und murmelte mit gesenktem Kopf, so daß ihre Haare das Gesicht verdeckten. »Unter meinem Kopfkissen, Bruder. In der Aufregung habe ich es vergessen ... «

»Habe ich dir nicht eingeschärft, keinen Schritt ohne diese Waffe zu tun?« donnerte Bruder Ezekiel.

»Ich bin schuldig, Bruder.«

»Ja, das bist du. Und du wirst bestraft werden.«

»Einen Augenblick, Sir«, bemerkte Emerson in gemütlich polterndem Ton, den viele, die sein Temperament nicht kennen, für leutselig halten. »Ich glaube, bisher hat uns niemand miteinander bekannt gemacht.«

»Das war nicht meine Schuld«, gab Ezekiel zurück. »Aber wenigstens bekomme ich durch diesen unerfreulichen Zwischenfall die Gelegenheit, mit Ihnen zu sprechen, Professor. Ich weiß, wer Sie sind, und Sie wissen, wer ich bin. Also können wir uns die Formalitäten sparen, die ich ohnehin für überflüssig halte.« Er setzte sich.

»Setzen Sie sich doch!« forderte Emerson ihn auf.

»Ich sitze doch schon. Ach, ich hätte gern auch eine Tasse Tee, wenn Sie keinen Kaffee haben.«

»Selbstverständlich«, sagte Emerson, während er ihm die Tasse reichte. Ich erwartete jederzeit die unvermeidliche Explosion. Je länger Emersons Freundlichkeit dauerte, desto fürchterlicher würde sie ausfallen. »Falls ich Sie richtig verstanden habe, läuft Miß Charity mit einem Federmesser als Waffe herum?« fragte er harmlos. »Dies ist ein friedliches Land, und ich bezweifle, daß sie mit einer solchen Waffe überhaupt umgehen kann.«

»Aber sie kann sie gegen sich selbst richten«, gab Bruder Ezekiel zurück. »Und genau das soll sie tun, falls ein Mann jemals Hand an sie legen sollte!«

»Gott!« rief ich. »Wir leben doch nicht im Mittelalter!«

»Nun, das einzige, was eine Frau besitzt, ist ihre Unschuld. In diesem Fall ist glücklicherweise nichts geschehen, aber bevor ich meine Schwester mit nach Hause nehme, möchte ich noch sagen, was ich zu sagen habe.«

»Erleichtern Sie sich«, forderte Emerson ihn auf.

»Es betrifft den christlichen Friedhof, den Sie ausgegraben haben, Professor. Sie werden Ihre Arbeiten einstellen müssen. Diese Menschen waren zwar Abtrünnige, aber trotzdem Christen, und wir müssen ihre Gräber respektieren.«

Wieder erwartete ich die Explosion, aber wieder blieb sie aus. Nur Emersons Augenbraue zog sich in die Höhe. »Abtrünnige?«

»Ja, Monophysiten«, sagte Bruder Ezekiel. »Sie betrachteten die göttliche und menschliche Natur Christi als eine Einheit, was nach dem Konzil von Chalcedon im Jahr 451 jedoch als Irrlehre eingestuft wurde. Danach trennten sich die koptische, die äthiopische und die syrische und armenische Kirche von der Großkirche. Sie sind also Abtrünnige, aber trotzdem als Christen zu betrachten, und ich verlange, daß Sie ihre Gräber unberührt lassen!«

Das Zwinkern in Emersons Augen war einem gefährlichen Glitzern gewichen, so daß ich beschloß einzugreifen. »Ich fürchte, Ihre Schwester wird ohnmächtig werden. Wenn Sie nichts unternehmen, werde ich es tun. Kommen Sie, Charity, setzen Sie sich!«

Charity setzte sich, doch Bruder Ezekiel erhob sich. »Los, Mädchen, eine Dienerin Gottes fällt nicht in Ohnmacht. Ich habe gesagt, was ich sagen mußte. Jetzt können wir gehen.«

»Noch nicht«, sagte Emerson, »denn ich habe noch nicht gesagt, was ich zu sagen habe, Mr. Jones ... «

»Bruder Ezekiel, Sir.«

Emerson schüttelte den Kopf. »Nein, wirklich nicht. Sie können nicht von mir erwarten, Sie so zu nennen. Sie sind nicht mein Bruder, aber immerhin ein Mensch, und ich fühle mich verpflichtet, Sie zu warnen. Sie haben sich im Dorf bereits viele Feinde gemacht, und ich fürchte, daß das Feuer der letzten Nacht nicht das einzige Zeichen dieser Unzufriedenheit bleiben wird.«

Bruder Ezekiel hob seine Augen zum Himmel. »Falls mir die Krone des Märtyrertums bestimmt ist: Herr, mache mich ihrer würdig!«

»Wenn er nicht ein so unterhaltender Idiot wäre, würde ich ärgerlich werden«, brummte Emerson und sagte dann: »Aber, Sir! Sie tun doch Ihr Möglichstes, um den Priester gegen sich aufzubringen. Sie stehlen ihm seine Herde ... «

»Ich errette sie vor dem Höllenfeuer«, erklärte Ezekiel. »Sie sind alle verdammt ... «

Jetzt steigerte sich Emersons Stimme zu einem lauten Brüllen. »Sie mögen vielleicht verdammt sein, aber Sie werden eines Tages tot sein! Ein Überfall auf eine Missionsstation ist durchaus denkbar. Sie können über diese Gefahr denken, wie Ihnen beliebt, aber es ist unverantwortlich, das Leben Ihrer unschuldigen Bekehrten und Ihrer Schwester zu gefährden.«

»Gottes Wille wird geschehen«, sagte Ezekiel.

»Zweifellos«, stimmte Emerson zu. »Hauen Sie lieber ab, Sie Wahnsinniger, bevor ich Sie hinauswerfe! Miß Charity, falls Sie Hilfe brauchen sollten, stehen wir Ihnen jederzeit zur Verfügung. Ein Wort an John oder irgendeinen Boten genügt.«

Erst jetzt stellte ich fest, daß die sanftmütige Art, die Ezekiel an den Tag legte, nichts als Fassade gewesen war, die durch Emersons Ausbruch zusammengebrochen war. Plötzlich war Ezekiels Miene düster und haßerfüllt, doch noch bevor er seiner Wut Luft machen konnte, ertönte ein bedrohliches Knurren. Ich sah mich suchend um, weil ich annahm, daß Ramses den Löwen aus dem Käfig gelassen haben könnte, aber ich mußte feststellen, daß Bastet, die wieder einmal aus dem Nichts erschienen war, diese Drohlaute ausstieß. Sie hockte dicht neben Emerson auf dem Tisch, und ihr Schwanz peitschte unruhig durch die Luft, während es tief in ihrer Kehle grummelte und sie sich darauf vorbereitete, ihren Herrn zu verteidigen.

Charity stieß einen spitzen Schrei aus. »Nehmen Sie sie weg! Bitte! Nehmen Sie sie weg!«

»Du mußt diese Schwäche überwinden«, mahnte Bruder David, der bisher überhaupt nichts gesagt hatte. »Sie ist doch nur eine ganz freundliche Hauskatze ...« Doch als er die Hand nach Bastet ausstreckte, schlug sie danach und fauchte. Rasch trat er einen Schritt zurück. »Eine freundliche Hauskatze«, wiederholte er, aber diesmal in einem wesentlich unsichereren Ton.

Doch Charity zog sich langsam, Schritt für Schritt, zurück, während ihre schreckgeweiteten Augen das Ungeheuer fixierten. »Du weißt, daß ich alles tun würde, um dich zu erfreuen, Bruder! Ich habe es oft versucht, aber ich kann nicht ... «

An den feinen Schweißperlen auf ihrer Stirn konnte ich ablesen, daß ihre Furcht nicht nur riesig, sondern auch echt war, und ich wunderte mich überhaupt nicht mehr, daß sie bei der bloßen Erwähnung eines Löwen in Ohnmacht gefallen war. Ich blickte Ramses an, der sich, ganz gegen seine Gewohnheit, schweigend in eine Ecke verzogen hatte, um besser beobachten zu können. »Bring die Katze weg, Ramses!«

»Aber Mama ... «

»Lassen Sie nur! Wir brechen auf«, verkündete Bruder Ezekiel, und der Blick, mit dem er Bastet musterte, bekundete das volle Ausmaß seiner Verachtung, die er sowohl für Charitys Reaktion als auch für Bruder Davids Tierliebe empfand. Zu Emerson gewandt, fügte er hinzu: »Sorgen Sie sich nicht um meine Schwester, Professor. Sie wird im richtigen Geist erzogen, denn den Frauen gebührt es nicht, ihre Stimme zu erheben. Sie sollten sich erst einmal darüber in ihrem eigenen Haushalt Gedanken machen, bevor Sie sich um anderer Leute Angelegenheit kümmern.«

Nachdem er und die Seinen entschwunden waren, brach Emerson in schallendes Gelächter aus. »Diese alte Leier! Ich fürchte, wir werden diese Ansichten niemals überwinden!«

Ich mußte mich auf die Zehenspitzen stellen, um meinem Mann die Arme um den Hals legen zu können. »Mein lieber Emerson, habe ich dir eigentlich in der letzten Zeit einmal gesagt, was ich für dich empfinde?«

Mein Mann erwiderte meine Umarmung. »Nun, vor einigen Stunden erwähntest du etwas in dieser Art, aber wenn du das Thema vertiefen willst...« Doch dann wurde er ernst und schob mich von sich. »Wie dem auch sei, Peabody, wir können diese Irren nicht einfach so weitermachen lassen.«

»Glaubst du wirklich, daß das Problem ernst ist?«

»Ich fürchte schon.« Und dann fügte er mit erfrischender Boshaftigkeit hinzu: »Während du damit beschäftigt warst, Detektiv zu spielen, hattest du natürlich keine Zeit, die Veränderungen zu bemerken, die sich im Verhältnis der Arbeiter untereinander ereignet haben. Die Bekehrten werden zumindest gemieden, aber Abdullah hat auch schon von Schlägereien berichtet. Ich glaube wirklich, daß dieser fürchterliche Prediger die Märtyrerkrone erringen will!«

»Diese Gefahr halte ich für ausgeschlossen! Nicht in unserem Jahrhundert!«

»Hoffentlich! Zum Teufel, wir haben diesem Kerl schon viel zuviel von unserer kostbaren Zeit geopfert. Die Männer sind sicher schon am Grabungsplatz. Ich muß gehen!«

Nach einer hastigen Umarmung verließ er das Zimmer, und ich setzte mich, um in Ruhe eine Tasse Tee zu trinken. Ich hatte noch keine Sekunde gesessen, als mich ein wütender Schrei vom Stuhl riß. Nachdem ich die geliebte Stimme erkannt hatte, eilte ich Emerson schnurstracks zu Hilfe. Möglicherweise hatte ihm ja dieser wahnsinnige Pfarrer aufgelauert, aber Ezekiel war nirgendwo zu sehen.

Ich ging immer dem Gebrüll nach und fand Emerson schließlich an einer abgelegenen Stelle der Außenmauer, wo ich nur einmal, am Tag unserer Ankunft, gewesen war, als ich die Reparaturarbeiten anordnen mußte. Damals war dieser Teil der Mauer intakt, wenn auch beträchtlich alt, aber jetzt gähnte ein Loch von beträchtlichen Ausmaßen in der Wand. Emerson lief brüllend auf und ab und schrie Abdullah an, der geduldig zuhörte. Doch kaum hatte mein Mann meine Anwesenheit bemerkt, als er auch schon auf sein neues Opfer losging.

»Nennst du so etwas etwa ›anständige Haushaltsführung‹, meine liebe Peabody?«

Ich wies die Unterstellung mit einigen klaren Argumenten zurück, worauf Emerson sich die Augenbrauen rieb. »Verzeih meine Ausdrucksweise, Peabody, aber dieser Morgen hatte es wirklich in sich! Und jetzt auch noch dies!«

»Für was hältst du es denn?«

»Für ein Loch, würde ich sagen. Für ein Loch in einem unserer Lagerräume.«

»O Emerson, das sehe ich doch! Aber wie ist es passiert?«

»Das weiß ich nicht, Peabody! Vielleicht hat Ramses einen Elefanten gestohlen und versucht, ihn hier zu verstecken.«

Ich ignorierte diesen traurigen Versuch, witzig zu wirken. »Die Mauer ist schon sehr alt. Überall fehlt der Mörtel. Vielleicht ist sie einfach zerfallen?«

»Sprich doch nicht so dummes Zeug, Peabody!« schimpfte Emerson wütend.

»Schrei mich nicht so an, Emerson!«

Abdullahs Kopf hatte unser Hin und Her getreulich mitgemacht, so als hätte er ein Tennisspiel verfolgt. »Sicher waren es die Geister, die wieder in ihr Haus zurück wollten, aus dem sie vom ›Vater der Flüche‹ vertrieben worden waren.«

»Abdullah, Sie wissen genau, daß das Unsinn ist«, sagte ich.

»Genau!« meinte Emerson. »Wenn ich einen Geist vertreibe, kommt er nicht zurück!«

Abdullah grinste. Emerson wischte sich mit seinem Ärmel über die Stirn und sagte resigniert: »Wir wollen erst einmal sehen, wie groß der Schaden ist. Welcher Lagerraum ist das, Amelia?«

Ich zählte die Fenster. »Es ist der Raum, in dem wir die Särge aufbewahren, Emerson. Die vom römischen Friedhof.«

»Das sind sehr seltsame Zufälle! Abdullah, weisen Sie die Männer ein. Peabody, wir beide wollen uns den Schaden von innen ansehen.«

Die Särge waren hin und her geräumt worden, aber ich stellte fest, daß keiner der Ziegelsteine nach innen gefallen war, so daß die Mauer nicht von selbst zusammengebrochen sein konnte, woran ich ja selbst kaum geglaubt hatte. Im Gegenteil, die Steine waren sorgfältig, Stück für Stück, ent fernt worden, was ziemlich einfach gewesen sein dürfte, da der restliche Mörtel alt und krümelig war.

»... fünf, sechs, sieben«, zählte Emerson. »Es sind alle vorhanden, Amelia!«

Ich räusperte mich. »Emerson ...«

»Ach, verflucht!« rief Emerson. »Sage jetzt nur nicht, daß du den Sarg der Baronin in diesen Raum gebracht hast!«

»Es schien mir der einzig logische Aufbewahrungsort zu sein.«

»Dann müßten es aber acht Särge sein.«

»Diese Rechnung findet meine Zustimmung, Emerson.«

»Aber dann fehlt einer.«

»Hört sich sehr vernünftig an.«

Emerson rieb nachdenklich sein Kinn. »Hole John!«

Ich drehte mich wortlos um, denn jetzt war wirklich nicht der Augenblick für Grundsatzdebatten. Aus einer der Türen erschien plötzlich Ramses' Kopf. »Darf ich heraufkommen, Mama?«

»Ja, ich suche John!«

»Er ift hier, Mama.«

Die beiden kamen sofort, und mit ihrer Hilfe trugen wir alle Särge aus dem Lagerraum und reihten sie im Hof nebeneinander auf.

»Dies sind die Särge, die wir gefunden haben, Peabody«, verkündete Emerson, nachdem er sie genau betrachtet hatte. »Der, der der Baronin gehört, muß wieder gestohlen worden sein.«

»Falsch, Emerson«, sagte ich und deutete auf einen der Särge. »Dieser ist der, den John und ich gestern nacht in diesen Raum gebracht haben. Ich kann mich genau an diese defekte Stelle in der Lackschicht erinnern. Er stand auch noch ungefähr am selben Platz.«

»Falsch, meine liebe Peabody! Ich kenne jeden dieser Särge genauer als meine eigene Mutter.«

»Nachdem du die alte Dame seit fünfzehn Jahren nicht mehr gesehen hast, könntest du dich vielleicht auch irren?«

»Du glaubst mir nicht! Aber ich werde in meinen Aufzeichnungen nachsehen. Ich habe jeden der Särge genauestens beschrieben!«

»Nein, nein, mein lieber Emerson. Ich brauche keine solchen Beweise, denn ich kenne dein gutes Gedächtnis. Aber genauso sicher bin ich mir, daß dieser«, und ich deutete wieder darauf, »derjenige ist, der letzte Nacht hierhergebracht worden ist.«

»Die einzige Möglichkeit ift alfo«, piepste Ramses, »daf der Farg, den man unf gebracht hat und der der Baronin gehört haben follte, gar nicht der geftohlene war ...«

»Bitte, sei einen Augenblick lang still, Ramses!« bat Emerson, während er sich mit beiden Händen seine Locken aus dem Gesicht strich. »Ich muß nachdenken ... Also, ursprünglich befanden sich sieben Mumiensärge in diesem Raum ...«

Ich ließ ein ermutigendes »Genau!« hören und sah Ramses mahnend an.

»Also sieben«, wiederholte Emerson. »In der letzten Nacht kam ein weiterer Sarg dazu, also acht. Hast du zufällig gezählt, wie viele ...«

»Nein, Emerson, leider nicht. Es war dunkel, und wir mußten uns beeilen.«

»Der Sarg der Baronin wurde gestohlen«, fuhr Emerson fort. »Ein Sarg, den man für den gestohlenen hielt, wurde uns übergeben. Peabody, du bist sicher, daß dieser«, er zeigte auf den mit dem Lackfehler, »der fragliche Sarg war? Gut, dann müssen wir feststellen, daß der Sarg, den wir erhalten haben, nicht der gestohlene der Baronin war, sondern irgendein anderer.«

»Nicht irgendein anderer«, schrie Ramses, der sich nicht länger zurückhalten konnte. »Papa hat recht: Diefer Farg ift derjenige, den unfere Männer aufgegraben haben. Wir haben unferen eigenen Farg zurückbekommen. Der Dieb muf ihn alfo früher geftohlen haben!«

»Und nachdem er den Sarg gestohlen hatte, hat er die Mauersteine sorgfältig wieder aufgeschichtet. Ja«, meinte Emerson zustimmend, »so könnte es gewesen sein. Der Dieb hat den Sarg dann irgendwo in der Wüste weggeworfen, und der dusselige de Morgan, der nicht einmal seinen eignen wiedererkennen würde, auch nicht, wenn er darauf treten würde, hat diesen Sarg, den seine Männer entdeckt hatten, für den der Baronin gehalten. Offenbar ist der Dieb so vorgegangen, aber ich frage mich nur *weshalb*?«

Diesmal wollte ich nicht wieder meinem Sohn den Vortritt lassen. »Vielleicht wollte er damit erreichen, daß man nicht weiter nach dem Sarg der Baronin sucht, was er ja auch erreicht hat.«

»Hm«, machte Emerson. »Ich hatte nur eine rhetorische Frage gestellt, meine liebe Peabody, und wollte zu derselben Schlußfolgerung kommen. Würdet ihr jetzt alle still sein, damit ich das Problem logisch durchdenken kann?«

»Selbstverständlich, mein lieber Emerson.«

»Felbftverftändlich, Papa.«

»Selbstverständlich, Sir«, sagte John zögernd. »Ich habe ohnehin nicht die leiseste Vorstellung, worüber Sie überhaupt sprechen.«

Emerson räusperte sich feierlich. »Also gut. Gehen wir davon aus, daß der Dieb unseren Sarg gestohlen hat, um ihn uns als vermeintliches Eigentum der Baronin zurückzugeben. Er hat sich große Mühe gegeben, die Steine wieder so in die Mauer zu schichten, daß der Diebstahl unbemerkt blieb. Aber weshalb hat er sie dann in der letzten Nacht wieder zerstört?«

Er fixierte Ramses mit solch drohendem Blick, daß der Kleine seinen Mund mit hörbarem Schnappen zuklappte. Dann fuhr Emerson fort: »Bestimmt nicht, um den gestohlenen Sarg zurückzubringen, denn wir haben jetzt sieben. Genauso viele, wie wir ursprünglich hatten. Also bieten sich zwei Möglichkeiten. Entweder wollte der Dieb etwas holen, was er beim Diebstahl des Sarges in diesem Raum versteckt hatte, oder er wollte nur ganz einfach unsere Aufmerksamkeit auf sich lenken.« Emerson legte eine Pause ein, blickte in die Runde und sagte dann gönnerhaft: »Falls einer von euch noch andere Möglichkeiten sieht, kann er jetzt sprechen.«

Mein fürchterliches Kind nahm mir wieder einmal das Wort aus dem Mund. »Vielleicht hat ja ein anderer unf auf den Diebftahl aufmerkfam machen wollen.«

Emerson schüttelte energisch den Kopf. »Nein, mein Sohn, ich weigere mich, noch einen zweiten Mann ins Spiel zu bringen! Einer ist genug!«

»Ich neige dazu, die erste Möglichkeit für wahrscheinlich zu halten«, sagte ich. »Es war nötig, ein Versteck für den Sarg der Baronin zu finden. Was war naheliegender, als ihn dort zu verbergen, wo ohnehin schon andere herumstehen? Ich glaube, daß der Dieb den Sarg der Baronin hier versteckt und einen der unseren mitgenommen hat. In der letzten Nacht ist er wiedergekommen und hat den ersten Sarg wieder abgeholt.«

»Ich habe allmählich das Gefühl«, meinte Emerson, »daß ich auf das Wort ›Mumiensarg‹ allergisch reagiere! Peabody, deine Theorie ist nicht schlecht, aber einen kleinen Punkt hast du übersehen. Es gibt wohl niemanden, der so dumm wäre, den Sarg der Baronin überhaupt zu stehlen, geschweige denn, alle diese Unannehmlichkeiten für dieses lächerliche Ding auf sich zu nehmen.«

Ratlos starrten wir einander an. John kratzte sich den Kopf, nur Ramses hatte noch etwas zu sagen: »Ef gibt auch dafür mögliche Erklärungen, aber ef ift ein grofer Fehler, ohne aufreichende Informationen zu fpekulieren ...«

»Gut gesagt, mein Sohn«, sagte Emerson begeistert.

»Daf ftammt nicht von mir, Papa.«

»Das tut nichts zur Sache. Also begraben wir die Theorie und wenden uns lieber wieder den Taten zu! Peabody, ich teile mehr und mehr deine Meinung. Hamid ist der einzige Mann, dem ich nicht traue. Wir wollen ihn fragen.«

Aber Hamid war nirgends zu finden. Er war am Morgen nicht zur Arbeit erschienen, und niemand hatte ihn gesehen.

»Was habe ich dir gesagt?« rief ich. »Er ist geflohen. Beweist das nicht schon seine Schuld?«

»Es beweist nur, daß er nicht da ist«, erwiderte Emerson gereizt. »Vielleicht hat er sein Vorhaben, was auch immer das gewesen sein mag, abgeschlossen und ist fortgegangen. Wie dem auch sei, jedenfalls können wir jetzt in Ruhe arbeiten!«

Emerson drehte sich zu mir um und drohte mir mit dem Finger. »Arbeiten, Peabody – Arbeit! Kennst du die Bedeutung dieses Wortes? Ich weiß, daß du unsere gegenwärtige Beschäftigung langweilig findest und viel lieber ...«

»Emerson, ich habe nie gesagt ...«

»Aber gedacht. Ich habe gesehen, wie du es gedacht hast.«

»Da war ich bestimmt nicht die einzige.«

Emerson umarmte mich, ohne sich um das beifällige Gemurmel der Arbeiter zu kümmern. »Recht hast du, Peabody. Ich finde unsere augenblickliche Tätigkeit genauso langweilig wie du, und ich fürchte, ich lasse meine schlechte Laune an dir aus.«

»Können wir nicht endlich mit den Pyramiden anfangen, Emerson? Schön sind sie nicht, aber es sind trotzdem Pyramiden.«

»Du kennst doch meine Einstellung, Peabody. Alles zu seiner Zeit. Ich werde mich doch nicht von meiner Pflicht abhalten lassen – selbst von Pyramiden nicht!«

Emersons Hoffnungen schienen sich zu bewahrheiten. Die folgenden Tage verliefen ausgesprochen ruhig, und als ich eines Abends aus Versehen das Wort ›Mumiensarg‹ benutzte, zuckte Emerson nur noch leicht mit den Augenbrauen. Ich mißtraute diesem plötzlichen Frieden gründlich, aber ich mochte Emerson seine Ilusion nicht rauben.

Unsere Entscheidung, Ramses selbständig ausgraben zu lassen, war offenbar ein voller Erfolg. Er verschwand morgens, nahm sein Mittagessen mit und erschien erst wieder zum Tee. Eines Abends, als er sich verspätet hatte und ich bereits Ausschau nach ihm hielt, sah ich, wie er im Schatten der Klostermauer geduckt zu seinem Zimmer schlich. Er trug etwas bei sich, was er offenbar in sein Hemd gewickelt hatte, denn sein Oberkörper war nackt.

»Ramses!« rief ich.

Er huschte blitzartig in sein Zimmer, erschien aber sofort wieder.

»Wie oft habe ich dir gesagt, daß du dich in diesem Klima nicht ausziehen sollst?« fragte ich.

»Fehr oft, Mama.«

»Was hast du in dein Zimmer gebracht?«

»Einige Dinge, die ich aufgegraben habe, Mama.«

»Kann ich sie sehen?«

»Lieber nicht, Mama. Jedenfallf nicht jetzt!«

Ich wollte darauf bestehen, doch Emerson, der zu uns gekommen war, nahm mich beiseite und sagte leise: »Warte, Peabody!« Und er zog mich ein Stück weiter: »Du willst doch den kleinen Kerl nicht enttäuschen, oder?«

Da ich diese Frage nicht auf Anhieb beantworten konnte, schwieg ich. Ein Lächeln verklärte Emersons Gesicht. »Er hat sicher wieder Gefäßscherben und Knochen gesammelt, denke ich. Du mußt sie gebührend bewundern, wenn wir zur Ausstellung eingeladen werden, Amelia!«

»Natürlich werde ich meine Pflicht tun, Emerson. Hast du etwas anderes von mir erwartet?« Ich drehte mich zu Ramses um, der wartend vor seiner Zimmertür stand, und bedeutete ihm, daß er gehen könnte. Erlöst verschwand er und schloß die Tür hinter sich.

Was auch immer Ramses gefunden haben mochte, es konnte kaum erbärmlicher sein als unsere augenblicklichen Ergebnisse. Wir hatten einen Grabbezirk einer Familie der vierten oder fünften Dynastie ausgegraben, aber die Beigaben und die Gräber selbst waren so armselig und hatten sich im feuchten Untergrund fast aufgelöst, so daß ich mich nur mit Grausen an die frustrierende Arbeit erinnere.

Glücklicherweise dauerte diese Periode nicht ewig, und eines Abends kündigte sich die Wende zu aufregenderen Zeiten an – wenn auch sehr verhalten. Nach einem einfachen Abendessen saßen Emerson und ich im Wohnraum. Er arbeitete an seinen Aufzeichnungen, während ich mich bemühte, eine Tonvase aus ihren Einzelheiten zu rekonstruieren. Der kleine Löwe lag unter dem Tisch und bearbeitete hingebungsvoll meinen Pantoffel, aber da er den ersten ebenfalls ruiniert hatte, hatte ich nichts dagegen einzuwenden. Ramses war mit seinen geheimnisvollen Arbeiten beschäftigt, und John hatte sich wieder einmal zum Bibelstudium in sein Zimmer zurückgezogen. Bastet lag zufrieden schnurrend auf Emersons Tisch und beobachtete seine Arbeit aus ihren schmalen Augenschlitzen.

»Ich fürchte, ich muß bald nach Kairo fahren«, bemerkte ich in die Stille.

Emerson warf seinen Federhalter weg. »Ich wußte, daß so etwas kommen würde, Peabody! Ich verbiete dir ganz ausdrücklich, dich wieder im Basar herumzutreiben und nach Mördern zu suchen! Gerade ist alles zur Ruhe gekommen, und ich möchte nicht, daß ... «

»Emerson, ich kann wirklich nicht verstehen, weshalb du alle diese Dinge sagst! Ich muß einkaufen, das ist alles! Wir haben unsere sämtlichen Pantoffeln dem Löwen vorgeworfen, und mein Medizinvorrat muß dringend ergänzt werden.«

»Wenn du nicht so freigebig damit umgingst, wärest du jetzt nicht in dieser Lage.«

Unsere kleine Meinungsverschiedenheit entwickelte sich gerade bestens, als wir plötzlich von einem lauten Ruf von draußen gestört wurden. Seit dem Einbruch in den Lagerraum hatte Abdullah sich selbst zu unserem Wächter ernannt und schlief, abwechselnd mit seinen Söhnen, dicht neben unserer Tür im Hof. Diese Geste hatte mich tief gerührt, um so mehr, als ich wußte, daß Abdullah keineswegs davon überzeugt war, daß Emerson alle Geister gebannt hatte.

Als er uns rief, liefen wir beide zur Tür und sahen, daß sich zwei Reiter näherten. Im Licht der Fackel, die Abdullah hoch über unsere Köpfe hielt, erkannte ich rasch, daß wir nichts zu befürchten hatten. »Es sind der Reverend und Mr. Wilberforce!« rief ich. »Welche Überraschung!«

»Ich bin nur überrascht, daß sie erst jetzt kommen«, brummte Emerson. »Während der letzten drei oder vier ruhigen Tage hatte ich schon fast daran geglaubt, jetzt endlich ungestört arbeiten zu können.«

»Wir haben heute morgen in Dahschûr angelegt«, erklärte der Reverend, nachdem sie abgestiegen und uns begrüßt hatten. »Den Nachmittag haben wir mit de Morgan verbracht, und da wir schon morgen weiterfahren wollen, haben wir beschlossen, noch heute abend herüberzukommen.«

»Wie reizend von Ihnen«, sagte ich und versetzte Emerson einen Rippenstoß, um ihn von gegenteiligen Äußerungen abzuhalten. »Willkommen in unserem bescheidenen Heim!«

»So bescheiden nun auch wieder nicht«, meinte der Amerikaner, während er sich beifällig umblickte. »Wirklich, Mrs. Amelia, Sie verstehen es, auch aus der windigsten Hütte ein Heim zu gestalten! Guter Gott!« Er sprang zurück, bevor der Löwe seinen Fuß erwischen konnte. Als ich die quastengeschmückten Gamaschen bemerkte, konnte ich dem armen Tier nicht einmal böse sein.

Trotzdem nahm ich den Löwen und band seine Leine an einem Tischbein fest, damit Mr. Wilberforce sich auf seinem Stuhl am anderen Ende des Zimmers sicher fühlen konnte. Beiläufig erkundigte sich Mr. Sayce: »Ist das vielleicht der kleine Löwe, der der Baronin davongelaufen ist?«

»Ramses hat ihn gefunden«, erklärte ich. Wenn es irgend möglich ist, halte ich mich gern an die Wahrheit. Diese Aussage war zumindest nicht falsch, und es war unnötig zu erwähnen, wo genau Ramses den Löwen gefunden hatte.

Danach wandte sich die Unterhaltung de Morgans Grabungsergebnissen zu, und Emerson brütete nur vor sich hin. »Ohne Zweifel«, berichtete Sayce, »wurde die südliche Ziegelpyramide von König Amenemhet III. aus der zwölften Dynastie erbaut. De Morgan hat eine Reihe Gräber aus dieser Periode entdeckt und unser Wissen über das Mittlere Reich wesentlich erweitert.«

»Wie wunderbar«, sagte ich.

Danach schleppte sich die Unterhaltung mühsam weiter, und nicht einmal der Reverend wagte es, Emerson nach dem Fortgang seiner Arbeiten zu fragen. Schließlich meinte Mr. Wilberforce: »Um die Wahrheit zu sagen, liebe Freunde, sind wir nur gekommen, um uns von Ihrem Wohlergehen zu überzeugen. Wir waren ein wenig besorgt.«

Emerson sah beleidigt drein. »Guter Gott, Wilberforce! Trauen Sie mir nicht zu, daß ich auf mich und meine Familie aufpassen kann?«

»Aber es hat sich doch so einiges zugetragen«, verteidigte sich Mr. Wilberforce. »Wir haben gehört, daß in die Dahajibe der Baronin eingebrochen worden ist, und bevor wir Kairo verließen, haben wir Mr. David Cabot getroffen, der uns von dem Anschlag auf die Missionsstation berichtet hat.«

»Einen Anschlag kann man das wohl nicht nennen«, meinte Emerson. »Einige unzufriedene Leute haben ein Feuer hinter der Kapelle angezündet, aber selbst wenn das Gebäude zerstört worden wäre, wäre wahrscheinlich niemandem etwas geschehen.«

»Trotzdem sehe ich darin ein drohendes Vorzeichen«, sagte Sayce. »Mr. Cabot hat auch bestätigt, daß es zu Reibereien innerhalb der Bevölkerung gekommen ist.«

»Kennen Sie Bruder Ezekiel?« fragte Emerson.

Wilberforce lachte. »Ich bin Ihrer Meinung, Professor! Falls ich jemals pyromanische Gelüste entwickeln sollte, wäre dieser Ort der erste, den ich in Flammen aufgehen ließe!«

»Sie sollten nicht scherzen, Wilberforce«, sagte der Reverend ernst. »Ich hege zwar keinerlei Sympathien für die ›Brüder des Heiligen Jerusalem‹, aber trotzdem wünsche ich ihnen nichts Böses, auch wenn sie der gesamten christlichen Mission durch ihr Benehmen keinen Gefallen tun.«

»Ich glaube, daß Sie die Gefahr überschätzen, Gentlemen«, gab Emerson zurück. »Ich beobachte die Situation seit einiger Zeit, und ich glaube nicht, daß irgend jemand etwas unternimmt, solange ich hier bin.« Sayce schüttelte nur den Kopf, aber er sagte nichts mehr.

Kurze Zeit später verabschiedeten sich die beiden, weil sie am nächsten Morgen früh aufbrechen wollten. Als sie schon an der Tür waren, räusperte sich Sayce und sagte: »Ich habe noch ein kleines Problem, das ich gern mit Ihnen besprechen würde, Mrs. Emerson. Fast hätte ich es vergessen. Nun ja, es ist auch nicht so wichtig ... Erinnern Sie sich noch an das Papyrusfragment, das Sie mir zeigten? Besitzen Sie es noch?«

»Ja«, sagte ich.

»Dürfte ich die unverschämte Bitte äußern, daß Sie es mir überlassen? Ich habe über die Textstelle nachgedacht, die ich entziffern konnte, und ich glaube, daß sie für einen Theologiestudenten von Bedeutung sein könnte.«

»Um ehrlich zu sein, wüßte ich im Augenblick gar nicht, wo ich danach suchen sollte«, sagte ich. »Ich habe unsere Sachen seit unserer Abreise aus Kairo nicht mehr sortiert.«

»Aber Sie besitzen es noch?« fragte der Reverend beharrlich.

»Ja, ganz sicher. Irgendwo muß es sein.«

»Ich möchte Ihnen keine Umstände machen ... «

»Dann tun Sie es auch nicht!« sagte Emerson, der den kleinen Mann interessiert beobachtet hatte. »Sie erwarten doch nicht im Ernst, daß Mrs. Emerson mitten in der Nacht in Kisten und Kästen wühlt, oder?«

»Nein, natürlich nicht. Ich dachte nur ... «

»Schauen Sie auf Ihrem Rückweg noch einmal vorbei«,

meinte Emerson lässig. »Wir werden versuchen, es in der Zwischenzeit zu finden. Dann können wir weiterreden.«

Der Reverend sah nicht sehr glücklich aus, aber mit dieser Antwort mußte er sich wohl oder übel zufriedengeben. Während wir den beiden nachsahen, wie sie in die vom Mondlicht silbrig erleuchtete Wüste hinausritten, spürte ich plötzlich Emersons Arm um meine Taille.

»Peabody?«

»Ja, mein lieber Emerson?«

»Ich bin die Ausgeburt eines Egoisten, Peabody.«

»Aber Emerson!«

Emerson zog mich ins Zimmer und schloß die Tür. »Obwohl ich dir deinen Herzenswunsch nicht erfülle, hältst du zu mir. Als du de Morgan neulich erklärtest, daß du in römische Friedhöfe geradezu vernarrt wärest, hätte ich dich küssen können.«

»Es ist sehr lieb, daß du das sagst, Emerson, aber jetzt würde ich gern meine Vase zusammensetzen.«

»Ach, laß doch die Vase!« rief Emerson. »Mit diesen römischen Töpfen und Mumien ist Schluß! Morgen beginnen wir mit der Arbeit an unseren Pyramiden. Auch wenn sie nicht mehr die schönsten sind, wird die Beschäftigung mit ihnen interessanter als alles Bisherige!«

»Emerson, machst du auch keinen Scherz?«

»Es ist mein voller Ernst, Peabody. Mein Eigensinn hat mich daran gehindert, schon früher damit zu beginnen. Damit ist jetzt Schluß! Du möchtest dort arbeiten, und du wirst dort arbeiten!«

Ich war überwältigt und blickte meinen Mann voll dankbarer Bewunderung, die eine so großartige Geste verdiente, schweigend an. Emersons Augen leuchteten, als er die Hand ausstreckte, um das Licht zu löschen.

# 8. Kapitel

Normalerweise sind Emersons Liebesbezeugungen so stürmisch, daß wir danach augenblicklich in Schlaf sinken, doch heute lag ich noch wach, als Emerson längst tief und entspannt atmete. Durch das offenstehende Fenster konnte ich die Sterne sehen, und ein kühler Wind strich mir über das Gesicht. In weiter Ferne heulte ein Schakal.

Doch dann – viel näher und kaum zu hören – ein anderes Geräusch! Ich setzte mich auf und strich mir die Haare aus dem Gesicht. Da, wieder! Ein dumpfer, kaum vernehmbarer Schlag – und dann – um Himmels willen! – ein unmenschliches Gebrüll! Das Gebrüll eines Löwen!

Ich sprang aus dem Bett. Trotz meines Entsetzens empfand ich Stolz, denn diesmal hatte ich bestens reagiert und mich nicht in irgendwelchen Netzen verheddert. Ich packte meinen Sonnenschirm und stürmte zur Tür, während Emerson gerade fluchend und schimpfend zu sich zu kommen versuchte. »Vergiß nicht, deine Hose anzuziehen, Emerson!« rief ich noch schnell.

Da wir nur einen Löwen beherbergten, war es nicht weiter schwer, das Zimmer zu identifizieren, aus dem das Gebrüll gekommen sein mußte. Ramses' Zimmer lag direkt neben unserem. Ohne anzuklopfen, öffnete ich die Tür.

Drinnen war es dunkel, denn der gesamte Fensterrahmen

wurde von einer menschlichen Gestalt ausgefüllt, auf die ich sofort einschlug, ohne mich lang zu besinnen. Doch leider trafen meine Prügel genau das falsche Ende des Eindringlings, so daß seine Flucht nur beschleunigt wurde, denn sein Kopf und seine Arme befanden sich bereits außerhalb des Fensters. Bevor ich ihm folgen konnte, riß mich ein durchdringender Schmerz in meinem linken Fuß zurück, und ich fiel zu Boden.

Mittlerweile war der gesamte Haushalt aufgewacht. Schreie und Rufe ertönten aus allen Ecken. Emerson war der erste, der die Bühne betrat. Er rannte blindlings ins Zimmer und stolperte als erstes über mich. Danach kam John, der sich mit einer Lampe und einem dicken Stock bewaffnet hatte. Dank der Lampe konnte er den Schlag, den er gegen Emersons Körper führen wollte, gerade noch bremsen. Wenn ich Luft gehabt hätte, hätte ich ihm meine Anerkennung dafür ausgesprochen, daß er an die Lampe gedacht hatte, aber der Löwe knabberte immer noch an meinem Fuß, auch wenn er jetzt eher spielerisch mit mir umging, da er mich offenbar erkannt hatte.

Emerson sammelte seine Gliedmaßen ein und stand auf. »Ramses!« rief er. »Ramses, wo bist du?«

Jetzt erst fiel mir auf, daß wir bisher nichts von Ramses gehört hatten, was äußerst ungewöhnlich war. Auf seinem Bett türmten sich Decken, aber von dem Jungen war nichts zu sehen.

»Ra-a-amses!« schrie Emerson laut, wobei sein Gesicht ganz rot wurde.

»Ich bin unter dem Feldbett«, sagte eine schwache Stimme.

Es war Ramses. Emerson zerrte ihn hervor und wickelte Ramses aus dem Bettuch, in das man ihn verschnürt hatte. Danach preßte er seinen fast verlorenen Sohn an die Brust. »Sag, Ramses, bist du verletzt? Was haben sie mit dir gemacht, Ramses, mein Sohn ...«

Nachdem Ramses etwas gesagt hatte, war ich fast beruhigt. Ich sperrte erst einmal den Löwen in seinen Käfig und sagte dann sehr sanft: »Emerson, er kann dir beim besten Willen nicht antworten, wenn du ihm die Luft abdrückst. Ich bitte dich, laß ihn doch erst einmal los!«

»Danke, Mama«, sagte Ramses außer Atem. »Zwifen dem Bettuch, daf ich mir gerade erft vom Mund wegziehen konnte, und Papaf Umarmung ift ... «

»Guter Gott, Ramses!« unterbrach ich ihn. »Laß die langen Reden und erkläre uns genau, was geschehen ist, ja?«

»Ich kann nur raten, waf am Anfang paffiert ift, denn zu diefer Zeit habe ich feft geflafen«, sagte Ramses. »Ich nehme an, daf jemand durch daf Fenfter eingeftiegen ift. Ich bin erft aufgewacht, alf er oder fie – daf Geflecht konnte ich nicht unterfeiden – mich in daf Laken gewickelt hat. Alf ich mich befreien wollte, bin ich irgendwie vom Feldbett gerollt und lag plötzlich darunter.«

Er war noch immer etwas außer Atem. »Wie ist der Löwe aus dem Käfig gekommen?« fragte ich.

Ramses blickte zum Käfig hinüber, in dem sich der kleine Kerl zusammengerollt hatte und fest schlief. »Vielleicht habe ich vergeffen, die Tür zu fliefen.«

»Diesmal war es unser Glück«, sagte Emerson. »Ich schüttele mich bei dem Gedanken, was hätte passieren können, wenn uns das Tier nicht alarmiert hätte.«

»Das hätte er eingesperrt genauso tun können«, bemerkte ich. »Gebissen wurde nämlich nur ich, und wenn das nicht so gewesen wäre, hätte ich den Einbrecher vielleicht erwischt!«

Vater und Sohn musterten mich und sahen sich dann wortlos in die Augen. Genausogut hätten sie »Diese Frauen! Immer müssen sie sich über alles beklagen!« sagen können!

Am nächsten Morgen erinnerte ich Emerson an sein Versprechen, sofort mit den Arbeiten an den Pyramiden zu beginnen.

»Du brauchst mich nicht daran zu erinnern, Amelia! Ein Emerson pflegt seine Versprechen zu halten. Heute können wir noch nicht beginnen, weil ich mir erst einen Überblick verschaffen und die Arbeiten an den Friedhöfen endgültig abschließen muß.«

»Bruder Ezekiel wird glücklich sein, wenn er das erfährt«, sagte ich, während ich Emerson die Marmelade reichte.

»Ich hoffe nicht, daß er glaubt, ich hätte seinetwegen aufgehört«, sagte Emerson. »Im Gegenteil! Weil er mich so ultimativ zum Aufhören aufgefordert hat, habe ich länger dort gearbeitet, als es nötig gewesen wäre.«

»Wenn es ohnehin noch einige Tage dauert, bevor wir mit den Arbeiten beginnen können, fahre ich am besten sofort nach Kairo.«

»Du willst weg? Ausgerechnet jetzt?« rief Emerson. »Nach diesem mörderischen Überfall auf deinen Sohn?«

»Ich muß, Emerson. Außerdem kann keine Rede davon sein, daß Ramses allein und ungeschützt ist, denn ich kann alles an einem Tag erledigen und abends wieder zurück sein. Ganz nebenbei, ich glaube nicht, daß unser Einbrecher es auf Ramses abgesehen hatte. Es war ein ganz normaler Einbrecher, kein Mörder!«

»Was konnte er in Ramses' Zimmer schon suchen?«

»Vielleicht hat er sich im Raum geirrt. Oder er wollte in eine der Vorratskammern, die ja größtenteils keine Fenster haben. Oder in den Wohnraum, dessen Tür von Abdullah bewacht wurde.«

»Eine schöne Hilfe war dieser Abdullah«, schnaubte Emerson. »Er muß wie ein Toter geschlafen haben, daß er fast nichts davon mitbekommen hat. Nun gut, mach, was du meinst. Du wirst dich ja ohnehin nicht zurückhalten lassen, aber es sei mir gestattet, deine Absichten anzuzweifeln. Leugne nicht, Amelia, daß du immer noch hinter deinem großen Unbekannten her bist.«

»Wir sollten diesen Aktivitäten wenigstens ein bißchen Aufmerksamkeit schenken, denn wie viele Überfälle wollen wir uns denn noch gefallen lassen?«

Emerson zuckte die Achseln. »Tu, was du für richtig hältst, Amelia. Das werde ich sowieso nicht verhindern können, aber versuche wenigstens, weder entführt noch ermordet zu werden, falls dir das möglich ist.«

Emerson hatte seinen Sohn gefragt, ob er mich begleiten wollte, doch dieser hatte, zu meiner Überraschung, abgelehnt. »Aber wenn du fährft, Mama, kannft du mir ein koptifef Wörterbuch mitbringen, ja? Bitte, Mama!«

»Gibt es das denn überhaupt, Ramses?«

»Ja, Herr Fteindorff hat fie gerade erft herausgegeben: *Koptife Grammatik mit Chreftomathie, Wörterverzeichnif und Literatur.* Fallf du daf nicht bekommft, gibt ef noch ...«

»Ich werde versuchen, was sich machen läßt«, versprach ich schnell, um mir nicht noch weitere Titel anhören zu müssen.

»Danke, Mama.«

»Wozu brauchst du ein koptisches Wörterbuch?« fragte Emerson.

»Ich kann einige Wörter auf dem Papyruffragment, daf Mama mir gegeben hat, nicht lefen.«

»Das Papyrusfragment! Das ist es!« rief ich. »Ich hatte es bereits wieder vergessen! Gestern erst hat doch Mr. Sayce danach gefragt.«

»Er wird es nicht bekommen«, entschied Emerson.

»Sei doch nicht so gehässig, Emerson. Ich kann mich gar nicht erinnern, was ich mit dem zweiten Stück gemacht habe, das ich in der Nacht nach Abd el Attis Tod gefunden habe.«

»Noch ein Fragment, Mama?« fragte Ramses interessiert.

»Ja, ich glaube, es stammt von demselben Papyrus, aber es ist viel kleiner.«

Gespannt vor Aufregung sah Ramses uns an. »Ich möchte ef gern haben, Mama.«

»Aber ich weiß doch nicht mehr, wo ich es hingeräumt habe.«

»Aber Mama ... «

»Wenn du ein lieber Junge bist und deinem Papa folgst, wird Mama dir deine Belohnung geben, sobald sie zurückkommt.«

Als ich mich den zahllosen Buchstapeln gegenübersah, bereute ich schon fast, Ramses mein Versprechen gegeben zu haben. In Kairo ist ein Buchladen keine wohlsortierte Angelegenheit, und es dauert geraume Zeit, bis man das Gewünschte bekommt. Aber nach einigem Suchen hatte ich Erfolg und erstand ein Wörterbuch. Danach begab ich mich schnurstracks zum Basar der Lederhändler und kaufte zwölf Paar Pantoffeln, je zwei für Ramses, Emerson und mich und sechs für den Löwen. Und dann, wirklich erst dann, lenkte ich meine Schritte zum Khân Kalîli.

Abd el Attis Geschäft war geschlossen und mit Läden verrammelt. Niemand antwortete auf mein Klopfen, und auch an der Hintertür hatte ich keinen Erfolg. Etwas enttäuscht drehte ich mich um und wollte schon zum Geschäft von Mr. Aslimi an der Muski gehen, als mir plötzlich ein guter Gedanke kam. Ich ging am Brunnen vorbei weiter in den Basar hinein.

Kriticas ist einer der bekanntesten Antiquitätenhändler Kairos und einer von Abd el Attis Konkurrenten, außerdem ein alter Freund. Er begrüßte mich mit zurückhaltender Freude. »Ich habe gehört, daß Sie demotische Papyri suchen,

Mrs. Emerson. Weshalb sind Sie denn nicht zu mir gekommen!«

»Wäre ich doch, Mr. Kriticas, wenn mich nicht Abd el Attis Tod abgelenkt hätte. Sie haben doch sicher davon gehört.«

»Ah ja.« Kriticas' griechisches Gesicht verdüsterte sich. »Eine Tragödie! Traurig, traurig... Ich kann Ihnen einen ausgezeichneten Papyrus der sechsundzwanzigsten Dynastie anbieten...«

Während ich die Ware betrachtete und den Kaffee schlürfte, den er mir aufgedrängt hatte, erkundigte ich mich kurz nach seiner Familie. »Ich habe gesehen, daß Abd el Attis Laden geschlossen ist«, sagte ich beiläufig. »Wer ist denn der neue Besitzer? Sein Sohn oder seine Frau, die reizende alte Dame?«

Kriticas konnte schweigend lachen. Sein gesamter mächtiger Körper wurde von einem Beben geschüttelt, aber über seine bärtigen Lippen kam kein einziger Laut. »Kennen Sie die Dame?«

»Ja, sie machte einen sehr entschlossenen Eindruck auf mich.«

»Ja, das kann man wohl sagen! Aber sie hat natürlich keinen gesetzlichen Anspruch, sondern sie hat im Namen ihres Sohnes Hassan gehandelt. Er ist das schwarze Schaf der Familie, handelt mit Drogen und hat pausenlos Schwierigkeiten mit der Polizei. Aber Sie wissen ja, wie diese Mütter sind. Je schlechter der Sohn, desto mehr hängen sie an ihm.«

»Hm«, machte ich nur.

»Ihre Anstrengungen waren von vornherein zum Scheitern verurteilt«, fuhr Kriticas fort, »denn Abd el Atti hatte seinen Sohn bereits vor Jahren enterbt. Wahrscheinlich steckt er gerade wieder in Schwierigkeiten, denn ich habe ihn schon einige Wochen lang nicht mehr gesehen.«

Plötzlich schoß mir ein Gedanke durch den Kopf, und ich wunderte mich, daß ich nicht bereits früher daraufgekommen war. »Ich glaube, daß ich ihn in der letzten Zeit öfter gesehen habe«, sagte ich. »Ist er etwa mittelgroß, und hat er finstere Augenbrauen? Fehlt ihm vielleicht auch ein Schneidezahn?«

»Er und etwa hunderttausend andere Ägypter passen auf diese Beschreibung«, sagte Kriticas und lachte wieder schweigend. »Aber jetzt zum Geschäft, Mrs. Emerson. Dieser Papyrus ist von ausgezeichneter Qualität. Ich habe bereits einen Interessenten, aber wenn Sie sich entschließen könnten ... «

Nach einigem Hin und Her kaufte ich den Papyrus, worüber sich Kriticas sichtlich freute. Als er einige Sekunden lang nicht ganz so wachsam war, schlug ich zu. »Gehört dieser Papyrus vielleicht zur Beute des Meisters?«

Ich hatte die *siim issaagha*-Sprache benutzt. Kriticas' Augenlider zitterten. »Wie bitte, Mrs. Emerson?«

»Sie verstehen diesen Dialekt genausogut wie ich«, sagte ich. »Aber lassen wir das, Mr. Kriticas. Sie haben sicher gute Gründe für Ihr Schweigen. Emerson und ich sind Ihre Freunde. Falls Sie Hilfe brauchen, können Sie uns immer darum bitten.«

Der würdige Grieche spitzte seine Lippen. »Haben Sie dasselbe auch zu Abd el Atti gesagt?« fragte er.

Zum Mittagessen ging ich ins Shepheard's Hotel, was Emerson sicher als reine Zeitverschwendung angesehen hätte. Aber in diesem Fall irrte er sich, denn das Hotel war ein Treffpunkt und als Nachrichtenbörse unbezahlbar. Mr. Baehler erkannte mich sofort und leistete mir einen Aperitif lang Gesellschaft, wobei ich eine Menge Klatsch erfuhr. Nach dem Essen ging ich hinaus auf die Terrasse, wo ich meinen Kaffee trinken wollte, und stieß sofort wieder auf ein bekanntes Gesicht. Er wollte mich zwar nicht kennen, doch ich machte mich bemerkbar, indem ich mit meinem Sonnenschirm winkte. »Prinz Kalenischeff! Hoheit!«

Er spielte den Überraschten, und wir beschlossen, unseren Kaffee gemeinsam zu trinken. »Ich dachte, Sie würden keinen Schritt ohne Ihren Mann machen«, sagte er, nachdem wir uns gesetzt hatten.

»Ich bin genauso überrascht, Sie hier zu sehen! Ist in Dahschûr alles in Ordnung?«

In dieser Art plätscherte die Unterhaltung fort. Ich ließ ihn reden und versuchte, immer wieder spitzfindige Fragen unterzubringen. Erst nach einer ganzen Weile bemerkte ich, daß er immer näher und näher gekommen war, bis er schließlich meinen Fuß berührte.

»Ich war heute morgen im Khân Kalîlî«, sagte ich und zog meinen Fuß ein Stück zurück.

»Welch ein Zufall! Ich war ebenfalls dort«, sagte Kalenischeff. »Wenn wir uns früher getroffen hätten, hätte ich Sie zum Lunch einladen können.«

Diesmal war es kein Fuß, sondern eine Hand, die sich unter dem Schutz des Tischtuchs auf mein Bein legte. Wieder rutschte ich ein kleines Stück weiter, doch Prinz Kalenischeff folgte mir unverdrossen. »Ich habe eine hübsche kleine Wohnung hier in Kairo«, fuhr er fort und machte mir durch sein Monokel schöne Augen. »Da es für ein Mittagessen zu spät ist, würde ich Sie gern zum Tee einladen. Was halten Sie davon?«

Diesmal drangen Hand und Fuß gleichzeitig auf mich ein. Ich bin bereit, für Recht und Gerechtigkeit einiges auf mich zu nehmen, aber alles hat seine Grenzen. Da der Sonnenschirm meine einzige Waffe darstellte, packte ich ihn und stellte seine Spitze entschlossen mitten auf den Fuß des Prinzen.

Kalenischeffs Monokel fiel herunter, und sein Mund öffnete sich, als ob er schreien wollte, aber er blieb stumm. Ich erhob mich. »Ich wünsche Ihnen noch einen schönen Tag, Hoheit. Wenn ich noch länger bleibe, versäume ich meinen Zug!«

Alles in allem war es ein sehr erfolgreicher Tag gewesen, und ich brannte darauf, Emerson meine Erlebnisse zu erzählen. Die Begegnung mit Kalenischeff würde erst noch ein wenig bearbeitet werden müssen, um Emerson vor überstürzten Aktionen gegen diesen Menschen zu bewahren. Die bedeutendste Neuigkeit war die Tatsache, daß Hamid tatsächlich Abd el Attis enterbter Sohn war. Aber hatte er seinen Vater umgebracht? Anfangs gefiel mir der Gedanke, doch je länger ich darüber nachdachte, desto sicherer war ich, daß sich die beiden vielleicht gestritten oder gar verprügelt hatten, aber daß der schmächtige Hamid niemals in der Lage gewesen wäre, seinen gewichtigen Vater oben am Deckenbalken aufzuhängen. Genau diese Tatsache war überhaupt das größte Rätsel. Weshalb unternahm irgend jemand eine so gewaltige Anstrengung? Die oberflächlichste Untersuchung hätte ergeben, daß Abd el Atti ermordet worden war.

Während der Zugfahrt kreisten meine Gedanken immer wieder um diese Frage. Als ich zu Hause ankam, war die Sonne noch nicht untergegangen, und ich war überrascht, Emerson im Wohnzimmer vorzufinden. Ramses saß auf seinen Knien.

»Emerson, stell dir vor«, rief ich, »ich habe entdeckt, wer Hamid in Wirklichkeit ist!«

»War«, sagte Emerson.

»Wie bitte?«

»Ja, war! Ramses hat gerade seine Überreste gefunden, oder vielmehr das, was die Schakale übriggelassen haben.«

Ich war bitter enttäuscht, daß wir Hamid nun nicht mehr befragen konnten. Ich setzte mich und zog meine Handschuhe aus. »Ich muß mich schon sehr wundern, mein Sohn! Wie kommt es denn, daß du derartige Entdeckungen machst?«

»Eigentlich war ef die Katze«, sagte Ramses leise. »Ich habe verfucht, ihr daf Apportieren beizubringen. Knochen mag fie besonderf, waf ja nicht verwundert, da fie ein Fleiffreffer ift. Ich halte ef für einen perfönlichen Erfolg und für einen Beweif von Baftetf Intelligcnz, daf fie ihre inftinktiven ... «

»Sprich nicht weiter!« rief Emerson. »Amclia, wie kannst du Ramses nur danach fragen! Er war zu Tode erschrocken.«

»War ich nicht«, sagte Ramses, während er sich der Umarmung seines Vaters zu entwinden suchte. »Jeder Ftudent muf mit kühlem Kopf die Dinge betrachten können, mit denen er fich gerade befäftigt. Ich habe verfucht, daf Papa zu erklären, aber ohne Erfolg!«

Emersons Griff lockerte sich, und Ramses entschlüpfte ihm. »Ich fah fofort an der Frife diefer Exemplare, abgefehen von den Fpuren der Verwefung, die in diefem Klima natürlich find, daf diefef Individuum erft vor kurzem daf Ende feinef Lebcnf erreicht hatte. Die Katze Baftet führte mich zu dem Platz, wo die anderen Teile ... «

»Genug, Ramses«, sagte ich. »Emerson, wo sind die ... dic Überreste?«

»Ich habe sie herbringen lassen.«

»Das war ein Fehler. Ich hätte sie gern an Ort und Stelle begutachtet.«

»Ich habe allef genau betrachtet, Mama«, sagte Ramses tröstend. »Der Körper war unbekleidet und mufte seit mehreren Tagen tot gewefen fen. Die Leiche hatte nur um den Half herum aufgedehnte Verletzungen, die vielleicht von der Flinge ftammten, die feft um den Half geknotet war, aber ich glaube eher, daf der Mann erwürgt worden ift.«

»Sehr gut, Ramses«, sagte ich. »Welche Schritte hast du unternommen, Emerson?«

»Ich habe dem örtlichen Polizeichef Bescheid geben lassen.«

»Gut. Wenn ihr mich jetzt entschuldigen wollt, gehe ich und ziehe mich um.«

Als ich hinausging, hörte ich, wie Ramses sagte: »Ich möchte noch bemerken, daf ich, obwohl deine Forge um meine Gefühle völlig unbegründet war, fie trotzdem fehr zu fätzen weif.«

Der Polizeichef war keine Hilfe, aber das hatte ich auch nicht erwartet. Während er die Überreste – und diese Bezeichnung entsprach völlig den Tatsachen – betrachtete, strich er über seinen weißen Bart und sagte: »Was werden diese Ungläubigen als nächstes tun?«

»Wir hoffen, daß Sie uns erst einmal sagen, was diese Ungläubigen hier getan haben, Efendi«, sagte Emerson höflich.

»Es scheint, daß dieser Mann sich aufgehängt hat, o ›Vater der Flüche‹!«

»Und dann zu Fuß in die Wüste hinausgegangen ist, um sich selbst zu begraben?«

»Der ›Vater der Flüche‹ scherzt«, sagte der Polizeichef ernst. »Diesen Dienst muß ihm ein Freund erwiesen haben, aber er hat ihn nicht gut ausgeführt.«

»Unsinn«, rief ich. »Der Mann wurde ermordet.«

»Das ist die andere Möglichkeit. Wenn Sie es wünschen, werde ich die anderen Ungläubigen befragen.«

Er wunderte sich sehr über unser Interesse, denn ihm war es gleichgültig, was die Ungläubigen miteinander anstellten, und er konnte nicht verstehen, daß wir uns für den Tod eines Ungläubigen interessierten, der nicht einmal unser Diener gewesen war. Da ich die Polizeimethoden kannte, lehnte ich sein Anerbieten ab und hielt es auch nicht für nötig, ihm auseinanderzusetzen, daß Hamid kein Kopte war und auch nicht aus dieser Gegend stammte. Diese Geschichte hätte den alten Herrn nur zusätzlich verwirrt.

Wir verabschiedeten uns von ihm und sahen ihm nach, als er davonritt, während seine barfüßigen Polizisten laufen mußten. Als ich mich umdrehte, um wieder ins Haus zu gehen, hatte Emerson sich mit verschränkten Armen vor der Tür postiert. »Wir können gleich hier draußen warten, Amelia. Die nächste Delegation ist bestimmt bereits im Anmarsch.«

»Wen erwartest du denn noch?«

»Jones – wen denn sonst? Er wird die Neuigkeit mittlerweile erfahren haben. Ich habe die Arbeiter früher entlassen, weil sie, nachdem sie alles gehört hatten, zu keiner vernünftigen Arbeit mehr fähig waren. Und bis zum Sonnenuntergang war es ohnehin nicht mehr lang.«

Und wirklich! Nur wenige Augenblicke später sahen wir in der Ferne zwei Reiter, die sich uns in der vertrauten Formation näherten. Erst als sie schon fast bei uns waren, entdeckte ich die dritte Person. »Guter Gott!« rief ich aus. »Er hat Miß Charity mitgebracht! Emerson, glaubst du etwa, daß sie ...«

»Daß sie die Leiche aufbahren soll? Nein, ich glaube, nicht einmal Bruder Ezekiel würde so weit gehen! Er hat es nur gern, wenn sie ihn wie ein gehorsamer Hund begleitet.«

Bruder David galoppierte ein Stück voraus und erreichte uns als erster. »Ist es wahr?« fragte er aufgeregt. »Ist Bruder Hamid ...«

»Tot«, sagte Emerson fröhlich. »Sehr tot, sogar äußerst tot, ohne Zweifel tot und ...« Er unterbrach sich, weil die anderen herangekommen waren. Charity war so verpackt wie immer, so daß ihr Gemütszustand nicht zu beurteilen war. Allerdings umklammerten ihre kleinen Hände die Zügel so fest, daß die Knöchel weiß hervorstachen.

Ezekiel stieg ab. »Wir sind gekommen, um unseren armen Bruder zum Begräbnis abzuholen«, verkündete er. »Und um Gottes Fluch auf seinen Mörder zu lenken.«

»Vorher sollten Sie vielleicht eine Tasse Tee zu sich nehmen«, schlug ich vor.

Ezekiel zögerte, doch Emerson ermunterte ihn. »Er wird Ihre Wortgewalt verdoppeln und Ihre Stimmbänder stärken!«

Ich lächelte, während ich in den Wohnraum vorausging. Mein lieber Emerson mochte sich ja über meine Detektivspiele lustig machen, aber er konnte wirklich nicht leugnen, daß er gelegentlich vom selben Fieber heimgesucht wurde. Hier bot sich die Chance, zu erfahren, was die beiden über ihren Mitbruder Hamid wußten.

Ich wollte John die Peinlichkeit ersparen, vor diesen Leuten erscheinen zu müssen, doch Charitys Gegenwart mußte sich ihm telepathisch mitgeteilt haben, denn er erschien plötzlich verlegen und stotternd und fragte nach unseren Wünschen. Ihn wegzuschicken wäre grausam gewesen, also ließ ich ihn den Tee servieren, obwohl er sich genauso ungeschickt anstellte wie beim letzten Mal, weil er den Mittelpunkt seiner Träume nicht aus den Augen lassen konnte.

Natürlich sprachen wir nur über Hamids Tod. »Armer Kerl«, sagte David mitfühlend. »Du hast ihm unrecht getan, Bruder, als du sagtest, er wäre fortgelaufen.«

»Ja, das habe ich«, sagte Ezekiel und blickte triumphierend in die Runde, als müßten wir ihm für so viel Aufrichtigkeit Beifall spenden. Doch irgendwann begnügte er sich mit Bruder Davids Bewunderung und fuhr fort: »Er war eine treue Seele.«

»Ein guter Mensch«, sagte Bruder David.

»Wir werden ihn sehr vermissen.«

»Einer der Auserwählten.«

»Ich konnte ihn von Anfang an nicht leiden.«

Diese überraschende und völlig abweichende Meinung war unter Charitys Haube hervorgekommen. Ihr Bruder sah sie völlig entgeistert an, während sie weitersprach. »Er war so kriecherisch, und manchmal, wenn du nicht hingesehen hast, hat er ganz hinterhältig gegrinst.«

»Charity! Charity!« mahnte Bruder David. »Du vergißt dich.«

Das Mädchen wandte sich ihm zu wie eine Blume dem Sonnenlicht. »Du hast recht, Bruder David. Vergib mir!«

»Das kann nur Gott, meine Liebe.«

Emerson hatte die Szene genüßlich beobachtet, doch nun hatte er genug. »Wann haben Sie Hamid denn zuletzt gesehen?«

Alle erklärten übereinstimmend, daß sie ihn seit dem Feuer nicht mehr zu Gesicht bekommen hatten. Er hatte noch mit den anderen Bekehrten zu Abend gegessen und sich dann in seine Hütte zurückgezogen. Bruder David meinte, ihn noch später gesehen zu haben, doch Bruder Ezekiel bestand darauf, daß er ihn zu den Verdächtigen gerechnet hätte, weil er beim Löschen nicht mitgeholfen hätte. Als er auch am nächsten Morgen nicht erschienen war, hatte man festgestellt, daß nicht nur er, sondern auch seine bescheidene Habe verschwunden war. »Wir nahmen an, daß er zurück in sein Dorf gegangen wäre«, sagte Bruder David. »Unsere Bekehrten bleiben manchmal, und manchmal bleiben sie nicht ...«

»Ich verstehe«, sagte Emerson. »Ihre Naivität ist kaum zu begreifen. Sie haben einen völlig fremden Menschen ohne Empfehlung oder ähnliches in Ihr Haus aufgenommen ...«

»Wir sind alle Kinder Gottes«, verkündete Ezekiel.

»Das ist Ihre Meinung«, gab Emerson zurück. »In diesem

Fall hatte jedenfalls Miß Charity ein gesünderes Mißtrauen. Ihr ›Bruder‹ war kein Kopte, sondern ein Moslem. Er kam auch nicht aus irgendeinem Dorf, sondern aus der Kairoer Unterwelt. Er war ein Lügner, wahrscheinlich ein Dieb und vielleicht sogar ein Mörder.«

Hätte Emerson mich vorher gefragt, so hätte ich ihm abgeraten, diese Informationen aus der Hand zu geben. Dem Leser wird aufgefallen sein, daß er es so dargestellt hat, als hätte *er* persönlich diese Dinge herausgefunden. Ich war jedoch nicht böse, denn diese plötzliche Konfrontation gab mir die Gelegenheit, die Reaktionen der beiden zu beobachten, die ich aus Gründen, die ich später erörtern werde, natürlich in den Kreis der Verdächtigen einbezogen hatte. Doch Bruder David war ehrlich überrascht, und Bruder Ezekiel sah aus, als hätte ihn der Schlag getroffen. Er konnte gar keine Worte finden. »Was ... wo ... wie haben Sie ...«

»Es gibt überhaupt keinen Zweifel, daß er ein ausgemachter Schurke war«, bestätigte Emerson. »Er hat Sie hübsch an der Nase herumgeführt!«

»Sie bezeichnen den armen Kerl als Dieb«, sagte Bruder David. »Da er sich nicht mehr selbst verteidigen kann, möchte ich das an seiner Stelle tun. Hat er Ihnen etwas gestohlen?«

»Uns hat er nichts gestohlen. Das heißt ...« An der kleinen Unsicherheit merkte ich, daß Emerson soeben an den gestohlenen Mumiensarg gedacht hatte, doch er entschied sich, diese Angelegenheit unerwähnt zu lassen. »Er war aber verantwortlich für den Diebstahl bei der Baronin.«

»Woher wissen Sie das?« fragte Bruder Ezekiel.

»Mrs. Emerson und ich haben unsere Methoden«, antwortete Emerson.

»Aber wenigstens eines der gestohlenen Dinge wurde doch wiedergefunden«, sagte Ezekiel.

»Das war ein Irrtum. Der Mumien ...« Emerson hatte

immer noch etwas Mühe, dieses Wort glatt über die Lippen zu bringen. »Der Mumiensarg war nicht derjenige der Baronin. Der fehlt immer noch. Aber wir sind ihm auf der Spur und werden ihn vermutlich bald aufstöbern.«

Bruder David richtete sich zu seiner vollen Größe auf. »Verzeihen Sie mir, Professor, aber ich kann nicht länger zuhören, wenn Tote beschuldigt werden. Inzwischen müßten unsere Männer angekommen sein. Bitte führen Sie uns jetzt zu unserem unglücklichen Bruder, damit wir ihn mitnehmen können.«

»Aber selbstverständlich. Ich werde Ihnen auch einen Sack leihen, damit Sie ihn besser transportieren können.«

Die Sonne versank gerade in voller Pracht, als die Prozession sich in Richtung auf das Dorf in Bewegung setzte. Man hatte uns natürlich aufgefordert, am folgenden Morgen dem Begräbnis ›unseres lieben Bruders‹ beizuwohnen, doch Emerson hatte nur sehr erstaunt festgestellt: »Sir, ich fürchte, Sie sind von Sinnen, mir diesen Vorschlag zu machen.«

Als wir ins Wohnzimmer zurückkehrten, hatte John bereits die Lampen angezündet. Ramses war ebenfalls da. Er mußte uns belauscht haben, denn er sagte sofort: »Ich möchte aber gern zur Beerdigung gehen.«

»Verrätst du mir auch, weshalb?« fragte Emerson.

»Man fagt, daf der Mörder zur Beerdigung feinef Opferf kommt. Ich glaube zwar nicht daran, aber ftreng wiffenfaftlich gefehen darf man eine Theorie nicht fo einfach ablehnen ...«

»Ramses, du überrascht mich«, sagte Emerson. »Eine wissenschaftliche Untersuchung ist eine Sache, aber es gibt auch noch eine Art krankhafter Neugier, der hier – ich bedauere, es sagen zu müssen – auch erwachsene Menschen verfallen sind ...« Offenbar wußte er nicht weiter und verstummte.

»Nur weiter, mein lieber Emerson«, sagte ich kühl.

»Bah«, machte er nur. »Ich ... ich habe einen anderen Vorschlag. Statt an dem Begräbnis teilzunehmen, könnten wir nach Dahschûr reiten und de Morgan ... nun, ihn besuchen.«

»Eine ausgezeichnete Idee, Emerson«, sagte ich. »Aber ich sehe keinen Grund, weshalb wir nicht beides tun sollten. Das Begräbnis ist früh am Morgen, und danach können wir nach Dahschûr reiten.«

Zu meiner Überraschung war Emerson mit dem Vorschlag einverstanden, und selbst Ramses stimmte freundlicherweise zu. Später, als er längst im Bett verschwunden war und John wieder Bibelstudien trieb, sagte ich zu meinem Mann: »Ich bewundere deine Selbstbeherrschung, Emerson. Du hast Ezekiel gegenüber keinmal die Geduld verloren.«

»Er ist doch soviel Aufregung gar nicht wert«, antwortete Emerson, während er sein Notizbuch beiseite schob. »Irgendwie amüsiert er mich. Er ist der verrückteste Mensch, den ich in letzter Zeit kennengelernt habe.«

»Glaubst du, daß er Hamid umgebracht hat?«

Emerson starrte mich an. »Weshalb zum Teufel sollte er das tun?«

»Du machst dir immer Gedanken über Motive, aber das ist nicht der richtige Weg, um einen Fall zu lösen.« Da mich Emerson immer noch anstarrte, sprach ich weiter. »Ich kann mir einige Gründe vorstellen. Vielleicht hat der Mann Charity unwillkommene Aufmerksamkeiten zukommen lassen – Ezekiel ist so prüde, daß für ihn ein freundlicher Gruß schon ein Verbrechen ist. Oder Ezekiel hat festgestellt, daß Hamid keineswegs so bekehrt war.«

»Peabody ...«, begann Emerson in verdächtigem Ton.

»Ich habe mir einige Notizen zu dem Fall gemacht«, sagte ich schnell und öffnete mein Notizbuch. »Wir wissen jetzt, daß Hamid der enterbte Sohn Abd el Attis war und außerdem Mitglied in einem Ring illegaler Antiquitätenhändler. Ich teile deine Meinung, daß ein Verrat innerhalb des Rings der wahrscheinlichste Grund für Hamids Tod ist. Diese Banden haben weitreichende Macht, und falls Hamid seinen Eid, den er mit Blut besiegelt hat, verraten ... «

»Peabody! Du überrascht mich immer wieder aufs neue! Wann hast du nur Zeit, all diesen Mist zu lesen?«

Ich nahm an, daß dies eine rhetorische Frage war, die ich nicht beantworten mußte. »Auf Drogenkonsumenten ist nur bedingt Verlaß. Vielleicht hat der große Unbekannte beschlossen, daß Hamid ein Risiko darstellt, und ihn beseitigen lassen.«

»Den Herrn kennen wir doch bereits, nicht wahr?«

»Bitte, Emerson! Hamid hat vielleicht Geschäfte auf eigene Rechnung gemacht. Jedenfalls ist dieser unbekannte Anführer der am meisten Verdächtige auf meiner Liste.«

»Ja, natürlich!« Emerson verschränkte seine Arme. »Weißt du vielleicht auch schon, wer dieser rätselhafte Unbekannte ist?«

»Wir können jedenfalls davon ausgehen, daß mehr als eine Person in diesen Fall verwickelt ist, denn Hamid konnte gestern nacht unmöglich in Ramses' Zimmer einbrechen, weil er wahrscheinlich schon seit Tagen tot war, wahrscheinlich seit der Brandnacht.«

»Hm«, machte Emerson. »Nun gut, eine Bande will ich dir ja zugestehen, Peabody, aber einen großen Unbekannten?«

»Eine Bande hat immer einen Anführer. Natürlich habe ich mir Gedanken gemacht, wer es sein könnte.« Ich blätterte eine Seite um. »Bitte, unterbrich mich nicht dauernd. Das Problem ist schon schwierig genug, und du bringst mich durcheinander.«

»Aber das will ich doch in keiner Weise«, sagte Emerson.

»Der Anführer ist offensichtlich nicht das, was er vorgibt zu sein.«

»Ausgezeichnet, Peabody!«

»Bitte, Emerson! Ich will damit sagen, daß er oder sie – man sollte die natürlichen Eigenschaften des sogenannten schwachen Geschlechts nicht immer verleugnen ... wo war ich stehengeblieben?«

»Ich habe nicht die geringste Ahnung, Peabody.«

»Der große Unbekannte hat noch eine zweite Existenz, die wahrscheinlich höchst respektabel ist. Vielleicht ein Missionar – ein adeliger Russe – eine deutsche Baronin – ein Archäologe ... «

»Hm«, machte Emerson. »Ich versichere, daß ich nicht dein Unbekannter bin, denn ich habe ein Alibi. Du weißt, wo ich mich in der Nacht aufhalte.«

»Dich habe ich nie verdächtigt, Emerson!«

»Wie froh bin ich, das zu hören, Peabody!«

»Ich möchte die Verdächtigen der Reihe nach besprechen. Zuerst Bruder Ezekiel. Was wissen wir von seinem Leben, bevor er hierhergekommen ist? Ich bezweifle nicht, daß die ›Brüder des Heiligen Jerusalem‹ eine legitime Sekte sind, aber sie scheinen mir doch recht sorglos im Umgang mit fragwürdigen Existenzen. Vielleicht sind alle Mitarbeiter der Mission beteiligt – Bruder David als Verbindungsmann zwischen Mazghunah und der Kairoer Unterwelt, und Miß Charity als Tarnung. Ihre Gegenwart verleiht allem ein unschuldiges Aussehen.«

Emersons Interesse wuchs, doch er versuchte, es zu verbergen. »Da hast du es wieder, Peabody! Dein Vertrauen in junge, gutaussehende Leute! Genausogut könnte sie das Oberhaupt der Bande sein.«

»Ich habe nicht gesagt, daß ich es ihr nicht zutraue, Emerson. Sie ist viel zu gut, um echt zu sein. Eine Karikatur einer frommen jungen Dame! Bruder David könnte ebenfalls der Anführer sein. Aber ich halte auch Prinz Kalenischeff für mindestens ebenso verdächtig. Sein Ruf ist nicht der beste, sein Titel fragwürdig, die Quelle seines Einkommens unbekannt. Und Slawen sind, meiner Meinung nach, sehr wankelmütige Leute.«

»Und die Deutschen, Peabody?« Emerson rieb sich sein Kinn. »Ich gestehe, daß mir der Gedanke, eine Baronin zur Hauptschuldigen zu machen, gefällt. Im Augenblick dürfte sie zwar gerade in Luxor sein, und ein wirklicher Anführer müßte doch immer in der Nähe des Tatorts bleiben, oder nicht?«

»Sie ist nicht in Luxor«, rief ich triumphierend. »Ich habe den Nachmittag im Shepheard's verbracht und den neuesten Klatsch gehört. Zwei Tage nachdem die Baronin Dahschûr verlassen hatte, ist ihre Dahabije bei Minieh auf Grund gelaufen. Die Baronin ist daraufhin mit dem Zug nach Kairo zurückgekehrt und wohnt jetzt in dem neuen Hotel bei den Pyramiden in Gizeh – Mena House. Von Gizeh nach Dahschûr braucht man mit dem Esel zwei Stunden, mit dem Zug natürlich weniger.«

»Dann wäre der Diebstahl also nur ein Ablenkungsmanöver gewesen?«

»Möglicherweise, aber nicht wahrscheinlich. Ich glaube eher, daß der Einbruch eine Rebellion Hamids gewesen ist, immer vorausgesetzt, daß die Baronin das Oberhaupt der Bande ist.«

»Und welchen Archäologen hast du in Verdacht? Doch nicht etwa unseren ehrenwerten Nachbarn?«

»Kannst du mir eine bessere Tarnung sagen? Wer sonst hat die offizielle Berechtigung, Ausgrabungen durchzuführen und Informationen über neue Entdeckungen zu sammeln? De Morgan hat alles unter Kontrolle, was sich in Ägypten abspielt, und kann jeden von vielversprechenden Ausgrabungsplätzen fernhalten. Erst im letzten Jahr hat er Gräber der zwölften Dynastie ausgegraben, und später gab es dann plötzlich Stücke aus dieser Zeit auf dem illegalen Markt zu kaufen.«

Emerson sah träumerisch in die Ferne, doch dann schüttelte er den Kopf. »Nein, Peabody. Wir müssen einen besseren Weg finden, um die Genehmigung für Dahschûr zu erhalten. De Morgan ins Gefängnis zu bringen ist keine Lösung. Aber die Überlegung, daß möglicherweise ein Archäologe an der Spitze einer solchen Händlerbande steht, ist faszinierend. Es gibt außer de Morgan noch einige andere Kollegen, die nicht gerade an Charakterstärke leiden.«

»Ich habe keine Sekunde lang geglaubt, daß Mr. Petrie unser Unbekannter ist, Emerson.«

»Hm«, machte Emerson.

Obwohl wir uns noch eine ganze Weile weiter über dieses Thema unterhielten, ergaben sich keine neuen Gesichtspunkte mehr. Ich hoffte, bei unserem morgigen Besuch mehr in Erfahrung bringen zu können. Kalenischeff war sicher noch in Dahschûr, um de Morgan zu helfen, wie er vorgab. Ich freute mich schon auf eine weitere Unterhaltung mit dem Herrn.

Wir gingen erst spät schlafen, aber trotzdem war ich bereits beim ersten leisen Geräusch wach. Jemand kratzte vorsichtig an der Scheibe des offenstehenden Fensters. Ich war schon entschlossen, mich mit meinem Sonnenschirm auf den vermeintlichen Eindringling zu stürzen, als ich plötzlich meinen Namen hörte.

»Abdullah, sind Sie es?« flüsterte ich.

»Kommen Sie heraus, Sitt Hakim. Es gibt etwas zu sehen.«

In einer Sekunde war ich in mein Kleid geschlüpft, doch es dauerte eine Weile, bis ich mich erinnern konnte, wo ich meine Pantoffeln versteckt hatte, damit sie Ramses und seinem unersättlichen Löwen nicht in die Hände fielen. Schließlich hatte ich sie gefunden, und Sekunden später stand ich draußen neben Abdullah.

»Schauen Sie!« sagte er und deutete in die Wüste, wo in einiger Entfernung ein helles Feuer loderte. Die Szene hatte etwas Gespenstisches, weil kein Laut zu hören war. Nur ganz in der Ferne heulte ab und zu ein Schakal. Einige Augenblikke lang fühlte ich mich in das alte Ägypten versetzt, doch dann besann ich mich. Nachdem ich festgestellt hatte, daß der Feuerschein nicht aus der Richtung des Dorfes kam, rief ich: »Rasch! Wir müssen die Stelle erreichen, bevor das Feuer heruntergebrannt ist.«

»Sollen wir nicht doch lieber den ›Vater der Flüche‹ wekken?« fragte Abdullah nervös.

»Das würde viel zu lange dauern. Beeilen Sie sich, Abdullah!«

Das Feuer war gar nicht so weit entfernt, wie es ausgesehen hatte, aber trotzdem waren nur noch glühende Reste vorhanden, als wir endlich davorstanden. Abdullah zog unbehaglich die Schultern hoch und blickte nur ein einziges Mal hin. Irgendwie verstand ich seine Gefühle, denn die Überreste hatten verdächtig menschliche Konturen.

Wir fuhren beide herum, als wir plötzlich hinter uns rennende Schritte und schweres Atmen hörten, doch Abdullah erkannte Emersons Geräusche genauso schnell wie ich. Er brachte sich rechtzeitig hinter mir in Sicherheit, doch es gelang mir in letzter Sekunde, meinen Mann von einem wütenden Angriff auf meinen vermeintlichen Entführer abzuhalten. Nachdem ich die Situation erklärt hatte, schüttelte Emerson sich wie ein großer Hund. »Ich wünschte, du hättest mich nicht so erschreckt, Peabody!« klagte er. »Als ich mit der Hand dein Bett berührte und spürte, daß du verschwunden warst, fürchtete ich das Schlimmste.«

Er hatte nur schnell seine Hose angezogen, bevor er losgelaufen war. Seine breite Brust hob und senkte sich immer noch heftig, und die lockigen Haare hingen ihm in die Stirn. Ich bekämpfte meine heftigen Gefühle mit Erfolg und erzählte, wie alles angefangen hatte.

»Hm«, machte Emerson, während er die glimmenden Überreste betrachtete. »Der Umriß ist sehr seltsam, nicht wahr?«

»Vor kurzem war es noch scheußlicher. Aber es kann kein menschlicher Körper gewesen sein, Emerson, denn der würde niemals so vollständig verbrennen.«

»Das stimmt, Peabody.« Emerson kniete sich hin und streckte die Hand aus. »Autsch!« rief er und steckte den Finger in den Mund.

»Sei vorsichtig, mein lieber Emerson.«

»Eile ist geboten, Peabody, denn es ist ohnehin fast nur noch Asche übrig. Einig Minuten später ...« Er schaffte es, ein kleines, nur wenige Zentimeter langes Stück herauszuziehen. Es schrumpfte noch weiter, während er es von einer Hand in die andere warf, aber er hatte bereits genug gesehen.

»Ich glaube, wir haben den fehlenden Mumiensarg gefunden, Peabody.«

»Bist du sicher?«

»Ja, hier sind Reste der Lackschicht. Möglicherweise ist es einer von unseren ...«

»Heute nacht hat sich niemand unserem Haus genähert«, versicherte Abdullah.

»Dann ist es der, der der Baronin gehört hat«, sagte ich.

»Nicht notwendigerweise«, sagte Emerson. »Es gibt sicher noch vier- bis fünftausend dieser Dinger, die nicht durch unsere Hände gegangen sind!«

»Verzweifle nicht, mein lieber Emerson«, riet ich. »Ich bin fest davon überzeugt, daß es der Sarg war, den wir gesucht haben. Nur schade, daß so wenig von ihm übriggeblieben ist.«

»Das überrascht mich gar nicht, denn er bestand ja nur aus der Lackschicht auf Papiermaché, und das brennt bekanntlich wie Zunder.«

»Kannst du mir erklären, weshalb ein Dieb die Mühe auf sich nimmt und solch ein Ding stiehlt, nur um es dann zu zerstören?«

Darauf wußte er keine Antwort. Wir schauten einander ratlos an, während hinter uns langsam die Sonne aufging.

Voller Befriedigung musterte ich unsere kleine Gesellschaft, bevor wir zur Beerdigung aufbrachen. John hatte sich die Backen geschrubbt, daß sie wie rote Äpfelchen glänzten, und Ramses sah in seinem Eton-Anzug mit kurzen Hosen richtig lieb und unschuldig aus. Emerson hatte zuerst gegen die Krawatte protestiert, aber ich muß sagen, daß er in jeder Aufmachung fantastisch aussieht. Ich trug meine üblichen Sachen, weil ich in Anbetracht unseres geplanten Ausflugs nach Dahschûr auf ein offizielleres Kostüm verzichtet hatte.

Emerson weigerte sich strikt, an der kirchlichen Feier teilzunehmen, und erklärte, daß er genau hier auf uns warten würde. Dabei ließ er sich auf seinem Lieblingsstein vor der Kapelle nieder und legte die Arme auf die Beine wie ein Pharao.

Die Andacht war kürzer, als ich erwartet hatte. Vielleicht reichte Bruder Ezekiels Arabisch nicht allzuweit, oder aber es waren ihm inzwischen Zweifel an Hamids Charakter gekommen. Nach einer kurzen Ansprache, einigen Bibelzitaten und zwei jämmerlich gesungenen Liedern erhoben sich sechs kräftige Bekehrte, nahmen den einfachen Holzsarg in ihre Mitte und trugen ihn hinaus.

Vor der Kapelle hatte sich inzwischen eine größere Menschenmenge angesammelt. Im ersten Augenblick dachte ich, daß sie aus Neugier oder Ärger gekommen wären, doch dann bemerkte ich, daß sie sich um Emerson gesammelt hatten, der sich mit ihnen unterhielt, ihnen Witze erzählte, über die sich alle von Herzen amüsierten. Als er mich bemerkte, unterbrach er sich mitten im Satz und erhob sich.

Von vielen Neugierigen begleitet, folgten wir dem Sarg bis zu einer abgelegenen Stelle am Rande des Fruchtlandes. Ich hatte angenommen, daß Bruder Ezekiel dort einen Platz als Friedhof ausgesucht hätte, aber wir erblickten nichts als ein Loch im Boden. Kein Zaun, kein Kreuz, um die Stelle zu markieren. Ein trostloser Platz, der so richtig zu dem armen Teufel paßte, dessen Gebeine hier beerdigt wurden.

Mit der aufgeschlagenen Bibel in der Hand, postierte sich Ezekiel am oberen Ende des Grabens. Bruder David hielt sich nahe bei ihm, während Charity gehorsam zwei Schritte Abstand wahrte. Während Bruder Ezekiels eintönige Stimme einen Psalm verlas, schob John sich ganz allmählich immer ein Stückchen weiter zu Charity hinüber, doch als ich es merkte, zupfte ich ihn am Ärmel und schüttelte energisch den Kopf. Dies war wirklich nicht der Ort für romantische Gefühlsbezeugungen.

Meine Gedanken waren bereits in Dahschûr und beschäftigten sich mit dem, was ich dort zu erfahren hoffte. Erst als ich spürte, wie sich Emersons Armmuskeln unter meiner Hand anspannten, wachte ich auf und hörte, daß sich Bruder Ezekiels Ansprache in eine leidenschaftlich vorgetragene Schmährede gegen die koptische Kirche und deren örtliche Vertreter gewandelt hatte.

Rundum erhob sich Protest, und Bruder David sah seinen Mentor voller Überraschung an. Rasch räusperte Emerson sich. »Ich möchte gern einige Worte sagen«, rief er laut.

Seine gewaltige Stimme brachte das Gemurmel zum Schweigen, und selbst Bruder Ezekiel verstummte. Noch bevor sich dieser von seiner Überraschung erholen konnte, erklärte Emerson in kurzen Worten, daß Hamid für uns gearbeitet hätte und wir deshalb heute an seiner Beerdigung teilgenommen hätten. Er war nicht so unklug, in Lobeshymnen auszubrechen, sondern zitierte, was im Koran und in der Bibel über Mord und Totschlag gesagt wird, und bekräftigte zum Schluß seine Absicht, den Mörder der gerechten Strafe zuzuführen. Dann entließ er seine vielfältige Gemeinde, indem er Gottes, Allahs, Jehovas, Christi und Mohammeds Segen auf alle herabwünschte.

Während sich die Versammlung langsam zerstreute und die Sargträger begannen, das Grab zuzuschaufeln, ging Emerson auf den wütenden Priester zu. »Sind Sie jetzt völlig verrückt geworden?« fragte er. »Möchten Sie hier einen kleinen Krieg auslösen?«

»Ich habe nur die Wahrheit gesagt«, erwiderte Ezekiel.

Emerson betrachtete ihn nur verächtlich. »Bringen Sie Ihren Freund schleunigst zur Vernunft«, ermahnte Emerson Bruder David. »Sonst werden Sie tatsächlich noch samt Ihrer Kirche in Flammen aufgehen.«

Ohne die Antwort abzuwarten, ging er so rasch davon, daß ich Mühe hatte, ihm zu folgen. »Wohin gehst du denn, Emerson? Unsere Esel stehen doch drüben bei der Kapelle.«

»Ich will den Priester aufsuchen. Sicher hat er inzwischen alles erfahren, aber ich möchte noch retten, was zu retten ist.«

Doch der Priester war nicht zu sprechen. Angeblich hielt er gerade seine Andacht und wollte nicht gestört werden. Widerstrebend gingen wir fort. »Die Sache gefällt mir nicht, Peabody«, sagte Emerson ernst.

»Du glaubst doch nicht, daß wir in Gefahr sind, oder?«

»Wir? In Gefahr?« Emerson lachte. »Weshalb sollte er etwas gegen *uns* unternehmen, Peabody? Aber die Verrückten in der Mission sind ein großes Problem. Ezekiel ist ja geradezu auf Krawall aus!«

»Damals war der Priester sehr freundlich zu mir«, sagte ich, doch als ich an meinen zerdrückten Hut dachte, fügte ich hinzu: »Jedenfalls hatte er die besten Absichten.«

»Ja, aber das war, bevor wir seinen Rivalen zum Tee eingeladen und unseren Diener ermutigt haben, regelmäßig die Konkurrenz zu besuchen. Trotzdem brauchen wir uns augenblicklich keine Gedanken machen, Peabody. Sobald ich kann, werde ich den Priester aufsuchen.«

John ritt nach Hause, während Emerson, Ramses und ich uns nach Dahschûr auf den Weg machten. Wir ritten am Saum des Fruchtlandes entlang und näherten uns der Schwarzen Pyramide, als Ramses plötzlich gesprächig wurde und sich über ägyptische Verbformen ausließ. Da Emerson auf diesem Gebiet nicht so bewandert war, fiel die Unterhaltung ein wenig einseitig aus. Als wir am Fuß der Pyramide entlangritten, stoppte Emerson plötzlich und rief: »Zum Teufel, Peabody! Hier hat jemand gegraben!«

»Ja, natürlich, Emerson.«

»Ich meine nicht de Morgans dilettantische Versuche, Peabody. Dies sind neue Ausgrabungen.«

Ich konnte nichts Besonderes entdecken, aber Emersons Expertenblick war nicht so leicht zu täuschen. »Vielleicht haben einige Einwohner von Menyat Dahschûr illegal gegraben?«

»Genau unter de Morgans Augen? Nun, wahrscheinlich würde er es nicht einmal merken, wenn man ihm eine ganze Pyramide wegträgt!«

»Er ift ein fehr mächtiger Mann«, sagte Ramses mit seinem Piepsstimmchen. »Alle Araber haben Angft vor ihm!«

Emerson musterte stirnrunzelnd das Gebiet. »Ja, mein Sohn, sie haben Angst vor Strafe, aber das ist nicht die richtige Art, Menschen für sich zu gewinnen. Man braucht natürlich einen starken Charakter, wenn man durch Strenge und Gerechtigkeit überzeugen will.«

De Morgans Arbeiter lagen im Schatten und hielten Mittagsruhe. Von ihm selbst war nichts zu sehen. Als wir fragten, sagte man uns, daß er mit seinem Freund die Knickpyramide besuchte, die dieser unbedingt hatte sehen wollen. Also ritten wir in die andere Richtung und überraschten die beiden beim Mittagessen. Als Emerson den mit Kristall, Silber und edlem Geschirr gedeckten Tisch sah, verzog er nur das Gesicht und brummte. Doch ich beachtete ihn kaum, weil mich die Nähe dieses überragenden Bauwerks in seinen Bann geschlagen hatte.

Emerson ging sofort auf de Morgan los. »Sie lassen Ihre Männer viel zu lange unbeaufsichtigt«, sagte er. »In der Zwischenzeit können sie sich mit sämtlichen Funden davonmachen!«

»Aber, aber«, meinte de Morgan und zwirbelte seinen Schnurrbart. »Sind Sie im Augenblick nicht auch nicht bei Ihrer Arbeit?«

»Wir haben heute morgen an einer Beerdigung teilgenommen«, sagte Emerson. »Ich nehme an, daß Sie von dem rätselhaften Tod eines unserer Männer gehört haben?«

»Ich muß gestehen«, erklärte Morgan hochmütig, »daß mich die Affären der Einwohner nur am Rande interessieren.«

»Er war nicht von hier«, sagte ich. »Wir haben Grund, anzunehmen, daß er ein Krimineller der übelsten Sorte war – ein Mitglied in einem Ring von Antiquitätendieben.«

»Diebe? Kriminelle?« De Morgan lächelte. »Glauben Sie wirklich an solche Geschichten?«

»Das sind keine Geschichten. Wir haben herausgefunden, daß der Ermordete in Wirklickeit Abd el Attis Sohn war.« Ich drehte mich rasch zu Prinz Kalenischeff um. »Sie kennen ihn doch, nicht wahr?«

Doch der schlaue Russe war nicht so einfach zu überlisten. Seine Augenbrauen hoben sich unmerklich. »Abd el Atti? Der Name kommt mir bekannt vor, aber ... War er nicht Antiquitätenhändler?«

»Er war, Hoheit. Sogar die Vergangenheitsform ist korrekt. Abd el Atti ist nämlich tot.«

»Ah ja, jetzt fällt es mir wieder ein. Ich glaube, ich habe bei meinem letzten Besuch in Kairo von seinem Tod gehört.«

»Er wurde ermordet!«

»Wirklich?« Der Prinz klemmte sich sein Monokel wieder fester vor das Auge. »Wissen Sie, ich fürchte, ich teile das Desinteresse meines Freundes an den Geschicken der Ägypter.«

Ich hatte nicht erwartet, daß es so schwer werden würde, Prinz Kalenischeff zu einer kompromittierenden Äußerung zu verführen. Er war ein routinierter Lügner, aber gleichzeitig ließ auch mein Interesse merklich nach, denn im Schatten dieser gigantischen Pyramide verblaßte mein detektivischer Ehrgeiz, und das archäologische Fieber erwachte mit aller Macht. Als de Morgan sich mit der Serviette den Mund abtupfte und uns Kaffee anbot, sagte ich so beiläufig wie möglich: »Vielen Dank, Monsieur, aber ich würde statt dessen lieber in die Pyramide gehen.«

»In die Pyramide hineingehen?« fragte de Morgan. »Das kann doch nicht Ihr Ernst sein!«

»Mrs. Emerson spaßt nie, wenn es sich um Pyramiden handelt«, sagte mein Mann.

»Ganz bestimmt nicht«, bestätigte ich.

»Aber ... die Gänge sind dunkel und schmutzig! Und es ist scheußlich heiß ...«

»Aber man kann hinein, oder? Perring und Vyse haben sie doch schon vor sechzig Jahren entdeckt.«

»Ja, ja, man kann schon hinein, aber die Fledermäuse ...«

»Fledermäufe stören meine Mutter nicht«, sagte Ramses.

»Wie bitte?« fragte de Morgan.

»Fledermäuse stören mich nicht«, übersetzte ich. »Auch die übrigen Unannehmlichkeiten machen mir nicht das geringste!«

»Wenn Sie darauf bestehen, werde ich Ihnen einen Mann mit einer Fackel mitgeben«, sagte de Morgan zögernd. »Professor – haben Sie keine Einwände?«

»Ich habe niemals Einwände gegen das, was meine Frau tut. Es würde nichts nützen und wäre nur Zeitverschwendung!«

»Hm«, machte de Morgan. »Also gut! Sie können Ihren Sohn als Führer mitnehmen«, sagte er dann, wobei er Ramses einen Blick zuwarf. »Er kennt die Pyramide am besten.«

Emerson verschluckte sich und mußte fürchterlich husten. Ich betrachtete meinen Sohn, und er betrachtete mich mit undurchdringlicher Miene. »Du hast also die Knickpyramide erforscht, Ramses?« fragte ich völlig ruhig.

»Ja«, sagte de Morgan. »Meine Männer haben ihn eines Tages gesucht, aber glücklicherweise hat ihn einer von ihnen in die Pyramide klettern sehen. Sonst hätten wir ihn vielleicht gar nicht mehr rechtzeitig gefunden.«

»Wie ich Ihnen bereitf erklärt habe, Monfieur, beftand keinerlei Anlaf, mich zu retten«, sagte Ramses. »Ich hätte jederzeit wieder hinaufgefunden, aber Fie haben mich daran gehindert!«

Ich war sicher, daß diese Aussage in allen Punkten der Wahrheit entsprach, denn Ramses hatte einen untrüglichen Orientierungssinn und wie eine Katze mindestens sieben

Leben. Ich fragte mich nur, wie viele er davon bereits aufgebraucht hatte.

»Ich hätte es wissen müssen«, sagte ich. »Eines Abends bist du nach Hause gekommen und hast dich sofort gewaschen ... «

»Die Exkremente der Fledermäufe haben einen entfetzlich durchdringenden Geruch«, sagte Ramses.

»Habe ich dir nicht verboten, Pyramiden zu erforschen?«

»Nein, Mama. Ich bin ficher, daf du diefef Verbot nicht aufgefprochen haft. Hätteft du ef nämlich getan, wäre ich felbftverftändlich ... «

»Vergiß meine Frage. Da du den Weg kennst, kannst du natürlich mitkommen.«

Wir ließen die anderen am Tisch zurück und stiegen in Begleitung eines Arbeiters zum Eingang hinauf. Ich konnte Ramses nicht einmal böse sein, denn ich hatte wirklich übersehen, ihm das Betreten der Pyramiden zu verbieten. Wahrscheinlich hätte es auch nicht viel genützt, denn in diesem Fall hätte er sich eben eine andere Beschäftigung gesucht.

»Ramses, du gehst in keine andere Pyramide mehr, hast du verstanden?«

»Aufer in eurer Begleitung?« schlug Ramses vor.

»Nun – ja. Ich glaube, ich muß diese Ausnahme zulassen, weil sie der gegenwärtigen Situation entspricht.«

Der Eingang lag auf der Nordseite in einer Höhe von etwa zehn Metern. Dank der unüblichen Neigung war der Aufstieg nicht allzu schwer, und Ramses kletterte wie ein kleiner Affe auf Händen und Füßen vor mir her.

Als wir die Öffnung erreicht hatten, zündete de Morgans Mann die Fackel an, und wir betraten einen niedrigen Gang, der stetig abwärts führte. Die Luft war unglaublich stickig, und es wurde immer heißer, je tiefer wir in die Dunkelheit vordrangen. Aus Büchern wußte ich, daß der Gang fast neunzig Meter lang war, aber jetzt kam er mir viel länger vor. Endlich erreichten wir einen größeren Raum, dessen Decke voller Fledermäuse hing. Sie quiekten und flatterten ein wenig, doch dann beruhigten sie sich wieder.

Wie gesagt, hatte ich den Grundriß leidlich im Kopf, doch ich bemerkte den Ausgang aus dieser Kammer erst, als Ramses ihn mir zeigte. Er befand sich in beträchtlicher Höhe über dem Boden und führte in einen weiteren Gang und dann wieder in eine Kammer mit kunstvoll getreppter Decke ... dann wieder ein Gang ... er war einfach wundervoll, und ich genoß alles in vollen Zügen. Doch plötzlich begann unser Führer zu jammern, die Fackel wäre schon bedenklich weit heruntergebrannt, er hätte sich den Fuß an einem der Steine verletzt, die den Boden bedeckten, und ähnliches. Ich beachtete ihn nicht, doch weil ich ein wenig außer Atem war, beschloß ich, eine Rast einzulegen.

Wir befanden uns in einem der oberen Flure gerade neben einem Fallstein, der ursprünglich dazu vorgesehen gewesen war, den Weg zu versperren, um Räubern das Eindringen unmöglich zu machen. Aus irgendeinem unbekannten Grund war er nicht heruntergelassen worden und bildete jetzt eine angenehme Rückwand, an die wir uns anlehnen konnten.

Während wir dort saßen, nahm mich das Geheimnisvolle des Ortes gefangen. Wir waren zwar nicht die ersten Menschen, die diese Gänge betraten, aber in Gedanken sah ich Perring und Vyse vor mir, wie sie auf den Spuren der antiken Grabräuber die Gänge erforschten. Es existierte weder ein Sarkophag noch eine Mumie, denn König Snefru war vermutlich in einem anderen Grab bestattet worden. Aber sicher waren hier wertvolle Schätze aufbewahrt worden, von denen die Archäologen allerdings nichts mehr fanden. Sie entdeckten lediglich Überreste der Körbe, in denen ihre antiken Vorgänger ihre Beute abtransportiert hatten.

Während ich in Gedanken versunken dort saß und mir der Schweiß von Kinn und Nase tropfte, geschah plötzlich etwas Seltsames, was ich nie zuvor erlebt hatte. Plötzlich erhob sich ein leichter Wind, der sich jedoch in kürzester Zeit zu einem unangenehmen Luftstrom steigerte. Unsere Haut war plötzlich eiskalt. Die Fackel flackerte und verlosch. Und dann umschloß uns absolute Dunkelheit. Unser Führer stieß einen Schrei aus, der ein grauenvolles Echo hervorrief.

Ich befahl ihm, den Mund zu halten. »Guter Gott, Ramses!« sagte ich aufgeregt. »Ich habe davon gelesen, aber daß ich das Glück haben würde, diese Erscheinung selbst zu erleben, hätte ich nie zu hoffen gewagt!«

»Ich glaube, Perring und Vyfe haben darüber berichtet«, sagte die Piepsstimme meines fürchterlich gut informierten Sohnes neben mir. »Ef ift wirklich ein feltfamef Phänomen, daf den Verdacht nahelegt, daf ef noch einen anderen Aufgang geben muf, den man bifher noch nicht gefunden hat.«

»Zu dieser Schlußfolgerung bin ich auch gekommen, Ramses.«

»Ich hatte mich gerade diefem Problem zugewandt, alf Mr. de Morganf Männer mich gerettet haben. Einer hat mich sogar gefüttelt, Mama! Alf ich mich bei Mr. de Morgan beffwert habe, hat er nur gelacht und gefagt ... «

»Ich will nicht wissen, was er gesagt hat, Ramses.«

Der Wind legte sich so plötzlich, wie er begonnen hatte, und in der plötzlichen Stille konnte ich die Zähne unseres Führers klappern hören. »Sitt!« flehte er. »O Sitt, wir müssen sofort gehen. Die Geister sind aufgewacht und suchen uns! Wir werden hier in der Finsternis sterben, und unsere Seelen werden gefressen werden.«

»Wir können nach dem zweiten Aufgang fuchen, Mama«, sagte Ramses.

Die Versuchung war riesengroß, aber schließlich siegte die

Vernunft. Die Suche, die Ramses vorgeschlagen hatte, würde wahrscheinlich mehrere Tage in Anspruch nehmen und bedurfte gründlicher Vorbereitung. Ich hatte jeden Zeitbegriff verloren und wußte nicht einmal, wie lange wir bereits unterwegs waren, also entschloß ich mich, meinem Sohn seine Bitte abzuschlagen. Statt dessen zündeten wir die Fackel mit einem meiner Streichhölzer, die ich glücklicherweise immer bei mir trage, wieder an und machten uns auf den Rückweg.

Ramses mußte meine Enttäuschung gespürt haben, denn als wir den langen Gang emporstiegen, sagte er plötzlich hinter mir: »Ef ift wirklich fade, daf Papa die Genehmigung für Dahschûr nicht bekommen hat, Mama!«

»Niemandem gelingt alles, Ramses, nicht einmal deinem Vater! Vielleicht hätte er mir erlauben sollen, mit Mr. de Morgan zu verhandeln, aber dafür ist es jetzt wohl zu spät.«

»Ja, Mama, aber du hätteft doch gern hier gearbeitet, oder nicht?«

»Es wäre sinnlos, dies zu leugnen, nicht wahr? Vergiß nur nie, daß dein Vater der bedeutendste lebende Archäologe ist, auch wenn er es gelegentlich ein wenig an Taktgefühl fehlen läßt!«

Auf dem Heimweg hielt Emerson gebührenden Abstand von Ramses und mir, denn der Geruch dieser Exkremente ist wirklich schauderhaft. »War es ein lohnender Ausflug, Peabody?« rief er, nachdem wir schon ein ganzes Stück geritten waren.

»Ja, danke, Emerson. Sehr interessant.«

Emerson lenkte seinen Esel ein Stück in unsere Richtung. »Du weißt, daß ich Dahschûr genommen hätte, wenn ich es nur bekommen hätte, Peabody?«

»Ich weiß es, mein lieber Emerson.«

Der Wind stand sehr ungünstig, so daß Emerson nach kurzer Zeit die Nase rümpfte und wieder ein Stück zurückblieb. »Möchtest du gar nicht wissen, was ich von dem finsteren Russen erfahren habe, während du in der Pyramide herumgekrochen bist?« rief er.

»Ich würde ef gerne erfahren, Papa«, rief Ramses und wendete seinen Esel. Hastig bedeckte Emerson seine Nase mit dem Ärmel. »Später, mein Sohn, später. Bleibe lieber bei Mama.«

Emersons Anspielungen auf den Russen waren nur ein Trick gewesen, um meine Neugier anzustacheln, wie er später zugab. Nachdem wir zu Abend gegessen hatten und Ramses in seinem Zimmer verschwunden war, setzte Emerson sich an den Tisch, faltete die Hände und sah mich ernst an.

»Wir müssen miteinander reden, Peabody. Ich fürchte, wir müssen der schmerzlichen Wahrheit ins Auge sehen, daß wir mitten in einer üblen, kriminellen Verschwörung stecken.«

»Emerson!« rief ich erstaunt. »Wirklich, du überraschst mich!«

Mein Ehemann sah mich mit saurer Miene an. »Sarkasmus steht dir genausowenig wie mir, Peabody. Bisher waren alles doch nur wilde Theorien, aber die häufigen Anschläge auf unsere Behausungen lassen mich doch allmählich zu dem Schluß kommen, daß wir der Mittelpunkt irgendwelcher Umtriebe sind. Aber noch bedeutender scheint mir die Tatsache, daß jemand bei der Schwarzen Pyramide gegraben hat.«

»Dann glaubst du also auch, daß es eine Bande von Antiquitätendieben gibt?«

»Warte«, sagte Emerson und hob mahnend seine Hand. »Laß uns dieses Problem Schritt für Schritt durchgehen, Peabody. Wenn wir nur von Vermutung zu Vermutung springen, werden uns die lockeren Steine im Fundament unserer Theorie nicht auffallen.«

Ich nahm meine Näharbeit zur Hand. »Ich höre, mein lieber Emerson!«

»Also, erster Punkt: illegale Grabungen in Dahschûr. Ich habe dir doch von den zahlreichen illegalen Funden erzählt, die neuerdings im Handel sind. Darunter ist auch ein Pektoral der zwölften Dynastie mit einer Königskartusche gewesen, ein besonders schönes Stück übrigens. In Dahschûr stehen drei Pyramiden der zwölften Dynastie, darunter auch die Schwarze Pyramide. Es gibt zwar noch an anderen Orten Gräber aus dieser Zeit, aber da ich hier Beweise für illegale Grabungen entdeckt habe, läßt mich doch vermuten, daß das Pektoral von hier stammt.«

»Ich stimme dir zu, Emerson. Und die Diebe sind noch nicht fertig, denn vermutlich wird es hier noch mehr Gräber geben ...«

»Zweiter Punkt«, sagte Emerson lauter: »Abd el Attis Verbindung zu der Diebesbande. Sein Tod, die Anwesenheit seines Sohnes hier in Mazghunah und der Mord an diesem Sohn unterstützen die Theorie, daß es eine Verbindung gibt. Einverstanden?«

»Da ich diese Vermutung schon immer geäußert habe, bin ich natürlich einverstanden.«

»Hm«, sagte Emerson. »Aber von hier an betreten wir unsicheren Boden, Peabody. Was können diese Verbrecher nur von uns Unschuldigen wollen? Es kann noch nicht einmal ihr Ziel sein, uns zum Schweigen zu bringen, denn niemand von uns hat irgend etwas gesehen, was dem Mörder Abd el Attis Anlaß geben könnte ...«

»Wahrscheinlich haben wir einen Beweis gesehen, ohne seine Bedeutung zu erkennen.«

»Eine weitere Tatsache ist auch, daß niemand etwas gegen uns als Personen unternommen hat, Peabody. Offenbar suchen die Leute nach etwas, das sich in unserem Besitz befindet. Oder von dem sie zumindest annehmen, daß wir es haben.«

»Ich glaube, du hast es, Emerson!« rief ich. »Wir wissen, da wir nichts Wertvolles besitzen. Das Mumienporträt ist hübsch, aber kein Vermögen wert, und die Papyrusfragmente sind völlig wertlos. Kannst du dir vorstellen, daß irgend etwas von einer dritten Partei aus dem Laden gestohlen, geraubt oder entfernt wurde und man uns jetzt für den Verlust verantwortlich macht?«

»Möglich wäre es«, räumte Emerson ein. »Ich kann mich recht gut an die Dinge erinnern, die ich in dieser Nacht gesehen habe, aber es ist sehr schade, daß du bei deinem ersten Besuch nicht auch in dem hinteren Raum gewesen bist. Dann hätten wir das Inventar vergleichen können!«

»Aber Ramses war dort. Sollen wir ihn wecken?«

»Ich würde den Jungen lieber aus derartigen Sachen heraushalten, Amelia. Deshalb habe ich ja gewartet, bis er in seinem Zimmer war.«

»Emerson, ich fürchte, du unterschätzt deinen Sohn. In den letzten Wochen hatte er mit der Polizei zu tun, wurde in ein Betttuch gewickelt und wäre fast im Sand begraben worden. Außerdem hat er einen Löwen gestohlen und eine Leiche examiniert, ohne daß es ihm etwas ausgemacht hätte.«

Emerson gab nach, denn auch er war mittlerweile neugierig geworden. Ich war sicher, daß Ramses noch wach war, und der Lichtschein unter seiner Tür bestätigte meine Vermutung. Emerson klopfte, und kurze Zeit später erschien Ramses' Wuschelkopf im Türspalt. Er war zwar schon im Nachthemd, aber die Lampe brannte noch, und auf dem Tisch häuften sich unzählige Papiere. Das koptische Wörterbuch lag aufgeschlagen obendrauf.

Emerson erklärte seine Absicht, und Ramses nickte. »Ich

glaube, ich kann mich erinnern. Wollen wir in den Wohnraum gehen?«

Auf meinen Vorschlag hin schlüpfte Ramses in seinen Morgenmantel und nur in einen Pantoffel, weil der zweite leider nicht zu finden war. Nachdem Emerson dem kleinen Löwen großzügig seinen Schnürsenkel überlassen hatte, zogen wir uns in Bastets Begleitung in den Wohnraum zurück. Emerson zückte seinen Federhalter, und Ramses schloß die Augen und begann: »Ein Fkarabäuf auf blauer Fayence mit einem Gebet an Ofirif, ein Ftück Leinenftoff, ungefähr zehn mal vierzig Zentimeter, ein Tablett voll verfiedener zylindrifer Perlen, Teile einef Fargef auf römischer Zeit, beftehend auf den Füfen und Teilen def Deckelf, ein weiterer Farg auf der einundzwanzigften Dynaftie, der Ifebaket, einer Priefterin der Hathor, gehört hatte ... «

Nach ungefähr zwanzig Minuten öffnete Ramses die Augen und fügte hinzu: »Daf ift allef, waf ich noch weif, Papa!«

»Sehr gut, mein Sohn! Bist du sicher, daß es außer den billigen Perlen keinen wertvollen Schmuck gab?«

»Kleinere wertvolle Gegenftände wurden bestimmt in den verfloffenen Fubladen aufbewahrt, Papa, aber weil Mama mir verboten hatte, irgend etwaf zu berühren, habe ich erft gar nicht verfucht, fie zu öffnen.«

»Schade«, bemerkte Emerson.

»Kannst du dich erinnern, welche Dinge gefehlt haben?« fragte ich. »Das beweist zwar noch nichts, denn Abd el Atti konnte den Gegenstand auch während des Nachmittags verkauft haben.«

»Möglich«, sagte Emerson und betrachtete die Liste. Doch kurze Zeit später feuerte er sie auf den Boden. Aufgeregt stürzte sich Bastet auf das Papier und begann, damit zu spielen. »Ich will nicht schon wieder über Mumiensärge sprechen. Peabody!«

»Aber fie tauchen immer wieder überall auf, nicht wahr?« sagte Ramses. »Ich glaube, daf der Mumienfarg der Baronin ein Flüffel zu diefem Fall ift. Bevor wir daf nicht erklären können, werden wir nicht weiterkommen.«

»Ich stimme dir zu, Ramses«, sagte ich. »Und ich habe eine Idee.«

Ramses entwand Bastet die Liste, und Emerson starrte vor sich hin. Da keiner nach meiner Idee gefragt hatte, sprach ich einfach weiter. »Wir haben festgestellt, daß jemand in Dahschûr Schätze gefunden hat und weitere zu finden hofft.«

Emerson schüttelte den Kopf. »Das ist nur eine Möglichkeit, Peabody.«

»Aber wenn man das Unmögliche auffliefst, dann muf daf übrige, auch wenn ef unerklärlich ift, die Wahrheit enthalten«, sagte Ramses weise, während er sich wieder setzte.

»Gut, mein Sohn. Sehr gut sogar!« rief sein Vater.

»Hört mir doch zu!« rief ich ungeduldig. »Gold und Juwelen haben schon immer Gewalttätigkeiten ausgelöst, aber ein ganz gewöhnlicher Mumiensarg doch nicht! Ich frage euch: Was ist eigentlich ein Mumiensarg?« Ich machte eine Pause, um meine Worte gebührend wirken zu lassen, doch Ramses und Emerson starrten mich nur an. »Er ist ein Behälter!« rief ich. »Ein Behälter für eine menschliche Leiche. Aber vielleicht wurde unser Mumiensarg als Versteck für kleine wertvolle Dinge wie Antiquitäten benutzt? Die Baronin hätte sie ungefährdet mit außer Landes nehmen können, denn sie war bei den Behörden bestens bekannt und besaß bestimmt Ausfuhrgenehmigungen für die von ihr erworbenen Antiquitäten. Bei ihr würde niemand verborgene Wertsachen vermuten oder gar suchen.«

»Dieser Gedanke ist mir auch schon gekommen«, sagte Emerson, während er sich nachdenklich sein Kinn rieb. »Aber ich frage mich, weshalb die Diebe den Mumiensarg stehlen, wenn sie doch auf diese Weise ihre gestohlenen Wertsachen außer Landes bringen wollten.«

»Weil wir uns dafür interessiert haben«, erklärte ich. »Verstehst du denn nicht, Emerson? Die Baronin hat doch einen sehr flatterhaften Charakter und wollte dir Eindruck machen, indem sie dir den Sarg als Geschenk anbot. Erinnerst du dich? Sie hat ja vielleicht nur gescherzt, aber darauf konnten sich die Diebe nicht verlassen. Sie holten ihn, entfernten die anderen Gegenstände und verbrannten den Sarg, weil sie keine Verwendung mehr für ihn hatten.«

»Diefe Erklärung birgt aber einige Fwierigkeiten, Mama.«

»Psst, Ramses«, sagte Emerson. »Wenn diese Idee zutreffend sein sollte, dann ist die Baronin aber nicht das Oberhaupt der Diebesbande.«

»Ich fürchte, du hast recht, Emerson.«

»Kopf hoch, Peabody! Es war ja nur eine Idee. Wir können uns doch eine andere Lösung ausdenken, bei der die Baronin schuldig ist«, sagte Emerson und grinste mich an.

»Die Baronin war ja nur eine unserer Verdächtigen«, erwiderte ich. »An dem bewußten Abend, als die Baronin dir den Sarg angeboten hat, waren auch noch einige andere anwesend. Oder einer der Diener, der dem Unbekannten als bezahlter Spion diente, konnte seinen Herrn gewarnt haben, daß das Versteck nicht mehr sicher war.«

»Aber wer soll dieser Unbekannte sein? Selbst wenn unsere Überlegungen richtig sein sollten, wissen wir über die Identität des Unbekannten damit immer noch nichts!«

»Wir werden ihn schon finden, Emerson«, sagte ich zuversichtlich. »Bisher haben wir es immer geschafft!«

Emerson antwortete nicht, und auch Ramses sah gedankenverloren vor sich hin. Schließlich meinte Emerson: »Für heute sollten wir aufgeben. Ich glaube nicht, daß uns noch neue Einfälle kommen werden. Ins Bett mit dir, mein Sohn!

Es tut mir leid, daß wir dich so lange vom Schlafen abgehalten haben!«

»Du muft dich nicht entfuldigen, Papa! Ich fand unfere Unterhaltung höchft anregend. Gute Nacht, Mama! Gute Nacht, Papa! Komm, Baftet!«

Emerson und ich erwiderten seinen Gruß, und die Katze folgte ihm auf dem Fuß, als er zur Tür ging. Bevor die Tür ganz hinter ihm ins Schloß gefallen war, hörte ich ihn sagen: »Waf ift ein Mumienfarg? Wirklich eine provokative Frage ... Waf ift denn nun ein Mumienfarg? Ein Mumienfarg ift ... ein Mumienfarg ... «

Allmählich konnte ich Emerson immer besser verstehen, wenn ihm dieses Wort Allergien verursachte.

# 9. Kapitel

Am folgenden Morgen war der große Augenblick gekommen. Wir begannen mit der Arbeit an der nördlicheren unserer Pyramiden. Natürlich war diese Arbeit unvergleichlich viel interessanter als die an römischen Friedhöfen, aber trotzdem war ich ein wenig enttäuscht. Zu spät erkannte ich, daß es vielleicht besser gewesen wäre, wenn ich der Versuchung, die Knickpyramide zu betreten, widerstanden hätte.

Auch Emerson war nicht in bester Stimmung. Irgend etwas quälte ihn, aber erst am Abend, als wir im Wohnraum saßen und Notizen über die Arbeit des Tages anfertigten, ergab sich eine Gelegenheit zur Aussprache. Wir hatten schon eine ganze Weile schweigend gearbeitet, als Emerson plötzlich wieder einmal seinen Federhalter durch den Raum feuerte und »Verflucht!« rief.

Ich blickte auf und sah, daß er die Arme auf den Tisch gestützt und den Kopf in den Händen vergraben hatte. »Was ist los, Emerson?«

»Ich kann mich nicht konzentrieren, Peabody! Irgend etwas beunruhigt mich, aber ich wollte dich nicht stören!«

»Aber mir ging es doch genauso, mein lieber Emerson«, rief ich begeistert. »Wir fühlen oft dasselbe. Also, was ist los?«

»Erinnerst du dich noch an die Mumie, die wir unter seltsamen Umständen gefunden haben? Es war einige Tage nach dem Diebstahl bei der Baronin.«

Einige Augenblicke mußte ich nachdenken, doch dann fiel es mir wieder ein. »Ja, natürlich. Sie lag ganz am Rand des christlichen Friedhofs, nicht wahr?«

»Ja, ich habe damals überlegt ...« Er sprang auf. »Kannst du dich erinnern, in welchem Raum du sie untergebracht hast?«

»Aber natürlich! Ich weiß genau, wo die verschiedenen Dinger sind ... Emerson! Ich glaube, ich verstehe deine Gedanken!«

An der Tür stießen wir zusammen. »Langsam«, sagte ich atemlos. »Wir wollen nichts überstürzen. Hole eine Lampe, und ich werde John suchen, denn wir werden einiges umräumen müssen.«

Mit Johns Hilfe holten wir die Mumie aus ihrem Fach und trugen sie in den Wohnraum, wo John Platz schaffte, indem er einfach alle Papiere vom Tisch kehrte.

»Sieh sie dir an, Peabody!« sagte Emerson.

Die Mumie sah im wesentlichen aus wie alle anderen, nur die Wickelung war so penibel ausgeführt, daß sich immer wieder Muster ergaben. Die Sorgfältigkeit der Arbeit hatte die genaue Datierung ermöglicht. Ich habe mich oft gefragt, ob damals Musterbücher existiert haben, nach denen die Arbeiten ausgeführt wurden. Einige Mumien aus dieser Zeit trugen Gesichtsmasken aus kartonähnlichem Material, andere dagegen waren mit Porträtbildern aus Holz geschmückt, die man auf dem eingewickelten Gesicht befestigt hatte. Unsere Mumie hatte nichts zu bieten, nur einen unförmig bandagierten Kopf.

»Er ist entfernt worden«, bemerkte Emerson, der die Bandagen genau studierte.

»Ich glaube auch, Emerson. Hier sind noch irgendwelche

klebrige Rückstände. Und die Bandagen sind auch ein wenig verrutscht.«

»Und hier haben wir es«, schloß Emerson, während er das Porträt, das er in Abd el Attis Laden gefunden hatte, auf die Stelle legte. John schnappte nach Luft. Das Gesicht wirkte sehr lebendig und belebte das formlose Bündel. Plötzlich lag eine Frau vor uns, und ihre großen, dunklen Augen schienen uns fragend zu betrachten, während sich ihre lächelnden Lippen über unsere Verblüffung zu amüsieren schienen.

»Zwei Puzzlestücke haben wir«, sagte Emerson. »Jetzt fehlt uns nur noch ein Sarg.«

»Der ist zerstört – verbrannt«, sagte ich. »Dies ist die Mumie der Baronin, Emerson.«

»Ich glaube es auch, Peabody. Als ich den brennenden Sarg untersuchte, war ich überrascht, daß es kaum Rückstände gab. Selbst wenn man davon ausgeht, daß diese trockenen, harzgetränkten Körper sehr gut brennen, hätten wir doch wenigstens ein Stück von einem Knochen finden müssen oder auch ein Amulett. John ...«

Der junge Mann erschrak. Er konnte seine Augen nicht von dem schrecklichen Anblick lösen. »Sir?« stammelte er.

»Sie haben den Sarg damals in den Lagerraum getragen. Haben Sie einen Unterschied im Gewicht, im Vergleich zu den anderen, festgestellt?«

»Er war nicht so schwer wie die anderen«, sagte John.

»Weshalb haben Sie das nie erwähnt?« fragte ich.

»Sei nicht so streng, Peabody! Woher hätte er denn wissen sollen, daß das wichtig war? Er trägt so etwas ja schließlich nicht täglich.«

»Das ist wahr. Ich entschuldige mich, John.«

»O Madam ...« Johns Augen weiteten sich vor Entsetzen, als er sah, wie Emerson ein Messer drohend über die Brust der Mumie hielt. »O Sir ... nein ... o mein Gott! ...«

»Ich möchte die Wickelung nicht zerstören«, erklärte Emerson. »Außerdem sind die unteren Schichten ohnehin fest verklebt.« Die Muskeln an seinem Unterarm traten hervor, als er versuchte, die Bandagen zu zerschneiden.

John schluckte und bedeckte seine Augen mit den Händen.

»Hm«, machte Emerson und schnitt vorsichtig weiter. »Hier ist ein Djedpfeiler-Amulett aus Blauer Keramik, ein Skarabäus müßte auch irgendwo sein ... ach, hier ... «

»Er sucht nach Amuletten«, erklärte ich John. »Der Djedpfeiler soll ›andauerndes Wohlergehen‹ bringen, und der Herz-Skarabäus beschützt das Herz, das als Sitz der Intelligenz gilt, davor, von bösen Geistern geraubt zu werden. Alle diese Amulette wurden über der Brust in die Bandagen mit eingewickelt ... «

»Sprechen Sie nicht mehr davon, bitte ...«, flehte John und hielt sich die Ohren zu.

Emerson legte das Messer aus der Hand. »Ich glaube, das genügt. Wahrscheinlich würden wir noch weitere Amulette finden, denn die Dame war nicht die ärmste, aber wir haben erfahren, was wir wissen wollten, glaube ich.«

Ich nickte. »Die Mumie und ihre Ausstattung sind so unbedeutend wie der Sarg. Seltsam. Kommen Sie, John! Stehen Sie nicht herum wie angewachsen. Der Professor ist fertig.«

John nahm die Hände von den Augen, blickte aber nicht auf die Mumie. »Verzeihen Sie mir! Aber die Frau sah so lebendig aus!«

Ich nahm eine Decke vom Sofa und breitete sie über die Mumie. John seufzte erleichtert. »Danke, Madam! Soll ich sie jetzt wieder zurückbringen?«

»Ja«, sagte Emerson kurz. »Ich fürchte, Sie eignen sich nicht zum Archäologen, John!«

»Nein, Sir, danke. Ich möchte auch keiner werden.«

Emerson streckte die Hand aus, um das Porträt wieder zu

entfernen, doch dann zögerte er. »Befestige es noch besser, Amelia, damit es nicht herunterfällt und zerbricht.«

Ich hätte es einfacher gefunden, das Porträt in die Verpackung zurückzulegen, aber ich sagte nichts, sondern befestigte die Polsterung vorsichtig über dem Porträt und band sie mit einigen Bändern fest. Dann wickelte ich die Mumie in die Decke und legte sie John in die Arme. Mit der Lampe in der Hand begleitete ich ihn auf seinem schweren Gang.

Nachdem wir die Mumie sicher verstaut und den Raum wieder abgeschlossen hatten, bedankte ich mich bei ihm und wollte ihn wieder in sein Zimmer schicken, doch er bat mich, noch ein wenig bleiben zu dürfen.

»Aber natürlich, John! Sie sind uns immer willkommen!«

Als wir an Ramses' Zimmertür vorbeigingen, sah ich wieder einmal den vertrauten Lichtschein unter der Tür. Ich war ein wenig überrascht, daß der kleine Wuschelkopf sich nicht sehen ließ, denn normalerweise war er schrecklich neugierig. Ich klopfte. »Es ist Zeit zum Schlafen, Ramses.«

»Ich arbeite gerade, Mama! Kann ich noch eine halbe Ftunde aufbleiben? Bitte!«

»Woran arbeitest du?«

Nach einer Pause: »An dem koptifen Manufkript, Mama.«

»Du wirst dir deine Augen verderben, wenn du die blasse Schrift bei Lampenlicht liest! Also gut, eine halbe Stunde.«

»Danke, Mama! Gute Nacht, Mama! Gute Nacht, John!«

»Gute Nacht, Master Ramses!«

»Woher hat er nur gewußt, daß Sie bei mir waren?« überlegte ich laut, doch John zuckte nur die Achseln.

Als wir ins Wohnzimmer traten, war Emerson gerade damit beschäftigt, die Papiere aufzusammeln. »Welch ein Durcheinander. Helfen Sie mir bitte, John!«

John beeilte sich, Emerson den Gefallen zu tun, und als er

damit fertig war, fragte er eifrig: »Kann ich sonst noch etwas für Sie tun, Sir?«

»Nein, danke. Sortieren muß ich sie selbst. Lesen Sie lieber wieder Ihre Bibel!«

John warf mir einen flehenden Blick zu. »John möchte noch ein wenig bei uns bleiben, Emerson. Los, John, setzen Sie sich!«

John setzte sich vorne auf die Stuhlkante, legte die Hände auf seine Beine und starrte Emerson unverwandt an. Da es unmöglich war, angesichts dieses Monuments zu arbeiten, legte Emerson nach kurzer Zeit den Federhalter weg. »Sie scheinen ein Problem mit sich herumzutragen, John. Was macht Ihnen denn Kummer?«

John kratzte sich verlegen am Kopf. »Nun, Sir ... «

»Ich nehme an, es geht um die junge Dame, nicht wahr? Geben Sie es auf, John. Sie hat ihr Herz an die Brüder Ezekiel und David verschenkt und an Jesus – natürlich nicht unbedingt in dieser Reihenfolge.«

»Emerson, du bist brutal«, sagte ich.

»Bin ich nicht!« Emerson war beleidigt. »Ich will ihm nur helfen, aber wenn er an dieser Bindung festhält, werde ich ihm nicht im Wege stehen. Habe ich etwa versucht, ihn von den allabendlichen Besuchen abzuhalten? Was tun Sie eigentlich dort, John?«

»Nun, Sir, wir unterhalten uns.«

Als Emersons Mund sich zu seinem breiten Grinsen verzog, hustete ich diskret, doch John hatte glücklicherweise nichts bemerkt. »Bruder Ezekiel erzählt von seiner Jugend«, berichtete John weiter. »Seine Mutter muß ihm jede Sünde einzeln aus dem Leib geprügelt haben. Manchmal erzähle ich auch, was sich hier tut ... «

»Sie klatschen über uns?« fragte Emerson mitleidslos.

»O nein, Sir! Ich würde niemals über Sie oder Mrs. Emerson sprechen. Ich erzähle höchstens Master Ramses' kleine Abenteuer. Außerdem erklärt mir Bruder David die Bibel und hilft mir beim Lesen.«

»Und über was unterhält sich Charity?« fragte ich.

»Sie spricht kein Wort. Sie näht immer nur Hemden.«

»Das hört sich alles ziemlich langweilig an«, meinte Emerson.

»Nun, Sir, ich würde es nicht langweilig nennen, höchstens nicht gerade aufregend, falls Sie verstehen, was ich meine.«

»Aha!« rief Emerson lachend. »Amelia, ich glaube, für den jungen Mann besteht noch Hoffnung. Sie sollten Ihre Abende lieber mit Abdullah und seinen Männern verbringen, um Ihr Arabisch zu verbessern. Dort geht es sicher lebendiger zu!«

»Nein, Sir, das kann ich nicht. Um die Wahrheit zu sagen, mache ich mir Sorgen wegen der Missionare. Es gibt immer weniger Bekehrte, und eines der Kinder hat neulich sogar einen Stein nach Charity geworfen! Es hat auch noch andere Vorfälle gegeben.«

»Hm«, machte Emerson und strich sich über das Kinn. »Sie bestätigen nur meine eigenen Befürchtungen, John. Wir müssen etwas unternehmen. Ich bin froh, daß Sie es mir gesagt haben, John, aber jetzt ist es Zeit fürs Bett. Mrs. Emerson und ich werden uns der Sache annehmen.«

Nachdem John gegangen war, sagte Emerson: »Ich habe sofort gespürt, daß er etwas auf dem Herzen hatte, Amelia. Ein bißchen Entgegenkommen und Freundlichkeit ist alles, was man braucht, um das Vertrauen eines jungen Mannes wie John zu gewinnen!«

»Hm«, machte ich. »Was willst du unternehmen, John?«

»Ich wünschte, die Leute würden ihre Probleme selbst lösen und nicht immer Hilfe von mir erwarten! Ich weiß noch nicht, was ich tun werde, Amelia. Jetzt jedenfalls muß ich arbeiten.«

Seine Feder kratzte wieder über das Papier, doch ich konnte mich nicht konzentrieren. Immer wieder sah ich das Bild der ägyptischen Schönheit vor mir und überlegte, wie die Einzelteile wohl zusammenpassen konnten. Langsam und vorsichtig streckte ich die Hand nach der Liste aus, die Emerson nach Ramses' Angaben geschrieben hatte. Emerson war so vertieft, daß er nicht merkte, daß ich die Liste zu mir herüberzog.

Die Erkenntnis überfiel mich nicht mit aller Macht, sondern schlich sich langsam in meinen Kopf. Ein Detail verband sich mit dem nächsten ...

Als das Kratzen von Emersons Feder aufgehört hatte, blickte ich auf und sah, daß er mich beobachtete. »Läßt es dich nicht los, Amelia?«

»Ich glaube, ich habe die Lösung gefunden«, sagte ich und hielt die Liste hoch.

»Eine der Lösungen, Peabody.«

»Hast du eine neue Theorie, Emerson?«

»Mehr als das, mein Liebling. Ich weiß, wer Hamid und Abd el Atti ermordet hat.«

»Ich auch, Emerson.«

Emerson lächelte. »Ich dachte, daß du das sagen würdest, Peabody. Nun gut, sollen wir wieder einmal einen dieser schönen Wettbewerbe starten, wo jeder die Lösung in einem versiegelten Umschlag hinterlegt, der erst nach der Verhaftung des Mörders geöffnet werden darf?«

»Das ist nicht nötig, mein lieber Emerson, denn ich würde dein Wort niemals anzweifeln, wenn du behauptest, es längst gewußt zu haben. Eine Erklärung, wie du zu der Lösung gekommen bist, genügt.«

Emerson dachte nach, doch die Vorteile, die dieser Vorschlag bot, waren nicht zu übersehen, so daß er nicht lange nachdenken mußte. Er strahlte mich grinsend an und nickte zustimmend. »Dieses Kompliment kann ich nur zurückgeben. Deine Hand darauf, meine liebe Peabody!«

Ich habe nicht mehr und nicht weniger als die Wahrheit gesagt, als ich Emerson mitteilte, daß ich die Identität des Mörders entdeckt hatte. Allerdings kann ich an dieser verschwiegenen Stelle ja zugeben, daß mir immer noch verschiedene Verbindungsglieder fehlten. Als ich überlegte, wie ich am besten an die fehlenden Informationen kommen konnte, kam mir der Zufall zu Hilfe. Wir entdeckten nämlich den Eingang zu unserer Pyramide.

Mittlerweile war ich völlig vom Detektivfieber ergriffen, so daß ich eine so aufregende Sache völlig ruhig zur Kenntnis nehmen konnte. Das geheimnisvoll gähnende Loch im Boden erregte meine Fantasie kurzfristig auf das heftigste, so daß Emerson mich energisch am Hinuntersteigen hindern mußte.

Nach ener kurzen Inspektion tauchte er völlig staubbedeckt wieder auf und schnappte nach Luft. »Der Gang ist in schlechtem Zustand, Peabody. Einige Steine der Seitenwand sind herausgebrochen und müssen erst abgestützt werden, bevor sich irgend jemand hineinwagen kann.«

Seine Augen musterten die Arbeiter, die aufgeregt das Loch umstanden, und blieben auf Mohammed haften. Er war kurz und dick und der geschickteste Zimmermann weit und breit – und er wußte, daß wir keinen besseren Mann für diese Aufgabe finden konnten.

Emerson grinste ihn freundschaftlich an. »Seien Sie vorsichtig, Mohammed. Ich glaube, wir haben noch einige Bretter vom Bau des Eselstalls übrig. Fangen Sie mit diesen an, bis ich aus dem Dorf neue besorgt habe.«

»Du könntest einen der Männer hinschicken«, sagte ich, als wir davongingen, während Abdullah seine Anweisungen gab.

»Könnte ich«, stimmte Emerson zu.

»Ich werde dich begleiten.«

»Das dachte ich mir, Peabody.«

»Und danach noch ein kurzer Besuch bei de Morgan?«

»Du kannst meine Gedanken lesen, Peabody! Eine kleine Rundreise zu allen Verdächtigen!«

»Zu Verdächtigen, Emerson? Du sagtest, du wüßtest die Antwort.«

»Weißt du, eine kriminelle Verschwörung ist doch ein bißchen komplizierter. Da sind eine Menge Leute beteiligt.«

»Wie recht du hast, Emerson.«

Er grinste und gab mir einen aufmunternden Klaps auf die Kehrseite. »Außerdem möchte ich kurz mit den Missionaren reden. Das habe ich John versprochen ... Einen Augenblick, Peabody. Wo ist Ramses?«

Wie Emerson befürchtet hatte, steckte er mitten zwischen den Arbeitern, die den Eingang umstanden. Emerson zog ihn beiseite. »Du hast gehört, daß ich Mohammed bat, vorsichtig zu sein?«

»Ja, Papa, ich wollte nur ... «

Emerson packte ihn am Kragen und schüttelte ihn bei jedem Wort. »Mohammed ist der beste unserer Männer. Die Arbeit ist sehr gefährlich, und ich wünsche nicht, daß du, unter welchen Umständen auch immer, dich daran beteiligst. Hast du verstanden?«

»Ja, Papa.«

»Willst du uns nicht lieber begleiten?«

»Nein, Papa, danke. Ich werde mit Felim zum Aufgraben gehen.«

»Aber geh nicht weit!«

»O nein, Papa.«

Äußerlich war im Dorf alles wie immer – die Frauen schwatzten am Brunnen, während die Männer sich im Schatten ausruhten. Doch die Grüße waren leiser und zurückhaltender, und keines der Kinder bettelte uns an.

Emerson ging erst mal zum Haus des Priesters. Zuerst sah es so aus, als würden wir ein weiteres Mal abgewiesen, denn einer der Männer erklärte, daß der Priester beim Gebet nicht gestört werden dürfte. Doch dann öffnete sich die Tür.

»Mein Sohn, du läßt es meinen Gästen gegenüber an Höflichkeit fehlen«, sagte die tiefe Stimme des Priesters. »Bitte sie herein!«

Nachdem wir auf dem Sofa Platz genommen hatten, fragte der Priester nach unseren Wünschen. Emerson erklärte kurz, daß er Holz brauchte, und der Priester nickte. »Das wird sich machen lassen. Ich hoffe nur, daß Ihnen an diesem üblen Ort kein Unheil widerfahren ist?«

»Wir brauchen das Holz zum Abstützen in der Pyramide«, sagte Emerson. »Im Haus hatten wir zwar auch Schwierigkeiten, aber die wurden nicht von Geistern, sondern von bösen Menschen verursacht!«

Der Priester schüttelte mitfühlend den Kopf, und ich erwartete, daß er mit der Zunge schnalzen würde.

»Haben Sie nicht davon gehört?« fragte Emerson. »Von dem Einbruch in meinem Haus und dem Überfall auf meinen Sohn?«

»Das ist scheußlich«, sagte der Priester.

»›Scheußlich‹ ist wohl nicht ganz das richtige Wort. Ein Mord und ein Brand in der Mission – es scheinen mir doch einige ›scheußliche‹ Dinge passiert zu sein!«

Die Augen des Priesters leuchteten plötzlich auf. »Ja, seit die Männer Gottes hierhergekommen sind! Vorher hatten wir keine Probleme!«

»Sie haben das Feuer nicht gelegt, und sie sind auch nicht in mein Haus eingebrochen«, sagte Emerson.

»Glauben Sie etwa, daß meine Leute derartige Dinge tun?

Ich sage Ihnen, es sind die Missionare. Sie sind an allem schuld. Sie müssen fort. Hier können sie nicht bleiben.«

»Ich weiß, daß es Streit gegeben hat«, sagte Emerson. »Aber ich beschwöre Sie – ich warne Sie: Lassen Sie sich nicht provozieren!«

»Halten Sie mich für einen Narren?« fragte der Priester bitter. »Wir sind hier im Land nur eine geduldete Minderheit. Ich werde mich hüten, etwas gegen diese Leute zu unternehmen. Wir müßten alle darunter leiden.«

»Das stimmt«, sagte ich.

Der Priester erhob sich. »Sie sind zu mir gekommen und haben mich der Gewalt und des Verbrechens beschuldigt, aber ich sage Ihnen noch einmal: Kümmern Sie sich um die Missionare, dann sehen Sie selbst, daß sie von hier verschwinden müssen! Sagen Sie es ihnen!«

Deutlicher konnte man uns nicht vor die Tür setzen. Emerson verbeugte sich schweigend, und ich war überrascht, daß ich zum erstenmal so etwas wie Verständnis für die Lage des Priesters empfand. Die Fremden waren mit der Erlaubnis der Regierung in sein Dorf gekommen und veränderten die Welt, ohne daß er etwas unternehmen konnte.

Während wir vom Haus des Priesters weggingen, meinte Emerson: »Vielleicht kann ich ja Bruder Ezekiel überzeugen, sich in einem anderen Dorf niederzulassen.«

»Da mußt du aber mehr als diplomatisch vorgehen, denn der geringste Hinweis, er könnte sich in Gefahr befinden, würde ihn nur noch starrsinniger machen.«

Die Mission bot ein friedliches Bild. Der Unterricht war noch nicht beendet, und im Schatten des kleinen Palmenhains saß eine Gruppe Mädchen über ihre Näharbeiten gebeugt. Auf Emersons Lieblingsstein saß Charity und las mit sanfter Stimme Geschichten aus der Bibel vor. Sie trug wieder eines der dunklen Gewänder, und kleine Schweißperlen standen auf ihrer Stirn, die endlich einmal von dieser scheußlichen Haube befreit war. Bruder Ezekiel mochte der verrückteste Mann auf der Welt sein, aber seine Missionare leisteten hier wertvolle Arbeit, ganz besonders, was die Erziehung der kleinen Mädchen betraf, denn die koptischen Frauen waren nicht besser dran als ihre moslemischen Schwestern. Vielleicht hatten wenigstens diese Mädchen hier Aussichten auf ein besseres Dasein.

Sogar Emerson schien von dem Bild, das sich ihm bot, angerührt zu sein, obwohl ihm manche Leute derartige Regungen glatt absprachen. Er beobachtete die Szene einige Augenblicke, doch dann beugte er sich zu mir und sagte leise: »Die Gelegenheit ist günstig! Wir können allein mit dem Mädchen sprechen.«

Als ich mich vernehmlich räusperte, fuhr Charity erschrocken in die Höhe und sah sich suchend um. Ich trat aus dem Schatten eines Baumes und sagte: »Ich bin es nur, Miß Charity! Professor Emerson ist auch hier. Bleiben Sie doch sitzen, und lassen Sie uns ein wenig reden!«

Sie sank wieder auf den Stein. »Der Unterricht ist beendet«, sagte sie zu den Mädchen. »Ihr könnt nach Hause gehen.«

Eines der Mädchen wollte betteln, doch nach einem kurzen Blick auf Charity hinderten die anderen sie. Ich ließ mich neben dem Mädchen auf dem Stein nieder. »Verzeihen Sie, daß ich Sie so erschreckt habe!«

Emerson machte eine ungeduldige Handbewegung. »Wir verschwenden kostbare Zeit, Peabody! Sicher werden wir bald gestört. Wovor fürchten Sie sich denn, mein Kind?«

Er kniete neben ihr nieder, und ich erwartete, daß sie sich zurückziehen würde, doch irgendwie schien ihr sein ernster Gesichtsausdruck Mut einzuflößen. »Ich war so sehr in die schöne Geschichte vertieft und erwartete niemanden ...«

»Bah!« rief Emerson. »Hat man Ihnen noch nicht beigebracht, daß Lügen Sünde ist, Miß Charity?«

»Das war die Wahrheit, Sir.«

»Höchstens die halbe. Dieses Dorf ist kein sicherer Aufenthaltsort mehr, Kind. Können Sie Ihren Bruder nicht überzeugen, von hier wegzugehen?«

Das Mädchen hob den Kopf. »Sehen Sie denn nicht, was wir hier tun? Können wir diese hilflosen Geschöpfe einfach verlassen und aufgeben?«

Emerson schüttelte stirnrunzelnd den Kopf. »Sie sind in Gefahr, und ich glaube, daß Sie das wissen. Gibt es denn keinen Weg ... Peabody, was ist denn los?«

»Wir werden aus dem Haus beobachtet«, berichtete ich. »Ich sah, wie sich ein Vorhang bewegt hat. Verdammt! Jetzt öffnet sich die Tür ... er kommt.«

»Verflucht!« schimpfte Emerson. »Bleiben Sie sitzen, und hören Sie mir zu, Miß Charity! Vielleicht werden Sie eines Tages unsere Hilfe brauchen. Dann rufen Sie uns, ganz gleich zu welcher Stunde!«

Charity antwortete nicht, und Ezekiel war fast bei uns.

»Dachte ich es mir doch! Der Professor und seine ehrenwerte Ehefrau. Was sitzt du da herum, Charity? Warum bittest du sie denn nicht ins Haus?«

Charity erhob sich gehorsam wie eine Marionette. »Ich bin zerstreut«, sagte sie. »Verzeih mir, Bruder!«

»Das macht doch nichts«, sagte Emerson, obwohl die Entschuldigung gar nicht an ihn gerichtet war. »Wir sind nur ... nur zufällig vorbeigekommen.«

»Sie müssen in mein Haus kommen«, bestimmte Ezekiel. »Wir wollen das Brot miteinander brechen. Charity, suche Bruder David!«

»Ja, Bruder.« Sie schwebte mit gefalteten Händen und gesenktem Kopf davon, und wir folgten ihrem Bruder ins Haus.

Wir wurden in das kahlste Wohnzimmer geführt, das ich in meinem Leben gesehen hatte. Einige gerade Stühle, ein Tisch und darauf das Neue Testament – sonst nichts. Kein Teppich, kein Bild – nichts. Das einzig interessante Möbelstück in diesem Raum war ein Bücherregal, das mich anzog, wie ein Feuer den Frierenden anzieht. Doch die meisten Bücher waren theologische Werke in verschiedenen Sprachen.

Kurze Zeit später erschien Bruder David. Ich hatte ihn einige Zeit nicht gesehen und war überrascht, wie verändert er aussah. Sein Haar war glanzlos, seine Augen eingefallen, und außerdem hatte er beträchtlich abgenommen. Auf meine Fragen nach seinem Gesundheitszustand antwortete er mit unsicherem Lächeln: »Doch, doch, es geht mir ganz gut. Ich bin nur ein bißchen müde, weil ich die ... die Hitze so schlecht vertrage.«

Ich tauschte einen bedeutungsvollen Blick mit Emerson. Soviel ich wußte, war gerade Winter, in dem kühle Nächte die angenehme Wärme des Tages unterbrechen. Von Hitze konnte absolut keine Rede sein.

Bruder Ezekiel war dagegen in angeregter Stimmung. Er rieb sich die Hände und verkündete: »Charity ist bald mit dem Essen fertig. Ich möchte Sie ausdrücklich einladen!«

»Aber wir können leider nicht bleiben, denn wir haben gerade heute morgen den Eingang zu unserer Pyramide entdeckt und müssen dabeisein, wenn unsere Männer den Gang abstützen.«

Ich hatte mich, während ich das sagte, unwillkürlich zu Bruder David umgedreht, doch sein Kollege antwortete: »Ja, wir haben gehört, daß Sie die Arbeiten an dem Friedhof endgültig eingestellt haben, und ich freue mich, daß Sie sich meine Mahnung zu Herzen genommen haben! Sie haben einen schwerwiegenden Irrtum begangen, aber zu guter Letzt haben Sie sich doch noch besonnen!«

Emersons Augen funkelten, aber er kann sich beherrschen, wenn es seinen Absichten dienlich ist. »Ah ja ... Mr. Jones. Wir kamen eigentlich, um mit Ihnen über ein ernstes Thema zu sprechen. In der letzten Zeit gab es nicht nur hier, sondern auch in unserem Haus eine Reihe von schrecklichen Ereignissen.«

»Meinen Sie damit den Tod unseres armen Bruders Hamid?« fragte David.

»In den letzten zehn Tagen«, sagte Emerson, »ereigneten sich ein Mord, drei Einbrüche, ein Feuer hier in der Mission und ein weiteres draußen in der Wüste. Wie ich gehört habe, wurde Miß Charity ebenfalls angegriffen.«

»Irgendein ungezogenes Kind ...«, begann Bruder David.

»Der in das Zimmer meines Sohnes eingebrochen ist, war kein Kind mehr.«

»Und Sie glauben, daß alle diese Ereignisse miteinander in Verbindung stehen?« fragte Bruder David zweifelnd. »Wie könnte das möglich sein? Die Einbrüche bei Ihnen und bei der Baronin haben doch nichts mit uns zu tun. Die kleinen Schwierigkeiten, mit denen wir hier zu kämpfen haben, haben wir doch vorhergesehen, aber mit viel Geduld werden wir ... «

»Bah!« unterbrach ihn Emerson. »Ich habe Sie gewarnt, und ich werde es wieder tun. Die Gefahren, die uns alle bedrohen, mögen nicht von Ihnen allein verschuldet sein, aber Ihr unbeherrschtes Benehmen macht die Dinge nicht besser. Legen Sie sich doch nicht immer wieder mit dem Priester an, oder suchen Sie sich eine neue Bleibe.«

Bruder Ezekiel lächelte nur und sprach wieder über die Krone des Märtyrertums, wozu David andächtig schwieg.

Emerson drehte sich zu mir um. »Hier verschwenden wir nur unsere Zeit, Amelia. Laß uns gehen!«

»Auch Sie können die Erlösung und den Geist des Herrn

erlangen, Bruder Emerson. Sie sind mir jederzeit willkommen, denn niemand kommt zum Herrn, nur durch mich!«

Glücklicherweise war Emerson gerade an der Tür, als er diese anmaßenden Sätze hörte, und ich konnte ihn mit einem energischen Stoß hinausbefördern.

Wir waren noch nicht weit gegangen, als wir plötzlich Schritte hinter uns hörten. Als wir uns umdrehten, sahen wir, wie Bruder David hinter uns herrannte.

»Glauben Sie wirklich, daß wir uns in Gefahr befinden?« keuchte er.

Emersons Augenbrauen zogen sich in die Höhe. »Weshalb, glauben Sie, bin ich wohl gekommen, wenn ich Sie nicht warnen wollte? Bestimmt nicht wegen Bruder Ezekiels reizender Gesellschaft!«

»Aber vielleicht übertreiben Sie die Gefahr«, beharrte der junge Mann. »Bruder Ezekiels Begeisterung läßt ihn manchmal die Vorsicht vergessen, aber die Heiligen des Herrn empfinden keine Furcht ... «

»Aber wir Schwachen schon«, ergänzte Emerson trocken. »Schämen Sie sich nicht, es zuzugeben, Mr. Cabot!«

»Ich bin beunruhigt«, räumte David ein. »Aber ich behaupte, daß diese Ereignisse nichts mit unserer Arbeit hier zu tun haben.«

»Womit denn dann?« fragte Emerson interessiert.

David warf seine Hände in einer Verzweiflungsgeste in die Höhe. »Vielleicht sind wir zufällig in eine dunkle Verschwörung geraten.«

»Eine interessante Idee«, sagte Emerson.

»Aber was können wir tun?«

»Gehen«, sagte Emerson kühl.

»Das ist unmöglich. Damit ist Bruder Ezekiel niemals einverstanden ... «

»Dann soll er bleiben, bis er geröstet wird«, sagte Emerson

mitleidslos. »Nehmen Sie die junge Frau, und gehen Sie! Die Idee gefällt Ihnen nicht? Dann denken Sie noch einmal darüber nach. Wenn Ihre Vernunft über Ihre Ergebenheit gesiegt hat, werde ich Ihnen in jeder Beziehung helfen, aber die Entscheidung müssen Sie selbst treffen.«

»Ja, natürlich«, sagte David unglücklich, während er unentschlossen die Hände rang.

Wir gingen zurück zum Brunnen, wo wir wieder auf unsere Esel stiegen und davonritten. »Das war eine sehr interessante Begegnung, Peabody. Cabot weiß mit Sicherheit mehr, als er sagt. Würdest du mit mir wetten, welches Geheimnis er in seinem Herzen verbirgt?«

»Unsinn, Emerson. Er ist nicht schuldig, sondern feige. Zu feige, um zu bleiben, und zu feige, um wegzugehen. Ich bin sehr enttäuscht von dem jungen Mann. Eine so männliche Erscheinung – aber ein feiger Mensch!«

»In diese Richtung gehen deine Theorien also?«

»Vorläufig sage ich kein weiteres Wort«, erwiderte ich. »Wir können jedoch zusammenfassend sagen, daß die Missionare unschuldig, aber dumm sind. Ich wußte, daß dein Versuch, sie zu überzeugen, fehlschlagen würde. Willst du jetzt noch etwas zu ihrer Rettung unternehmen?«

»Vielleicht sollte ich mit anderen protestantischen Missionaren reden oder die Zentrale der ›Brüder des Heiligen Jerusalem‹ ausfindig machen und ihnen mitteilen, was hier geschieht. Aber ich habe das Gefühl, daß bald weitere Ereignisse alles überflüssig machen werden!«

Ich hatte ähnliche Gedanken, aber keiner von uns ahnte, wie nah diese Ereignisse bereits waren und wie schrecklich sie nicht nur für die Missionare, sondern auch für uns und unsere Lieben werden würden.

Obwohl dieser Besuch in einer Beziehung kein Erfolg gewesen war, hatte er aber trotzdem einen Verdacht bestätigt, und ich war sehr zufrieden. Ich hätte gar zu gern gewußt, ob Emerson dasselbe dachte, und da er eigentlich ganz zuversichtlich aussah, fürchtete ich das Schlimmste.

Mit der zweiten Gruppe unserer Verdächtigen hatten wir nicht so viel Glück. De Morgan war nicht im Camp, und seine Arbeiter lagen wieder einmal im Schatten und genossen die Mittagsruhe. Doch ein gewaltiger Schrei aus Emersons Kehle brachte sie auf die Beine. Der Vormann kam zu uns herüber, grüßte und sagte, daß de Morgan während der Mittagspause die Lady auf der Dahabije besuchte.

»Welche Lady?« fragte ich.

»Sie kennen sie, Sitt. Die deutsche Dame, die schon einmal hier war. Sie ist zurückgekommen«, erzählte der Mann. »Sie soll unserem Herrn viel Geld für die Arbeit geben, sagt man. Gehen Sie auch hin, um Geld zu bekommen?«

»Nein«, sagte Emerson hastig.

»Nein«, bestätigte ich. »Wann wird Mr. de Morgan zurückkommen?«

»Das weiß nur Allah! Möchten Sie auf ihn warten?«

»Hm«, machte Emerson und rieb sich sein Kinn. »Ich werde mich kurz umsehen, während du in seinem Zelt auf ihn wartest, Amelia.«

»Aber ich möchte lieber ...«

»Du wartest bitte im Zelt von Mr. de Morgan, Peabody!«

»Oh, o ja! Eine ausgezeichnete Idee, Emerson!«

Es schien eine ausgezeichnete Idee zu sein, aber das Resultat war nur, daß ich nach einer Durchsicht aller Kisten und Kästen wußte, daß de Morgan ein sehr ordentlicher, methodischer Mann war, der absolut nichts mit unserem Fall zu tun hatte. Ich hatte ihn ja ohnehin nie unter die Hauptverdächtigen eingereiht. Während der Durchsuchung hatte ich mich sehr unwohl in meiner Haut gefühlt, aber ich konnte es trotzdem nicht lassen, noch schnell einen Blick in das Nachbarzelt zu werfen. Doch zu meiner Überraschung war es leer.

Ich fand Emerson, als er gerade einen Tunnel besichtigte, den de Morgan hatte anlegen lassen. »Sieh dir das an, Peabody!« schrie er aufgeregt. »Dieser Ignorant hat die gesamte Struktur zerstört ...«

»Wenn du fertig bist, würde ich gern gehen«, sagte ich.

»Diese Wand stammt eindeutig aus dem Alten Reich – und was tut er? Er schneidet sie in der Mitte durch, ohne ...«

»Was? O ja, laß uns gehen!«

Der Vorarbeiter seufzte erleichtert, weil er sich nur zu gern wieder zu seinen Kollegen in den Schatten zurückziehen wollte.

»Wo ist der andere Mann?« fragte ich.

»Der mit dem Glasauge? Er ist fort, Sitt. Er reist morgen zusammen mit der Baronin ab.«

»Aha«, sagte Emerson.

»Aha«, echote ich.

Wir bestiegen unsere Esel. »Gott sei Dank ist es vorüber«, sagte Emerson. »Ich habe erfahren, was ich wissen wollte, und kann die Angelegenheit in kürzester Zeit zu Ende bringen.«

»Was hast du von dem Vorarbeiter erfahren, Emerson?«

»Was hast du in dem Zelt gefunden, Peabody?«

Ich kann nicht viel beitragen. Höchstens die Tatsache, daß Kalenischeff abgereist ist. Sein Gepäck war verschwunden.«

»Nichts Verdächtiges unter de Morgans Sachen?«

»Absolut nichts!«

Enttäuschung malte sich auf Emersons Miene. »Schade, aber es war zu gut, um wahr sein zu können. Er kommt mit seinen Ausgrabungen nicht gut voran. Kein Anzeichen der Grabkammer. Und alle Gräber der Umgebung waren bereits ausgeraubt – nicht einmal die Mumien waren noch da!«

»Ich habe ihn nie wirklich verdächtigt, Emerson.«
»Ich doch auch nicht, Peabody.«

Als wir nach Mazghunah zurückkamen, erfuhren wir, daß sich die Abstützung des Tunnels als unmöglich erwiesen hatte und die Arbeiten eingestellt werden mußten. Mohammed hatte sich gerade noch retten können, als die brüchigen Wände nachgegeben hatten. Emerson besah sich die Sache und lobte Abdullah für seine Umsicht.

»Das habe ich von Anfang an befürchtet«, sagte er. »Jetzt müssen wir eben das gesamte Gebiet von oben her abtragen, um an die Kammern im Untergrund heranzukommen. Vom Oberbau ist ohnehin nur noch der kleine Ziegelmauerrest dort drüben erhalten. Man sieht auch an den Vertiefungen, daß darunter wahrscheinlich die zusammengebrochenen Gänge des Unterbaus liegen.«

»Ich bin überzeugt, daß du recht hast, Emerson.«

»Es tut mir leid, Peabody, denn ich weiß, wie gern du auf Händen und Füßen durch enge Gänge kriechst ... «

»Aber es ist doch nicht deine Schuld, Emerson, daß die Pyramide in einem solchen Zustand ist. Ich möchte nicht, daß einer unserer Männer gefährdet wird!«

Ich wahrte mein fröhliches Gesicht, aber innerlich nagte die Enttäuschung an mir, denn ich hatte so sehr gehofft, wenigstens einen intakten Unterbau vorzufinden. In manchen Pyramiden befinden sich Gänge und Grabkammern völlig im oberirdischen Teil, aber diese war eine, bei der die Gänge und Grabkammern im Boden angelegt und dann mit einer Pyramide überbaut worden waren. Doch nun waren alle meine Träume vorbei.

Als Ramses die tragische Neuigkeit erfuhr, sagte er nur lakonisch: »Ich dachte ef mir, alf die Wand hinter Mohammed eingeftürzt ift.« Ich hatte immer gedacht, daß er meine

Leidenschaft für die Pyramiden geerbt hätte, aber nach dieser lauen Reaktion kamen mir doch ernste Zweifel. Er begleitete uns auch nicht, als wir nach einem hastigen Mittagessen an die Arbeit gingen.

Am frühen Nachmittag stießen die Männer auf eine meterdicke Mauer, die offenbar die Umfassungsmauer der Pyramide gewesen war. Nach ihrem Verlauf konnte man den Grundriß der Pyramide abschätzen, und ich sah, daß es, obwohl Emerson die Männer an allen vier Seiten gleichzeitig arbeiten ließ, Wochen dauern würde, bis wir zum interessanten Teil vorstoßen konnten.

Ramses ging gleich nach dem Essen in sein Zimmer, während sich Emerson und ich an die alltägliche Kleinarbeit machten, die eine archäologische Expedition so mit sich bringt. Emerson und John errechneten die Löhne der einzelnen Arbeiter für den morgigen Zahltag, was nach den Aufregungen der letzten Zeit eine ziemlich eintönige Beschäftigung war. Ich hatte Mühe, mich auf meine Arbeit zu konzentrieren, und mußte dauernd gähnen. Als ich gerade vorschlagen wollte, heute früher zu Bett zu gehen, hörte ich vor dem Haus Stimmen.

Die eine gehörte Abdullah, der den Ankömmling laut nach seinem Begehr fragte, die andere war leiser und undeutlicher, und ich konnte nicht verstehen, was gesprochen wurde. Sekunden später klopfte es an der Tür.

»Ein Mann hat dies gebracht«, sagte Abdullah und übergab mir ein gefaltetes Stück Papier.

»Welcher Mann?«

Abdullah zuckte die Achseln. »Einer von den Ungläubigen.«

»Danke schön, Abdullah.«

Er verbeugte sich und zog sich zurück.

»Nun, was ist es, Peabody?« fragte Emerson, der eine fertig beschriebene Seite zu den anderen legte.

»Es sieht aus wie ein Brief. Er ist an mich gerichtet, aber ich kenne die Schrift nicht. Ich glaube ... «

»Glaube nicht, sondern lies lieber«, sagte Emerson.

Ich fühlte mich plötzlich von dunklen Schatten umgeben und fröstelte. Und alles nur wegen eines Stückes Papier! Ich begann zu lesen, während mich Emerson und John gespannt beobachteten.

»Es ist von Charity«, sagte ich. »Deine Warnung war doch nicht umsonst, Emerson. Sie bittet uns um Hilfe.«

»Wann?«

»Gleich. Noch heute nacht.«

John sprang auf. »Was ist geschehen?« rief er aufgeregt und rang die Hände. »Wo ist sie? Ist sie in Gefahr?«

»Aber John, beruhigen Sie sich. Sie ist nicht in unmittelbarer Gefahr. Sie möchte sich mit uns treffen ...« Seine Aufregung war echt, und ich mußte ihn beruhigen, damit er nicht in die Mission lief, um Charity zu retten. »Wir werden uns mit ihr treffen und uns sagen lassen, was los ist. Falls auch nur der Hauch einer Gefahr besteht, werden wir sie selbstverständlich mit hierhernehmen. Machen Sie sich keine Sorgen, Sie können sich auf uns verlassen!«

»Sie erzählen mir sofort, was geschehen ist, Madam?«

»Aber selbstverständlich, John.«

Nachdem er gegangen war, gab ich Emerson den Zettel.

»Mitternacht«, murmelte er. »Warum suchen sich die Verzweifelten nur immer diesen Zeitpunkt aus? Vorher lohnt sich das Schlafen meistens nicht, und hinterher ist von der Nacht nicht mehr viel übrig.«

»Sprich nicht so laut«, bat ich. »Ich möchte nicht, daß uns jemand hört, besonders Ramses nicht.«

»Sie scheint nicht unmittelbar in Gefahr zu sein«, bemerkte Emerson. »Was wohl das ›entsetzliche Ding‹ ist, das sie entdeckt hat? Der Brief klingt sehr verzweifelt.«

»Ich glaube, ich weiß, was sie meint.«

»O ja, ich auch. Ich bin gespannt, ob sie endlich entdeckt hat, was ich schon lange weiß.«

Wir hatten bis zu unserer Verabredung noch eine Stunde Zeit, die wir damit verbrachten, Ramses ins Bett zu schicken. Er hatte wieder an seinem Manuskript gearbeitet und versuchte mit allen Tricks, die Schlafenszeit hinauszuschieben. »Mama, ich habe daf Fragment entziffert. Möchteft du wiffen, waf darin fteht?«

»Nicht jetzt, Ramses. Morgen.«

»Aber ef ift fehr intereffant, Mama. Auf dem kleineren Ftück fteht etwaf über den Fohn von ... «

»Der Sohn von Gott ist eine gebräuchliche Redewendung für Jesus«, erklärte ich. »Auch wenn dein Vater anderer Meinung ist, müssen wir endlich etwas für deinen Religionsunterricht tun. Wenigstens das Grundwissen sollte man haben.«

»Ja, Mama. Daf Evangelium def heiligen Thomaf ... «

»Genau das meine ich, mein Sohn. Es gibt nämlich kein Evangelium des heiligen Thomas; Matthäus, Markus, Lukas und Johannes sind die vier Evangelisten. Ich kenne ein kleines Verschen, das ich dir beibringen werde, damit du dir die Namen merken kannst, aber heute abend nicht mehr. Gute Nacht, mein Sohn.«

»Gute Nacht, Mama«, sagte Ramses ergeben.

Ich war schrecklich neugierig auf das, was Charity uns sagen wollte, so daß ich es kaum abwarten konnte, bis wir endlich aufbrechen konnten. Doch dann war es soweit. Abdullah war bereits eingeschlafen, doch er erwachte sofort, als wir die Tür öffneten. Wir erklärten ihm, daß wir ein bißchen spazierengehen wollten und nicht lange wegbleiben würden.

»Ich wüßte gern, weshalb sie einen so abgelegenen Ort

gewählt hat«, meinte Emerson. als wir in die Ebene hinausgingen.

»Sie konnte sich ja schlecht mitten im Dorf mit uns treffen, Emerson. Außerdem wußte sie, daß wir heute an der Pyramide gearbeitet haben.«

Mein Herz klopfte vor Aufregung, als wir den Grabungsort erreichten. Die Mauerreste warfen dunkle Schatten, so daß ich im ersten Augenblick nichts erkennen konnte. Doch plötzlich packte ich Emersons Arm. »Dort ist sie! Diesen Umriß würde ich wohl überall in der Welt erkennen, besonders die entsetzliche Haube!«

Einige Augenblicke stand die Figur bewegungslos, doch dann hob sie einen Arm und ging davon.

»Wir sollen ihr folgen!« rief ich.

»Das sehe ich.«

»Wohin geht sie denn, um Gottes willen?«

»Das wird sie uns bestimmt sagen, wenn wir sie eingeholt haben.«

Emerson ging schneller, so daß ich Mühe hatte, ihm zu folgen, aber trotzdem wurde die Entfernung zwischen uns und der dunklen Figur nicht kleiner.

»Verflucht!« schimpfte Emerson. »Es ist ja lächerlich! Will sie bis nach Dahschûr laufen? Ich werde jetzt rufen!«

»Nein, tu das nicht. In der Wüste hört man den leisesten Laut meilenweit. Du würdest jedermann in einer Meile Umkreis aufwecken.«

»So weit sind wir jetzt schon gelaufen!«

»Nicht ganz, Emerson!«

Eine Weile liefen wir schweigend weiter. Allmählich wurde auch ich ärgerlich. Irgendwie schien diese Figur kein Mensch aus Fleisch und Blut zu sein. Mir war unheimlich zumute.

»Kann sie uns für jemand anderen gehalten haben?« fragte ich.

»Nein, unmöglich. Die Nacht ist ziemlich hell, und deine Hosen sind doch wirklich unverkennbar! Außerdem schepperst du wie eine Blaskapelle.«

»Wer weiß ... vielleicht brauche ich ...«

»Spare deinen Atem, Peabody! Ah, jetzt geht sie nach Osten in Richtung auf das Fruchtland.«

Eine einzelne Palme hatte sich weit in die Wüste vorgewagt. Als die schlanke Figur in deren Schatten verschwand, beschleunigte Emerson seinen Schritt, und ich begann zu rennen.

Sie stand da. Sie erwartete uns. Aber das Gesicht hatte sie abgewandt. Doch dann tauchten aus dem Nichts plötzlich drei Gestalten auf, die in der Dunkelheit kaum zu erkennen waren und sich rasch bewegten. Ich griff nach meiner Pistole – zu spät! Sie hatten uns schon überrumpelt. Ich hörte Emerson schimpfen und dann einen Faustschlag. Danach packten mich grobe Hände und warfen mich zu Boden.

# 10. Kapitel

Die süße, unterwürfige Charity war also in Wirklichkeit unser großer Unbekannter! Ich hatte leider keine Zeit, diesen Gedanken noch weiter zu verfolgen, denn plötzlich rammte sich mir ein Fuß in den Rücken, grobe Hände packten mich, schoben mir einen Knebel in den Mund und fesselten meinen Körper mit atemberaubender Geschwindigkeit. Schlimmer als alle diese Unerträglichkeiten waren meine Sorgen um Emerson. Seine Schimpftiraden und die Kampfgeräusche waren verstummt. Diese Mißgeburten mußten ihn ohnmächtig geschlagen haben ... oder schlimmer? Nein, diesen grausigen Gedanken wollte ich gar nicht erst denken.

Plötzlich hob mich einer der Männer hoch und warf sich meinen Körper wie einen Sack über die Schulter. Der eiserne Schraubstockgriff, in dem sich meine unteren Gliedmaßen befanden, ließ den Gedanken an Gegenwehr im Keim erstikken. Statt dessen bemühte ich mich, den Kopf möglichst weit zu heben, um nach Emerson zu sehen. Während sich mein Entführer in Bewegung setzte, sah ich für Sekunden, was ich lieber nicht gesehen hätte. Hinter uns erkannte ich zwei nackte Füße und ein zerlumptes Gewand, mehr konnte ich von dem zweiten Mann nicht erkennen, aber hinter seinen Füßen sah ich eine Hand durch den Sand schleifen. Sie trugen ihn! Und das bedeutete, daß er noch am Leben war! An diesen Gedanken klammerte ich mich, während ich vergeblich nach irgendwelchen Lebenszeichen Ausschau hielt.

Schließlich konnte ich den Kopf nicht mehr zurückbeugen und ließ ihn gegen den Rücken meines Entführers sinken, wobei mir ein Geruch in die Nase stieg, der weit schlimmer war als jeder Körpergeruch. Ich kannte ihn genau, denn es war der unverwechselbare Gestank der Fledermausexkremente.

Ich konnte nur einen kleinen Ausschnitt des Sandbodens sehen, aber ich bin ja nicht umsonst eine erfahrene Archäologin. An den Steinen, die seit einiger Zeit immer zahlreicher wurden, konnte ich erkennen, daß wir uns der Schwarzen Pyramide näherten. Plötzlich blieb mein Entführer vor einem gähnenden Loch stehen, das vorher nicht dagewesen war. Wenn ich hätte reden können, hätte ich sicher meiner Verwunderung Ausdruck verliehen, aber in dieser Lage empfand ich nichts als Angst und wehrte mich nach Kräften. Als Antwort wurde ich auf den Boden geworfen. Emerson lag neben mir. Er hatte die Augen geschlossen und sah sehr friedlich aus. Aber das Schönste war seine mächtige Brust, die sich hob und senkte. Er lebte! Gott sei Dank lebte er!

Doch wie lange noch? Die folgenden Ereignisse machten mir nicht viel Hoffnung, denn mein Entführer packte mich am Kragen und zog mich hinter sich in das Loch.

Glücklicherweise war es offenbar kein Grab, sondern der Zugang zu einem größeren Raum. Während mich der Mann durch die Finsternis schleppte, schoß mir ein wilder Gedanke durch den Kopf, doch ich wurde unterbrochen, weil es nun offenbar abwärts ging, soweit ich das feststellen konnte. Am Fuß der Treppe blieb mein Entführer plötzlich stehen und entzündete eine Kerze. Dann packte er mich wieder und zerrte mich hinter sich her, denn der Gang war so niedrig, daß er gar keine andere Wahl hatte.

Die Diebe hatten den Eingang zur Pyramide gefunden, den de Morgan vergeblich gesucht hatte! Vorübergehend empfand ich große archäologische Neugier, doch nach kurzer Zeit schmerzten meine Gliedmaßen, und die kleinen Steine verletzten meine Haut. Aber noch unangenehmer war die Schicht aus Sand und Exkrementen, die von meinem Körper aufgewirbelt wurde und mir fast den Atem nahm. Im Kerzenlicht konnte ich fast nichts von der Umgebung erkennen, aber weit hinter uns leuchtete ein schwacher Schein. Demnach folgten uns die anderen, und ich fragte mich, ob sie Emerson noch trugen oder in ein Grab geworfen hatten.

Die ständige Atemnot verursachte bald darauf eine Benommenheit, so daß ich kaum spürte, daß ich eine hölzerne Leiter emporgezerrt oder hinaufgetragen wurde. Das geschah noch mehrere Male, aber ich hatte längst jede Orientierung verloren, obwohl ich mir große Mühe gegeben hatte. Die Absicht der Konstrukteure, möglichst Grabräuber in die Irre zu führen, hatte seine Wirkung auf mich nicht verfehlt.

Plötzlich blieb mein Entführer stehen und beugte sich über mich. Meine Augen brannten von dem scharfen Gestank, und die Tränen liefen mir über das Gesicht, doch ich wollte keinesfalls, daß dieser Mann mich ›weinen‹ sehen sollte Ich zwinkerte die Tränen fort und lächelte ihn an. Im Licht der Kerze sah ich ein dunkles, mahagonifarbenes Gesicht über mir, das plötzlich böse grinste. Dann richtete der Mann sich auf und zog ein blinkendes Messer aus dem Gürtel.

Zwei blitzartige Bewegungen, ein Stoß – ich rollte ... wollte schreien ... und fiel hilflos und blind in undurchdringliche Finsternis. Ein Mensch, der entführt, gefesselt, geknebelt, verschleppt und im Herzen einer unerforschten Pyramide in ein dunkles Loch geworfen wird, muß ein Narr sein, wenn er keine Angst hat. Da ich kein Narr war, hatte ich Todesangst, denn in einem kleinen Teil meines Gehirns wußte ich, daß der

Boden einer solchen Kammer mit Stein gefliest war und ich hilflos zerschellen würde.

Seit diesen Sekunden glaube ich den Menschen, die behaupten, daß man angesichts des Todes noch einmal sein ganzes Leben vor sich sieht, doch als ich aufprallte, stellte ich fest, daß der Boden überraschenderweise mit Wasser bedeckt war. Darunter befand sich eine Schlammschicht und erst darunter der Steinboden. Das Wasser und der Schlamm mußten meinen Fall gebremst haben, dennoch war der Aufprall so stark, daß ich erst einmal keine Luft bekam. Instinktiv wollte ich schwimmen, wobei ich feststellte, daß ich nicht mehr gefesselt war. Als nächstes merkte ich, daß das Wasser kaum einen Meter tief war. Nachdem ich mich hochgerappelt hatte, riß ich mir sofort den Knebel aus dem Mund.

Es konnten nur Sekunden vergangen sein, bevor ich von einem großen Körper, der hinter mir ins Wasser klatschte, erneut umgerissen wurde. In wilder Panik tastete ich umher und bekam endlich etwas zu fassen, das sich wie ein schleimiges, nasses Hundefell anfühlte. Zum Glück hatte Emerson so starke, dichte Haare, denn ich packte mit beiden Händen zu und riß seinen Kopf über die Oberfläche. Nie werde ich den glücklichen Moment vergessen, als seine größte und längste Schimpfkanonade losbrach. Emerson war bei Bewußtsein! Er lebte! Das Wasser mußte ihn aufgeweckt haben.

Nachdem er den Schlamm ausgespuckt hatte, den er offenbar in den Mund bekommen hatte, stürzte er sich auf mich und wollte mich niederschlagen, doch da ich damit gerechnet hatte, konnte ich ausweichen. So laut ich konnte rief ich meinen Namen.

»Peabody!« gurgelte Emerson. »Gott sei Dank bist du es. Aber wo sind wir, zum Teufel?«

»In der Schwarzen Pyramide, Emerson. Oder, besser gesagt, darunter. Obwohl mich dieser Fledermausgestank fast um den Verstand gebracht hat, meine ich, daß die Hauptrichtung des Gangs ... «

Während ich antwortete, hatte Emerson mein Gesicht ertastet, und jetzt verschloß er mir den Mund mit einem Kuß. Es schmeckte nicht überwältigend, aber ich hatte trotzdem nichts dagegen.

Irgendwann löste sich Emerson von mir und sagte: »Ich kann mich nur noch erinnern, daß mich jemand auf den Kopf geschlagen hat. Ist es dir besser ergangen, weil du weißt, wo wir sind? Oder hast du alles nur erfunden? Jedenfalls war ich noch nie in einer Pyramide, die auch nur annähernd so naß gewesen wäre wie diese.«

»Ich war gefesselt und geknebelt, aber nicht bewußtlos. Emerson, sie haben den Eingang gefunden! Er liegt auf der Nordseite, wo de Morgan gesucht hat, aber auf Bodenhöhe nahe der südwestlichen Ecke. Kein Wunder, daß er ihn nicht gefunden hat.« Ein Räuspern bedeutete mir, daß ich abschweifte, also fuhr ich fort: »Ich vermute, daß wir uns in der Grabkammer befinden. Die Pyramide steht ganz in der Nähe des Fruchtlandes, und ich glaube, daß die letzte Überschwemmung auch diese Kammer überflutet hat.«

»Ich verstehe überhaupt nichts mehr«, sagte Emerson. »Weshalb haben sie uns denn nicht umgebracht, denn wie es aussieht, könntest du den Weg zurückverfolgen?«

»Ich hoffe, Emerson, aber die Pyramide ist sehr raffiniert angelegt. Außerdem habe ich alles nur teilweise verfolgen können, weil ich durch die Gänge gezerrt wurde, und ... «

»Verdammt!« rief Emerson. »Gezerrt, sagst du? Diese Verbrecher! Wenn ich sie in die Finger bekomme, bleibt nicht mehr viel von ihnen übrig!«

»Danke, mein lieber Emerson, aber zuerst sollten wir uns ein wenig umsehen.«

»Bist du Bastet, daß du in der Dunkelheit sehen kannst?«

»Nein, aber da unsere Augen an die Dunkelheit gewöhnt sind, brauchen wir überhaupt nicht viel Licht. Wenn du ruhig stehenbleiben würdest, könnte ich Licht machen.«

»Die Strapazen haben meinem Schatz offenbar geschadet«, murmelte Emerson. »Peabody, du kannst doch nicht...«

Die kleine Streichholzflamme spiegelte sich in seinen erstaunten Augen. »Halte die Schachtel«, sagte ich. »Ich brauche beide Hände, um die Kerze herauszuholen. So. Schon besser, oder etwa nicht?«

Obwohl Emerson bis zu den Hüften im Wasser stand und sich zwei große Beulen auf seinem Kopf bildeten, grinste er mich an: »Nie wieder werde ich mich über deine Ausrüstung lustig machen, Peabody.«

»Ich bin glücklich, festzustellen, daß die Kästen offenbar wirklich wasserfest sind«, sagte ich. »Schließe die Schachtel vorsichtig, und stecke sie bitte in deine Hemdtasche!«

Während Emerson die Streichhölzer einsteckte, blickten wir uns um, doch der Raum war so groß, daß wir nicht viel mehr sahen als unsere mitgenommenen Gesichter. Weiter hinten erkannte ich etwas, das wie eine Insel aus dem Ozean ragte. Sofort wateten wir dorthin.

»Es ist der königliche Sarkophag«, bemerkte Emerson überflüssigerweise. »Und er ist offen! Verdammt! Wir sind nicht die ersten Menschen in diesem Grab, Peabody!«

»Dann muß der Deckel irgendwo auf ... autsch! Ich habe gerade meinen Fuß daran gestoßen!«

Die Seitenwände des roten Granitsarges reichten Emerson bis zum Kopf. Er packte mich an den Hüften und hob mich hoch. Da der Rand ungefähr dreißig Zentimeter breit war, konnte ich mich einigermaßen bequem hinsetzen.

»Gib mir die Kerze«, sagte er. »Ich will die Kammer in Augenschein nehmen.« Er watete zur nächstgelegenen Wand, die jedoch so glatt war, daß mein Mut sank.

»Hebe die Kerze höher! Ich bin von ziemlich weit oben heruntergefallen.«

»Da täuscht man sich leicht«, erwiderte er, aber er folgte meinem Rat. Nachdem er zwei Wände abgeschritten hatte, entdeckte er hoch oben an der dritten eine dunkle Öffnung. Emerson hob die Kerze hoch über seinen Kopf.

Solange ich lebe, werde ich dieses Bild vor Augen haben, wie Emerson, vom Kerzenlicht beschienen, in heroischer Haltung vor der völlig glatten, gewaltig hohen Wand steht und wir beide begreifen, daß es aus dieser Grabkammer kein Entkommen geben wird, weil die Öffnung meilenweit außer Reichweite ist. Emerson ist nicht ganz zwei Meter groß und ich etwa einen Meter und siebzig, aber bis zur Öffnung waren es knapp fünf Meter, schätzte ich.

Emerson hatte dieselben Gedanken, denn er wandte sich ab und kam zu mir. »Fünf Meter, schätze ich«, sagte er ruhig.

»Ja, mindestens«, sagte ich.

»Rechne unsere Körperlängen zusammen, addiere die ausgestreckten Arme ...«

»Und ziehe die Entfernung zwischen Kopf und Schultern wieder ab ...« Ich brach in befreiendes Gelächter aus, in das Emerson einstimmte.

»Trotzdem sollten wir es wenigstens versuchen, Peabody.«

Als ich auf seinen Schultern stand, fehlte zwischen meinen Fingerspitzen und dem unteren Rand der Öffnung noch ein knapper Meter. Nachdem ich es Emerson mitgeteilt hatte, überlegte er. »Und wenn du auf meinen Kopf steigst?«

»Das bringt ja nur wenige Zentimeter.«

Er legte seine Hände um meine Knöchel. »Ich werde dich jetzt um Armeslänge hochheben, Peabody. Kannst du dich ganz steif machen und dich an der Wand abstützen?«

»Aber natürlich, mein Liebster. Als Kind wollte ich immer Artistin werden! Kannst du mich denn hochheben?«

»Du bist doch leicht wie eine Feder, Peabody. Wenn du Artistin wirst, werde ich Gewichtheber! Wer weiß, vielleicht gefällt uns das irgendwann besser!«

»Bitte langsam, mein Lieber!«

»Aber natürlich!«

Ich glaube, ich habe schon öfter erwähnt, daß Emerson stark ist, aber wie stark, hatte ich bis zu diesem Augenblick selbst nicht gewußt. Ich schnappte nach Luft, als ich plötzlich nur noch Luft unter meinen Fußsohlen fühlte. Ich hörte, wie Emerson die Luft anhielt, und dann fühlte ich mich langsam höher und höher steigen. Ich dachte, ich hätte Flügel, und genoß das überraschende Gefühl. Doch als es plötzlich vorbei war, fühlten meine Finger immer noch den glatten Stein. Vorsichtig blickte ich nach oben.

»Noch zehn Zentimeter, Emerson. Kannst du ...«

»Uff«, seufzte Emerson am Ende seiner Kraft.

»Dann lasse mich wieder herunter. Wir müssen uns etwas anderes überlegen.«

Das Herunterlassen war viel unangenehmer. Mit zitternden Knien konnte ich mich kaum aufrecht halten, bis ich endlich auf der Schulter meines Mannes Halt gefunden hatte. Irgendwie brachte er noch die Kraft auf zu lachen.

»Komm, setz dich, Peabody. Ich werde dich wie Christophorus über das Wasser tragen.«

Wir saßen nebeneinander auf dem Rand des Sarkophages und verschnauften. »Hast du die Streichhölzer noch, Emerson?«

»Aber sicher. Die kleine Schachtel ist augenblicklich mehr wert als Gold.«

»Dann gib sie mir bitte, ich möchte sie in meine zuknöpfbare Tasche an der Bluse stecken. Wenn du einverstanden bist, lösche ich danach die Kerze, denn ich habe nur die eine.«

Er nickte mit ernstem Gesicht. Dann saßen wir einige Zeit stumm im Dunklen und hielten uns in den Armen.

»So werden wir sterben, Peabody.«

»Unsinn, mein lieber Emerson«, sagte ich energisch. »Du darfst die Hoffnung nicht so schnell aufgeben, denn wir haben ja noch nicht einmal angefangen zu kämpfen!«

»Aber falls es so kommt, möchte ich so hier sitzen.«

»Ich auch, mein liebster Emerson, aber ich will noch lange nicht sterben! Laß uns unser Gehirn anstrengen und nach Lösungen suchen!«

»Es gibt immer eine Möglichkeit«, sagte Emerson.

»Du mußt mir keine falschen Hoffnungen machen, Emerson. Ich habe mich gefragt, warum unsere Entführer uns nicht sofort umgebracht haben, aber sie wußten, daß wir von hier nicht mehr entkommen würden. Sie werden nicht wiederkommen, und jemand anderer kann uns nicht zu Hilfe kommen, weil niemand den Eingang kennt. Meinst du, de Morgan wird ihn finden? Niemand wird uns hier drin vermuten.«

»De Morgan wird den Eingang niemals finden«, sagte Emerson bissig. »Wir sollten uns lieber nicht auf Hilfe von draußen verlassen.«

Ich drückte seine Hand. »Wir müssen versuchen, etwas zu finden, auf dem wir stehen können. Wir lassen uns doch von diesen paar Zentimetern nicht besiegen!«

»Der Sarkophag wiegt wahrscheinlich eine halbe Tonne«, meinte Emerson.

»Wahrscheinlich mehr«, sagte ich. »Auch der Deckel ist zu schwer, aber vielleicht liegt irgend etwas unter der Schlammschicht, das wir gebrauchen können.«

»Wir wollen nachsehen«, stimmte Emerson zu, »aber zuerst sollten wir überlegen, ob es noch einen anderen Ausweg geben kann.«

»Einen anderen Eingang? Vielleicht, aber die Decke ist so hoch.«

»Jedenfalls kann es keinen in Höhe des Fußbodens geben, denn sonst wäre das Wasser abgelaufen. Vielleicht finden wir ja etwas Interessantes, auf dem man auch noch stehen kann!«

»Vielleicht einen kleinen Schrein aus Alabaster?«

»Das Fieber hat dich wieder gepackt, Peabody, nicht wahr?« fragte Emerson. »Trotzdem hätten wir keinerlei Recht, hier zu graben, denn dieser Platz gehört de Morgan.«

»Er kann doch schlecht protestieren, solange wir nur unser Leben retten wollen, und das wollen wir doch, oder?«

»Aber selbstverständlich«, sagte Emerson.

»Ich fürchte, daß mein Schreibwerkzeug etwas unter der Feuchtigkeit gelitten hat, so daß ich keine genauen Aufzeichnungen machen kann. Wir müssen uns alles gut einprägen.«

»Du bist wirklich eine außergewöhnliche Frau, Peabody. Welche andere würde in einer solchen Situation noch an die Wissenschaft denken!«

»Deine Anerkennung freut mich mehr als alles andere, Emerson. Darf ich dir das Kompliment zurückgeben?«

»Ich danke dir. Aber bevor wir jetzt die Kerze anzünden, wollen wir alles noch einmal gründlich durchsprechen.«

Ich dachte, mein Gehirn würde mir einen Streich spielen, aber in dieser finstersten Finsternis, die so undurchdringlich war, daß sie auf die Augäpfel zu drücken schien, sah ich plötzlich einen helleren Schimmer. Er kam aus der Öffnung oben an der Wand. Ich stupste Emerson.

»Schau!« flüsterte ich.

»Ich sehe es«, antwortete er leise. »Los, Peabody, runter ins Wasser!«

Er rutschte hinunter, und ich folgte mit seiner Hilfe. »Glaubst du, daß diese Verbrecher zurückkommen?« fragte ich.

»Es kann doch niemand sonst sein«, erwiderte er. »Verstekke dich hinter dem Sarkophag und gib keinen Mucks von dir!«

Ich hörte, wie er zur Wand hinüberwatete. Er mußte mir nichts erklären, denn wir verstanden uns ohne Worte. Die Männer waren zurückgekommen, um sich von unserem Tod zu überzeugen. Wenn sie keine Spur von uns entdeckten, würden sie vielleicht ein Seil oder eine Leiter herunterlassen, die Emerson möglicherweise ergreifen konnte. Darin bestand im Augenblick unsere einzige Chance. Ich versteckte mich hinter dem Steigsarg und wartete.

Die Öffnung war jetzt ganz hell, und irgend etwas zeichnete sich als Umriß ab. Ich konnte Emerson nicht sehen, aber ich wußte, daß er sich dicht an die Wand preßte. Meine Finger schlossen sich um den Griff meines Messers.

Und dann geschah das Überraschendste dieses an Überraschungen so reichen Abends. Eine Stimme – eine bekannte Stimme sprach das Wort, mit dem dieses Wesen auf der Welt nur mich bezeichnete! Ich stand und starrte nur, aber noch bevor ich mich besonnen hatte, verlöschte das Licht. Ein Schreckensschrei hallte durch die Kammer, und dann klatschte etwas schwer ins Wasser.

Zuerst wollte ich losrennen, doch dann siegte die Vernunft. Ich hörte Platschen und Fluchen und wußte, daß Emerson die Suche in seine Hände genommen hatte. Ich entzündete die Kerze und befestigte sie sorgfaltig mit einem Wachstropfen auf dem Rand des Sarkophags. Und erst dann überzeugte ich mich davon, ob Emersons Suche erfolgreich gewesen war.

Er war wieder aufgetaucht und hielt ein tropfendes, verschmutztes Objekt in seinen Armen. Aber es bewegte sich, es lebte! Ich suchte lange nach den passenden Worten.

»Ramses«, sagte ich. »Ich dachte, ich hätte dir verboten, noch jemals eine Pyramide zu betreten!«

# 11. Kapitel

»Du haft gefagt, daf ich hineingehen darf, wenn ihr beide bei mir feid«, sagte Ramses.

»Ja, das habe ich. Deine Begründung ist sehr spitzfindig.« Ich überlegte, ob er wirklich unterschieden hatte zwischen einer oberirdischen und einer unterirdischen Grabkammer. Von Hinuntersteigen war nämlich in meinem Verbot keine Rede gewesen. »Jedenfalls schätze ich deine Beweggründe, Ramses. Emerson, stelle ihn doch hin und höre mit dem Gemurmel auf.«

Emersons Gemurmel verstummte. »Ich kann ihn nicht hinstellen, weil sein Mund dann unter Wasser ist.«

»Das stimmt. Dann bringe ihn hierher. Er kann hier auf dem Sarkophag sitzen.«

Ich schützte das kostbare Kerzenlicht, als Ramses neben mir abgeladen wurde. Von Kopf bis Fuß war er mit dieser ekligen Masse bedeckt, aber ich hatte ihn schon in schlimmerem Zustand gesehen. Seine Augen strahlten mich an.

»Wie gesagt, Ramses, ich schätze, daß du gekommen bist, um uns zu retten, aber hier herunterzuspringen, war nicht sehr klug.«

»Ich bin nicht gefprungen, Mama, ich bin aufgerutft. Ich habe ein Feil mitgebracht, für daf ich gerade einen Befeftigungfpunkt gefucht habe ... «

»Wenn ich dich recht verstehe, dann ist das Seil jetzt ebenfalls hier unten und praktisch unbrauchbar?«

»Leider. Daf war Pech«, sagte Ramses.

»Mein Junge, ich dachte, du würdest wenigstens den Namen Emerson eines Tages weiterführen«, sagte Emerson dumpf. »Aber jetzt werden wir alle drei hier unten ...«

»Bitte, Emerson, darüber haben wir gerade schon diskutiert«, unterbrach ich ihn. »Ich hoffe, Ramses, daß dir eingefallen ist, Hilfe zu holen, bevor du hierhergekommen bist?«

»Ich hatte nicht viel Zeit zum Überlegen«, sagte Ramses, während er mit den Beinen baumelte und tropfte. »Aber ich habe eine Nachricht hinterlaffen.«

»Wem?« fragte Emerson voller Hoffnung.

»Daf muf ich erklären«, begann Ramses. »Alf ihr abendf weggegangen feid, bin ich euch gefolgt. Ich habe ef mir zwar überlegt, aber ich konnte mich nicht erinnern, daf ihr mir verboten hättet, abendf hinter euch herzulaufen ...«

»Guter Gott!« seufzte ich hilflos.

»Bitte, unterbrich ihn nicht, Peabody!« sagte Emerson. »Erzähle genau, was geschehen ist, und mache dir keine Gedanken. Nichts wird Folgen haben!«

»Danke, Papa. Ich war nicht weit von euch entfernt, alf die Männer euch überfallen haben. Ich konnte doch nicht gleichzeitig Hilfe holen und verfolgen, wohin fie euch bringen. Und alf fie euch in den Unterbau der Pyramide hinunterfleppten, konnte ich euch doch erst recht nicht im Ftich laffen. Ich hatte gerade noch Zeit, ein Ftück Feil auf ihrer Aufrüftung zu nehmen und eine kurze Nachricht zu freiben, bevor ich hinterherkletterte.«

»Die Nachricht, Ramses?« erinnerte ich ihn. »Was hast du mit ihr gemacht?«

»Ich habe fie der Katze Baftet anf Halfband gebunden.«

»An das Halsband von ...«

»Ja, fie hat mich natürlich begleitet, und ich konnte die Nachricht doch nicht einfach auf dem Boden liegenlaffen, Mama«, sagte Ramses in etwas vorwurfsvollem Ton.

»Heißt das, daß du die ganze Zeit über in der Pyramide warst? Wie bist du denn den Gangstern entwischt?«

»Und weshalb hast du so lange gebraucht, um hierherzukommen?«

Ramses setzte sich ein wenig bequemer zurecht. »Beide Fragen werden beantwortet werden, wenn ihr mir erlaubt, in chronologifer Folge vorzugehen. Ich hörte Waffer auffpritzen und dachte mir, daf fie euch in die Grabkammer geworfen hatten. Auferdem hörte ich Papaf Gefrei, waf mich beruhigte, weil ich wufte, daf er noch lebte. Alf die Männer zurückkamen, mufte ich mich in einem der Feitengänge verftecken. Die Hauptgänge find teilweife mit Holz abgeftützt, aber der Feitengang war baufällig. Jedenfallf ftürzte er ein, und ich mufte mich erft befreien.«

»Um Himmels willen«, jammerte Emerson erschrocken. »Mein armes Kind ...«

»Du haft daf Flimmfte noch nicht gehört, Papa. Alf ich mich befreit hatte, wollte ich auf dem fnellften Weg Hilfe holen, aber der Weg war verfperrt! Kannft du dir meine Überrafung vorftellen? Ich glaube, fie haben daf Holz abfichtlich entfernt. Ef blieb mir alfo nichtf anderef übrig, alf zu euch zu kommen. Ich habe vergeffen, daf ich immer eine Fachtel mit Ftreichhölzern und einer Kerze bei mir trage, weil ich fo durcheinander war. Bei meinem Fturz habe ich fie, glaube ich, verloren.«

Zum erstenmal hatte Ramses erzählen können, ohne unterbrochen zu werden, aber meine ungewöhnliche Schweigsamkeit erklärte sich aus meiner Niedergeschlagenheit. Wir waren also verloren, wenn die Nachricht an Bastets Halsband nicht zufällig gefunden würde, bevor sie sie gefressen oder verloren hätte. Auf der anderen Seite war ich sehr stolz auf meinen Sohn, der ein würdiger Nachfahre der Emersons und Peabodys zu werden versprach. Als ich ihn loben wollte, hörte ich, wie Emerson ihn mit Komplimenten überschüttete, und schwieg.

»Das hast du gut gemacht, mein Sohn«, sagte ich später. »Aber jetzt müssen wir noch besser werden, denn wir müssen hier heraus!«

»Weshalb?« fragte Emerson. »Wenn der Gang verschüttet ist, kommen wir ohnehin nicht weiter.«

»Erstens ist es hier feucht, und du könntest dich erkälten.«

»Aber in den morschen Gängen ist es noch gefährlicher. Hier sind wir sicherer und können auf Rettung warten.«

»Unter Umständen müssen wir lange warten, Emerson. Bastet wird zwar ganz sicher nach Hause laufen, aber ob sie den Zettel dann noch hat, wissen wir nicht.«

»Auferdem müffen wir unf beeilen, wenn wir die Verbrecher noch erwifen wollen«, sagte Ramses. »Fie wollen bei Tagefanbruch verfwinden, habe ich einen fagen hören.«

»Aber wenn der Gang doch verschüttet ist ... «

»Ef gibt noch einen anderen Weg nach draufen, Papa.«

»Wie bitte, mein Sohn?«

»Er führt zu einem Vorraum neben der Pyramide, wo fich einige untergeordnete Gräber befanden. Fo bin ich urfprünglich in die Pyramide gelangt. Und«, fügte er hinzu, »ef wäre beffer, wenn ich die Erklärung dazu ein wenig verfieben könnte, denn wir follten unf beeilen, damit der Weg noch offen ift.«

»Sehr richtig«, sagte Emerson und spannte seine Muskeln. »Dann wollen wir erst einmal etwas suchen, auf das wir uns stellen können. Wir wollten gerade damit beginnen, als du uns mit deiner Anwesenheit beehrt hast.«

»Nein, Emerson«, sagte ich. »Wir brauchen nur das Seil, das Ramses unvorsichtigerweise hat fallen lassen.«

»Aber Peabody! ... «

»Denke doch nach, Emerson. Uns fehlte ein knapper Meter, und den haben wir doch jetzt!« Dabei deutete ich auf Ramses, der mich mißtrauisch ansah.

»Ha!« rief Emerson. »Du hast recht!«

Ramses bot sich an, nach dem Seil zu tauchen, aber Emerson lehnte ab, weil er viel größer war, und hatte das Seil auch in kürzester Zeit entdeckt. Es war über und über mit ekligem Schlamm bedeckt. Wir reinigten es, so gut wir konnten, damit es beim Aufstieg nicht so glitschig war. Dann bauten wir wieder unsere Leiter. Diesmal war alles herzlich einfach, und Ramses kletterte wie ein kleiner Affe über uns nach oben und war gleich darauf im Gang.

Dann mußten wir warten, bis Ramses einen absolut festen Vorsprung fand, an dem er das Seil befestigen konnte, denn er selbst konnte unmöglich allein mein Gewicht tragen. Das war im Augenblick das schwierigste Problem, denn diese spätere Pyramide war hauptsächlich aus Ziegelsteinen gemauert und anschließend mit Stein verkleidet worden. Diese Konstruktion war ganz besonders brüchig.

Ramses ging sehr sorgfältig vor. Das freute mich, und gleichzeitig tat es mir leid, daß Emerson und ich diesen Raum nicht mehr erforschen konnten.

Schließlich kündigte Ramses an, daß er einen passenden Stein gefunden hätte. »Aber du muft dich beeilen, Mama, er hält nicht allzuviel auf.«

Das Ende des Seils hing neben mir. Ich packte es, schickte ein Stoßgebet zum Himmel und ließ mich von Emerson ein Stück hinaufheben. Einen Augenblick lang hing ich in der Luft, doch dann fanden meine Füße Halt an der Wand, und ich arbeitete mich nach oben. Mit einer letzten Anstrengung kroch ich über die Kante und war in Sicherheit.

Ich teilte meinen Erfolg Emerson und Ramses mit, die mich

beide beglückwünschten. »Du kannst mir jetzt die Kerze geben«, sagte ich zu Ramses.

Natürlich fiel sie ihm hin, und ich mußte sie erst wieder anzünden, bevor ich den Stein begutachten konnte, an dem er das Seil festgeknotet hatte. Der Block lag unter den Ziegelsteinen und sah einigermaßen vertrauenerweckend aus, aber mir kamen trotzdem Bedenken, weil Emerson so viel schwerer war als ich und niemand ihn von unten unterstützen konnte. Er würde das Seil in wesentlich stärkerem Maß belasten. Es war auch sinnlos, ihn hier warten zu lassen, denn er war so ungeduldig, daß er es trotzdem versucht hätte. Ich konnte nur hoffen, daß der Stein hielt und nicht auch noch der ganze Gang zusammenbrach.

»Ich komme jetzt, Peabody!« schrie Emerson.

»Warte noch einen Augenblick, Emerson!« Ich setzte mich und klemmte mich zwischen den Stein und die Wand. »Ramses, du gehst den Gang entlang und um die nächste Ecke!«

Eigentlich hatte ich Widerspruch erwartet und war überrascht, daß er ohne ein Wort verschwand. Nachdem er außer Sichtweite war, rief ich Emerson zu, heraufzukommen.

Wie ich erwartet hatte, gab der Stein ein wenig nach, und ich spürte jeden Griff von Emersons Händen an dem Seil. Ich stemmte mich mit aller Macht dagegen, jeder weitere Griff schmerzte meine armen Hände, daß ich am liebsten geschrien hätte. Es schien Stunden gedauert zu haben, als endlich Emersons Kopf in der Öffnung erschien.

Zu diesem Zeitpunkt hatte der wachsende Druck meine Kniegelenke in eine unnatürliche Krümmung gezwungen, so daß ich keine Sekunde länger durchgehalten hätte. Als Emerson endlich festen Boden unter den Füßen hatte, flüsterte ich ängstlich, um jede Erschütterung des Steins und der Mauer zu vermeiden: »Folge mir jetzt auf Händen und Füßen ohne jede Verzögerung!«

Wieder einmal bewährte sich unsere langjährige Zusammenarbeit. Er gehorchte sofort, und ich löste meine gespannte Haltung und kroch auf allen vieren mit schmerzendem Rücken den Gang entlang. Emerson folgte, so rasch er konnte, und erst als wir die Stelle erreicht hatten, wo Ramses auf uns wartete, fühlten wir uns sicherer und wagten, einige Minuten zu verschnaufen.

Wenn ich einen spannenden Roman schreiben würde, hätte ich diese Wand jetzt natürlich zusammenstürzen lassen, aber wie durch ein Wunder blieb sie in Wirklichkeit stehen. Später haben mir verschiedene Leute versichert, daß der Stein sich keinen Millimeter weiterbewegt hätte, aber nach meinen Erinnerungen fiel es mir schwer, das zu glauben.

Der Gang war kaum einen Meter hoch und, wie der vorige, mit Steinen eingefaßt. Ich wischte meine blutigen Hände an meiner Hose ab, stopfte meine Bluse wieder in den Bund und ordnete meine arg zerzausten Haare. »Führe uns, Ramses«, sagte ich. »Das heißt, wenn du bereit bist, Emerson?«

»Ja, es geht schon wieder«, sagte Emerson immer noch keuchend. »Aber vorher will ich noch das Seil holen. Vielleicht können wir es noch gut gebrauchen.«

»Kommt überhaupt nicht in Frage. Es muß ohne gehen, denn die Mauer kann jederzeit zusammenstürzen!«

»Wir werden kein Feil mehr brauchen«, verkündete Ramses. »Ich hoffe jedenfallf!«

Mit dieser fragwürdigen Auskunft mußten wir zufrieden sein. An manchen Stellen hätten wir das Seil gut gebrauchen können, denn die Gänge mündeten manchmal oben in die Wände, doch die Grabräuber waren noch gerissener gewesen als die Architekten und hatten listige Umgehungen um die größten Hindernisse gegraben.

Ich bewunderte meinen Sohn wieder einmal für seinen phänomenalen Ortssinn, denn die Gänge überschnitten sich manchmal, endeten blind oder wechselten die Ebenen, aber Ramses fand unbeirrbar seinen Weg. »Ich glaube, diese unterirdischen Labyrinthe sind typisch für die Pyramiden aus der zwölften Dynastie«, bemerkte ich keuchend zu Emerson, als wir durch einen extrem niedrigen Gang krochen.

»Ich hoffe, wir finden etwas Ähnliches in unserer Pyramide«, erwiderte Emerson. »Schade, daß wir bisher noch nicht wissen, für wen sie gebaut wurde.«

»Das werden wir schon noch herausfinden, Emerson. Diese hier ist aber älter, nehme ich an, denn sie ist kompakter gebaut ...«

In diesem Augenblick rieselten Sand und Ziegelstückchen von oben auf meinen Kopf, so daß wir uns beeilten, von dieser Stelle fortzukommen. Einer der kleineren Brocken hatte mir eine hübsche Beule verpaßt, aber das war nicht die einzige Unannehmlichkeit auf unserem Weg. An einer Stelle wurde sogar Ramses, der uns bis dahin einen archäologischen Vortrag über die Konstruktion der Pyramiden des Mittleren Reiches gehalten hatte, seltsam still. Wir mußten durch einen winzigen Gang kriechen, der durch heruntergebrochenes Mauerwerk gegraben worden war. Ramses konnte gerade eben hindurchschlüpfen, aber für uns Erwachsene mußten wir vorsichtig immer wieder Brocken entfernen. Ich sagte nichts, aber ich nahm mir vor, nach Beendigung des Falles noch einige offene Fragen mit meinem Sohn zu erörtern.

Nachdem wir diese recht gefährliche Stelle ohne Zwischenfall passiert hatten, war der Rest ein Kinderspiel. Ein langer, gerader Gang führte in eine größere Kammer, die aus dem Felsen herausgeschlagen worden war und in deren Mitte ein Sarkophag stand, der natürlich schon in antiker Zeit beraubt worden war. Hier konnten wir endlich wieder aufrecht stehen, und Emerson hob die Kerze, um die Decke zu betrachten.

Ein Stein fehlte. »Dort ift der Aufgang«, sagte Ramses. »Der Facht ift ungefähr drei Meter hoch, aber oben darauf liegt ein grofer Ftein. Ich hoffe, daf Papa ihn bewegen kann, denn Felim und Haffan haben ihn gemeinfam darübergefoben.«

Ich nahm mir vor, auch mit diesen beiden zu gegebener Zeit ein Wörtchen zu reden. »Was meinst du, Emerson?« fragte ich.

Emerson rieb sich sein Kinn. »Ich kann es nur versuchen. Nach allem, was wir durchgemacht haben, wird mich ein dummer Stein nicht aufhalten!«

Der Schacht war ziemlich schmal, so daß er sich mit dem Rücken und den Füßen abstützen und hocharbeiten konnte. Als er oben angekommen war, ertönte beachtliches Ächzen und Stöhnen, bis er sich so hingedreht hatte, daß er Druck auf den Stein ausüben konnte.

»Versuche, ihn zur Seite zu schieben«, rief ich. »Nicht hochheben!«

»Was meinst du, was ich mache?« war die Antwort. »Es ist verflucht schwer ... verdammtes Ding ... na endlich ... «

Ein Schwall Sand unterbrach ihn und rieselte auf mein nach oben gewandtes Gesicht. Selten habe ich so zahlreiche Flüche aus dem Mund meines Mannes gehört. »Du solltest den Mund zumachen, mein lieber Emerson«, rief ich.

»Ich mufte den Fand auf dem Ftein verteilen, um die Fpuren zu verwifen«, sagte Ramses.

Wieder kam eine kleine Sandlawine, dann stöhnende Laute, und zu guter Letzt schrie Emerson: »Paßt auf, ich komme!«

Und dann erschien er in einer beträchtlichen Staubwolke, völlig verschwitzt und mit rotgeränderten Augen.

»O mein Lieber, laß mich deine Augen baden. Ich habe doch immer dieses Fläschchen dabei ... «

Emersons Lippen öffneten sich. Zuerst kam eine Menge Sand und dann: »Jetzt nicht, Peabody. Los, du bist die erste! Warte, ich helfe dir hinauf!«

Es war beileibe nicht das erste Mal, daß ich einen solchen Schacht emporklettern mußte, aber als ich so dicht über mir den nächtlichen Sternenhimmel erblickte, war ich im ersten Augenblick vor Glück wie gelähmt. Erst Emersons Stimme weckte mich, und ich begann meinen Aufstieg. Erst als ich oben flach auf dem Boden lag und die kühle Nachtluft auf meiner heißen Haut spürte, fühlte ich die Erlösung, daß alles Schreckliche endlich vorüber war.

Ich hob meinen Kopf und sah genau in zwei schmale Augenschlitze. Still und neugierig betrachtete mich die Katze Bastet, die wie das Abbild der antiken Göttin mucksmäuschenstill im Mondlicht saß.

Kurz darauf erschien Ramses, der leichtfüßig über Tritte und Vorsprünge, die ich nicht einmal gesehen hatte, nach oben geklettert war. Als ich ihn herauszogen hatte, miaute die Katze einmal kurz und ging zu ihm hinüber, um ihn abzulecken. Augenblicke später war auch Emerson da und schüttelte sich wie ein großer Hund, daß der Sand in alle Himmelsrichtungen flog.

Neben uns erhob sich die Schwarze Pyramide, und dahinter, in westlicher Richtung, leuchtete die silbern schimmernde Knickpyramide. Alles war ruhig. Im Osten, wo die Häuser von Menyat Dahschûr inmitten der Palmen lagen, war kein einziges Licht zu sehen. Es mußte sehr spät sein, aber doch nicht so spät, wie ich befürchtet hatte, denn im Osten zeigte sich noch kein Dämmerlicht.

Die Katze hatte es aufgegeben, das unglaublich verdreckte Kerlchen säubern zu wollen. Allerdings sahen Emerson und ich nicht viel besser aus. Ich nahm die Katze und entfernte das restliche Papier. »Ein Teil der Nachricht war noch da«, sagte ich. »Nur gut, daß wir es auf eigene Faust gewagt haben!«

»Ich werde ef ihr fon beibringen«, sagte Ramses. »Wenn ich gewuft hätte, daf ich darauf angewiefen fein würde, hätte ich eher mit dem Training begonnen.«

»Wir haben noch einen Weg von ungefähr drei Meilen vor uns«, mahnte Emerson. »Laßt uns aufbrechen.«

»Bist du nicht völlig kaputt, mein lieber Emerson? Menyat Dahschûr ist näher. Wir könnten de Morgan um Esel bitten.«

»Sehe ich so aus, Peabody? Aber vielleicht solltest du hingehen, du zitterst ja.«

»Kommt nicht in Frage. Wo du hingehst ...«

»Ich wußte, daß du das sagen würdest!« sagte Emerson, und sein Lächeln grub feine Rillen in sein sandverkrustetes Gesicht. »Laß die Katze laufen, Ramses. Papa wird dich tragen.«

Beim Laufen kehrte wieder Wärme in unsere steifgewordenen, geschundenen Knochen zurück, und wir fühlten uns gleich besser. Wir vereinbarten, morgen früh mit einigen unserer Männer und etlichen Waffen (meine Pistole dürfte im Schlamm unbrauchbar geworden sein) ganz zeitig ins Dorf zu gehen, um unseren großen Unbekannten zu verhaften.

»Wir müssen ihn überraschen«, sagte ich. »Er ist verzweifelt und möglicherweise bewaffnet.«

»He?« fragte Emerson. »Demnach ist Miß Charity nicht mehr im Rennen?«

Ich hatte mittlerweile genug Zeit gehabt, meine voreiligen Schlüsse zu überdenken. »Wir haben das Gesicht dieses Menschen nie gesehen. Jeder junge Mann hätte uns täuschen können. Außerdem kenne ich Charitys Handschrift nicht, so daß ich nicht einmal behaupten kann, daß sie die Nachricht geschrieben hat.«

»Wer dann?«

»Entweder Bruder Ezekiel oder Bruder David.«

»Welchen bevorzugst du?« fragte Emerson.

Wir standen so kurz vor der Auflösung des Falles, daß längeres Schweigen albern gewesen wäre. »Bruder Ezekiel natürlich!«

»Ich bin nicht einverstanden. Ich tippe auf Bruder David.«

»Kannst du das begründen, Emerson?«

»Noch nicht, Peabody. Ich muß noch ein oder zwei fragliche Punkte klären. Und wie steht es mit dir, Peabody?«

»Ich muß auch noch über einige Dinge nachdenken, Emerson.«

Damit endete die Diskussion, und wir setzten unseren Weg schweigend fort. Wir waren nicht mehr weit vom Haus entfernt, als Emerson plötzlich stehenblieb. »Ramses«, fragte er leise. »Hattest du Licht in deinem Zimmer?«

»Nein, Papa.«

»Wir hatten es auch gelöscht. Aber schaut euch das an!«

Zwei helle Vierecke leuchteten weithin über den Sand. Emerson zog mich zu Boden, und Ramses kletterte von seiner Schulter und kauerte sich neben uns.

»Vielleicht sucht John nach Ramses«, sagte ich.

»In absoluter Stille? Wo ist Abdullah? Dort ... neben der Tür. Er sieht aus, als ob er schläft!«

Ich reckte mich ein wenig, um besser sehen zu können, aber Emerson zog mich wieder herunter. Aus der Ecke der ehemaligen Kirche kam eine dunkle Gestalt, schlich von Schatten zu Schatten, am schlafenden Abdullah vorbei, und verschwand im Haus.

Auf Händen und Füßen krochen wir vorwärts. Die zusammengekrümmte Gestalt war tatsächlich Abdullah. Emerson schüttelte ihn sanft, und mit grenzenloser Erleichterung hörte ich ihn sagen: »Betäubt. Ich kann das Haschisch riechen!«

Flüsternd fragte ich: »Meinst du, daß alle unsere Männer in einer solchen Verfassung sind?«

»Wahrscheinlich«, gab Emerson zurück. »Gib mir deine Pistole!«

»Aber schießen kannst du nicht. Der Schlamm ...«

»Ich weiß, aber ich kann damit bluffen. Willst du hierbleiben?«

»Nein, Emerson, ganz und gar nicht.«

»Dann muß Ramses aufpassen«, sagte Emerson. Dann wandte er sich an den Jungen. »Wenn es Mama und Papa nicht gelingt, die Eindringlinge zu überwältigen, mußt du Hilfe herbeiholen.«

»Aber, Papa ...«

Meine Nerven waren etwas angespannt. Ich packte Ramses an den Schultern und schüttelte ihn, bis seine Zähne klapperten. »Du hast gehört, was dein Papa gesagt hat. Warte fünfzehn Minuten. Wenn wir bis dahin nicht zurück sind, läufst du schnellstens nach Dahschûr. Und wenn du jetzt noch irgend etwas sagst, haue ich dich!«

Ramses war sehr beeindruckt. »Ja, Mama.«

»Wirklich, Peabody! Mußt du immer so unfreundlich sein?« fragte Emerson. »Heute nacht hat er doch wirklich bewiesen, daß er große Fähigkeiten hat. Ein bißchen Anerkennung ...«

»Die bekommt er schon zu gegebener Zeit. Ramses weiß, daß ich nicht sehr gefühlsbetont bin, und er erwartet es auch nicht. Laß uns nicht noch mehr Zeit vergeuden, Emerson! Was sie nur in Ramses' Zimmer suchen?«

Jedenfalls suchten sie immer noch, als wir den Hof betraten. Die Tür von Ramses' Zimmer stand weit offen, und wir konnten Stimmen hören. Offenbar waren alle unsere Männer betäubt, denn die Eindringlinge fühlten sich völlig unbeobachtet. Aber wo war John? Was hatten sie nur mit ihm gemacht?

Wir bewegten uns lautlos, immer dicht an der Wand entlang, bis wir hinter der Tür standen. Emerson blickte durch eine der oberen Ritzen, während ich die untere wählte. Wir konnten nur eine Seite des Zimmers sehen, den Tisch, der Ramses als Schreibtisch diente, das Fenster mit dem Holzgitter, den Käfig, in dem der Löwe saß, und das untere Ende des Bettes, auf dem sich Matratzen und Laken in wüstem Durcheinander türmten. Zwei Männer in dunklen Gewändern und blauen Turbanen drehten das Unterste zuoberst und bewegten sich völlig ungestört. Einer von ihnen versetzte dem Löwenkäfig im Vorbeigehen einen Tritt. Ich mußte die Zähne zusammenbeißen und packte meinen Sonnenschirm, denn andere Waffen besaßen wir nicht. Die Pistolen waren in unserem Schlafzimmer, wo offenbar noch andere Einbrecher tätig waren. Ich gratulierte mir, daß ich den Schirm gestern im Wohnraum hatte stehenlassen. Ich reckte mich zu Emersons Ohr. »Es sind nur zwei! Jetzt?«

»Jetzt!«

Ich bin sicher, daß wir Erfolg gehabt hätten, wenn Emerson mir nicht in die Quere gekommen wäre, aber so behinderten wir uns gegenseitig unter dem Türrahmen. Als ich wieder stand und meinen Sonnenschirm gepackt hatte, mußte ich feststellen, daß einer der Männer eine Pistole auf uns gerichtet hielt.

Irgendwie kam er mir bekannt vor, und ich überlegte, daß ich ihn wahrscheinlich bei dem Priester gesehen hatte. Der andere Mann war mir völlig fremd, doch er schien aus Kairo zu kommen, denn der Dialekt war unverkennbar.

»Sie sind schwer zu töten, ›Vater der Flüche‹. Aber eine Pistolenkugel ist sicherer als ein Begräbnis bei lebendigem Leib!«

Als der kleine Löwe ein schrilles Wehklagen hören ließ, trat der brutale Mensch noch einmal gegen den Käfig. Und dann sprach eine Stimme aus der Ecke des Zimmers, die wir nicht hatten sehen können, in klassischem Arabisch: »Weder wird Emerson getötet werden, außer er läßt uns keine andere Wahl, noch wird dieser Löwe noch ein einziges Mal mißhandelt. Hat sich nicht der Prophet lieber den Ärmel abgeschnitten, als eine Katze zu stören?«

Ein Mann im dunklen Gewand trat in den Lichtkreis der Lampe – dunkler Turban, schwarzer Bart – und das Gesicht von Vater Girgis aus der Sitt-Miriam-Kirche.

Vor Überraschung ließ ich fast meinen Sonnenschirm fallen. »Sie? Sie sind das Oberhaupt der Bande?«

Er lachte und antwortete in gepflegtem Englisch: »Aber Mrs. Emerson! Welch ein gewöhnlicher Ausdruck. Ich bin nur einer der Gesellschafter der Firma, in deren Geschäftsinteressen Sie und Ihre Familie sich leider eingemischt haben.«

Mit erhobenen Händen und aufmerksamen Augen fragte Emerson: »Ihr Englisch ist ausgezeichnet. Ist das Ihre Nationalität?«

Der ›Priester‹ lächelte. »Raten Sie, mein lieber Emerson. Ich spreche fast alle europäischen Sprachen. Wenn Sie sich nicht in meine Geschäfte eingemischt hätten, wären Sie jetzt nicht in Gefahr.«

»Und in eine Pyramide werfen und den Eingang verschließen ist wohl nicht gefährlich?« fragte ich zynisch.

»Wir hätten selbstverständlich Schritte unternommen, Sie nach unserer Abreise wieder auf freien Fuß zu setzen, Mrs. Emerson. Mit Mord haben wir nichts zu tun.«

»Wo ist der Priester von Dronkeh? Ich glaube nicht, daß der Patriarch von Kairo weiß, daß einer seiner Männer ersetzt wurde. Was haben Sie mit dem armen Mann gemacht?«

Weiße Zähne blitzten aus dem schwarzen Bart. »Er ist unser geehrter Gefangener. Er genießt die weltlichen Freuden, und die einzigen Gefahren, die ihm drohen, sind geistiger Art.«

»Und Hamid?«

Die tiefliegenden dunklen Augen glitzerten. »Ich hätte den Verräter getötet! Jawohl, das hätte ich, wenn mir nicht andere zuvorgekommen wären.«

»Sie erwarten doch nicht, daß ich Ihnen das glaube?«

»Amelia, ich glaube, du solltest diesen ... diesen Gentleman nicht ...«

»Lassen Sie nur, Professor. Mir ist es gleich, ob Mrs. Emerson mir glaubt oder nicht. Ich bin geschäftlich hier, weil ich etwas suche ...«

»Etwa das hier«, sagte ich und deutete mit meinem Sonnenschirm. Beide ›Kopten‹ erschraken, und ihr Anführer fluchte.

Erst dann antwortete er auf meine Frage: »Ich bin doch kein Narr, der seine Zeit mit einem koptischen Manuskript vertrödelt. Nein, ich habe dies hier gesucht.« Er nahm ein kleines Kästchen aus dem Brustteil seines Gewandes und öffnete den Deckel.

Im Licht der Lampe schimmerte das Gold, und das Blau der Lapislazulisteine und das Rot der Karneole leuchtete sanft. »Das Pektoral aus der zwölften Dynastie!« Mir stockte der Atem.

»Nein, ein anderes Pektoral aus derselben Zeit«, korrigierte der Priester. »Sogar mit der Kette aus Gold- und Karneolperlen und zwei passenden Armreifen. Es gehörte einer Prinzessin aus dem Mittleren Reich. Es war unter dem Boden ihres Grabes verborgen und ist den Grabräubern entgangen. Es ist bereits das zweite Versteck, das wir hier in Dahschûr gefunden haben, und wenn nicht Ihr kleiner Stinker von Sohn gewesen wäre, Mrs. Emerson, hätten wir zweifellos noch mehr gefunden! Er hat in den letzten Wochen überall um Dahschûr herum gegraben. Einer meiner Männer hat ihn beobachtet, wie er das Grab der Prinzessin gefunden und diese Schmuckstücke mitgenommen hat. Wir haben es ihm anfangs gelassen, weil wir dachten, daß er dann seine Aktivitäten einstellen würde, aber das Gegenteil war der Fall! Sie haben dieses Kind verwöhnt, Mrs. Emerson. Welches Kind in diesem Alter darf selbständig Ausgrabungen durchführen?«

Ich wollte gerade antworten, als ich etwas sah, was mir das Blut in den Adern gefrieren ließ. Ein Gesicht drückte sich von außen ans Fenster, doch erst als die Nase zwischen zwei Holzstäben erschien, erkannte ich Ramses.

Währenddessen sprach der Priester weiter. »Das sind die Unannehmlichkeiten, die mein Beruf so mit sich bringt. Sie werden mich jetzt entschuldigen, denn ich muß nachsehen, was meine Männer in den anderen Zimmern gefunden haben. Ich verabschiede mich, und ich nehme an, daß wir uns nicht wiedersehen werden.«

Er ging zur Tür, während seine beiden Männer ihm nachsahen. Emerson stand mit dem Rücken zum Fenster, so daß ich die einzige war, die sah, wie der hölzerne Gitterrahmen wackelte und aufschwang. In diesem Augenblick wußte ich, wie Ramses ohne Aufsehen hatte kommen und gehen können. Ich war in einer verzweifelten Lage, weil ich ihn nicht warnen konnte, ohne ihn zu verraten.

Weder Emerson noch ich hatten auf den letzten Satz geantwortet, doch als der Priester bereits an der Tür war, schrie Emerson hinter ihm her: »Überlassen Sie jetzt uns Ihren Henkersknechten? Die schmutzige Arbeit tun die anderen!«

»Mein lieber Professor, Ihnen wird kein Haar gekrümmt werden, wenn Sie sich in das Unvermeidliche schicken. Meine Männer werden Sie fesseln und ...« Der Priester hatte sich umgedreht und war mitten im Satz verstummt.

Ramses fiel ins Zimmer und rappelte sich wieder hoch. Dann stürzte er sich auf den Priester. »Geben Fie ef mir zurück!« schrie er mit demselben drohenden Unterton wie sein Vater.

Der Priester lachte verächtlich. »Du Ausgeburt des Teufels! Mustafa, packe ihn!«

Mit einem bösartigen Grinsen auf dem Gesicht holte der Mann kurz aus und schlug zu, daß Ramses mitten auf dem Körper getroffen wurde und im hohen Bogen gegen die Wand geschleudert wurde, wo er mit einem schrecklichen Geräusch anprallte und als hilfloses Häufchen liegenblieb.

Ich hörte Emersons Schrei und das Krachen einer Pistole. Um mich war schwarze Finsternis, und ich konnte nichts erkennen. In meinen Ohren rauschte es wie Lawinendonner...

Irgendwann wurde mir bewußt, daß jemand meine Backe tätschelte und immer wieder meinen Namen rief. »Peabody! Peabody! Um Gottes willen ... «

Allmählich lichtete sich der Nebel vor meinen Augen. Ich stand immer noch auf meinen zwei Beinen, hielt den Sonnenschirm in der Hand, und Emerson schüttelte mich.

Ramses saß, an die Wand gelehnt, auf dem Boden und starrte vor sich hin. Seine Arme hingen schlaff herunter, und sein Mund stand offen.

»Du lebst«, sagte ich.

Ramses nickte nur. Zum erstenmal hatte er offenbar die Sprache verloren.

Emerson hatte immer noch diesen Ausdruck ungläubigen Schreckens in den Augen, doch ich konnte die Ursache nicht entdecken. Einer der Eindringlinge lag bäuchlings auf dem Boden, die Hände über dem Kopf, und der andere kauerte bibbernd in einer Zimmerecke. Der Priester war fort.

»Offenbar hast du alles unter Kontrolle, Emerson«, sagte

ich und wunderte mich, daß meine Stimme so heiser klang. »Ich gratuliere dir.«

»Ich habe das nicht getan«, sagte Emerson, »sondern du.«

»Was sagst du da, Emerson?«

Emerson ließ mich los, ging rückwärts bis zum Bett und ließ sich auf den Deckenberg plumpsen. »An deinem Sonnenschirm ist Blut!«

Jetzt stellte ich fest, daß ich den Schirm hielt, als wollte ich jemanden erstechen. An der Spitze befand sich tatsächlich eine dunkle Flüssigkeit, die, während ich hinstarrte, einen Tropfen bildete.

»Berserker«, sagte Emerson kopfschüttelnd, »ist das einzig richtige Wort. Eine Berserkerwut war in dir entbrannt. Eine Löwin, die ihr Junges verteidigt ...«

Ich räusperte mich. »Emerson, ich habe keine Ahnung, wovon du sprichst. Reiße eines der Leintücher in Streifen, damit wir die Verbrecher fesseln können, bevor wir uns um unsere eigenen Leute kümmern können.«

Doch wir mußten uns nicht um sie kümmern, denn noch während wir die beiden erschreckten, zitternden Gestalten fesselten, kamen unsere Männer aus Aziyeh aufgeregt herbei und berichteten, daß sie nichts von der Gefahr bemerkt hätten, bis einer von ihnen aufgewacht wäre und in einen Gewehrlauf geschaut hätte. Einer der ›verdammten Christen‹ hätte sie bedroht, wie Ali sich ausdrückte. Emerson erklärte die Zusammenhänge, und dann fuhr Ali mit seiner Erzählung fort. »Als ich das Gewehr sah, schrie ich und weckte die anderen. Wir durften uns nicht bewegen, Sitt Hakim, also taten wir es auch nicht, denn das Gewehr war ein Mauser-Repetiergewehr. Wenn wir gewußt hätten, daß Sie sich in Gefahr befinden, wären wir trotzdem gekommen. Plötzlich kam ein Verrückter angerannt, schrie und fuchtelte mit den Armen ...«

Nach Alis Beschreibung mußte das der Priester gewesen sein. »Er hatte einen langen Bart, und um seinen Hals hing ein Kreuz. Sein Gesicht war blutüberströmt, und er schrie wie ein altes Weib ...«

Emerson warf mir einen Blick zu, den ich lieber ignorierte. »Weiter, Ali!«

Ali kratzte sich mit einem Finger unter dem Turban. »Beide rannten einfach weg, Sitt. Wir wußten nicht, was wir machen sollten, und redeten eine Weile. Wir fürchteten, daß der Mann uns vielleicht noch beobachten würde, und trauten uns erst jetzt hierher. Unser verehrter Vater ist vom Haschisch sehr benebelt, Sitt.«

Abdullah sah so glücklich aus, daß wir ihn nicht weckten, sondern nur ins Bett transportierten, wo Ali ihn betreute. Ich schickte einige andere Männer mit Ramses in sein Zimmer, um dort Ordnung zu schaffen.

Ramses druckste ein wenig herum. Er hielt das Kästchen mit dem Pektoral fest an seinen mageren Körper gepreßt und fragte schließlich: »Möchteft du mit mir fprechen, Mama?«

»Später habe ich eine Menge zu sagen, aber jetzt sollst du erst tun, was ich gesagt habe.«

»Ich habe eine Frage«, sagte Emerson, während er sich über den Bart strich. »Weshalb bist du hier hereingestiegen, statt Hilfe zu holen?«

»Der Verbrecher wollte mein Pektoral ftehlen«, antwortete Ramses. »Aber ef ift *meinef, ich* habe ef gefunden!«

»Aber das war doch viel zu gefährlich«, rief Emerson. »Diebe mögen es nicht, wenn man ihnen die gestohlenen Sachen wieder abnehmen will.«

»Ef war überhaupt nicht gefährlich«, sagte Ramses ernst, »denn ich wufte, daf Mama nicht zulaffen würde, daf man mir etwaf tut.«

Emerson räusperte sich vernehmlich und wischte sich verstohlen mit dem Ärmel über die Augen. Ramses und ich tauschten einen langen Blick. »Geh jetzt ins Bett, Ramses.«

»Ja, Mama. Gute Nacht, Mama! Gute Nacht, Papa!«

»Gute Nacht, mein lieber Sohn.«

Unter seiner rauhen Schale ist Emerson ein sehr gefühlvoller Mensch, und ich ließ ihm taktvoll Zeit, sich wieder zu fassen. »Das war der größte Vertrauensbeweis, den ein Kind seinen Eltern machen kann, nicht wahr, Peabody? Warum hast du nicht ein bißchen warmherziger reagiert?«

»Mach dir keine Gedanken. Ramses und ich verstehen einander wunderbar.«

»Hm«, machte Emerson wieder einmal. »Und was unternehmen wir jetzt?«

»Wir müssen nach John sehen«, sagte ich.

»John? John! Du lieber Himmel! Wo ist der arme Kerl?«

Emerson sprang auf, aber ich drückte ihn wieder zurück. »Es gibt nur einen Ort, wo er sein kann, aber bevor wir losstürzen, möchte ich baden und mich umziehen. Jetzt besteht keine Gefahr mehr, falls er in Gefahr war, ist jetzt ohnehin alles vorbei. Hoffen wir, daß der Mörder von Hamid und Abd el Atti ihn verschont hat.«

Emersons Sorge um John war echt, aber erst mußte er diese Frage klären. »Dann glaubst du also diesem Verbrecher, wenn er die Morde abstreitet?«

»Weshalb hätte er lügen sollen? Wir haben ihn auf frischer Tat ertappt. Der ›Priester‹ ist bestimmt ein mit allen Wassern gewaschener Verbrecher, der viele Morde auf dem Gewissen hat, falls er ein solches überhaupt besitzt! Aber Hamid und Abd el Atti hat er nicht umgebracht.«

»Amelia.«

»Ja, mein lieber Emerson?«

»Hast du den Priester verdächtigt? Sei ehrlich!«

»Nein, Emerson, überhaupt nicht. Und du?«

»Nein, Peabody, ich auch nicht.«

»Aber ganz falsch lag ich trotzdem nicht«, sagte ich. »Die Person, die ich für den Bandenchef hielt, ist der Mörder. Da ist schon kein großer Unterschied mehr.«

»Verflucht, Peabody! Du gibst wohl nie auf? Beeile dich beim Baden, damit wir bald zur Mission reiten können, um Bruder David festzunehmen.«

»Bruder Ezekiel«, sagte ich und verließ den Raum, bevor Emerson noch etwas sagen konnte.

# 12. Kapitel

Die Sonne war schon lange aufgegangen, als wir uns endlich auf den Weg machten. Im Osten prangte der Himmel in den herrlichsten Goldfarben, die es nur in der Wüste gibt, aber heute hatten wir kaum einen Blick dafür. Im Augenblick drohte keine Gefahr, aber was hatte sich wohl ereignet?

Natürlich war John in die Mission gegangen, und ich war ihm nicht einmal böse, daß er meinen ausdrücklichen Befehl mißachtet hatte. Er hatte das Schlimmste befürchtet, weil wir nicht innerhalb einer gewissen Zeitspanne zurückgekommen waren, und hatte sich selbst auf die Suche nach Charity gemacht. Was hatte er wohl vorgefunden? Daß er nicht wiedergekommen war, konnte nur bedeuten, daß man ihn daran gehindert hatte. Jedenfalls hatte alles vor Stunden stattgefunden. Falls John nicht mehr lebte, konnten wir ohnehin nichts mehr für ihn tun; falls er aber nur gefangen war, kamen wir rechtzeitig, um ihn zu befreien.

Noch bevor ich gebadet hatte, hatte ich eine Nachricht an de Morgan geschickt. Ich erzählte Emerson davon, um seine düstere Miene ein wenig aufzuhellen.

Aber es verfehlte seine Wirkung. »De Morgan hat keine Beweise gegen Kalenischeff. Selbst wenn dieser Gauner Antiquitäten gestohlen hat, steht er unter dem Schutz der Baronin. Das würde gleich eine politische Affäre.«

»Kalenischeff muß zu der Bande gehören, denn es ist doch sehr merkwürdig, daß er Dahschûr genau zur selben Zeit verläßt wie der ›Priester‹.«

»Damit bin ich einverstanden. Kalenischeff hat wahrscheinlich immer Bescheid gegeben, wenn de Morgan etwas Wertvolles gefunden hat. Aber das wird man kaum beweisen können. Und de Morgan wird auch nicht glauben wollen, daß er hereingelegt worden ist.«

»Irgendwie scheinen in diesem Fall alle schuldig zu sein«, sagte ich.

»Jetzt übertreibst du aber, Peabody! Die Baronin wurde hereingelegt, und auch de Morgan ist unschuldig. Ihm kannst du höchstens seine Dummheit anrechnen. Und auch von den drei Menschen in der Mission ist nur einer schuldig.«

»Glaubst du das? Wie wäre es denn mit zwei Schuldigen?«

Die Herausforderung gefiel Emerson. »Welche zwei?«

»Ich habe nicht gesagt, daß zwei schuldig sind, sondern es als Möglichkeit angedeutet.«

»Dann bist du immer noch der Meinung, daß es Ezekiel ist?«

»Hm ... ja.«

»Aber Bastet hat Bruder David angefaucht, Peabody.«

Es gefiel mir nicht, daß er sich daran erinnerte, denn ich hatte vergeblich versucht, diesen Vorfall in eine meiner Theorien einzugliedern, um ihn schließlich ganz fallenzulassen. »Der Vorfall hatte keinerlei Bedeutung, Emerson. Bastet war eben schlechter Laune.«

»Und weshalb? Weil sie Abd el Attis Besucher am Geruch erkannt hat.«

»Du redest ja schon wie Ramses, der auch glaubt, daß er die Katze erziehen kann. Meinst du wirklich, daß sie einen Geruch von diesem Laden in Kairo bis hierher in Erinnerung behalten hat ... «

»Hm«, machte Emerson.

Es hörte sich wirklich blödsinnig an, aber ich überlegte, daß an diesem Tag ja nicht nur Bruder David bei uns gewesen war.

Normalerweise hätte das Dorf von Leben erfüllt sein müssen, denn dort beginnt der Tag bei Sonnenaufgang, aber weit und breit war kein Mensch zu sehen, nicht einmal ein Hund wagte sich heraus. Erst als wir leise angesprochen wurden, merkte ich, daß wir von vielen Fenstern aus beobachtet wurden und so manche Haustür nur angelehnt war. Eine öffnete sich, und der kleine Bürgermeister winkte uns zu. Schließlich fand er sogar den Mut, herauszukommen.

Nach der Begrüßung fragte Emerson ungeduldig: »Was ist denn hier los?«

»Ich weiß es auch nicht, Efendi. Werden Sie uns beschützen? In der letzten Nacht wurde viel geschossen ... «

»O du lieber Himmel!« rief ich. »Der arme John!«

»Er erzählt uns eine tolle Geschichte«, sagte Emerson auf englisch, und dann fuhr er fort: »So, eine Schießerei?«

»Ein Schuß«, gab der kleine Bürgermeister zu. »Als wir heute morgen aufwachten, waren der Priester und alle seine Freunde verschwunden. Die Kirchengefäße hat er auch mitgenommen. Ob er sie nach Kairo bringt, um sie reparieren zu lassen?«

»Zweifellos sind sie auf dem Weg nach Kairo«, meinte Emerson auf englisch zu mir. Dann klopfte er dem kleinen Mann auf die Schulter. »Lassen Sie den Mut nicht sinken. Warten Sie noch ein bißchen, dann wird sich alles aufklären.«

Während wir durch das ausgestorben wirkende Dorf gingen, sagte ich zu Emerson: »Ich habe dunkle Vorahnungen.«

»Ich habe erwartet, daß es noch so kommt.«

»Falls wir den jungen Mann in sein Unglück gelockt haben, werde ich mir das nie verzeihen.«

»Ursprünglich war alles meine Idee, Peabody«, war alles, was Emerson sagte, aber sein Gesichtsausdruck sprach Bände.

Der Platz vor den Missionsgebäuden war ebenso ausgestorben wie das übrige Dorf. »Schnell«, sagte ich. »Ich kann die Spannung nicht mehr ertragen.«

»Warte«, sagte Emerson und zog mich in den Schatten der Bäume. »Es ist uns beiden klar, daß uns in diesem Haus ein Wahnsinniger erwartet, nicht wahr?« Als ich nickte, sprach er weiter. »Wir werden uns also jeden Schritt genauestens überlegen, um ihn nicht zu Kurzschlußreaktionen zu treiben.«

»Du hast recht, Emerson, aber jetzt komm endlich!«

»Pst«, flüsterte Emerson. »Da ist er – und er sieht so harmlos aus, als ob er niemals zwei Morde begangen hätte. Aber das trifft ja auf viele Irre zu.«

Er sprach von Bruder David, der aus dem Haus getreten war und sich einige Male mißtrauisch nach allen Seiten umgesehen hatte. Emerson wartete, bis der junge Mann fast bei uns war, bevor er mit lautem Rufen aus seinem Versteck hervorstürzte. Sekunden später lag Bruder David flach auf dem Rücken, und Emerson saß auf seiner Brust. »Ich habe ihn«, schrie er. »Was haben Sie mit meinem Diener gemacht, Sie Ungeheuer?«

»Er kann nicht antworten«, sagte ich, »denn du drückst ihm den Brustkorb zusammen. Warum läßt du ihn denn nicht los?«

Emerson verlagerte sein Gewicht, und David atmete tief ein. »Professor, sind Sie es?« japste er.

»Wer zum Teufel soll es denn sonst sein?«

»Der falsche Priester oder einer seiner Kumpane – wir sind

von Feinden umstellt. Gott sei Dank sind Sie da! Ich wollte gerade um Ihre Hilfe bitten.«

»Ha!« sagte Emerson ungläubig. »Was haben Sie mit John gemacht?«

»Bruder John? Was ist mit ihm? Ist er verschwunden?«

Ein guter Schauspieler hätte nicht so verwirrt aussehen können. »Natürlich ist er verschwunden!« rief Emerson und packte David am Kragen. Dann schüttelte er ihn. »Und was bedeuteten die Schüsse in der Nacht?«

»Um Himmels willen, laß ihn doch antworten, Emerson!« sagte ich.

Als Emerson ihn losließ, sank Davids Kopf zurück in den Sand, und er verdrehte die Augen. »Was haben Sie gefragt? ... Schüsse in der Nacht? Ach ja, Bruder Ezekiel hat einen Einbrecher verscheucht, aber er hat natürlich in die Luft geschossen!«

»Bruder Ezekiel.« Emerson rieb sein Kinn und sah mich an. »Wo ist er denn? Er ist doch immer der erste!«

»Er betet zu Gott, damit dieser ihn und seine Heiligen vor den bösen Nachbarn beschützen soll.«

Nachdenklich sah Emerson auf David hinunter. »Du hast gewonnen, Peabody, ich gebe mich geschlagen. Dieser hilflose Schwächling ist kein Mörder!«

Nachdem er aufgestanden war, zog er David hoch. »Mr. Cabot, Ihr Anführer ist ein gefährlicher Wahnsinniger. Zum Wohle aller müssen wir ihn unter Aufsicht stellen. Folgen Sie mir.«

Kaum hatte er David losgelassen, als dieser in die Kirche lief und ängstlich durch das Fenster schaute.

»Laß ihn, Emerson«, sagte ich voller Verachtung. »Auch ich habe mich in diesem jungen Mann getäuscht. Komm lieber, sonst ist vielleicht alles zu spät!«

Wir gingen auf das Haus zu und durch die Tür, die David

offen gelassen hatte, hinein in den Wohnraum. Er war genauso kahl und leer wie bei unserem letzten Besuch, nur das Testament fehlte.

»Wo betet er wohl?« fragte Emerson und deutete auf zwei gleiche Türen am Ende des Raumes.

»Das werden wir schon herausfinden«, sagte ich und drehte vorsichtig den Türknopf der rechten. Das kleine Zimmer diente offenbar Charity als Schlafzimmer, denn an einem Haken hing eines der dunklen Gewänder und die entsetzliche Haube. Sonst stand nur ein schmales, hartes Bett darin, das noch ungemacht war. Ich schloß die Tür und deutete auf die andere. »Jetzt diese!«

Obwohl wir nur geflüstert hatten, hätte man uns inzwischen in dieser Totenstille eigentlich hören müssen. Ich zog meine Pistole. »Laß mich vorangehen, Emerson!«

»Nein, du verdirbst sonst alles.« Er klopfte leise an die Tür.

Zu meiner Verwunderung wurde sofort geantwortet. »Ich habe Sie doch gebeten, mich in Ruhe zu lassen, Bruder David! Ich spreche mit meinem Vater!«

Emerson rollte mit den Augen. »Hier ist nicht Bruder David, hier ist Emerson.«

»Professor?« Und nach einer Pause: »Kommen Sie herein.«

Emerson öffnete die Tür. Obwohl ich mich ja schon auf einen schrecklichen Anblick gefaßt gemacht hatte, war ich trotzdem überrascht. Zuerst erblickten meine Augen John, der ganz vorn auf der Bettkante saß und einen blutigen Verband um die Stirn trug. Sonst schien ihm nichts zu fehlen, und ich schickte ein kleines Dankgebet zum Himmel. Meine Erleichterung war grenzenlos.

Auf einem der beiden Stühle saß Charity. Sie war leichenblaß und hielt den Kopf gesenkt. Nicht einmal als wir hereinkamen, sah sie auf. Am Tisch saß Ezekiel, und vor ihm lag das aufgeschlagene Testament. Außerdem hielt er eine Pistole in der Hand, die auf John gerichtet war.

»Sie kommen gerade rechtzeitig«, sagte er sanft. »Wir haben uns gerade mit den Geistern beschäftigt, die in diesem jungen Mann wohnen. Leider haben wir kein Schwein, in das wir sie schicken könnten, also werden wir ihn töten müssen, um sie loszuwerden. Aber erst muß er seinen Retter anerkennen, damit seine Seele nicht in der Hölle schmoren muß.«

»Das ist sehr rücksichtsvoll«, sagte Emerson. »Weshalb versuchen Sie es denn nicht mit einer Ziege oder einem Hund?«

»Das wird nicht gehen«, gab Bruder Ezekiel zur Antwort.

»Mr. Jones ... «

»So spricht man nicht mit mir! Nennen Sie mich bei meinem richtigen Namen, denn ich bin der Erlöser, der kommen soll, wie es von den Propheten vorhergesagt wurde.«

»Guter Gott!« entfuhr es mir unwillkürlich.

Emerson grinste mir zu, und Ezekiel sagte: »Sie hat auch viele böse Geister in ihrer Seele! Kommen Sie, Schwester!«

Ich hatte die Hand mit der Pistole in den Falten meiner Hose verborgen, doch ich dachte nicht im Traum daran, sie auch zu benutzen. Wie lange war dieses arme Gehirn schon so kaputt? Er hatte doch bisher ziemlich normal gewirkt!

Emerson schob sich ins Zimmer. »Das ist weit genug! So, und jetzt Sie, Schwester!«

Ich wußte nicht, was ich tun sollte, denn der Raum war sehr schmal. Wenn ich geschossen hätte, hätte ich wahrscheinlich alle gefährdet. Reden schien wohl keinen Sinn mehr zu haben. Für Sekunden erschien Bruder Davids Gesicht draußen am Fenster, aber er sah so verstört aus, daß wir uns von ihm keine Hilfe erwarten durften.

Emerson sah ihn ebenfalls, und er traf blitzschnell die einzig richtige Entscheidung. »Sehen Sie, dort, am Fenster!«

schrie er, und als Ezekiel sich umdrehte, sprang Emerson los.

Ezekiels Pistole krachte, aber die Kugel steckte harmlos in der Decke des Raumes. David schrie auf und verschwand, John sprang auf die Füße, sackte aber gleich wieder zusammen, während Charity ohnmächtig vom Stuhl glitt. Emerson warf mir Ezekiels Pistole zu und nahm den Mann in den Schwitzkasten. Plötzlich hörten wir Schritte im Wohnraum. »*Mon dieu, mon dieu*«, rief de Morgan, »was war denn hier los?« Gleich nach dem Franzosen erschien mein Sohn Ramses.

»Daf koptife Manufkript ift an allem fuld«, sagte Ramses einige Zeit später. Ezekiel stand unter Aufsicht, und die anderen Opfer waren versorgt. Wir waren wieder zu Hause, und der etwas mitgenommen aussehende John hatte darauf bestanden, den Tee zuzubereiten.

»Welches Manuskript?« fragte de Morgan. »Ich verstehe überhaupt nichts. Ein solches Durcheinander!«

Ich erklärte ihm die Geschichte mit dem Manuskript. »Ich wußte, daß es etwas damit zu tun haben mußte, aber ich verstand ...«

»Das Verwirrende war, daß es zwei verschiedene Gruppen waren«, sagte Emerson. »Die Antiquitätendiebe hatten ein Schmuckversteck in Dahschûr gefunden und suchten nach weiteren. Der Anführer ließ sich als koptischer Priester in Dronkeh nieder, um von da aus die illegalen Grabungen zu überwachen ...«

»Aber die Diebe sind unzuverlässig wie in den meisten Fällen«, fuhr ich fort. »Hamid, ein Mitglied der Bande, war unzufrieden mit seinen Anteilen. Er nahm die Gelegenheit wahr, die Bande zu bestehlen und die Gegenstände über seinen Vater in Kairo zu verkaufen. Und unter diesen Dingen ...«

»War der Mumiensarg, den die Baronin erwarb«, unterbrach Emerson.

»Nein, nein, mein Liebling. Es gab zwei Mumiensärge. Diese Tatsache stiftete die meiste Verwirrung. Beide sind mittlerweile zerstört, aber ich nehme an, daß es sich um zwei gleiche Exemplare gehandelt hat, die für einen Mann und eine Frau bestimmt waren ... «

»Das wichtigste war, daß sie aus demselben Material hergestellt worden waren. Leinenstoff und alte Papyri wurden angefeuchtet, in eine Form gepreßt und später mehrmals lakkiert. In solchen Särgen hat man oft griechische Papyri gefunden. Wir hätten daran denken sollen, daß unser Stück daher stammte.«

»Mein lieber Emerson, unser Papyrus war aber koptisch. Da die Särge jedoch für Anhänger der alten Gottheiten bestimmt waren, bedeuteten ihnen diese frühchristlichen Schriften nichts. Sie waren Abfall und somit Material für den Sargmacher.«

»Einverstanden«, sagte de Morgan. »Ich möchte jetzt aber erfahren, wie die Geschichte mit den zwei Särgen ... «

»Das war eigentlich ganz einfach«, sagte ich lächelnd. »Abd el Atti erhielt die beiden Särge, die aus demselben Grab stammten. Der Sarg der Frau wurde oder war beschädigt. Abd el Atti erkannte, daß der Papyrus, der zur Herstellung verwendet worden war, koptische Schrift aufwies. Der alte Gauner wußte sofort, welchen Fund er gemacht hatte ... «

»Und suchte sich einen Kunden, der diesen Wert zu schätzen wußte«, unterbrach Emerson. »Zu seinem Unglück war der fromme Mann, an den er sich wandte, ein religiöser Fanatiker. Ezekiel Jones war kein Gelehrtentyp, deshalb wurden sein Wissen und seine Kenntnisse oft unterschätzt. Er übersetzte den Text, den Abd el Atti ihm verkauft hatte, doch der Inhalt machte ihn wahnsinnig. Er beschloß, das

Manuskript zu zerstören, aber es war nicht vollständig. Deshalb besuchte er Abd el Atti in der Mordnacht ... «

Emerson mußte Luft holen, deshalb erzählte ich weiter. »Er suchte nach dem restlichen Manuskript. Bestimmt hat er Abd el Atti bedroht, denn der alte Mann hatte schreckliche Angst – nicht vor den Antiquitätendieben, sondern vor dem Ungläubigen, der sich so verrückt benahm. An diesem letzten Abend gestand Abd el Atti, daß es ursprünglich zwei Särge gewesen waren, von denen einen die Baronin gekauft hatte. Er erzählte auch, daß ich ein Fragment des Papyrus besaß. Daraufhin wurde Ezekiel verrückt und erwürgte den alten Mann ... «

»Und hing ihn an den Deckenbalken«, sagte Emerson finster. »Für mich sah es anfangs wie ein Ritualmord aus. Die Bande bestraft den Verräter. Es ist schwer zu sagen, was genau Ezekiel in seinem kranken Kopf gedacht hat.«

»Jedenfalls ist er auch in unserem Zimmer im Shepheard's Hotel gewesen, um nach dem Fragment zu suchen«, fuhr ich fort. »In der Mordnacht hat er die Überreste des einen Sarges aus Abd el Attis Geschäft gestohlen. An der Mumie war er nicht interessiert. Sie lag mitten in dem Durcheinander, und das Porträt, das auf ihr befestigt gewesen war, ist das ... «

»Ahem«, machte Emerson. »Soviel zur ersten Mumie samt Sarg. Der zweite Sarg gehörte Thermoutharin und befand sich im Salon der Baronin auf ihrer Dahabije. Ezekiel fühlte, daß seine heilige Mission erst beendet wäre, wenn er auch diesen Sarg zerstört haben würde; denn es bestand die große Wahrscheinlichkeit, daß er den fehlenden Teil des Manuskripts enthielt.«

»Sie glauben, daß der Verrückte bei der Baronin eingebrochen und den schweren Sarg eigenhändig weggeschleppt hat?« fragte de Morgan.

»Nein, das waren Hamid und einige Kumpane. Er wußte,

daß Ezekiel an diesem Sarg interessiert war. Die Mumie ließ er verschwinden, weil sie zu schwer war, aber damit man sie nicht identifizieren konnte, ließ er auch das Porträt verschwinden. Vielleicht hat er es an einen Touristen verkauft. Das Porträt, das wir ... haben, paßte der Mumie des Mannes, weil sie dieselbe Größe hatten.«

Jetzt war ich wieder an der Reihe. »Hamid hat wahrscheinlich die anderen Sachen, die er bei der Baronin gestohlen hatte, direkt zu seinem Anführer gebracht, um seine Loyalität zu beweisen, doch dieser war nicht dumm und fragte nach dem Grund, weshalb er dieses Ding überhaupt gestohlen hatte. Dafür gab es genügend Erklärungen, aber den Verbleib tarnte er mit dem Einbruch bei uns und dem Hin und Her der Mumiensärge.«

»Eigentlich war es klug, den Sarg sozusagen unter seinesgleichen zu verstecken. Den einen von unseren hat er so lange in der Wüste versteckt, bis er mit Ezekiel handelseinig geworden war. Dann hat er sie wieder ausgetauscht. Doch Ezekiel besaß kein Geld, aber starke Hände. Das Seil um den Hals hatte symbolischen Charakter. Als ihm klar wurde, daß er den Sarg nicht für immer verstecken konnte, zerstörte er ihn einige Tage später. Dieser Punkt war einer der wichtigsten, denn der Chef einer Diebesbande klaut die Dinge nicht, um sie anschließend zu zerstören.«

De Morgan konnte jetzt nicht mehr an sich halten. »Aber was war denn der Grund? Was stand in diesem geheimnisvollen Manuskript, daß ein Mann zum Mörder werden konnte?«

Emerson wandte sich an Ramses, der bisher schweigend zugehört hatte. »Selbst deine Mama kann nicht leugnen, daß du jetzt an der Reihe bist. Was stand in dem Manuskript?«

Ramses räusperte sich. »Ich hoffe, ihr verfteht, daf ich nur Vermutungen äußern kann, den die Ftücke, die mir zur Verfügung ftanden, find nur klein gewefen. Jedoch ...«

»Ramses«, sagte ich sanft.

»Ja, Mama, ich werde mich kurz faffen. Ich nehme an, daf daf Manufkript eine Abfrift def Evangeliumf def Didymuf Thomaf, einef der Apoftel, ift. Der zweite kleinere Teil, den Mama gefunden hat, enthält wahrfeinlich den Grund für Ezekielf Verrücktheit.«

»Ramses«, mahnte Emerson.

»Ja, Papa. Ef enthielt drei Worte: ›Der Fohn von Jefuf‹.«

*»Mon dieu!«* entfuhr es de Morgan.

»Gratuliere!« sagte ich. »Sie verstehen schnell!«

»Vielleicht bedeuten sie ja nicht, was wir meinen«, murmelte de Morgan. »Sie können es gar nicht bedeuten! Unglaublich!«

»Aber wir können aus den Aktionen von Bruder Ezekiel schließen, daß das Manuskript Wahrheiten enthalten hat, die an den Grundfesten der Kirche gerüttelt hätten und deshalb nie ans Licht kommen durften.«

»Wahrscheinlich haben Sie recht«, sagte de Morgan. »Diese Erklärung ist die einzige, die alle Fragen beantwortet. Ich gratuliere, *Madame*! Der Fall ist gelöst.«

Ich streckte Emerson die Hand hin. »Gratulieren Sie uns beiden! Wir arbeiten nämlich zusammen.«

»Wunderbar«, sagte der Franzose. »Ich muß zurück an die Arbeit und hoffe, daß die Diebe mir noch etwas übriggelassen haben. Wie gern würde ich auch ein solches Versteck entdecken!«

»Ich wünsche Ihnen Glück«, sagte ich höflich. Emerson schwieg.

»Ich käme gar zu gern einmal in die *Illustrated London News*, in der auch schon Artikel über Schliemann veröffentlicht worden sind! Auch Petrie war schon drin. Warum dann nicht auch de Morgan?«

»Weshalb eigentlich nicht«, sagte ich. Emerson schwieg.

De Morgan stand auf und nahm seinen Hut. »Oh, ich hätte fast vergessen, Sie zur Flucht aus der Pyramide zu beglückwünschen. Aber ich frage mich, weshalb Sie der Bandenchef überhaupt dort hingebracht hat? Sind Hamid und Ezekiel für die anderen Anschläge auf Sie verantwortlich? Hat auch der Anführer der Diebesbande nach dem Papyrus gesucht?«

Ramses saß plötzlich ganz still und schwieg. Emerson räusperte sich, während de Morgan ihn fragend ansah. »Ich habe eine leichte Erkältung«, erklärte Emerson. »Hem.«

De Morgan wartete. »Es sieht so aus«, sagte ich, »als ob der Anführer der Diebesbande andere wertvolle Funde bei uns vermutet hat.«

»Ah.« De Morgan nickte. »Sogar solche Spezialisten können sich gelegentlich irren. Sie verdächtigen erst einmal jeden, diese Gauner! *Au revoir!* Kommen Sie zu mir, und besuchen Sie mich. Auch du, mein kleiner Ramses!«

Nachdem sich der Franzose verabschiedet hatte, sah ich Ramses prüfend an. »Du mußt es zurückgeben.«

»Ja, Mama, ich glaube ef auch. Danke, daf ich die Angelegenheit ohne grofe Unannehmlichkeiten für mich felbft regeln darf. Ich werde fofort mit ihm reden.« Und er ließ auf der Stelle Taten folgen.

De Morgan war bereits auf sein Pferd gestiegen und wartete lächelnd, bis der kleine Kerl neben ihm stand. Doch nachdem Ramses eine Weile gesprochen hatte, verschwand das Lächeln von de Morgans Gesicht. Er unterbrach ihn sogar mit einer wütenden Bemerkung, die bis zu uns herüber klar zu verstehen war, und wollte ihn ohrfeigen, doch Ramses wich aus und sprach weiter. Nach einer ganzen Zeit ging eine Veränderung mit dem Franzosen vor sich. Er hörte geduldig zu, stieg sogar ab und hockte sich hin, so daß er mit Ramses auf einer Ebene verhandeln konnte. Es entstand ein ernster, aber freundlicher Dialog, der kein Ende nehmen wollte.

Emerson wurde zusehends unruhiger und brummelte: »Über was reden die nur so lange? Falls er Ramses droht ... «

»Er hat jedes Recht, ihn zu versohlen«, sagte ich.

Nachdem die Unterredung beendet war, schien de Morgan eher verwundert als ärgerlich zu sein. Er stieg wieder auf sein Pferd, und Ramses verabschiedete sich sehr höflich und kam zu uns herüber. Statt davonzureiten, starrte de Morgan hinter Ramses her und machte eine kleine Geste mit der Hand. Wenn ich es nicht besser gewußt hätte, hätte ich geschworen, daß der gebildete Direktor der Ägyptischen Antikenverwaltung das Zeichen gegen den bösen Blick gemacht hat.

Wir werden nie mehr erfahren, was in diesem Evangelium des Didymus Thomas gestanden hat. Emerson hat großen Spaß daran, sich alle möglichen Dinge auszudenken. »Beschreibt er den Trick, der angewandt wurde, um die Römer davon zu überzeugen, daß ein Mensch vom Tode auferstanden war? Oder war Jesus vielleicht verheiratet und Vater einer Kinderschar? Welches Verhältnis hatte er nun wirklich zu Maria Magdalena?« Der einzige Mensch, der einen Teil des verlorenen Evangeliums gelesen hat, wird es uns nicht mehr sagen können, denn er lebt als Wahnsinniger in seinem Haus in der Nähe von Boston, Massachusetts, trägt nur einfachste Kleidung und segnet seine Gemeinde, die aus seiner opferbereiten Schwester und dem traurigen Schüler David besteht. Sicher werden die beiden eines Tages heiraten – wenn es nicht bereits geschehen ist. Sie haben sowohl ihre Ergebenheit gegenüber diesem Irren als auch ihre grenzenlose Dummheit gemeinsam. John war sicher, bald an gebrochenem Herzen zu sterben. Vier Wochen lang lief er traurig herum und preßte immer wieder die Hand auf die Stelle, wo das Herz sitzt, doch ein nettes neues Hausmädchen mit Locken und einem süßen Grübchen hat eine Besserung seines Zustandes bewirkt.

Im März verließen wir Ägypten und kehrten nach England zurück, um unseren neuen Neffen zu begrüßen. Bevor wir gingen, hatten wir noch den Unterbau der Pyramide ausgegraben, aber leider keine großartigen Entdeckungen gemacht. Trotzdem war mir der Platz lieb geworden, und der Abschied fiel mir nur leicht, weil de Morgan uns die Genehmigung für Dahschûr für das kommende Jahr versprochen hatte. Es sah nicht so aus, als ob er das gern getan hätte, aber das belastete mich nicht. Ich freute mich schon auf die große Grabkammer inmitten der Schwarzen Pyramide, denn ich fühlte, daß dort, unter dem Wasserspiegel, eine große Sensation auf uns wartete.

Erst als wir bereits wieder in London waren, erfuhren wir von de Morgans großartiger Entdeckung. Er hatte wunderschöne Schmuckstücke einer Prinzessin in der Nähe der Pyramide Senusrets III. gefunden. Der Bericht in der *Illustrated London News* war groß aufgemacht mit einem ausführlichen Bericht und einem schmeichelhaften Foto, das de Morgan mit Schnurrbart zeigte, als er die Krone der Prinzessin Khnumit einem ausgewählten Publikum vorführte. Ich konnte Emerson nur zustimmen, als er die Zeitschrift wütend hinwarf und schimpfte. »Dieser Franzose tut aber auch wirklich alles, um in die Zeitung zu kommen!«

Eine der Ketten, die an der Mumie der Prinzessin gefunden worden waren, sah der, die Ramses entdeckt hatte, zum Verwechseln ähnlich. Ich erinnerte mich plötzlich an das lange Gespräch zwischen Ramses und de Morgan, an die überraschende Bereitschaft des letzteren, unseren Wünschen entgegenzukommen, und ich überlegte …

Der Löwe hat sich in Chalfont gut eingelebt, und Walter hat neulich vorgeschlagen, daß wir ihm von unserem nächsten Ägyptenaufenthalt ein junges Löwenweibchen mitbringen sollen.